ハヤカワ・ミステリ文庫

〈HM㊳⓪-2〉

冬の灯台が語るとき

ヨハン・テオリン

三角和代訳

JN175251

早川書房

7951

死者たちはクリスマスを祝うために毎年冬に集まる。けれどもある年に、独り身の老女のじゃまが入った。時計が止まっていたので女はあまりに早く起きだしてしまい、クリスマス・イヴの真夜中に教会へ足を運んだ。礼拝がおこなわれているかのように、そこは低い囁き声が響いて、人であふれていた。ふいに老女は娘時代の許嫁《いいなずけ》の姿に気づいた。何十年も前に溺れ死んだはずの彼が、ほかの者たちに混じって信徒席に座っていたのだ。

十九世紀のスウェーデンの民話

エーランド島　＊一部の地名はフィクションです

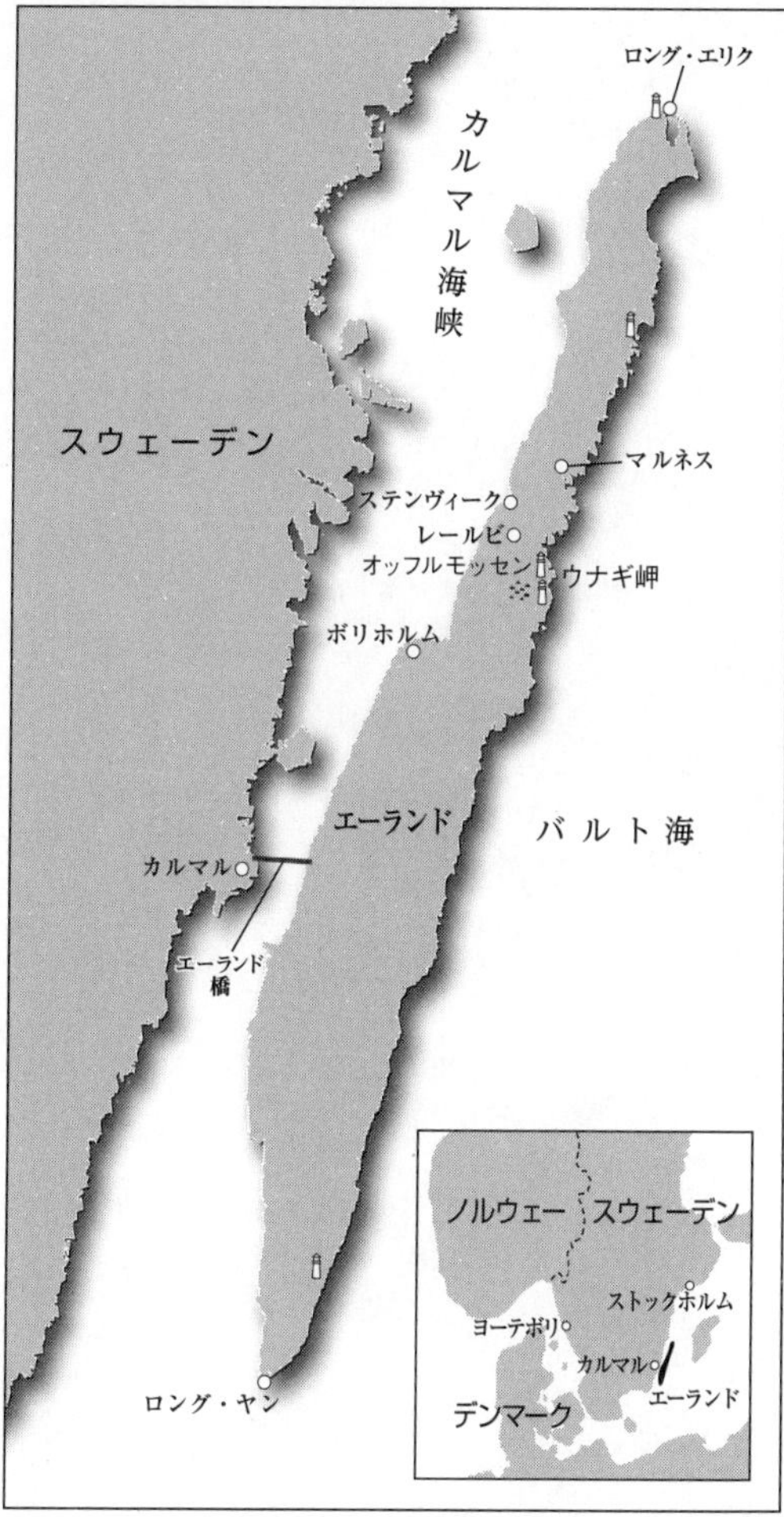

冬の灯台が語るとき

登場人物

ヨアキム・ヴェスティン…………工芸の教師
カトリン……………………………美術教師。ヨアキムの妻
リヴィア……………………………ヨアキムとカトリンの娘。六歳
ガブリエル…………………………ヨアキムとカトリンの息子。二歳半
ミルヤ・ランベ……………………画家。カトリンの母
トルン・ランベ……………………画家。ミルヤの母
エテル………………………………ヨアキムの姉
ミカエル・ヘスリン………………ヨアキムの友人
リサ…………………………………ミカエルの妻
ティルダ・ダーヴィッドソン……新任の警察官
イェルロフ・
　ダーヴィッドソン………………元船長。ティルダの大叔父
ラグナル・ダーヴィッドソン……イェルロフの兄、ティルダの祖父
マルティン・オルクイスト………警察学校の教官
ヘンリク・ヤンソン………………ボリホルム在住の若者
トミー・セレリウス………………ヘンリクの仲間
フレディ……………………………ヘンリクの仲間。トミーの弟

一八四六年、冬

わたしの本の始まりはこの年。ウナギ岬《オールウッデン》の屋敷が建てられた年だよ、カトリン。わたしにとってあの屋敷は母と暮らした家というだけでなく、大人になった場所だった。

ウナギ漁師のラグナル・ダーヴィッドソンからむかし聞いた話では、屋敷のほとんどは海から引き揚げたドイツ船の積荷の木材で建てられているらしい。本当だと思う。納屋の干し草置き場の突き当たりの板壁に〈クリスティアン・ルートヴィッヒを偲んで〉という言葉が彫ってあるから。

あの納屋では死者の囁きを聞いたことがある。死者には語ることがそれはたくさんあるからね。

ヴァルテル・ブロームソンはウナギ岬の小さな石造りの家で腰を下ろし、両手をきつく組んで神に祈っている。今宵、海から寄せる風と波が彼のふたつの灯台を破壊しないようにと祈っている。

前にも悪天候は経験したことがあるが、これほどの嵐は初めてだ。雪と氷の白い壁が北東から迫り、すべての建設作業は中断させられている。

ふたつの灯台を、ああ、神よ、灯台を完成させることをお許しください……

ヴァルテル・ブロームソンは灯台大工の現場監督で、プリズムを取りつけた灯台をバルト海に建てるのはこれが初めてのことだ。去年の三月にエーランド島へやってきてただちに仕事に取りかかった。職人を集め、粘土と石灰岩を注文し、力のある荷馬を手配した。

海岸の清々しい春、暖かな夏、晴れた秋はすばらしかった。工事は順調にはかどり、ふたつの灯台はじわじわと空へむかって伸びていった。

やがて日射しは消えて冬が到来し、気温が下がって、人々が島特有の渦雪《うずゆき》の話題を出すようになった。そしてついにそれがやってきた。それはある夜更け、獣のごとく海岸に体当たりしたのだ。


夜明けが近づいて風はついに収まってくる。

すると突然、海から悲鳴が聞こえる。ウナギ岬の沖合の暗闇から——よその国の言葉で助けを求める長く痛々しい悲鳴。

その悲鳴でブロームソンは目覚め、続いて、疲れきった大工たちを起こす。

「遭難だ」彼は言う。「助けよう」

男たちは眠くて気乗りしないようだが、立ちあがらせて雪のなかへと連れだす。

一行は凍てつくような向かい風に背中を丸め、重い足取りで岸辺へ進む。ブロームソンが視線をむけると、完成までもう少しの石造りの灯台が水際にかろうじてまだそびえている。反対方向の西にはなにも見えない。島のたいらな風景は雪が渦巻き積もる不毛の地となっている。

男たちは岸辺で立ち止まり、海に目を凝らす。

砂州のむこうの鈍色《にびいろ》の影にはなにも見えないが、波の轟音に混じるかすかな悲鳴はまだ聞こえている――そして木材が割れ釘が外れていく軋みも。

大きな船が砂州で座礁し、沈んでいく。

大工たちはそこに立ちつくして船の沈む音と助けを求める悲鳴を聞くしかない。三度も自分たちの船を海に出そうとするのだが、どの試みも失敗に終わる。視界があまりにも悪く、白波があまりにも高く、さらには海面が重い木材だらけだ。

座礁した船舶は甲板に木材を大量に積んでいたにちがいない。船が沈みはじめて波で木材がもぎとられ船外に転げ落ちたのだ。木材は破城槌《はじょうつち》ほども長く、次々と岸へ流されてくる。岬の入り江を埋めつくすようにして、たがいにこすれあい、ぶつかりあう。

ぼんやりとした灰色の雲のむこうに太陽が昇ると、最初の遺体が発見される。若い男で陸から十メートルほど離れた波間に浮いて力いっぱい伸ばされた手。まるであたりにある木材のどれかに最期の瞬間まで摑まろうとしていたかのようだ。

灯台大工ふたりが浅瀬に入っていき、その男が身につけている粗い毛織りのシャツをしっかりと摑むと、砂州を越えて岸へと運んでくる。

水際まで来ると、ふたりは氷のように冷たい手首をそれぞれ握って強く引く。遺体は水からは揚げられるが、長身で肩幅のある男でなかなか抱えられない。雪に覆われた岸辺の草地を引きずるしかなく、服から水が滴っている。

大工たちは無言でこの遺体のまわりに集まってくるが、触れることはない。

ついにブロームソンが腰をかがめて、遺体をあおむけにする。

溺死した男は豊かな黒髪に大きな口をしている。半開きの口は呼吸の途中で人生をあきらめたかのようだ。瞳は灰色の空を見あげている。

ブロームソンの推測ではこの船乗りは二十代だ。独り者であればと願うが、養うべき家族がいたことだろう。異国の海岸で死んでしまった男。おそらくは船が沈んだこの島の名さえ知らなかったことだろう。

「少ししたら牧師を呼んでこなければ」そう言いながら死者の目を閉じる。からっぽの視線ともう目を合わさずに済むように。

三時間のうちに、船乗り五人の遺体がウナギ岬周辺に流れ着く。壊れた船名板も打ちあげられる。〈ハンブルク、クリスティアン・ルートヴィッヒ〉

そして木材。山ほどの木材。

この浮き荷は天の恵みだ。こうしてスウェーデンの領土に流れ着いたいまでは国王に属するものとなる。ウナギ岬に灯台を建てる費用を出しているのは国王だ。突如として大工たちは数百リクスダレル（スウェーデンの旧銀貨）の価値ある最高級のマツ材を使えることになったのだ。

「すべて陸に引き揚げるぞ」ブロームソンは言う。「波の届かない場所に重ねておこう」

彼はひとりうなずくと雪に覆われた平原を見やる。この島には森が少なかったが、これならウナギ岬の灯台守とその家族に、小さな石造りの家のかわりに木材でずっと大きな家を建ててやることが可能だ。

ブロームソンは、柵にかこまれ、広々として風通しのいい部屋がいくつもある堂々とした屋敷を思い描いている。この世界の果てで灯台の世話をする者のための安全な家。

けれども、難破した船の漂流物で建てる家は不運をもたらすかもしれない。不運を相殺《そうさい》するために、捧げ物が必要だろう。おそらくは祈りの間《ま》も造ったほうがいい。ウナギ岬で亡くなった者を偲ぶための部屋。教会の墓地に埋葬されることのなかった哀れな者たちすべてのための部屋だ。

こうして予定より大きな家を建てるという考えはブロームソンの脳裏から離れない。同じ日の遅い時間に、大きな歩幅で地面の測量を始める。

だが、嵐が鎮まり、凍えきった灯台大工たちが海から木材を運んで牧草地に重ねはじめても、その多くの耳に溺れゆく男たちの悲鳴がいまだにこだましている。

この灯台大工たちは、溺れる船乗りたちの悲鳴を忘れたことはなかったと思ってまちがいない。それに、大工のなかでも迷信深い者は、難破船の木材を使って大きな家を建てるというブロームソンの決定に首を傾げたはずだよ。

溺れる船乗りが海に呑みこまれる前に絶望しながらしがみついた木材で建てた家――母とわたしは一九五〇年代の終わりにそこへ越してきたんだけど、考えなおしたほうがよかっただろうか？　それから三十五年後に、あんたと家族は本当にその家へ引っ越してよかったのかね、カトリン？

――ミルヤ・ランベ

人生を変えましょう――田舎暮らしで！

物件――エーランド島北東部のウナギ岬の屋敷

環境――十九世紀なかばに建てられた立派な灯台守の屋敷。喧噪から隔てられたプライベートの確保できる立地で、バルト海の絶景が一望できます。海岸までは三百メートル足らずでいちばんの隣人は大空です。

海岸を見おろす広い庭にはたいらな芝生の部分があり、お子さんの遊び場にぴったり。北には落葉樹が散在する林があり、西（泥炭湿地《オッフルモッセン》）は鳥類保護区、南は牧草地と平原が海まで続いています。

建物――魅力的な二階建ての屋敷（地下室なし）、建築面積は約二八〇平方メートル、リフォームの必要あり。木造、むきだしの梁《はり》、ファサードあり。スレート屋根。東に面したガラス張りのベランダ。使用可能なタイル張りストーブ五台つき。すべての部屋がマツ材フローリング。上下水道完備、ゴミ分別収集。

別棟あり（石灰岩造りの離れ）、平屋、約八〇平方メートル、電気水道完備、リフォームすれば貸し部屋に最適。

付属建築物（石灰岩造り／木造の納屋）、約四五〇平方メートル、かなり質素な造りでやや状態悪し。

状況——売約済み

十月

1

甲高い声が暗い部屋を突き抜けて呼びかけた。

「ママー？」

その呼び声で彼は飛び起きた。眠りはおかしなこだまで満ちた洞窟のようで暖かくて暗く、ふいの目覚めは苦痛だった。一瞬、彼の意識は名前や場所を正確に思いだすことができなかった。エテル？　いや、エテルじゃなく……カトリン、カトリンだ。一組の目がうろたえて瞬きし、暗闇で光を探す。

すぐに彼自身の名がふいに記憶から浮かんできた。ヨアキム・ヴェスティン。そして彼はエーランド島北部のウナギ岬にある屋敷のダブルベッドに横たわっているのだった。

ヨアキムは自宅にいた。ここで暮らして一日。妻のカトリンとふたりの子どもたちはこの屋敷に暮らして二カ月になるが、彼自身は到着したばかりだった。

01：23。タイマーつきラジオの赤いデジタル数字がこの暗い部屋にあるただひとつの明かりだった。

彼を起こした声はもう止まっているが、気のせいではない。家のどこかほかの場所から、うまく眠れなかった誰かがくぐもった声で不満や泣き言を漏らすのをたしかに聞いた。ダブルベッドの彼の隣にはぴくりとも動かない身体が横たわっている。カトリンだ。彼女はぐっすり眠っていた。いつのまにかベッドの端までずれて上掛けも一緒に引きずっている。背をむけて寝ているが、なだらかな身体の輪郭は見えたし、温かみを感じることもできた。彼女は二カ月ほどのあいだひとりで眠ってきた。ヨアキムはストックホルムに住んで仕事をこなし、隔週の週末にここを訪れた。ふたりともこの生活パターンには安らぎを見いだせなかった。

カトリンの背に手を伸ばしたが、ふたたびあの呼び声が聞こえた。

「ママー？」

今度はそれがリヴィアの甲高い声だとわかった。それで上掛けをめくり、ベッドを降りた。寝室の片隅にあるタイル張りストーブがまだ熱を放っていたが、足を降ろすと板張りの床は凍えるようだった。キッチンや子ども部屋にしたように、あれこれ手をくわえて寝室の床にも断熱材を入れねばならないが、それは来年実行することになるだろう。カーペットを重ねて冬を乗り切ればいい。それに薪。ストーブに使う安い薪を探さねばならない。敷地にはじゅうぶんな木がないので自分たちで伐りだすことができないのだ。

本当に寒い冬が始まるまでに、ふたりでこの家のためにいろいろなものを買わなくてはいけない。明日はリスト作りから始めよう。

息を止めて耳を澄ました。もうなんの声もしない。

パジャマのズボンの上から、椅子にかけていた部屋着のガウンをそっとはおると、まだ開けていない段ボール箱ふたつのあいだを通って忍び足で部屋をあとにした。

暗闇のなかですぐにまちがった方向へ行ってしまった。ストックホルムの家では右に曲がったところが子ども部屋だったが、ここでは左だった。

屋敷はいくつも洞窟が連なっているような造りで、ヨアキムとカトリンの寝室は狭かった。廊下には段ボール箱が何個も片壁に寄せて積みあげてあり、突き当たりの広い玄関ホールにはいくつも窓がある。窓は石畳の小径がある中庭に面していて、中庭を抱えるように屋敷が左右に伸びている。

ウナギ岬の屋敷は陸地に背をむけ、海にむかってひらかれていた。玄関ホールの窓へ近づき、柵のむこうの海岸を見やった。

赤い光がそこで瞬いていた。海の小島に建つ双子の灯台のひとつから放たれている。南の灯台の光が水際の海草の山をまんべんなく照らしてバルト海にまで伸びている一方で、北の灯台にまったく光はなかった。カトリンの話では、北の灯台が点灯したことはないという。

家の周囲で風がうなり、灯台のあたりで落ち着きのない影が立ちあがった。波だ。波はいつもエテルを思いださせた。彼女を殺したのは波ではなく寒さだったという事実があるにもかかわらず。

あれはわずか十カ月前のことだ。

背後の暗闇からまたくぐもった声が聞こえたが、もはや夜泣きの声ではなかった。リヴィアが静かに独り言をつぶやいているようだ。

ヨアキムは廊下へもどった。幅広の木の敷居を注意しながら越えてリヴィアの寝室へ入る。窓はひとつだけで部屋にまったく明かりはない。緑地にピンク色の豚五匹が輪になって楽しげに踊る巻きあげ式のブラインドが窓を覆っている。

「あっちへ行って……」暗闇で少女の声が言った。「あっちへ行って」

ヨアキムはベッド横の床にあった小さなぬいぐるみを踏みつけてしまった。拾いあげた。

「ママ?」

「いや」ヨアキムは答えた。「パパだよ」

暗闇にかすかな息遣いが聞こえ、花柄の布団の下で小さな身体が眠たげに身じろぎした気配があった。ベッドに身をかがめた。「起きちゃったのかい?」

リヴィアが顔をあげた。「なあに?」

ヨアキムはぬいぐるみをベッドの隣に入れてやった。「フォアマンが床に落ちていたよ」

「痛かったかな?」

「いやいや……きっと目も覚めなかったよ」

リヴィアはそのお気に入りのおもちゃを抱きしめた。この夏に一家でゴットランド島へ旅した際に買った二本足の動物のぬいぐるみだ。半分羊で半分人間。ヨアキムはこのふしぎな生き物を、数年前に四十五歳でカムバックを果たしたボクサーにちなんでフォアマンと名づけた。

彼は手を伸ばしてリヴィアのおでこをそっとなでた。肌は冷たかった。彼女は安心して頭を枕にもどしてから、彼を見あげた。「ここにずっといたの、パパ？」

「いいや」

「でも、誰かここにいたよ」

「それは夢だよ」

リヴィアはうなずいて目を閉じた。すでに眠りかけている。

ヨアキムは身体を起こして首をめぐらせ、南の灯台のかすかな明かりが暗闇のなかで瞬いているのをふたたび目にした。一歩窓に近づいてブラインドを数センチだけ開けた。窓は西に面していてここから灯台は見えないが、赤い光は屋敷の裏手のなにもない平原まで照らしていた。

リヴィアはふたたび安らかな寝息をたててぐっすりと眠っていた。朝になれば、ヨアキムがここにいたことさえ覚えていないだろう。

もうひとつの寝室を覗いた。ここがいちばん最近リフォームした部屋で、カトリンが内装をして家具を入れ、そのあいだにヨアキムはストックホルムで引っ越しの最後の作業をして家の掃除をした。

この部屋は物音がまったくしなかった。ガブリエルは二歳半。壁につけた小さなベッドに横たわり、身動きひとつしていない。この子はすでに去年には毎晩八時頃にベッドに入り、ほぼ十時間連続で眠りつづけるようになっていた。小さな子をもつすべての親の理想だ。

無言で背をむけ、そっと廊下へもどった。家は彼の周辺でギーッと軋んだ。床を横切るときに鳴る足音のように聞こえた。

ベッドにもどったときも、カトリンはまだ深い眠りのなかだった。

その日の朝に穏やかにほほえむ五十代の男が一家を訪ねてきた。ノックの音がしてヨアキムは急いでドアを開けた。隣人だと思ったのだ。

「やあ、どうも」男が言った。「ベングト・ニーベリ。地元紙の《エーランド・ポステン》の者ですよ」

ニーベリは丸い腹にカメラを載せるようにして、手帳を片手にベランダの石段に立っていた。ヨアキムはいくぶんためらいがちにこの記者と握手をかわした。

「数週間前に大型の引っ越しトラックがウナギ岬にやってきたと聞きましてね」ニーベリが言った。「それでご在宅のときに伺ってみようと思いまして」

「ここに最近引っ越してきたのは、ぼくだけですよ。家族の者はだいぶ前からここで暮らしています」

「何度かにわけて引っ越しされたのですか？」

「ぼくは教師で。いままで仕事がありましてね」

記者がうなずいた。

「引っ越しの件をどうしても記事にしなけりゃなりませんでね。ご理解いただけるでしょうが。この春にウナギ岬の屋敷が売れたと聞いたんですがね、もちろん誰が買ったのかみんな知りたがりまして……」

「うちはごく普通の一家ですよ」ヨアキムは急いで言った。「そう書いてくだされば」

「どちらから越してこられたんですか？」

「ストックホルムです」

「つまり、王室と同じですな」ニーベリがそう言った。ヨアキムに視線をむける。「王がなさるように、暖かくて日射しがある時期だけここに滞在されるおつもりですか？」

「いえ、一年中ここで暮らしますよ」

カトリンが玄関にやってきてヨアキムの隣に立っていた。彼が視線を送ると短くうなずき、こうしてふたりは記者を招きいれた。ニーベリはよろめくようにして時間をかけて敷居を越えた。

案内するのはキッチンを選んだ。あたらしい設備と磨きあげたフローリングが揃って、いちばん力を入れてリフォームした部屋だったからだ。

八月にここの作業を進めていたときに、カトリンと床を張り替えていた職人がおもしろいものを見つけた。床板の下のちょっとした隠し場所に、板状の石灰岩を組みあわせた箱があったのだ。銀色のスプーンがひとつとカビ臭くなった子どもの靴が片方入っていた。それは家の供え物だと職人はカトリンに語った。屋敷の住人に大勢の子どもとたくさんの食物が与えられるようにという意味だった。

ヨアキムはコーヒーを淹《い》れ、ニーベリは長方形のオーク材のテーブルを前に収まった。ふたたび手帳をひらいた。

「それで、どうしてこちらへ引っ越されたんですか？」

「そうですね……木造の家が好きだからですよ」ヨアキムは答えた。

「大好きなの」カトリンが言った。

「ですが、たいへんな思い切りが必要だったんじゃないですかね……ウナギ岬の家を買ってストックホルムから引っ越してくるとは？」

「そうでもないんですよ」カトリンが答えた。「ストックホルムのブロンマ地区の戸建てに住んでいましたが、次はこの島の家に住みたくなって。それで去年、家探しを始めたんですよ」

「エーランド島北部に決められたのは、どうしてですかな？」

今度はヨアキムが答えた。「カトリンがエーランド島出身のようなもので……かつて妻の家族がここに暮らしていたんですよ」

カトリンがちらりとヨアキムを見て、妻がなにを思っているのか彼にはわかった。彼女の背景について語る者がいるとしたら、それは彼女本人であるはずだと。だが彼女が過去について語ろうとすることはめったになかった。

「ああ、そうなのですか。どのあたりに？」

「いろいろです」カトリンが記者を見ないで答えた。「何度も引っ越しをしたので」

ヨアキムには、妻がミルヤ・ランベの娘であり、トルン・ランベの孫娘だとつけくわえることもできた。そうすればニーベリはもっと長い記事を書けるだろう。だが、黙ったままでいた。カトリンと母親はほとんど口をきかない。

「ぼくのほうはコンクリートっ子で」かわりに彼はそう言った。「ストックホルム郊外にあるヤコブスベリの八階建ての団地で育ったんですが、ひどいところでしてね。渋滞は激しいし、アスファルトだらけで。それでどうしても地方へ引っ越したかったんですよ」

最初のうちヨアキムの膝に乗っていたリヴィアはすぐにこの話に退屈してしまい、自分の部屋へ駆けていった。カトリンと座っていたガブリエルも飛びおりて姉を追いかけていった。

ヨアキムは小さなビニールサンダルがぱたぱたと元気よく床を打つ音を聞いてから、この数カ月でストックホルムの友人や隣人に繰り返した同じフレーズをまた口にした。「子どもにとっても、すばらしい環境ですからね。牧草地に林、澄んだ空気に新鮮な水。風邪を引きにくくなる。排気ガスをまき散らす車もない……家族みんなにとって理想の場所です」

ベングト・ニーベリはこの名言を手帳に書き取った。それから一同は連れだって屋敷の一階を、リフォームした部屋からまだ傷んだ壁紙やつぎはぎの天井や汚れた床の部屋まですべてまわった。

「タイル張りのストーブはすばらしいですね」ヨアキムは指さして言った。「それにフローリングもまずまずの保存状態で……ところどころ磨いたり、張り替えたりするだけで大丈夫です」

屋敷に対する彼の熱意は影響を与えるほどだったのだろう。というのも、しばらくするとニーベリも関心をもって見てまわるようになったからだ。ほかの部屋も見せてくれと頼んできた。ヨアキムはまだ手をつけていない場所がどれだけあるか思いだしたくはなかったのだが。

「ほかには、たいしてご案内する部屋はないんですよ」ヨアキムはそう言った。「からっぽの部屋ばかりで」

「ざっと見せていただくだけでいいですから」

ついにヨアキムはうなずいて二階へ続くドアを開けた。

カトリンと記者の前に立ってゆがんだ木造の階段をあがり、二階の廊下へ進んだ。海に面する窓はいくつもあるのだが、窓ガラスがボール紙で覆われていて日射しは隙間から入るだけなので薄暗かった。

風のうなり声が二階の暗い部屋でははっきりと聞こえた。

「空気が循環していることはたしかですね」カトリンが苦笑を浮かべて言った。「家が乾燥したままだったのがよかったんです。湿気が原因の傷みはほとんどなくて」

「なるほど、それはいいですな……」ニーベリは反ったコルクの床、染みのある傷んだ壁紙、天井近くの壁からぶらさがる蜘蛛の巣をじっと見つめた。「ですが、まだやるべきことがたくさん残っているようですな」

「おっしゃるとおりです」カトリンが言う。

「早く手をつけたいですね」ヨアキムは言った。

「リフォームが終わればきっとすばらしい家になるでしょう……」ニーベリがそう言ってから尋ねた。「それで、ずばりお訊きしますが、この家についてどんなことをご存じで？」

「歴史といったことでしょうか？」ヨアキムは言った。「たいして知りませんが、不動産業者から少し聞きましたよ。十九世紀なかばに、灯台と同時期に建てられたものだと。けれども、かなり増築されていますね……表のガラス張りのベランダは一九一〇年頃に建てられたもののようです」

そこでヨアキムはカトリンがつけくわえたいことがないかどうか窺うように妻を見やった――たとえば、彼女の母と祖母がこの屋敷の借家人だった頃はどのようなものだったか――だが、妻は目を合わせなかった。

「灯台守主任や灯台守が家族や使用人とこの家で暮らしたことは、知っています」カトリンが言ったのはそれだけだった。「だから、ここにある部屋には、入れ替わり立ち替わりでたくさんの人が暮らしたんです」

ニーベリがうなずき、汚れた二階の床を見まわした。「この二十年はたくさんの人が暮らしていたとは思えませんな。四、五年前にここは難民のために使われたんですよ。バルカン半島から逃げてきた家族のために。だが、長くは使われなかった。誰も暮らすことがなかったとはちょっとばかり悲しいことですよ……こんなに立派な家なのに」

三人は階段を降りはじめた。一階のいちばん汚れた部屋でさえも、二階と比べるとふいに明るく温かみがあるように感じられた。

「名前はありますか？」カトリンが記者を見やって尋ねた。「名前があるかどうかご存じ？」

「と言われると？」

「この家です。みなさんいつもウナギ岬と言われますが、それはこの場所の名前であって、家の名前じゃありませんよね」

「ああ、ウナギ磯のウナギ岬。夏になるとウナギが集まる場所」ニーベリは詩を朗読しているような調子で言った。「いや、この家自体には名前はないと思いますよ」

「家に愛称があることは少なくないですね」ヨアキムは言った。「ブロンマの家はアップル・ハウスと呼んでいましたよ」

「ここに愛称はありませんな。少なくともわたしは聞いたことがない」ニーベリは階段の下まで降りてつけ足した。「逆に、この家にまつわる物語ならばたくさんありますよ」

「物語？」

「少々聞いたことがあります……この屋敷で誰かがくしゃみをすると、ウナギ岬の沖で風が強まるそうで」

カトリンとヨアキムは声をあげて笑った。

「まめにお掃除するのがよさそうね」カトリンが言った。

「それにもちろん、むかしの幽霊話もいくつかありますしな」ニーベリが言った。

沈黙が広がった。

「幽霊話ですか？」ヨアキムは言った。「不動産業者がその話をしなかったとは」

彼はいまにもほほえんで首を横に振ろうとしたが、カトリンが先に口をひらいた。「お隣のカールソンさんのお宅でコーヒーを飲みながら、いくつか話を聞いたことがあるわ。でも、信じないようにと言われました」

「幽霊に割く時間は実際のところほとんどないですからね」ヨアキムも言った。

ニーベリがうなずいてホールへ数歩進んだ。

「ええ、ですが家がしばらく無人のままだと、みんな幽霊話を始めるものですよ」ニーベリはそう言った。「外へ出てまだ明るいうちに写真を撮ってもいいですかな？」

ベングト・ニーベリは訪問の最後に、芝生を横切って中庭の石畳の小径を歩いて家の左右に位置する建物をざっとながめた。片側には巨大な納屋があり、一階の壁は石灰岩、二階は赤く塗られた木材で造られている。中庭を挟んだ反対側にはもっと小さな漆喰塗りの離れがあった。

「こちらもやはりリフォームされるんでしょうね？」ニーベリが埃をかぶった窓から離れを覗きこんで言った。

「もちろんですよ」ヨアキムは答えた。「一度に建物ひとつずつ手がけていきます」

「そうしたら夏の観光客に貸せますな」

「おそらくは。数年のうちにベッド&ブレックファストをオープンしようと思っているんですよ」

「この島ではたくさんの人が同じように考えてきましたよ」ニーベリが言った。

最後に記者は家の下手にある黄ばんだ草の生えた坂でヴェスティン一家の写真を二十数枚ほど撮影した。

カトリンとヨアキムは隣りあって立ち、海の双子灯台にむかって吹く冷たい風に顔をしかめた。カメラがカシャカシャと音をたてはじめるとヨアキムは背筋を伸ばし、ストックホルムの隣人の家を思い浮かべた。昨年しゃれた月刊誌《ビューティフル・ホームズ》で見開き六ページにわたって賞賛された家だ。ヴェスティン一家は地方紙の記事でよしとしなければ。

ガブリエルはヨアキムの肩に乗っている。緑色の中綿ジャケットは若干大きすぎた。リヴィアは両親に挟まれて立ち、クロッシェ編みの白い帽子を眉ぎりぎりまで下げている。そして疑うようにカメラをにらんでいた。

背後にあるウナギ岬の屋敷は木と石でできた要塞のようにそびえ立ち、黙って見つめていた。

ニーベリが帰ってから、家族揃って海岸へ降りた。風はさらに冷たくなって、太陽はすでに空の低い位置に沈んで背後の家の屋根のすぐ上にあった。水際に打ち寄せた海草の匂いがあたりに漂っている。

ウナギ岬の水際へ降りていくとまるで世界の果てにたどり着いた気がした。あらゆる人から遠く離れた長旅の果てのようだ。ヨアキムはその感覚が好きだった。

エーランド島の北東は黄みがかった茶色の細長い土地と広大な空でできていると思える。灯台のある小島は草に覆われて海に隠れた暗礁のようだ。深い入り江と細い岬のあるエーランド島の平坦な海岸線はごくわずかに海へむかって下り坂となって、浅くたいらな砂と泥の海底となり、しだいに深くなってバルト海に続いている。

ヨアキムたちの百メートルほどむこうに、ふたつの白い灯台が濃紺の空へむかって伸びている。ウナギ岬の双子灯台。灯台の建っている島々はどこか人工のように見えるとヨアキムは思った。誰かが海に石と砂利の山をふたつ作ってさらに大きな岩とコンクリートでまとめたみたいに。ふたつの灯台の北、五十メートル先の海岸から防波堤が走っている。大きな石材で作られ、かすかにカーブを描いた突堤で、冬の嵐から灯台を守るために建設されたことはまちがいなかった。

リヴィアはぬいぐるみのフォアマンを抱えていたが、灯台へ通じるその幅広い突堤へと突然走りはじめた。

「ぼくも！　ぼくも！」ガブリエルが叫んだが、ヨアキムがしっかりと手を握った。

「一緒に行こうね」ヨアキムは言った。

突堤は十メートル進んだところでふたつにわかれて大きなYの字になり、根元よりも細い二本の腕は、それぞれ灯台の建てられた小島へ通じていた。カトリンが叫んだ。「走っちゃだめよ、リヴィア！　海に気をつけて！」

リヴィアが立ち止まると、南の灯台を指さしていまにも風にかき消されそうな声で叫んだ。「こっちのはあたしの！」

「ぼくのもそれ！」ガブリエルが背後で叫んだ。

「以上！」リヴィアが叫びかえした。

これはこの秋のあたらしいお気に入りの表現で、保育園で教わった言いかただ。

カトリンが早足で娘に近づくと、北の灯台へあごをしゃくった。「そういうことなら、こっちはママのよ！」

「そうか、じゃあぼくは屋敷の面倒をみるよ」ヨアキムは言った。「みんながちょっと寄って少し手伝ってくれたら、そんなの朝飯前なんだけど」

「そうする」リヴィアが言った。「以上！」

リヴィアは笑いながらうなずいたが、もちろんヨアキムにとっていまのはジョークではなかった。だがそれでも、冬のあいだ彼を待っているいくつもの作業がすべて待ち遠しかった。彼とカトリンはふたりともこの島で教師の職を探すつもりだったが、夜と週末には一緒に屋敷のリフォームができるはずだ。どちらにしてもカトリンはすでに作業を始めていた。

ヨアキムは海岸沿いの牧草地で立ち止まり、背後の家をいつまでもながめた。

〝喧噪から隔てられたプライベートの確保できる立地〟と広告に謳われていた。

母屋の大きさにはいまだに慣れることができないでいた。白い切り妻屋根と赤い木の壁で、なだらかな草原のてっぺんに建っている家だ。スレート屋根の上には二本の美しい煙突が塔のように立っていて、煤《すす》のようにまっ黒だった。温かな黄色の明かりがキッチンの窓とベランダで輝いている。そこを除けば、まっ暗だった。

たくさんの家族がここで暮らしてきた。長年のあいだ、壁や戸口や床の手入れをせっせとおこなってきた――灯台守主任も、灯台守も、灯台守助手も、ほかに呼び名はどうあれだ。誰もが屋敷に足跡を残している。

覚えておきましょう、人が古い家を引き継ぐときはその家もまたその人を引き継ぐのです――ヨアキムは木造の家のリフォームについての本でそんな言葉を読んだことがあった。彼とカトリンには、あてはまらなかった。ブロンマの家を引き払うことに未練などなにもなかったが、自宅を子どものように世話する家族には、長年のうちにたくさん会ってきた。

「灯台へ行きましょうか？」カトリンが尋ねた。

「うん！」リヴィアが叫んだ。「以上！」

「石が滑りやすいかもしれないよ」ヨアキムは言った。

リヴィアとガブリエルが海への畏怖をうしなって、ひとりで水辺に降りていくようなことがあってほしくはなかった。リヴィアはほんの数メートルしか泳げず、ガブリエルはまったく泳げない。

だが、カトリンとリヴィアはすでに手をつないで石造りの突堤を先へ進んでいた。ヨアキムはガブリエルを右腕だけで抱えて腰で支えると、不揃いな石材の突堤をためらいがちに進んで追いかけた。

思ったほどは滑りやすくなく、粗くてごつごつしていた。一部では波に削られてコンクリートから石が緩んでいた。今日は微風だけだったが、ヨアキムは自然の力を推し量ることができた。ウナギ岬にやってくる流氷と波と激しい嵐の長い冬——それでも灯台はしっかりと立っている。

「高さはどのくらいかしら?」カトリンがふしぎがり、灯台のほうを見た。

「そうだな、定規はもってこなかったなあ——でも二十メートル弱じゃないかい?」ヨアキムは言った。

リヴィアが頭をのけぞらせて自分の灯台のてっぺんを見た。

「どうして明かりがついてないの?」

「暗くなったらつくのよ」カトリンが答えた。

「あっちは明かりが灯ったことがないのかい?」ヨアキムは北の灯台を見あげようと反り返った。

「たぶんね」カトリンは言った。「わたしたちが越してきてから灯ったことがないの」

突堤がふたつにわかれた箇所にたどり着き、リヴィアは左の道を選んで母親の灯台へむかった。

「気をつけて、リヴィア」ヨアキムは石の道の下に広がる黒々とした海を見おろした。

水深は一・五メートルほどだろうが、それでもその影が好きになれずに寒気が背筋を走った。ヨアキムはなかなかの泳ぎ手だが、夏になっても熱心に波へ飛びこむタイプではなかった。どんなに暑い日でもそれは変わらない。

カトリンが灯台の小島にたどり着き、水際へ歩いた。左右の海岸線を見やった。北は人影のない砂浜と木立だけ。南は牧草地で遠くに小さなボートハウスがいくつか。

「人っ子ひとり見えない」カトリンはそう言った。「せめて、ご近所の家は見えると思ったのに」

「途中に小島や岬がたくさんあるからね」ヨアキムは言った。空いた手で北の海岸を指さした。「あれは？　見たことがあったかい？」

それは難破船だった。八百メートルほど先の岩場の海岸に横たわっている。かなり古く、日光にさらされて白くなった板の傷みきった船体しか残されていない。はるかむかしにこの船は冬の嵐で陸へ流され、岸に乗りあげてそれっきりここに残されているのだ。難破船は岩のあいだで右舷を下にして横たわっている。骨組みが巨人のあばら骨のようだとヨアキムは思った。

「難破船ね、知ってる」カトリンが言った。

「灯台の明かりが見えなかったのかな？」

「灯台でも助けにならないことがあるのよ……嵐では。リヴィアと一緒に何週間か前にあの難破船へ行ってみたの。手頃な木切れがないかと探したんだけれど、なにも残っていなかった」

灯台の入り口は石のアーチで奥行きは一メートルほど、その先に厚い金属製の頑丈なドアがあった。かなり錆びついていてもとの白いペンキの痕跡はわずかしか残っていない。鍵穴はなく、錆びた南京錠のついたかんぬきがあるだけで、ヨアキムがドアの横手を押さえて引っ張ってみても、少しも動かなかった。

「キッチンの戸棚に古い鍵束を見かけたよ」彼は言った。「いつかあの鍵をためしてみよう」

「だめだったら港湾管理局に連絡しましょう」カトリンが言った。

ヨアキムはうなずき、ドアから一歩離れた。どちらにしても灯台は屋敷購入の契約には含まれていなかった。

「灯台はあたしたちのものじゃないの、ママ?」引き返しながらリヴィアが尋ねた。がっかりした口調だった。

「いえ、うちのよ」カトリンはそう答えた。「うちのと一緒のようなもの。でも、手入れをする必要はないのよ。そうでしょう、キム?」

カトリンはヨアキムにほほえみかけ、ヨアキムもうなずいた。「家だけで手一杯だろうしね」

ヨアキムがリヴィアを寝かしつけているあいだに、カトリンはダブルベッドで寝返りを打っていた。彼が上掛けの下へそっと入ると、眠ったまま彼に手を伸ばしてきた。ヨアキムは妻の香りを吸いこんで目を閉じた。

すべてはこのために、これだけのために。

まるでふたりは都会の生活と一線を画したかのような気分だった。ストックホルムは水平線のむこうの灰色の点へと縮み、エテルを探した記憶は薄れていった。

平和。

そのとき、またもやリヴィアの部屋からかすかな泣き言が聞こえてきて、ヨアキムは息を止めた。

「ママー?」

家にこだまする娘の長い呼び声は今回は大きかった。疲れたヨアキムはため息をついた。

隣でカトリンが頭をあげて耳を傾けた。「なにごと?」朦朧として彼女は言った。

「ママー?」リヴィアがまた呼びかけた。

カトリンは起きあがった。彼女はヨアキムとちがって深い眠りからほんの数秒ではっきりと目覚めることができる。

「ぼくが寝かしつけようとしたんだ」ヨアキムは静かに言った。「眠ったと思ったんだが——」

「わたしが行く」

カトリンはためらわずにベッドから起きだしてスリッパを履き急いでガウンを着た。

「ママー？」

「いま行くわ、おちびさん」カトリンはつぶやいた。

これはよくないとヨアキムは考えた。リヴィアが毎晩母親の隣で眠りたがるのはよくないことだ。だが、これは去年リヴィアが夜にうなされるようになって始まった習慣だった。おそらくはエテルが原因だ。寝つきが悪くなり、カトリンが一緒に寝たときだけ穏やかに眠れた。これまで、リヴィアを一晩放っておけたことはなかった。

「おやすみなさい、あなた」カトリンがそう言って部屋をあとにした。

親の務め。ヨアキムはベッドに横たわった。リヴィアの部屋からもう声は聞こえない。カトリンが義務を引き受けてくれた。ヨアキムは身体の力を抜いて目を閉じた。ふたたびゆっくりと眠りが忍び寄ってくるのを感じた。

屋敷のすべてが静まり返った。

田舎での生活が始まったのだ。

2

そのボトルシップはちょっとした芸術品だと、ヘンリクには思えた。帆を白い布地の端切れで作った三本マストのむかしのフリゲート艦、全長はほぼ十五センチで一塊の木から彫りだしたものだった。それぞれの帆に黒い糸で作ったロープがつながり、バルサ材の小さな木切れにしっかりと結びつけてある。これを作るにはまず一度組み立てたうえでマストを降ろしてから、ワイヤーとピンセットを使って船を古いボトルに注意深く入れ、続いて青く着色したパテの海に押さえつける。次にマストを立て、靴下用の編み針を曲げたもので帆を拡げる。最後に、コルクでボトルに栓をする。

このボトルシップは製作に一カ月以上はかかったにちがいないが、セレリウス兄弟はほんの数秒で破壊した。

トミー・セレリウスが本棚からそのボトルをなぎはらうと、別荘のあたらしい寄せ木張りの床でガラスが割れて細かな破片となった。船そのものは落下しても無事だったが、床で数メートルほど跳ね返ってから弟のフレディのブーツで止められた。フレディは関心を示して数秒ほど懐中電灯で照らしたが、足をあげて三度激しく踏みつけて船を粉々に砕いた。

「チームワークだ！」フレディは得意気に言った。

「おれはこういうのが大嫌いなんだよ、工芸品とか、みっともない」トミーがそう言って頬をボリボリかいて船の残骸を床の奥へと蹴った。

別荘にいる第三の男、ヘンリクはタンスの金目のものを探していた寝室のひとつから姿を現わした。彼は崩れた船を見て首を横に振った。「もうなにも壊すなよ、いいか？」彼は静かに言った。

トミーとフレディはガラスの割れる音や木の砕ける音が好きだった。ヘンリクは一緒に仕事をした最初の夜にそう気づいた。ビセルクロークの南にある冬は閉めきられた別荘六軒ばかりに押し入ったときのことだ。この兄弟はあれこれ壊したがる。島の北部へむかう途中に、目を光らせて道端にいた黒と白の猫をトミーは轢《ひ》いた。右のタイヤから鈍い衝突音がしてヴァンは猫の上を走り、次の瞬間に兄弟は大声で笑った。

ヘンリクはなにも壊さない。別荘に忍びこめるように窓をそっとはずした。だが、この兄弟は窓からよじ登って侵入したとたんに暴れた。酒棚をひっくり返しグラスや磁器を床に叩きつけた。鏡も砕いたが、スモーランド製の手吹きの花瓶は壊さずにいた。売りとばせるからだ。

少なくとも島の住民はターゲットにしなかった。最初からヘンリクは本土に暮らす者の別荘だけを選ぶことにしていた。

ヘンリクはセレリウス兄弟があまり好きではなかったが、つるんでいた。まるである晩に訪ねてきてそれ以来帰ることを拒否している親戚ふたりのようなものだった。

だがトミーとフレディは島の者ではなく、友人でもなければ親戚でもなかった。ふたりはモルガン・ベリルンドの友人だった。

ふたりは九月の終わりに、ボリホルムにあるヘンリクの小さなアパートメントのチャイムを鳴らした。そろそろ寝ようかと思っていた十時頃の話だ。ドアを開けるとヘンリクと同い年くらいで広い肩幅とスキンヘッドに近い頭の男がふたりそこに立っていた。ふたりはうなずくと、入っていいかとも訊かずに玄関ホールに踏みこんできた。汗とオイルと汚れた車のシートの臭いを漂わせ、その悪臭がアパートメントに広がった。

「ようよう、ヘンケ」ひとりが言った。そいつは大きなサングラスをかけていた。滑稽に見えてもおかしくなかったが、笑っていいような相手ではなかった。頰とあごに長く赤い跡があった。誰かにひっかかれたような跡だ。「調子はどうだ？」

「いいと思うが」ヘンリクはのろのろと言った。「あんたたち誰だ？」

「トミーとフレディだ。セレリウス兄弟だよ。まったく、おれたちのことは聞いてるはずだぞ、ヘンリク……おれたちのことは知ってるよな？」

トミーがサングラスをずらして頰を端から端までひっかいた。顔の傷跡がどうしてついたのかヘンリクは気づいた。この男は喧嘩したのではなく、自分でつけたのだ。

それから兄弟は寝室ひとつきりのアパートメントをざっと見てまわり、テレビの前のソファに深々と腰を下ろした。

「ポテトチップスねえか？」フレディが言った。

彼はブーツを履いた足をヘンリクのガラステーブルに乗せた。厚手のジャケットのボタンをはずすとビール腹が突きでていて、腹を包む薄い青のTシャツには〝ソルジャー・オブ・フォーチュン最高〟というスローガンがあった。

「おまえのダチのモッゲからよろしくだとよ」兄のトミーがそう言ってサングラスをはずした。フレディよりはわずかに痩せていて、口角にかすかな笑みを浮かべてヘンリクを見つめている。片手には黒い革のバッグをもっていた。「モッゲからここに来るべきだって勧められたのさ」

「このシベリアにな」フレディがそう言って、ヘンリクが差しだしたポテトチップスのボウルを引っ張った。

「モッゲ？　モルガン・ベリルンドのことか？」

「そうともさ」弟の隣に座ったトミーがそう言った。「おまえら、ダチなんだろ？」

「むかしのことだ」ヘンリクは答えた。「モルガンは引っ越した」

「わかってるさ、やつはデンマークにいる。コペンハーゲンのカジノで働いてたぞ、不法に」

「イカサマさ」フレディが言った。

「おれたちはヨーロッパにいた」トミーが言う。「一年ほどな。するとだな、スウェーデンがどんだけちっせえか身に沁みるんだぜ」

「ド田舎だってな」フレディが言う。

「最初にドイツへ行った。ハンブルク、デュッセルドルフ、もうクソ最高さ。それからコペンハーゲンへ行ったら、そこもゴキゲンにクールでさ」トミーはふたたびあたりを見まわした。「そしていまおれたちはここにやってきた」

彼はうなずいて口の端にタバコをくわえた。

「ここでは吸わないでくれ」ヘンリクは言った。

セレリウス兄弟がどうしてヨーロッパの大都市を離れて——むこうの暮らしがそれほどすばらしいのであれば——スウェーデンの人里離れた小さな町まで旅してきたのか納得できないでいた。逆らってはいけない連中といざこざでも起こしたのか？　たぶんそうだ。

「あんたたち、ここには泊まれないぞ」ヘンリクはそう言って自分の部屋を見まわした。

「部屋が足りない。見ればわかるだろう」

トミーがタバコを口から離した。話を聞いていないようだ。「おれたちはサタニストだ。その話はしたっけか？」

「サタニスト？」

トミーとフレディがうなずく。

「悪魔崇拝者ってことかい？」ヘンリクは笑みを浮かべて尋ねた。

トミーはほほえんでいなかった。「おれたちは何者も崇拝しちゃいねえ。サタンは人間の内にある力を象徴してるのさ。おれたちが信じてるのはそいつだ」

「力ってやつだ」フレディがポテトチップスをたいらげて言った。

「そのとおり」トミーが言う。「〃力が正しい〃――そいつがおれたちのモットーだ。おれたちはほしいものを手に入れる。アレイスター・クロウリーのことを聞いたことがねえか?」

「いや」

「偉大な哲学者だ」トミーが言った。「クロウリーは人生をこう見なした。強さと弱さの果てしない争い。賢さと愚かさの争い。最高に強く賢い者がかならず勝つ場であるってな」

「なるほど、それはもっともな話だな」なにかを信仰したことのないヘンリクはそう言った。いまここで信仰するつもりもなかった。

トミーが相変わらずアパートメントをながめていた。「女が飛びだしてったのはいつだ?」彼は尋ねた。

「誰のことだ?」

「おまえの女だよ。カーテンやらドライフラワーやら、くだらんものを飾った女だ。おまえがやったんじゃないだろ?」

「彼女はこの春に出ていった」

カミラの思い出が勝手に甦《よみがえ》ってきた。いまセレリウス兄弟が座っているソファに寝そべって読書している彼女の姿が。トミーが外見より少しばかり目ざといとヘンリクにはわかった。細かなところに気がつく男だ。

「女の名前は？」

「カミラ」

「いなくて寂しいか？」

「犬のフン程度に」ヘンリクはさっと切り返した。「とにかくだな、さっきも言ったが、ここに泊めるわけには――」

「落ち着けよ、おれたちはカルマルに泊まる」トミーが言った。「宿はなんの問題もねえんだが、このエーランド島で仕事しようと思っていてな。それでちょいと助けがいる」

「どんな助けが？」

「モッゲから、やつとおまえが冬になにをやっていたか聞いた。夏の別荘の話を聞いてな……」

「なるほど」

「おまえは喜んでまた始めるだろうって言われたぞ」

まったくありがたいことだぜ、モルガン――そう考えた。金の分配でもめてモルガンは去った。たぶんこれはやつの復讐なんだろう。

「それはずいぶんむかしのことだ」ヘンリクは言った。「四年前だ……それに実際は二年間、冬にやっただけなんだぞ」

「それで？　モッゲの話じゃうまくいったっていうじゃねえか」

「うまくはいった」ヘンリクは答えた。

押し込みはどれも問題ひとつなかったようなものだが、二度ほど彼とモルガンは隣人に目撃されて、リンゴを盗む子どものように石壁を越えて逃げなければならなかった。つねに前もって逃亡ルートを最低ふたつは準備しておいた。ひとつは徒歩で、ひとつは車で。

ヘンリクは話を続けた。「金目のものがなにも見つからないこともあったが……一度食器棚を見つけたことがあって、それは本物の骨董品だった。十七世紀のドイツ製の棚だ。カルマルで三万五千クローナで売れたよ」

話をしているうちにどんどん興奮してきて、むかしが懐かしいとまで思えてきた。実際彼には鍵のかかったベランダのドアや窓を壊さずに開けるたいした才能があった。祖父がマルネスの大工だったが、自分の腕にかけては同じように誇りにしていた。

だがヘンリクは夜毎エーランド島北部を車で走ることがいかに大変だったかも思いだしていた。あのあたりは冬の寒さが厳しく、それは風の吹きすさぶ屋外も戸締まりされた家のなかでも同じだった。そして休暇のための村はからっぽで物音ひとつしなかった。

「古い家は本物の宝の山だ」トミーが言った。「で、おまえ話に乗るよな？　道案内におまえが必要なんだ」

ヘンリクは黙っていた。みじめでしょぼい行く末の見える人生を送る人間は、本人がそうした人間だと考えていた。そんなふうになりたくなかった。

「じゃあ、話はついたってことで」トミーがたたみかける。「いいな？」

「まあな」ヘンリクは言葉を濁した。

「それはいいぞって聞こえるが」

「まあな」

「さあさあ」トミーが返事をほしがる。

ヘンリクはためらいがちにうなずいた。

刺激がほしかった。刺激のある人生を送りたかった。カミラが出ていったいま、夜はみじめで深夜はからっぽだったが、それでもまだためらいがあった。以前に押し込みをやめることになった捕まることへの危機感ではなく、別のたぐいの恐怖が原因だ。「あの地方は暗いんだ」彼は打ち明けた。

「好都合じゃねえか」トミーが言った。

「本当に暗いんだ」ヘンリクは話を続けた。「村には信号もないし、別荘の電力はたいてい切ってある。なにも見えないんだよ」

「問題ねえぞ。昨日ガソリンスタンドで懐中電灯をパクったから」

ヘンリクはゆっくりとうなずいた。もちろん懐中電灯があれば暗闇は取り除けるが、ある程度までの話だ。「使えそうなボートハウスがある。ふさわしい買い手が見つかるまでの倉庫用に」

「そいつはいいな。じゃあ、あとはこれぞっていう家を見つけるだけだな。モッゲから、おまえはいい家を知ってると聞いたぞ」

「少しな。職業柄わかるものさ」

「住所を教えてくれ。そうしたら安全かどうかたしかめられる」

「どういうことだ？」

「アレイスターに尋ねるから」

「なんだと？」

「おれたちはいつもアレイスター・クロウリーと話をしてるんだよ」トミーがバッグをテーブルに置いて開けると、黒っぽい木でできた浅くたいらな箱が現われた。「こいつを使って彼と連絡をとる」

箱を裏返してテーブルに置くトミーを、黙ってヘンリクは見ていた。文字、言葉、数字が箱の内側の木に焼きつけられていた。アルファベットすべてがあり、0《ゼロ》から10までの数字と〈はい〉〈いいえ〉の言葉もあった。それからトミーはバッグから小さなグラスを取りだした。

「子どもの頃にやったことがある」ヘンリクは言った。「グラスに精霊が宿って答えを示すってやつだろう？」

「勝手に言ってろ、こいつはマジだ」トミーが箱にグラスを置いた。「ウィジャボードだ」

「ウィジャボード？」

「そう呼ばれてる。この箱は古い棺桶の蓋で作られてるんだぜ。明かりを少し落とせるか？」

ヘンリクはひとりほほえんだが、とにかく明かりのスイッチへと立った。

三人ともテーブルについた。トミーはグラスに小指をあてて目を閉じた。部屋には沈黙が広がっている。トミーはゆっくりと喉をひっかいた。なにかに耳を澄ましているようだ。

「そこにいるのは誰だ？」彼は尋ねた。「そこにいるのはアレイスターか？」

数秒はなにも起こらなかった。それからグラスがトミーの指の下で動きはじめた。

ヘンリクはさっそく翌日、黄昏《たそがれ》時に祖父のボートハウスへ準備のために出かけた。

赤く塗られた小さな木造の小屋は海岸から十数メートルの牧草地に建っている。近くに夏の小さな別荘が二軒。八月中旬以降は誰も近づく者がいなかった。ここでは安らぎを感じることができる。

このボートハウスを祖父のアルゴットから相続した。祖父が元気だった頃は毎年何度かは一緒に海へ出て網を張り、ボートハウスで一晩過ごしてから五時に起きて獲物がかかっていないかたしかめたものだ。

バルト海に面したこの場所に立っていると、あの頃が懐かしくなって、祖父がもうこの世にいないことが悲しいと思った。アルゴットは最後の心臓発作が起きるまで、引退後も大工仕事とちょっとした工事を続けて人生に少しも不満がないかのようだった。島を離れたことがほんの数度しかなくてもだ。

かんぬきを外してなかの暗闇を覗いた。祖父が死んだ六年前からなにも変わっていないようだ。網が壁にぶらさがり、作業台はまだ床に置いてあるし、鉄のストーブは部屋の片隅で錆びついている。カミラはなにもかも掃除して内部の壁を白く塗りたがったが、ヘンリクはこのままでちっとも構わないと思った。

板張りの床にあったオイル缶や工具箱などを片づけ、盗品を包めるように防水布を広げた。それから入り江の栈橋へ出て、海草としょっぱい海水の匂いを吸いこんだ。北には、海から突きでるようにしてウナギ岬の双子灯台が見える。

栈橋の下に彼のモーターボートがある。屋根のない船だ。覗いてみると床に雨水が溜まっていた。ボートへ降りると水を汲みだしはじめた。

作業を進めながら昨夜起こったことをまた考えた。セレリウス兄弟とキッチンに腰を下ろし交霊会――と言っていいのかはわからないが――をおこなった。

グラスはたえずボードの上を動いてすべての質問に返事をくれた。だがもちろん、あれはトミー自身が動かしていた。目を閉じていたようだったが、薄目を開けてグラスが正しい場所にたどり着くようにしていたのだろう。

とにかく、夏の別荘に押し入るという計画をアレイスターの魂は心から支持しているらしい。ヘンリクが提案してトミーが尋ねたステンヴィークの村について、グラスは〈はい〉へと進み、別荘に金目のものはあるかと尋ねたときも同じ答えだった。〈はい〉だ。

最後にトミーは訊いた。「アレイスター、どう思う……おれたち三人は信頼しあえるか？」

小さなグラスは数秒ほどじっとしたままだった。それからゆっくりと〈いいえ〉へむかった。

トミーが短くしゃがれた笑い声をあげた。「構わん」そしてヘンリクを見た。「おれは誰も信用しねえ」

四日後にヘンリクとセレリウス兄弟は初めて北への旅を実行した。ヘンリクが選んでアレイスターが承認した夏の別荘が連なる場所だ。ここは冬のあいだ無人の家しかなく、暗闇のなかでまさにまっ暗だった。

ヘンリクと兄弟は窓を破って別荘に侵入したが、小型で高価な品を探していたわけではなかった。夏の休暇客は現金やデザイナーズ・ウォッチやゴールドのネックレスなどを冬のあいだも別荘に置いておくほど愚かではないとわかっていた。だが、休暇が終わっても田舎の別荘からなかなか移動させせない品もある。テレビ、ステレオの類、酒瓶、シガレット・ケースやゴルフクラブ。納屋にはチェーンソー、ガソリン缶、電動ドリルが残されていることがある。

トミーとフレディがボトルシップを壊し、ヘンリクがその件で文句を言い終えてから、三人は手分けしてお宝を探しつづけることにした。

ヘンリクは小さな部屋をさらに調べた。家の前は岩場の海岸線で波の音が聞こえ、見晴らし窓のむこうにまっ白な半月が海の上でぶらさがっていた。ステンヴィークは島の西岸にある人の住まない小さな漁村のひとつだった。

どの部屋に入っても静寂が待っていたが、それでも壁と床に見られているような気がしていた。そのため、用心しながら移動してなにも不都合を起こさないようにした。

「おい？　ヘンケ？」

トミーの声がしてヘンリクは応えた。「どこにいる？」

「ここだ、キッチンのすぐ前だ……仕事場みたいな場所がある」

狭いキッチン越しに聞こえるトミーの声のほうへむかった。彼は窓のない部屋の壁際に立って、手袋をした右手でなにか指さしていた。

「どうだ、これ？」

トミーは笑顔ではなく――もっとも彼はめったに笑わなかった――掘り出し物を見つけたかのような表情で壁を見あげていた。大きな壁掛け時計があった。濃い色の木でできたものでガラスカバーの奥の文字盤にはローマ数字。

ヘンリクはうなずいた。「ああ……これはなかなかの品みたいだ。古いのか？」

「そうらしい」トミーがガラスのカバーを開けながら言った。「おれたちがツイてるとしたら、こいつはアンティークだ。ドイツ製かフランス製だな」

「動いてないぞ」

「きっとゼンマイを巻かねえといけないんだろうよ」彼はカバーを閉めて叫んだ。「フレディ！」

すぐさま弟がドシドシとキッチンへやってきた。「なんだよ？」

「手を貸してくれ」トミーが言った。

フレディは三人のなかでいちばん腕が長かった。彼が時計を壁からはずして降ろした。それからヘンリクが手を貸して運んだ。

「さあ、外へ出すぞ」トミーが言った。

ヴァンは家の裏手の暗がりに駐めていた。車体の横には〈カルマル配管&溶接〉の文字がある。トミーがビニールの文字シールを買って自分で貼ったのだ。カルマルにそんな溶接会社はないが、会社のヴァンならば、どこのものとも知れない古い配達ヴァンで夜間に走りまわるよりも疑いを招くことが少ない。

「来週、マルネスに警察署ができるそうだ」時計をベランダの窓から外へ出しながらヘンリクは言った。今夜はほとんど風がなかったが、空気は爽やかで冷たかった。

「どうして知ってる?」トミーが言った。

「今日の朝刊に載ってた」

暗闇でフレディのしゃがれた笑い声が聞こえた。

「ああ、だったら本当なんだな」トミーが言った。「ひょっとしたらおまえ、警察に通報しておれたちふたりをタレこむつもりじゃねえか。自分の罪を軽くしてもらうために」

彼は下くちびるをさげて歯を見せた。それが彼なりの笑顔だった。

ヘンリクも暗闇のなかで笑いかえした。警察は島じゅうの数え切れないほどの夏の別荘を見回りしなければいけないし、たいていは昼間しか働かない。

三人はヴァンの後部に時計を載せ、さらに折りたたみ式のエクササイズ・バイク、磨かれた石灰岩でできた大きな花瓶を二個、ビデオプレイヤー、小型船外機、コンピュータ、プリンター、テレビを、すでに積みこんでいた複数のスピーカーに追加した。

「今夜はこんなところにしておくか？」トミーがヴァンのハッチを閉めると言った。

「ああ。もうなにも残ってないだろう」

ヘンリクはとりあえずさっと家へもどって窓を閉めた。地面から小さな薄い石をいくつか拾うと木枠との隙間に押しこんで窓がずれないようにした。

「行くぞ」トミーが背後から叫んだ。

兄弟は押し込みのあとで戸締まりのようなことをしても時間のむだだと思っていた。だが、持ち主がこの別荘にもどってくるのはおそらく何カ月も先のことで、それまで窓が開いていると雨や雪で内装がだめになってしまうことをヘンリクは知っていた。

ヘンリクが助手席に乗るとトミーはエンジンをかけた。続いてドアポケットのなかに手を入れた。キッチンペーパーに包まれた小さな品はアイス——覚醒剤だった。

「またやるか？」トミーが尋ねた。

「いい。もうじゅうぶんだ」

兄弟は大陸からアイスをもちこんでいた。売りさばくのと自分たちで使用するのと両方が目的だ。アイスには尻を蹴りあげてくれるような効果があるが、ヘンリクは一晩に一度以上やると旗竿のように震えはじめ、きちんと考えることがむずかしくなった。さまざまな考えが頭でぶつかりあって眠れなくなる。

なんといっても彼は依存症じゃない――だが堅物でもない。一回がちょうどよかった。

トミーとフレディはヘンリクと同じ問題を抱えているようには見えなかったし、カルマルへもどっても夜通し起きているつもりかもしれない。ふたりともアイスを包み紙もろとも口に詰めこみ、バックシートのペットボトルの水で丸ごと飲み干した。それからトミーはアクセルを踏みこんだ。家の横をさっと走り抜けて人のいない村道へ出た。

ヘンリクは時計をたしかめた。〇時三十分になろうとしている。「よし、ボートハウスへもどろう」彼は言った。

幹線道路に出るまで道にほかの車はまったく走っていなかったが、トミーは一時停止の標識に律儀に従い、それから南へ折れた。

「ここで曲がってくれ」十分後にエンスルンダの標識が見えるとヘンリクは言った。

ほかの車も人の姿も見当たらない。砂利道はボートハウスで終わっていた。トミーがヴァンをバックでめいっぱいボートハウスに近づけた。海に近いこのあたりは洞窟のように暗かったが、北ではウナギ岬の灯台の明かりが瞬いていた。

ヘンリクはヴァンのドアを開けて波の打ち寄せる音を聞いた。音は漆黒の海から漂ってくる。祖父のことを思いだす。六年前、まさにここで息を引き取った。アルゴットは八十五歳で心臓の病気を患っていたが、それでもある風の強い冬の日にベッドから這いだしてタクシーでここまでやってきた。運転手は道で祖父を降ろしたそうで、祖父はその直後に大きな心臓発作に襲われたにちがいなかった。だがアルゴットはなんとかボートハウスへたどり着き、ドアの前で冷たくなって発見された。

「いい考えがある」懐中電灯の明かりを頼りに盗品を降ろしているとトミーが言った。「提案だぜ。話を聞いて、意見を頼む」

「なんだ？」

トミーは答えなかった。ただヴァンに手を入れてなにかを引っ張りだした。大きな黒いニットキャップのようだった。「こいつをコペンハーゲンで見つけたんだ」その黒い布が懐中電灯の明かりで照らされ、ヘンリクは普通のキャップではないとわかった。泥棒がかぶるたぐいのフード、目出し帽だ。目と口に穴があいている。「提案ってのは、次はこいつをかぶるってことさ。そして夏の別荘から移動しようぜ」

「移動？　どこへ移動するんだ？」

「からっぽじゃない家さ」

海辺の暗闇ではしばらく沈黙が広がった。

「いいアイデアだぜ」フレディが言った。

ヘンリクは無言で目出し帽を見つめた。考えていた。

「わかってるさ……リスクが大きくなる」トミーが言った。「だが、儲けも大きくなる。夏の別荘じゃ現金や貴金属は絶対に見つからないぞ……一年中、人の住んでいる家じゃないとな」彼は目出し帽をヴァンにもどして話を続けた。「もちろん、すべて大丈夫かどうかアレイスターに確認しなけりゃならんが。それにちょっとばかり奥まった場所にある安全な家を選ばねえとな。警報機のない家を」

「それに犬を飼っていない家」フレディが口を挟む。

「そうだ。クソ犬もいない家をな。それにこいつをかぶっていれば、誰にもおれたちだってわからんさ」トミーはヘンリクを見やった。「なあ、どう思う？」

「なんとも言えないな」

本当は金が目当てではなかった——ヘンリクの仕事は最近うまくいっている——彼が追いかけているのは第一に刺激だった。日常生活の憂さを晴らしてくれる。

「じゃあフレディとおれだけでやるさ」トミーが言った。「分け前が多くなるから、なんの問題もねえよ」

ヘンリクはすばやく首を横に振った。トミーやフレディとさらに何度も遠出することはないだろうが、やめるときは自分で決めたかった。

彼は今夜早い時間に床に落ちて壊れたボトルシップのことを考えて言った。「おれもやるよ……用心してやるなら。誰も傷つけないなら」

「誰を傷つけるっていうんだ？」トミーが訊いた。

「家に住んでる人だよ」

「寝てるに決まってるだろ。もしも誰か起きてきても英語をしゃべればいい。そうすりゃ外国人だと思われる」

ヘンリクはうなずいたが、完全には納得していなかった。盗品に防水布をかけ、ボートハウスのドアのかんぬきをかけた。

ヴァンに飛び乗り、島を横切って南へむかい、ボリホルムをめざした。

二十分で町にもどると、十月の暗闇に街灯が走り去っていった。だが、歩道は田舎道と同じようにからっぽだった。トミーがスピードを落とし、ヘンリクの住むアパートメントの前に車を寄せた。「よし。一週間後でいいか？ 来週の火曜の夜でどうだ？」

「いいさ……けど、その前に下見に行くよ」

「おまえ、このなにもない場所の暮らしが気に入ってんのか？」

ヘンリクはうなずいた。

「そうか」トミーが言った。「ところでな、品物を自分でさばこうとは思うなよ。おれたちがカルマルで買い手を見つける」

「それで構わない」ヘンリクは返事をしてヴァンのドアを閉めた。

暗い戸口へ歩き、時計をたしかめた。一時半。あれだけのことをやったにしてはかなり早い時間で、アラームに起こされて昼の仕事に出かけるまで、孤独なベッドで五時間は眠ることができる。

住人が眠っている島のたくさんの家のことを想像した。ぐっすりと眠っているところを。なにかあれば逃げだせばいい。もしも押し込みで誰かが起きてきたら、逃げればいいだけだ。あの兄弟とバカらしいグラスの精霊は自分たちでなんとかしたらいい。

3

ティルダ・ダーヴィッドソンはマルネスにある高齢者のためのホームで、親戚のイェルロフ・ダーヴィッドソンの部屋を前にしてバッグにテープ・レコーダーを入れて腰かけていた。ひとりではなかった。廊下の先のソファに白髪の小柄な老婦人ふたりが座っていて、どうやら午後のコーヒーを待っているようだった。

ふたりは絶え間なく言葉を交わしており、ティルダはいつしかふたりの静かな会話に耳を澄ましていた。会話は不満げで心配そうな口調で続けられ、長いため息をいつまでも繰り返し漏らしているかのようだった。

「あの子たちはいつも移動してばかりじゃありませんか。どこでも飛びまわってねえ」ティルダに近いほうの老婦人が言った。「海外から帰ったと思ったらまたすぐに次の旅よ。遠くへ行けば行くほどいいのね」

「あなたの言うとおり。近頃では出し渋るということなんてないんですよ」もうひとりが言った。「それはもうまちがいなくて……」

「あの子たちの金遣いときたら。自分のために買い物をするときは……」最初の老婦人が言った。「先週、末の娘に電話したら婿と共同でもう一台新車を買うって言うのよ。〝でも、立派な車をもってるじゃないの〟とわたしは言ったのね。〝ええ、でも今年近所の人たちはみんな車を買い換えたから〟って言われたわ」

「あの子たちはそれしかやらないんですよ。買い物、買い物、買い物。いつでもね」

「そうよ。そして親には連絡もしてこない」

「ええ、そうですね……息子は一度だって電話してきたことがないんですよ。わたしの誕生日にさえもね。電話するのはいつだってこちらからで、あの子はいつだっておしゃべりする時間がない。いつだってなにかをしている途中だったり、観たいテレビ番組があるんです」

「テレビと言えば──あの子たちはいつだってテレビを買い直しているわ。近頃じゃ家ほどもある大きさじゃないとダメみたい……」

「あたらしい冷蔵庫も」

「電子レンジも」

ティルダはそれ以上は聞けなかった。イェルロフの部屋のドアがひらいたからだ。長い背中はわずかに曲がって脚はかすかに震えていたが、イェルロフは世界になんの心配事もない老人のようにティルダに笑いかけていた。去年の冬に会ったときよりも今日のほうが元気に見えるとティルダは思った。

一九一五年生まれのイェルロフは去年、ステンヴィークの夏の別荘で八十歳の誕生日を祝った。彼のふたりの娘たちも出席し、長女のレナは夫と子どもたち、そして次女のユリアはあたらしい夫と三人の連れ子たちと一緒だった。あの日はリウマチの具合のためにイェルロフは午後ずっと車椅子に座っていなければならなかった。だが、いまの彼は杖をついて戸口に立ち、チョッキと濃い灰色のギャバジンのズボンを身につけている。

「よし、天気予報が終わったさね」彼は静かに言った。

「よかった」

ティルダは立ちあがった。イェルロフが天気予報を聴かねばならないというので、部屋に入るのを待つことになったのだった。天気予報が重要な理由はいまひとつ理解できなかった――この寒さでは外出することはないでしょうに――けれども、おそらくは風向きと天候に目を光らせることが、バルト海で貨物船の船長を務めていた時代から続く習慣なのだろう。

「お入り、お入り」

イェルロフがドアのすぐ内側で手を差しだした。抱きしめて挨拶するようなたぐいの人ではない。彼が誰かの肩をぽんと叩く仕草も見たことがなかった。

固い手がしっかりとティルダの手を握った。イェルロフは十代の頃から海に出ており、二十五年前には陸にあがったというのに、ロープを引っ張り、貨物の箱を運び、指の皮膚がちぎれるほど鎖を扱った生活でできたタコがまだ残っていた。

「それで、これからの天気はどうなるの？」

「訊かんでくれ」イェルロフがため息をつき、小さなコーヒー・テーブルのそばの椅子に腰を下ろした。脚がこわばっているようだ。「ラジオ局が天気予報の始まる時間をまた変えたもんで、地元の気温を聞き逃したさね。だがノールランド地方では寒くなるそうだから、このあたりでも気温は下がると思ってよかろう」彼は本棚の隣の気圧計に怪しむような視線を投げかけてから、窓の外の裸になった木立を見やってつけ足した。「今年は厳しい冬になるだろう。寒い冬がすぐに来る。夜に星があれだけ輝いてることからわかるよ。とくに北斗七星が。それに夏からもわかる」

「夏から？」

「夏に雨が多いと、厳しい冬になる。誰でも知ってることさね」

「わたしは知らなかった。でも、それがわたしたちに関係ある？」

「あるともさ。長く厳しい冬はいろんなもんに影響する。たとえばバルト海での航行だよ。氷が船を遅らせて利益が下がる」

ティルダは部屋の奥へ入って、イェルロフが海に出ていた時代のさまざまな思い出に対面した。壁には彼の所有していた複数の船のモノクロ写真、オイル染みのある船名板、額縁入りの船舶登録証がかけられている。亡くなった両親と妻の小さな写真もあった。

ここでは時間が止まっている。

イェルロフのむかいに腰かけ、ふたりのあいだのテーブルにテープ・レコーダーを置いた。それからテーブル置きのたいらなマイクを接続した。

イェルロフが気圧計にむけたのと同じ視線を録音機器へ送った。テープ・レコーダーはたいして大きくないが、彼の視線がレコーダーとティルダのあいだをさっと行き来するのがわかった。

「では……話せばいいんかね？」イェルロフが尋ねた。「兄について？」

「ほかのこともいろいろと」ティルダは答えた。「なにもむずかしいことはないでしょう？」

「だが、なんでまた？」

「それは、思い出や話を保存するため……うしなわれる前に」すぐにつけくわえた。「もちろん、あなたはまだ何年もお元気でしょうけどね、イェルロフ。そんな意味じゃないの。念のために録音しておきたいだけで。生前、父は祖父についてほとんど話さなかったから」

イェルロフがうなずいた。「話はできるよ。だが録音するとなれば、話す内容について気をつけんとな」

「大丈夫。カセットテープはいつでも重ね録りできるもの」

八月に電話をかけてマルネスに引っ越してくる話をしたときに、イェルロフはあっさりとこの録音について了承してくれたが、どうやらまだ少々緊張しているようだった。「もう録音は始まってるんかね？」彼は静かに尋ねた。「テープはまわってる？」

「いえ、まだよ。始めるときは教えるから」

ティルダは録音ボタンを押してテープがまわりはじめたのを確認すると、促すようにイェルロフにうなずいてみせた。「さあ……録音を始めます」背筋を伸ばしたティルダは、自分の声がいつもに比べて緊張して堅苦しいように思った。「わたしはティルダ・ダーヴィッドソン。マルネスで暮らしていた祖父ラグナルの弟イェルロフと家族について話をします……」

イェルロフがややぎこちなくマイクにむかって身を乗りだすと、はっきりした声でティルダの言ったことを正した。「兄のラグナルはマルネスには暮らしてなかった。暮らしてたのはマルネス南のレールルビ郊外の沿岸だった」

「ありがとう、イェルロフ……それで、ラグナルの思い出にはどんなものが？」

イェルロフがほんの少しためらった。

「いい思い出がたくさんある」彼は間を置いてから言った。「一九二〇年代にステンヴィークで一緒に育ったが、もちろん、まったく異なる職業を選んだ——兄は小さな平屋を買って農夫と漁師になり、わたしはボリホルムへ引っ越して結婚した。そして最初の貨物船を買った」

「どのぐらいの頻度で会っていたの？」

「そうさな、わたしが海からもどるたび、年に二回ぐらいだな。クリスマスの頃と夏の時期だ。たいていラグナルが町のわたしたちを訪ねてきた」

「その頃はお祝いもした？」

「ああ、とくにクリスマスに」

「どんなふうだったの？」

「大勢で楽しかったよ。食べ物もたくさんあって。ニシンとジャガイモ、ハム、豚足、肉団《クロップ》子《カーカ》。もちろんラグナルはいつもたくさんのウナギをもってきてくれた。燻製も酢漬けも両方、それから灰汁《ルーテフィスク》に浸したタラもたっぷり……」

イェルロフは話せば話すほど緊張を解いていった。それはティルダも同じだ。

ふたりはさらに三十分ほど話を続けた。だが、ステンヴィークの風車小屋の火事についての長い話が済むと、イェルロフは片手をあげて弱々しく振った。ティルダは彼が疲れたのだとわかり、急いでテープ・レコーダーのスイッチを止めた。

「すごい」彼女は言った。「これだけのことを覚えているなんてたいしたものね、イェルロフ」

「家族の昔話はいまでも頭に残ってるさね。数え切れないほど聞かされた。こうした話をするのは頭のためにもいいね」彼はテープ・レコーダーを見やった。「ちゃんと録音できたかね？」

「もちろん」

ティルダはテープを巻きもどして再生ボタンを押した。イェルロフの録音された声は静かでやや固く、繰り返しが多かったが、はっきりと聞きとれた。

「よかった」彼は言った。「普通の者たちの生活を研究する者には、役立ちそうさね」

「それから、とくにこのわたしに。祖父が亡くなったとき、わたしはまだ生まれてもいなかったし、父さんは家族の話を聞かせるのが得意じゃなかったから。それで、どうしても知りたくなって」

「歳月と結びついているからな。過去について知れば知るほど、自分の出自に関心が出てくるもんさ。わたしの娘たちもそうだったよ……いまいくつかね？」

「二十七歳よ」

「このエーランド島で仕事をするんだな？」

「ええ。訓練をようやく済ませたところ」

「どのぐらいいるつもりかね？」

「まだわからないけど。とにかく、来年の夏までは」

「それはいいな。若者が島にやってきて仕事を見つけるのはいつだっていいもんさ。おまえはマルネスに住んでるんだね？」

「広場のすぐ近くにベッドルームひとつの部屋を見つけたの。海岸沿いに南が見えて……祖父の家も見えそうなくらい」

「いまでは別の家族のもんだがな。だが、あそこまで行ってながめることならできる。それにもちろん、ステンヴィークのわたしの別荘も」


ティルダは四時半を少しまわったところでテープ・レコーダーをリュックに入れ、マルネスのホームをあとにした。

ジャケットの前を閉めてマルネスの小さな中心街に通じる道に出たときに、若者が薄いブルーのモペッドをパタパタいわせてティルダをかすめるようにして反対方向へ走っていった。

ティルダは首を横に振ってみせて、モペッドの速度が速すぎると思っていることを伝えようとしたが、若者は目を合わせなかった。二十秒後には彼の姿は消えていた。

かつてモペッドに乗った十五歳の少年たちは世界で最高にクールだと思っていた。いまではむしろ蚊に近いものだと思っている――小さくてうざい。

リュックの位置を調整して中心街へむかった。正式に仕事が始まるのは翌日だが、ちょっと職場に顔を出してから小さなアパートメントへ帰り、荷ほどきを続けるつもりだった。そしてマルティンに電話をする。

背後のモペッドのパタパタいう音は完全に消えてはおらず、今度はふたたび大きくなってきた。あの若者は教会のあたりでUターンして、引き返してきたのだ。

歩道を走っている彼は今度はティルダを追い抜くしかなかった。スピードを落としはしたものの、エンジンの音を威嚇するようにあげて追い越そうとした。ティルダは彼の目をにらみつけて行く手をふさいだ。モペッドは停まった。

「なんだよ?」若者がエンジンの騒音に負けないように大声を出した。

「モペッドの歩道での走行は禁止されているんだけど」ティルダは負けないくらいの大声で言い返した。「法律違反ね」

「ああ、そうだよ」若者がうなずいた。「でも、ここを走ったほうが速い」

「歩行者を轢《ひ》くかもしれないでしょう」

「だからなんだよ」若者がそう言ってうんざりした視線を彼女にむけた。「警察でも呼ぶっもりかい?」

ティルダは首を左右に振った。「いえ、そのつもりはないわ。だって――」

「もういないもんな」若者はモペッドのアクセルをひねる。「二年前に派出所は閉鎖された。エーランド島北部にもう警察はいないんだ」

ティルダはエンジン音に負けないよう叫ぶのに飽き飽きしていた。すばやく身を乗りだすとイグニションにつながるケーブルを引っ張った。モペッドはすぐに静かになった。

「いまは警察がいるの」彼女は穏やかに落ち着いて言った。「わたしは警官で、こうしてここにやってきたから」

「あんたが?」

「今日から赴任」

若者はティルダを見つめた。ティルダはジャケットのポケットから財布を取りだすとそれをひらいて身分証明書を見せた。若者は長いことそれを見つめてから、尊敬のまなざしでふたたびティルダを見やった。

相手が警官だとわかるといつも、人はちがったまなざしで見てくる。制服を着ているときは、ティルダが自分自身を見る目さえも変わる。

「名前は?」

「ステファン」

「フルネームで」

「ステファン・エクストレーム」

ティルダは手帳を取りだして名前を書き留めた。

「今回は警告だけにしておくけれど、次は罰金よ。あなたのモペッドは改造されているわね。シリンダーの排気量を上げてる？」

ステファンがうなずいた。

「では降りて、押して帰るように」ティルダは言った。「帰宅したら合法になるようにエンジンを直して」

ステファンがモペッドを降りた。

ふたりは黙ったまま並んで広場へと歩いた。

「マルネスに警察がもどってきたとお友だちにも伝えて。次に改造モペッドを見かけたら没収するし、罰金もかけるから」

ステファンがまたうなずいた。この頃にはティルダに見とがめられたことを一種の武勲かなにかだと思っているようだった。

「おねえさん、銃はもってるの？」中心部に到着すると彼は尋ねた。

「ええ。厳重に鍵をかけてね」

「どんな銃？」

「シグ・ザウエル」

「それで誰かを撃ったことある？」

「いいえ。それにこの町で使うつもりもないわ」

ステファンはがっかりしたようだった。


マルティンとの約束では、六時頃、彼が仕事を終えて帰宅する前に電話をかけることになっていた。それまでにこれからの職場を見るだけの時間があった。

マルネスのあたらしい警察署は広場から数ブロックの脇道にあり、ドアの上の警察の紋章はまだ白いビニールに包まれていた。

ティルダはポケットから署の鍵を取りだした。前日にボリホルムの警察署で受け取ってきたのだが、入り口のドアにやってくるとすでに鍵は開いていた。男たちの声がなかから聞こえる。

警察署は一部屋だけで受付のスペースはなかった。子どもの頃にマルネスを訪れたとき、ここは菓子屋だった記憶がうっすらとある。壁はがらんとしてカーテンもなく、フローリングの床にはラグマットもなかった。

がっしりした中年男性ふたりが室内に立っていた。ジャケットを着て、土足だ。ひとりはダークブルーの警察の制服で、もうひとりはグリーンの中綿ジャケットという私服。ふたりは口をつぐんで、さっとティルダのほうを見た。まるで下世話なジョークの途中でじゃまでもされたかのようだ。

ティルダはひとりには会ったことがあった。私服のほうだ――イェーテ・ホルムブラッド本部長。地方警察の責任者だ。白髪を短くして口の端にはつねに笑みを漂わせている。ティルダが誰か気づいたようだ。

「やあこれは」彼が言った。「あたらしい分署にようこそ」

「ありがとうございます」彼女は上司と握手をかわし、もうひとりの男にむきなおった。薄くなりつつある黒髪と濃い眉毛の五十代だ。「ティルダ・ダーヴィッドソンです」

「ハンス・マイネルだ」彼の握手は固く、乾いていて短かった。「どうやら、ここで一緒に働くことになるようだな」

うまくいくと納得している口調ではないとティルダは感じた。口をひらいて相槌を打とうとしたが、マイネルは間を置かずに話を続けた。

「もちろん、おれはそもそも、ここにはたいしていないがね。ときどき顔は出すがたいていはボリホルムで仕事をすることになるだろう。あそこにデスクを残してある」

彼は地方警察本部長にほほえみかけた。

「了解です」ティルダはそう言ったが、エーランド島北部の警官として思っていたよりもひとりの時間が多くなりそうだと突然気づいた。「あなたは特定の事件の仕事をしているんですか？」

「そう言えるだろうな」疑わしいものがあるような様子で、マイネルが窓の外の通りを見て言った。「麻薬だよ、当然。その手のありがたくないものがこの島にも入りこんでいる。よそと同じように」

「これがきみのデスクだよ、ティルダ」本部長が窓辺から声をかけた。「もちろん、コンピュータも入れる予定だ。ファクスも……それから警察無線機をここに。しばらくのあいだは、電話でなんとかやりくりしてくれ」

「わかりました」

「もっとも、きみはこの署で座っていられないだろうがね。まったく逆になるだろう、実際のところ」本部長が言った。「それが地方警察改革の理念だ。きみは外にいなければならない。通りで目に見える存在になろう。焦点は交通違反、器物損壊、軽微な窃盗や押し込みだ。あまり複雑でない捜査だな。それに当然ながら青少年犯罪だ」

「任せてください。ここに来る途中で改造モペッドを停めました」

「よしよし」本部長がうなずいた。「では、きみはここに警察がまた存在することになったと示したわけだ。来週は正式なオープニング・セレモニーがある。マスコミも招待してある。新聞、地元ラジオ……その頃の都合はいいかね？」

「もちろんです」

「よろしい。わたしが考えるにここでのきみの仕事は……まあ、きみは本土のベクショーからやってきたばかりだ。この島では個人で働く機会が多くなるだろう。よくも悪くもね。仕事をする日を好きなように調整する自由度は高くなるが、責任も増す。つまりだな、ボリホルムからここへは三十分かかり、むこうの署はいつも人手が足りていない。だからなにか起こっても、きみが助けを得られるまでしばらくかかることになるんだ」

ティルダはうなずいた。「警察学校でバックアップが遅れたときの状況を何度も訓練しました。教官たちはたいへん熱心に――」

デスクについていたマイネルが鼻を鳴らした。「警察学校の教官たちは、そんな状況の現実なんかこれっぽっちもわかっていないさ。あいつらが現場に出たのは、ずっとむかしのことだ」

「ベクショーの教官たちはとても有能でした」ティルダはすぐに言い返した。

まるで警察車両の後部に新人として座っているようなものだった。口は閉じて先輩たちにしゃべらせておくものだと言われている。ティルダはそうした考えがむかしから大嫌いだった。

本部長がティルダを見て言った。「わたしはただ、きみがひとりで問題のある状況に陥る前に、ボリホルムから島のこの付近までは距離があることを心に留めておくのが重要だと言いたいだけだ」

彼女はうなずいた。「どんな問題が生じても対処できればと思っています」

本部長がまた口を開け、おそらくは説教を続けようとしたのだろうが、そのとき壁の電話が鳴り響いた。

「わたしが出よう」本部長は勢いよく電話に近づいた。「カルマルからだろう」

彼は受話器を取って言った。「マルネス警察署、ホルムブラッドだ……どこで？……そうか……わたしたちでむかったほうがいいな」受話器を降ろした。「ボリホルムからだった。

通報が入って、エーランド島北部で事故死とのことだ」

マイネルがからっぽのデスクから立ちあがった。「ここでですか？」

「ウナギ岬の灯台横だそうだ」本部長が言った。「場所がどこか知っている者は？」

「ウナギ岬はここの南ですよ」マイネルが応える。「たぶん七、八キロですね」

「そうか、車が必要だな」本部長は言った。「救急車がすでにむかっている。溺死らしい」

一八六八年、冬

ふたつの灯台が建てられたとたんに、ウナギ岬の周囲では安心感が生まれた。船にとっても、人にとってもね。少なくとも灯台を建てた男たちはそう信じていた——海岸では命に危険はなくいつでも守られていると信じていた。女たちは、そうとはかぎらないとわかっていた。

あの頃は死がもっと身近だった。死が家に入りこんだ。

古い納屋の干し草置き場に女の名前がある。急いで壁に彫られたもの。〈大切なカロリーナ、一八六八年〉。カロリーナは百三十年近く前——古きよき時代と言われることもある時期に亡くなったけれど、ウナギ岬でどんなことが起こったか壁越しにわたしに囁いた。

——ミルヤ・ランベ

屋敷は広い。広すぎる。シェシュティンは部屋から部屋へまわってカロリーナを探すが、手に余る。ウナギ岬には探すべき場所が多すぎて、この屋敷には部屋が多すぎる。

それに渦雪が近づいていて屋外の空気には重みがあるように感じられ、時間がないとシェシュティンにはわかっている。

屋敷は頑丈に建てられているから嵐でもびくともしないけれど、人にどう影響するかは別の話。渦雪だと誰もが迷子の鳥のようにストーブのまわりへ集まって、通り過ぎるのを待つ。

収穫の乏しいむずかしい夏に続いて島にやってきたのは厳しい冬だ。二月の第一週、海岸はそれは厳しい寒さで、必要がないかぎり誰も外へ行かない。けれども、灯台守たちや鉄骨の組み立て職人たちはやはり灯台での勤務に出なければならず、今日は灯台守主任のカールソンを残し、身体の空いた男たちは全員で岬に出て吹雪に備えて灯台の補強をしている。

女たちは家に残っているが、カロリーナはどこにも見つからない。一階も二階もすべての部屋を調べ、屋根裏の梁と梁のあいだまで見た。ほかのメイドや灯台守の妻たちには言えない。誰もカロリーナの体調に気づいてないから。疑っているかもしれないけれど、確信はしていないはず。

カロリーナは十八歳でシェシュティンより二歳年下。ふたりとも灯台守主任のスヴェン・カールソンのメイドだ。シェシュティンは自分のほうが物事をしっかり考えるし注意深いと思っている。カロリーナのほうは活発でお人好しだった──ある意味では、シェシュティンの姉で去年アメリカへわたったフィーナのように冒険精神がある──それはたまに問題が生まれるという意味になる。最近ではカロリーナの問題は増えて、それをシェシュティンだけに打ち明けていた。

カロリーナが屋敷をあとにして林に入ったか泥炭湿地へむかったのならば、見つけることはできない。カロリーナは渦雪が迫っていることを知っていたのに——そこまでせっぱ詰まっているの？

シェシュティンは外へむかう。雪に覆われた中庭で、風が空から吹き下ろして建物と建物のあいだで渦巻き、吹き抜けることができずにいる。渦雪はすぐそこまで訪れていて、これは予兆にすぎない。

鋭い音が聞こえるが一瞬にして静かになる。風の音ではない。女の悲鳴だ。

風にスカーフやエプロンドレスが引っ張られてシェシュティンは前のめりになる。納屋の扉を開けて入るしかない。

歩いていくと、牛がモーと鳴いて落ち着かなげに動く。誰もいない。そこで彼女は広い干し草置き場に続く急な階段をあがる。上のほうでは空気が凍えるようだ。

なにかが壁際で動いている。大きな干し草の山の下だ。埃と影のなかのかすかな動き。カロリーナだ。干し草に覆われた床に横たわり、汚れた毛布の下の脚に力はない。近づくと、弱くぜいぜいと呼吸して、恥ずかしさに満ちた表情をしている。

「シェシュティン……たったいまあったみたい」カロリーナが言う。「出てきたみたい」

シェシュティンは胸騒ぎが全身に広がるのを感じながら膝をつく。

「なにかある？」カロリーナが囁く。「それとも血だけ？」

膝にかけられている毛布はべとべとして濡れている。それでも、シェシュティンは端をもちあげてうなずく。「うん」彼女は言う。「出てきてるわ」

「生きてるの？」

「いいえ。これは……ちゃんとできあがってない」

シェシュティンは友の青ざめた顔に身をかがめる。「気分はどう？」

カロリーナの視線はあたりをさまよっている。「洗礼も受けずに死んだのね」つぶやいている。「わたしたち……わたしたち、清められた土地にそれを埋めて、歩きだすことがないようにしないと……埋めてやらないとさまよえる魂になっちゃう」

「無理よ」シェシュティンは言う。「渦雪なのよ。道に出ればわたしたちが死んでしまう」

「隠さないとだめ」カロリーナが囁いて、なんとか息をする。「わたし、身体を売っていたと思われる……だから片づけようとしていたんだと思われる」

「人にどう思われようが構わないわよ」シェシュティンはカロリーナの燃えるような額に手をあてて、静かに言う。「姉からまた手紙を受け取ったの。わたしにアメリカへ、シカゴへ来てほしいって」

カロリーナはもう聞いていないらしい。かすかにあえいでいるだけだ。それでも、とにかくシェシュティンは話を続ける。「わたしは大西洋をわたってニューヨークへ行って、そこで乗り換えるの。姉はチケット代をヨーテボリに送金までしてくれたんだから」彼女はさらに身を乗りだす。「あなたも一緒に来るといいわ、カロリーナ。素敵じゃない？」

カロリーナは返事をしない。彼女はもう呼吸しようと努力をしない。空気はただ彼女から抜けていくばかりで、その音もやっとのことで聞こえる程度だ。

ついにカロリーナは目を見ひらいたまま、干し草のなかで身じろぎせずに横たわる。納屋ではすべてが静まり返る。

「すぐもどるから」シェシュティンは囁くが、涙で声がよく出ない。

干し草に横たわるそれを毛布にくるみ、何度か折り返して血液や羊水の染みが隠れるようにする。続いて立ちあがってそれを抱く。

中庭へむかうと風はさらに力を増していて、母屋へもどろうとする彼女に逆らい、納屋の石壁に吹きつける。シェシュティンはまっすぐに自分の小さな部屋へむかい、自分とカロリーナのわずかな手荷物をまとめて何枚も服を重ね、渦雪が弱まったときに自分を待っている困難な旅の準備をする。

それからためらわずに大きな客間へ歩いていく。オイルランプやタイル張りのストーブが冬の暗闇に暖かさと明るさを広めている部屋だ。中央のテーブル横のアームチェアに灯台守主任のスヴェン・カールソンが座っている。黒い制服の腹の縫い目がはちきれそうだ。

王室に仕える者として、カールソンはこの教区で特権をもつ者のひとりだ。屋敷のほぼ半分の部屋を自由に使えてレールルビの教会に専用の信徒席をもっている。彼の隣には上等の椅子に悠々と構える妻のアンナ。数人のメイドがうしろでぶらぶらしながら渦雪が去るのを待っていて、暗い片隅にはサラばあさんが座っている。誰がばあさんの面倒を見るか決める教区救貧委員会の競りで灯台守主任が委員会から受け取る世話賃の最低額を提示して、救貧院からやってきたのだ。

「いままでどこにいたの？」アンナがシェシュティンの姿を見ると言う。その声はつねに大きくて鋭いが、いまは風が吹き荒れても聞こえるように普段よりさらにきつくなっている。

シェシュティンは膝を引いてお辞儀をすると無言でテーブルの前に行き、みんなの注目が集まるまで待つ。アメリカにいる姉のことを考えている。そして運んできた包みをスヴェン・カールソンの目の前のテーブルに置く。

「こんばんは、ご主人さま」シェシュティンは大きな声で言い、毛布をほどく。「おもちしたものがございます……ご主人さまがなくされたもののようです」

4

ヨアキムがウナギ岬の屋敷で迎えた三日目の朝は、申し分のない一日のしあわせな始まりとしてこの先何年にもわたる――おそらくは永遠に、最後のものとなった。

不幸なことに彼は疲れていて、いかに満たされているか自覚できなかった。

彼とカトリンは夜更かしをした。子どもたちが寝静まると、ふたりで一階の南に面した部屋を歩いてまわって、どのような色を選べばそれぞれの部屋の異なる性格が最大限に引きだせるかじっくり考えた。もちろん一階全体の基本色となるのは白で、壁も天井もそうなのだが、壁の蛇腹飾りやドア枠といった木造の部分は部屋ごとに変えてもよかった。

ふたりがベッドに入ったのは十一時半だった。その頃には家は静まり返っていたが、数時間後にリヴィアがまた母親を呼びはじめた。カトリンはため息をついただけで、なにも言わずにベッドをあとにした。

家族全員が六時少しすぎに起きた。東の地平線はまだまっ暗だった。大いなる冬の暗闇が迫っているとヨアキムは気づいた。クリスマスまでわずか二カ月なのだ。

一家は六時半にキッチンで集まった。ヨアキムはストックホルムへすぐに出発できるよう、カトリンと子どもたちが席に着く前に紅茶をあらかた飲み終えていた。食器洗い機にカップを置くと、太陽のオレンジ色の光が帯状に見えた。まだ海に隠れていて、空の高い位置でV字形に群れをなした鳥がかすかに上下しながら、バルト海の上を飛んでいった。雁、それとも鶴だろうか？　まだ暗くてはっきり見えなかったし、飛んでいる鳥の種類を見極めるのは得意ではなかった。

「あそこの鳥が見えるかい？」彼は振り返って言った。「ぼくたちがやったばかりのことを、やっているよ……南への移動だ」

誰も返事をしなかった。カトリンとリヴィアはサンドイッチを頬張っているし、ガブリエルはカップに入れた牛乳を飲んでいる。

海辺のふたつの灯台はおとぎ話の城のように空にそびえていた。南の灯台から周期的に赤い光が瞬いている。北の灯台のてっぺんにあるガラス窓からは白い光が薄く漏れているが、瞬いてはいなかった。これはちょっとおかしなことだった。これまで北の灯台に光が見えたことなどなかったからだ。ヨアキムはさらに窓辺へ身を乗りだした。白い光は太陽の反射だったのかもしれないが、灯台のなかから発せられていたように思える。

「南へ移動する鳥はまだいるの、パパ？」リヴィアが背後で言った。

「いや」

灯台をながめるのはやめた。朝食のテーブルへもどって片づけをした。

渡り鳥にはこれから長旅が待っている。ヨアキムもまったく同じだ。今日は四百四十キロ弱を運転して、ストックホルムのブロンマ地区の家で最後の荷物を積まねば。今夜は同じくストックホルムのヤコブスベリにある母イングリッドの家に泊まり、明日エーランド島にもどることになる。

　これが首都への最後の旅になるだろう。少なくとも年内では。

　ガブリエルは機嫌がよく元気に見えたが、リヴィアは気分がふさいでいるようだった。カトリンに助けられて起きてきたものの、まだ眠いようで口数が少ない。片手にサンドイッチをもってテーブルに肘をつき、グラスの牛乳をじっと見つめている。

「さあ、食べなさい、リヴィア」

「うーん」

　たしかにこの子は朝が得意なほうではなかったが、保育園へ行くときにはたいてい元気になった。先週は年長の組に変わって、そこで楽しそうにしていた。

「今日は保育園でなにをするんだい？」

「保育園じゃないよ、パパ」リヴィアが辛辣な表情で彼を見あげた。「そんなの、ちっちゃい子が行く所だよ。わたしが行くのは学校」

「幼稚園《プレスクール》だね」ヨアキムは言った。「そうだろう？」

「学校《スクール》だもん」リヴィアが言った。

「わかったよ……それで今日はなにをするんだい？」

「わかんない」リヴィアはそう言ってまたテーブルを見おろした。

「あたらしい友だちと遊ぶ?」
「わかんない」
「そうか、でも牛乳はもう飲んでしまいなさい。そろそろマルネスへ行くよ……学校へ」
「うーん」

七時二十分には、太陽が地平線の上へ昇っていた。黄色い日射しは穏やかな海をじりじりと進んでくるが、暖かさはまったくもたらさなかった。晴れるが寒い一日になりそうだ——家の壁の温度計は三度を示している。

ヨアキムは中庭でボルボの窓から凍った結露をこそげ落とした。それから子どもたちのために後部ドアを開けた。

リヴィアがぬいぐるみのフォアマンを抱いてチャイルドシートに収まった。ヨアキムは隣のもっと小さなシートにガブリエルを乗せてシートベルトを締めた。そして運転席に乗った。
「ママは行ってらっしゃいの挨拶をしないのかな?」彼は尋ねた。
「ママはトイレに行ったよ」リヴィアが言った。「おっきいほうだよ。ママっておっきいほうのときは、ずっとトイレに座ってるのが好きなんだよ」

リヴィアは朝食が終わるとすぐさま元気になって、おしゃべりになっていた。年長クラスへ行けば、はちきれんばかりに元気になるだろう。

ヨアキムはシートにもたれ、リヴィアの小さな赤い自転車とガブリエルの三輪車が中庭にある様子をながめた。どちらも鍵はかかっていなかった。ここは大都会ではないのだ。カトリンが数分後に現われて玄関ホールの明かりを消すと、ドアに鍵をかけた。フードつきのパーカーの上にまっ赤な冬のジャケットとジーンズ姿。ストックホルムでの彼女はたいてい黒い服を着ていたが、このエーランド島ではもっとカジュアルで少し色みのある服を好むようになっていた。ヨアキムたちに手を振ると、ドアの横の赤く塗った木の壁を慈しむようになでた。睡眠不足から目の下には黒い隈《くま》ができているが、それでも車にむかってほほえんだ。

一家揃って屋敷で暮らすことを実感しているらしい妻に、ヨアキムは手を振って笑顔を返した。

「わーい、出発！」リヴィアがバックシートで言った。

「しゅっぱつ！　しゅっぱつ！」ガブリエルが叫んで、家に手を振った。

エンジンをかけてヘッドライトをつけると家が照らされた。輝く霜の薄い層が地面を覆っている。初冬のしるしだ。じきにスタッドタイヤに交換しなければならないだろう。

リヴィアはすぐにヘッドフォンをつけて、熊のバムセの冒険を聴けるようにした。この子は自分のテープ・レコーダーを与えられると、すぐにボタンの使いかたを覚えた。テープに歌が入っていると、ガブリエルにも聴かせてやっていた。

海沿いの幹線道路へ続く砂利道は、落葉樹が集まった小さな木立と古い石壁沿いの溝とのあいだを走っている。狭く曲がりくねっていて、ヨアキムはスピードを落としたまま、しっかりとハンドルを握った。まだすべての曲がり角を覚えたわけではなかった。

幹線道路に出ると、一家のあたらしい金属製のメールボックスが支柱からぶらさがっている。スピードを落としてほかの車のライトが見えないか、たしかめた。だが左右どちらも、なにもかもが暗く音もしなかった。黄みがかった茶色の湿地が広がる道の向かい側と同じように、誰もいない。

レールビの小さな村を通ってマルネスへ行く途中、一台も車の姿を見かけなかったし、マルネスの町に入ってからも人の姿は多くなかった。魚を積んだヴァンとすれ違い、十歳ぐらいの学童数人が背中のリュックを弾ませて学校へ走っていっただけだった。

ヨアキムはメインストリートへ入ると、からっぽの広場へむかった。数百メートル先がマルネスの学校で、その隣の、滑り台と砂場があり、柵つきの庭に数本の木が立っている建物がリヴィアとガブリエルの通う幼稚園だった。平屋の木造で大きな窓には温かみのある黄色の照明が輝いていた。

何人かの親が学校前の歩道に子どもを降ろしていた。ヨアキムも車の列の最後尾につけて、エンジンは切らずにおいた。

保護者のなかにはほほえみかけて会釈してくれる人もいた——前日の《エーランド・ポステン》の記事でマルネスのたくさんの人が彼のことを知ったのだ。

「車に気をつけて!」ヨアキムは言った。「歩道を行くんだよ」

「じゃあね!」リヴィアがそう言って車のドアを開けると、自分でなんとかチャイルドシートから降りた。別れを引き延ばすことはなかった。この子は父がいないことに慣れている。ガブリエルは無言だった。ヨアキムが手を貸してシートから降ろしてやると、あっさり走り去った。

「またね！」ヨアキムはふたりのうしろから声をかけた。「明日帰るからね！」

車のドアが閉まる頃にはリヴィアはすでに数メートルむこうにいて、ガブリエルもすぐうしろに続いていた。ヨアキムはシフトチェンジをすると、さっとUターンしてウナギ岬へもどった。

ヨアキムは家の前のカトリンの車の隣に駐車してから、一泊用のバッグを運んで妻に挨拶しようとした。

「やあ？」彼は玄関ホールで呼びかけた。「カトリン？」

返事がない。家は静まり返っている。

浴室へ行ってからバッグを手にするとふたたび外へ出た。砂利道で立ちどまった。

「カトリン？」

しばらく静寂が続いたが、中庭からひっかくようなくぐもった音がした。

ヨアキムは振り返った。大きな黒い木造の納屋の扉がひらく音だった。カトリンが暗がりから姿を現わして彼に手を振った。

「ここよ！」

彼も手を振り返すと、妻が近づいてきた。

「なにをしていたんだい？」彼は尋ねた。

「べつに」彼女は言った。「もう行くの？」

ヨアキムはうなずいた。

「運転、気をつけて」

カトリンが身を乗りだしてさっとくちびるを重ねた。寒さのなかの温かいキス。ヨアキムは彼女の肌や髪の香りを最後にもう一度吸いこんだ。

「わたしからストックホルムによろしくと伝えて」彼女はそう言ってヨアキムをじっと見つめた。「あなたがもどったら、ロフトの話をするわ」

「ロフト？」

「納屋の干し草置き場《ロフト》よ」

「どんな話だい？」

「明日、見せるから」

ヨアキムは妻を見つめた。「わかったよ……今夜、母さんの家から電話する」彼は車のドアを開けた。「ぼくらの小さな子羊たちを忘れずに迎えにいってくれよ」

八時二十分にボリホルムへの分岐路のガソリンスタンドでトレイラーをレンタルした。すでに予約も支払いも済ませてあったからつなぐだけで出発できた。

ボリホルムを過ぎると車の流れが滞《とどこお》ってきて、長い列に取りこまれてしまった。おそらく、ほとんどは島の住民が本土のカルマルに通勤する車だ。彼らはゆったりした田舎のスピードを守っているのだ。

道が西へカーブすると、地面は消えて彼は橋に乗った。この橋をドライブするのは好きだった。カルマル海峡の水面からずっと高いところにあって、島と本土を結ぶエーランド橋。今朝は眼下の水面を見るのは困難だった。まだあまりにも暗かった。橋を降りてストックホルムへ続く海岸沿いの道路に合流する頃には、太陽はバルト海の上空高くに昇っていた。横手の窓から伝わる暖かさが感じられた。

ロック音楽を流すラジオ局に合わせてスイッチを入れ、アクセルを踏みこむとスピードをあげて北へむかい、海岸沿いの小さな村を通り過ぎていった。カーブの多い道で、寒くて薄暗い日であっても美しかった。海辺の鬱蒼とした松林や広葉樹の大きな木立を走り抜け、入り江や海へむかって溶けこんで消える川をわたった。

この道はずっと、ゆるやかに西へとカーブしていて海岸を離れてノーシェーピングへむかう。この町のすぐ手前で、客が誰もいないホテルのレストランに立ち寄ってサンドイッチ二切れの昼食にした。水は冷蔵ショーケースの七種類のボトル入りミネラル・ウォーターから選べた——スウェーデン産、ノルウェー産、イタリア産、フランス産がある。自分が文明にもどってきたと気づいたが、水道水を選んだ。

食べ終えると旅を続け、セーデルテリエ経由でストックホルムをめざした。一時半頃に、街の南西の郊外にある背の高い団地にたどり着くと、彼のボルボとトレイラーは、大小合わせて数え切れないほど走る車両のひとつに過ぎなくなって、片側何車線もの車の流れに乗って街の中心へむかい、どこまでも続く倉庫街や団地、通勤列車が使用する駅などを通り過ぎていった。

ストックホルムは遠くから見ると美しい。バルト海に面した大都会で大小の島から成りたっているが、ヨアキムは子ども時代を過ごしたこの都会にもどってきても、本物の喜びを感じはしなかった。頭に浮かぶのは人混みと列と一番になろうとする競争だけだった。ここは空間というものが絶えず欠乏している。生活するための場所がほとんどなく、駐車場は足りず、保育施設も不十分――墓の区画まで不足しているほどだ。最近では教会墓地で必要とするスペースを減らせるように、死後は火葬を薦められているという記事を新聞で読んだことがあった。

すでにウナギ岬が恋しい。

渋滞した道は橋や交差点の迷宮に何度も繰り返し枝分かれした。ヨアキムはひとつの出口を選んで道を曲がり、街のネットワークへ入った。信号、雑音、掘りかえされた通り。ある交差点ではバスとゴミ収集車に挟まれて、子どもを乗せたベビーカーを押して道をわたる女をながめた。子どもはなにかを尋ねていたが、彼女はむくれた表情でまっすぐ前を見るだけだった。

首都でやることがいくつかあった。まず、エステルマルム地区にある小さな画廊を訪ねて風景画を回収する。相続したが本当は責任を負いたくないものだ。

画廊のオーナーは不在だったが、年配の母親がいてヨアキムの顔を知っていた。受領証を手渡すと、母親はセキュリティ・ドアのロックを開けてランベの絵画を運びだした。たいらな木の箱に入れてネジで留めてあった。

「昨日梱包する前にたしかめましたよ」彼女は言った。「傑作です」

「ええ、ぼくたちはこの絵が恋しくてですね」ヨアキムはそう言ったが、厳密には真実ではなかった。

「エーランド島には、ほかの絵は残されているんでしょうか？」

「どうでしょう。王室が一枚はもっているようですが、別荘のあるソリデンの居間かどこかにかけられていることはなさそうですね」

絵画をトランクに入れると、西のブロンマめざして運転した。二時半でラッシュアワーはまだ始まっていなかった。十五分ほどで市街地を出ることができて、アップル・ハウスのある地区へむけて道を曲がった。

以前の家を目にすると、ストックホルムの中心街を見たときよりもはるかに懐かしく感じた。この家は海からほんの数百メートルで、フェンスとライラックのびっしり並ぶ生け垣にかこまれた広い庭がある。同じ通りにはほかに五軒の大きな家が並んでいるが、ライラックの隙間から見えるのはこのうち一軒だけだった。

アップル・ハウスは高さのある広々とした木造の家で、二十世紀初めに銀行頭取のために建てられた。だがヨアキムとカトリンがこの家を買うまで、長年ニューエイジの集団が暮らしていた。オーナーの若い親戚たちで、仲間に部屋を又貸ししたが、みなあきらかに、室内装飾や一般的なメンテナンスより瞑想のほうに関心があったらしい。ニューエイジ集団の誰ひとりとしてこの家に対して愛着や敬意といったものを示さず、近隣の人々は長年かけて出ていかせようと闘った。ヨアキムとカトリンがついに手に入れたとき、この家は荒れ果てて庭は雑草だらけだったが、ふたりとも改装に力を入れた。初めて一緒に暮らしたレーストランドス通《ガタン》りのアパートメントに捧げたのと同じエネルギーを捧げた。あそこは頭のおかしい八十二歳の老女が七匹の猫と暮らした後のアパートメントだった。

ヨアキムは工芸の教師として働き、夜と週末にはこの家の改築に打ちこんだ。そしてカトリンはパートタイムの美術教師として相変わらず仕事を続け、残りの時間を家に割いていた。

ふたりがエテルやイングリッドと一緒にリヴィアの二回目の誕生日を祝ったのは、引きはがされた床板や、ペンキの缶、ロール状の壁紙、さまざまな工具類が目もあてられないほど散らかっていて、しかも給湯システムがちょうど壊れたばかりで冷水しか出ないときだった。

しかしリヴィアが三歳になったときには、張り替えたばかりのフローリング、下地をならして壁紙を貼った壁、修復してつや出しをした階段と手すりの家で、ちゃんとしたむかしながらの子どものためのパーティをひらくことができた。そしてガブリエルが初めての誕生日を祝う頃には、改装はほとんど終わっていた。

いまはふたたび世紀の変わり目頃の建築物らしく見えていたし、いい状態で次の買い手に引き渡すことができるようになっていた。庭の木の葉を掃いて芝生を刈る必要がある程度だ。この家はあたらしい所有者を待っていた。ステンベルグ夫妻を――子どものいない三十代の夫婦で、どちらも街の中心で働いているが郊外で暮らしたがっていた。

砂利の私道に車を入れ、トレイラーがガレージぎりぎりになるようにバックした。それから車を降りてあたりを見まわした。

すべてが静まり返っている。ここから家が見える隣人はリサとミカエルのヘスリン家だけで、彼らはカトリンとヨアキムのいい友人となった。だが、この日の午後、ふたりの私道には車がなかった。今年の夏に家のペンキを塗り替えていた。今度は黄色だった。《ビューティフル・ホームズ》が二年前に特集したときは白かった。

ヨアキムは振りむいて、木造の門とアップル・ハウスへ続く砂利道を見やった。いつしかエテルのことを考えていた。ほぼ一年が過ぎたが、彼女の呼びかける声がまだ思いだせた。フェンスの隣に狭い小径があって木立へ続いている。あの夜、この小径をエテルが歩いているのを見た者はなかったが、海へ行くにはそれがいちばんの近道だった。

家に近づきながら白いファサードを見あげた。まだつやがあって、二年前の夏にハケで亜麻仁油の長い跡をつけたときのことが頭に浮かんだ。

鍵を開けてドアをひらくとなかへ入った。ドアを閉めるとふたたび立ちどまる。この数週間というもの引っ越しに備えて掃除をしてきた。床にはまだ埃ひとつないようだった。すべての家具、ラグマット、廊下や部屋に飾ってあった絵はもうここにはない——だが、思い出は残っていた。それはたくさんの。三年以上も彼とカトリンはこの家に魂を注いできたのだ。

周囲の部屋でピンが落ちても聞こえるほどの静けさだったが、頭のなかではハンマーとのこぎりの音が盛大に聞こえるようだった。靴を脱いで廊下へ移動した。ここでは洗浄液の匂いがまだ空中に漂っている。

部屋から部屋へとぶらついた。おそらくこれが最後になる。二階ではふたつある客用寝室のうち、ひとつの戸口で一瞬だけ立ちどまった。小さな部屋で窓はひとつきりだ。無地の白い壁紙とむきだしの床。エテルは一緒に暮らしていた頃、ここで眠っていた。

荷物の一部はまだ地下室にあった。引っ越しトラックに載せる余裕がなかった荷物だ。狭く険しい階段を降りて荷物を集めはじめた。アームチェア、ダイニングチェアがいくつか、マットレスが二枚、小さなはしごに汚れた鳥かご——数年前に死んだセキセイインコのウィリアムの思い出の品だ。地下室の掃除をきっちり終わらせることはできていなかったが、掃除機をひとつ残してあった。コンセントにつなぐと、ペンキ塗りのセメントの床をざっと掃除してから棚や桟を拭いた。

家はからっぽできれいになった。

ここで掃除道具を集め——掃除機、バケツ、洗浄液、雑巾——地下室の階段のいちばん下に置いた。

左手の工房コーナーにはスペアのツールをたくさん壁にかけたままだった。それらを段ボール箱にしまいはじめた。ハンマー、ヤスリ、プライヤー、ドリル、三角定規、ドライバー類。最新式のドライバーのほうがいいのだろうが、そうしたものはむかしながらのタイプほど頑丈ではなかった。

ハケ、手びきノコ、水準器、折り尺……

カンナを手にしたとき、ふいに一階の玄関が開く音がした。背筋を伸ばして耳を澄ました。

「ねえ？」女の声だ。「キム？」

カトリンだ。不安そうな声だった。彼女が玄関のドアを閉めて廊下へと歩く音がした。

「下だよ！」ヨアキムは叫んだ。「地下室だ！」

静かに待ったが、返事がない。

地下室の階段に足を乗せてまた耳を澄ました。上ではなんの物音もしなかったから急いで階段をあがったが、同時に、この家の廊下にカトリンが立っている姿を見ることはありえないと気づいた。

もちろん、彼女はそこにいなかった。廊下は三十分前にヨアキムがやってきたときと同じようにからっぽだ。そして玄関のドアも閉まっていた。

近づいて取っ手を動かしてみた。鍵はかかっていなかった。

「おーい？」彼は家全体に聞こえるように叫んでみた。

返事はない。

それから十分間を費やして家じゅうの部屋をくまなくたしかめていった。どこかでカトリンが見つかるはずはないとわかっていたが。ありえなかった。彼女はエーランド島にいるのだ。

妻が自分の車ではるばるストックホルムまで追いかけてくる理由があるだろうか。まず電話をかけもせずに？

聞きまちがいだ。聞きまちがいに決まっている。

時計を見た。四時十分。窓の外はもう暗闇に近かった。

携帯電話を取りだしてウナギ岬の番号にかけた。カトリンはリヴィアとガブリエルを迎えに行って今頃は帰宅しているはずだ。

電話の呼び出し音が六回、七回、八回鳴る。応答はない。

カトリンの携帯にかけてみた。応答はない。

ヨアキムは気にしないようにして、最後の工具を梱包し、家具類と一緒にトレイラーへ運んだ。だが、すべてをやり遂げ、家の明かりを全部消して戸締まりをすると、ふたたび携帯を取りだしてストックホルム市内の番号にかけた。

「ヴェスティンですが」

母のイングリッドは電話に出るときはいつも不安そうな声だとヨアキムは思った。

「やあ、母さん。ぼくだよ」

「あら、ヨアキム。もうストックホルムなの？」

「ああ、でも――」

「ここには何時頃着くの？」

電話の相手が彼だと気づくと母の声には喜びが聞きとれたが、同じように、今夜は母のところに寄れなくなったと説明するとはっきりと落胆の様子が聞きとれた。

「でもどうして？　なにかあったのかい？」

「いや、いや」彼は急いで説明した。「今夜はエーランド島までもどったほうが安全だと思ったただけなんだ。トランクにランベの絵を、トレイラーには工具をたくさん載せているからね。一晩、外に駐めておきたくはないんだよ」

「そうかい」母が静かに言った。

「母さん……今日、カトリンから電話があったかい？」

「今日？　いいや」

「そう」彼は慌てて言った。「ただどうかなと思っただけなんだ」

「今度はいつ会いにこられるかい？」

「それはなんとも言えないな。いまぼくたちはエーランド島に住んでいるんだからね、母さん」

電話を切ったとたんに、彼はウナギ岬にまたかけた。

やはり応答はない。四時半だ。車のエンジンをかけて車道に出た。

南へむかう前に最後にやったことは、アップル・ハウスの鍵を不動産業者にわたすことだった。こうして彼とカトリンはもはやストックホルムの不動産持ちではなくなった。

郊外へむかう車の流れがいちばん混むラッシュアワーに引っかかり、幹線道路へ出てから市街地を抜けるまで四十五分かかった。ようやく車が減ってくる頃には五時四十五分になっていて、ヨアキムはセーデルテリエの駐車場に車を入れ、もう一度カトリンに電話をかけた。

四回呼び出し音が鳴ってから、応答があった。

「ティルダ・ダーヴィッドソンです」

女の声だった——だが彼の知らない名前だった。

「もしもし？」ヨアキムは言った。

番号を押しまちがえてしまったのか。

「どちらさまですか？」女が言った。

「ヨアキム・ヴェスティンです」彼はのろのろと言った。「ウナギ岬の屋敷に住んでいます」

「そうですか」

女はほかになにも言わなかった。

「そちらに妻か、子どもたちはいますか？」ヨアキムは尋ねた。

電話の向こう側に間があいた。

「いいえ」

「それであなたは誰です？」

「警官です」女が言った。「あなたにお尋ね——」

「妻はどこに？」ヨアキムは相手の言葉を遮った。

また間ができた。

「ヨアキムさん、どちらにいらっしゃいます？　この島においでですか？」

警官は若く、わずかに緊張しているようで、あまり信用できそうになかった。

「ぼくはストックホルムにいます。というか、ストックホルムから帰るところで……セーデルテリエを出たところにいます」

「では、エーランド島へもどられる途中ですね？」

「ええ。ストックホルムの家から最後の荷物を引き取ったところです」明瞭に話をすることでこの警官に質問に答えさせたかった。「なにがあったのか、教えてもらえませんか？　どんなことが――」

「できません」彼女に遮られた。「なにもお答えできません。ですが、できるだけ急いでこちらへもどっていただくのが、よさそうです」

「それはどういう――」

「制限速度は守ってください」警官はそう言って会話を終わらせた。

ヨアキムは無言の携帯を耳にあてたままそこに座り、からっぽの駐車場をながめていた。

ヘッドライトをつけて運転手ひとりだけが乗った車が目の前の高速道路をさっと通り過ぎていく。

シフトチェンジして道路に出ると南へむかい、制限速度を二十キロオーバーして走った。

だが、ウナギ岬の家の前でカトリンと子どもたちが手を振っている図が頭のなかに見えてきて、道路の端に車を寄せてふたたび停まった。

　今度の呼び出し音は三回だけ鳴った。

「ダーヴィッドソンです」

　ヨアキムは挨拶も名乗ることもしなかった。

「事故があったのですか？」

　警官はしゃべらない。

「どうか教えてください」ヨアキムは粘った。

「まだ運転中ですか？」彼女が尋ねた。

「いまはちがいます」

　電話のむこうでしばらく沈黙が流れてから、彼女は答えた。「事故がありました。溺れたのです」

「し……死亡事故ですか？」

　警官がふたたびしばらく黙りこんだ。口をひらいたときは、暗記している公式を読みあげるような口調だった。

「わたしたち警察は、こうした情報を電話でお知らせすることはありません」

　ヨアキムが手にした小さな携帯は百キロの重さになったかのようだった。電話をもつ右腕の筋肉が震えていた。

「それはわかります。でも、どうか教えてください」彼はのろのろと言った。「名前を教えてください。家族の誰かが溺れたのであれば、ぼくにその名前を教えてくださらないと。そうしないと、電話をかけつづけますよ」

電話のむこうでは沈黙が続く。

「お待ちを」

女はふたたびしゃべらなくなった。ヨアキムには数分間が過ぎたような気がした。車のなかで彼は震えていた。そのとき、電話からがさがさという音がした。

「名前がわかりました」警官が穏やかに言った。

「なんという名前ですか？」

警官の声は機械的で、なにかを読みあげているかのようだった。

「被害者の名前はリヴィア・ヴェスティンです」

ヨアキムは息を呑んで頭を垂れた。その名前を聞いたとたんに、この瞬間から、この夜から逃げだしたくなった。

被害者。

「もしもし？」警官が言った。

ヨアキムは目を閉じた。耳を塞いですべての音を遮断したかった。

「ヨアキムさん？」

「ここにいます。名前は聞こえました」

「そうですか、では――」

「もうひとつ質問があります」彼は口を挟んだ。「カトリンとガブリエルはどこにいるんですか?」

「お隣の家です。農園に」

「わかりました。帰ります。いますぐに。伝えてください……カトリンに、ぼくがすぐにもどるからと」

「わたしたちは一晩中ここにいますから」警官が言った。「誰かがあなたに対応できるでしょう」

「わかりました」

「牧師を呼んでほしいですか? 手配ならば――」

「必要ありません。そういったことはこちらで手配します」

ヨアキムは電話を切って車のエンジンをかけ、急いでふたたび車を出した。

もう見ず知らずの警官と牧師がどうのという話に時間を使いたくなかった。とにかくいますぐ、カトリンのもとへ行きたかった。

彼女は隣人と一緒にいると警官は話していた。それはウナギ岬南西の大きな農園にちがいない。牛たちが海辺の牧草をはんでいるあの農園だ。だが、電話番号がわからず、すぐにはあそこに住む家族の名さえ思いだせなかった。どうやらカトリンはあの家の人たちとつき合いのようなものがあったらしい。だが、どうして彼女は自分で電話をかけてこなかった?

ショック状態にあるのか？

ふいに自分が考えるべき人のことを考えていないと気づいた。

もはやなにも見えなかった。涙が次々と頬を伝ってきて、またもや道の端に車を寄せてハザード・ランプをつけるとハンドルに額を預けた。

目を閉じた。

リヴィアが死んでしまった。今朝この車で自分のうしろに座って音楽を聴いていたというのに、あの子はもう死んでしまった。

ヨアキムは泣きじゃくりながらフロントガラス越しに前を見た。道路は暗かった。

ウナギ岬のこと、井戸のことを考えた。あの子は井戸に落ちたにちがいない。中庭に井戸の蓋がなかったか？　古い井戸の蓋はひび割れているものだ――危ないところがないか、どうして家の周囲を確認しておかなかったんだろう？　リヴィアとガブリエルは敷地を好きなように走りまわっていた。カトリンと危険について話しあっておくべきだった。

もう手遅れだ。

咳きこんでからまたボルボのエンジンをかけた。もう停まらない。カトリンが待っている。

道路へもどると目の前にカトリンの顔が見えるようだった。すべてはふたりが同じアパートメントを見学に来て出会ったときに始まった。それからリヴィアがやってきた。

リヴィアを育てる責任を引き受けることは大きな一歩だったと彼は思い返していた。ふたりとも子どもがほしかったが、まだ先のことだと思っていた。カトリンはすべてを正しい順番でやりたがった。ふたりは最初の子どもがやってくる前に、時間の余裕をもってアパートメントを売ってストックホルムの郊外に家を買うつもりでいた。

カトリンとキッチン・テーブルにつき何時間もリヴィアについて話しあったことを思いだした。

「わたしたち、どうしたらいい？」カトリンが尋ねた。

「ぼくはぜひこの子の世話をしたい」ヨアキムはそう主張したのだ。「ただ、タイミングがぴったりかどうか自信がないだけで」

「ぴったりじゃないわよ」カトリンが怒ったように言った。「正反対。でも、こうなってしまったの」

ついにふたりは、リヴィアに対してイエスということに決めた。とにかくふたりは家を購入し、その三年後にカトリンは妊娠した。ガブリエルはリヴィアとちがって、子をもとうとして産んだ子だった。

けれども、ヨアキムが予期したように、リヴィアの成長を見守ることほどすばらしい経験はなかった。あの子の明るい声、生命力、好奇心を愛していた。

ああ、カトリン。

妻はいまどんな気分でいるだろう？　妻は彼の頭に呼びかけた。その声が聞こえたのだ。

ヨアキムはシフトチェンジしてアクセルを踏みこんだ。車につないだトレイラーがあるために、エーランド島まで最高速度で飛ばすことはできなかったが、それに近い速度は出していた。

いまなによりも重要なことは、できるだけ早く島の屋敷へ着くことだった。妻と息子のもとへ帰ること。一緒にいなければ。

車の前の暗闇にカトリンの生き生きとした顔が浮かんでいるのが見えるようだった。

5

夜八時にはウナギ岬の灯台周辺はすべてがふたたび落ち着いていた。ティルダ・ダーヴィッドソンは屋敷の大きなキッチンに立っていた。家全体がまったく無音だ。海からのかすかな風でさえもやんでいた。

ティルダはあたりを見まわして、ちがう世紀にいるような感覚を抱いた。モダンなキッチンの設備を別にすると、十九世紀終わりの家庭へ逆もどりしたかのようだ。裕福な家庭だ。ダイニング・テーブルは大きくどっしりとしてオーク製。棚には銅鍋、東インドの磁器、手吹きのガラス瓶が並んでいる。壁と天井は白く塗られているが、食器棚と木造の蛇腹飾りは薄い青だった。

マルネスの広場に面したアパートメントの狭い簡易キッチンではなく、毎朝こんなカール・ラーションの絵に出てきそうなキッチンに足を踏みいれることができればどんなにいいか。

彼女はいまこの家にひとりっきりだった。ハンス・マイネルやボリホルムから事故現場へやってきた同僚ふたりは七時頃にウナギ岬を去った。上司のイェーテ・ホルムブラッドも一緒に現場へやってきたが、終始目立ったことはせず五時に帰った。救急車とほぼ同時だった。

ウナギ岬に暮らす一家の父親のヨアキム・ヴェスティンは、ストックホルムから今夜遅くに車で到着することになっていた――ここに留まって彼を待つのがティルダになることはわかりきっていた。そう申し出たのは彼女だけで、同僚たちはすぐさま賛成した。

それは自分が女だからではなく、最年少で勤務記録も誰より短い下っ端だからというのが理由であってほしいとティルダは願った。

夜勤は平気だった。この日の午後はずっと、無線や電話に応答することを除くと、仕事と言えば《エーランド・ポステン》の記者がカメラをもって事故現場に近づかないよう制止することだけだった。記者にはカルマルのマスコミ担当の警官に問い合わせるように指示した。

救急隊員がストレッチャーをもって水際へ降りていくときにティルダも同行して突堤に立ち、隊員たちが突堤と北の灯台のあいだの海から遺体をゆっくりと引き揚げる様子を見守った。両腕は力なく垂れさがり、衣類から水が滴っていた。ティルダが警察に入って関わった死はこれが五件目だったが、命をなくした身体が水から引き揚げられたり、つぶれた車から引っ張りだされたりするのを見慣れる日が訪れるとは思えなかった。

ヨアキム・ヴェスティンの電話に出たのもティルダだった。本当は肉親の死を電話で伝えるのは警察の手順には反していたが、問題はなかった。この知らせはひどいものだった――想像できるかぎりで最悪だった――しかしヴェスティンの声は会話のあいだずっと穏やかで冷静だった。悪い知らせはできるだけ早く聞いたほうがましなことも少なくない。事件の際は被害者と肉親の両者にできるだけ正確な情報をできるだけ早く知らせること――彼女は警察学校でマルティンからそう教わった。

キッチンを離れて部屋が並ぶほうへむかった。ここはかすかにペンキの匂いがする。キッチンにいちばん近い部屋はあたらしい壁紙と磨きあげたばかりの床で暖かく心地よかったが、廊下を歩いていくと暗く寒々としてひとつも家具がない部屋もあった。警官になってすぐに踏みこんだ救いがたいアパートメントが思いだされる。暖房設備もなく、人々がドブネズミのように暮らしていたアパートメントだ。

この屋敷には正直住みたいとは思わない。とくに一年のうち冬は嫌だ。大きすぎる。日が照れば海辺は美しいはずだが、夜には人の気配がまったくない。マルネスは商店街がひとつきりだが、ウナギ岬のからっぽさと比べたら人口の密集した大都市のように感じられる。

照明はつけたままにしてガラス張りのベランダへむかい、外に面したドアを開けた。湿気を帯びた冷気が海から漂ってくる。外にはランプがひとつあるだけだ。ヒビの入ったガラス製のシェードで覆われたひとつきりの電球が、黄色い光で中庭の石畳やぎざぎざの草の束を照らしている。

ティルダは大きな納屋の石壁の陰で夜露に揺れる草の山の隣に立って携帯を取りだした。どうしても誰かの声が聞きたかったが、今夜はマルティンに結局電話できなかったし、いまだと数時間遅すぎた――彼はすでに仕事を終えて帰宅しているだろう。だからかわりに隣人のカールソン一家の番号にかけた。呼び出し音二回のあとに母親が出た。

「ふたりの様子はどうですか？」ティルダは尋ねた。

「たったいま様子を見てきたところですけどね、ふたりとも眠ってましたよ」マリア・カールソンが静かに答えた。「うちの客用寝室にいます」

「それはよかったです。今夜は何時まで起きてらっしゃいますか？　ヨアキム・ヴェスティンと一緒におじゃまするつもりですが、彼はストックホルムからまだ三、四時間はもどらないと思います」

「気にせずにいらして。ロジャーとわたしは必要なだけ起きていますから」

電話を切ると、すぐさまふたたび孤独に襲われた。いまは八時半だ。マルネスの家へもどって一時間ほど休もうかと思ったが、もちろんヴェスティンかほかの誰かがここに電話をかけてくる可能性がある。

彼女は母屋へ引き返した。

今度は短い廊下を歩いていって寝室のひとつの戸口で立ちどまった。ここは小さくて心地のよい部屋だった。暗い城の明るいチャペルのようだ。壁紙は黄色で赤い星がちりばめられ、壁沿いの小さな木製の椅子に一ダースほどのぬいぐるみが並んでいる。

ここは娘の部屋にちがいない。

部屋の中央の柔らかなラグマットにそっと立った。両親はまず子ども部屋を改装して、息子と娘が屋敷をすぐに我が家だと思えるようにしたのだろう。自分が育った家を思い浮かべた。カルマルの賃貸のアパートメントで、兄弟のひとりと共有した狭い部屋だった。自分だけの寝室がほしいといつも心から望んでいた。

この部屋のベッドは長さはないが幅は広く、薄い黄色の上掛けとふんわりしたクッションがたくさんあった。マンガのキャラクターが描かれている。ナイトキャップをかぶったゾウとライオンがそれぞれ小さなベッドに眠っている絵だ。

ベッドに腰かけた。かすかに軋んだが、柔らかだった。

この家はやはり静まり返っていた。

上体を倒すと重ねられたクッションが受けとめてくれてくつろげた。視線を天井に注いだ。なんでも思い描くことができるならば、あの白い表面は映画のスクリーンのようになってティルダの思い出を映しだすだろう。

天井にマルティンが見えるようだった。最後にベッドで彼女の隣に寝ていたときの様子。あれはひと月近くも前、ベクショーにあるティルダのむかしのアパートメントでのことだ。早く彼が訪ねてきてくれないかと思わずにいられなかった。

子どもの寝室より暖かく休まる場所はない。

ティルダはゆっくりと息を吐きだし目を閉じた。

おまえがわたしのもとへ来ないなら、こちらからおまえのもとへ行くしかない……

ティルダは呼吸の途中でハッとして起きあがった。自分がどこにいるかさっぱりわからなかった。だが、父が一緒にいる、声が聞こえたのだ。

目を開けた。

いいえ、父はもう亡くなっている。十一年前に車が道路からそれた。

瞬きをしてあたりを見まわし、自分が寝ていたことに気づいた。

磨きたての木の匂いがして、ペンキ塗りたての天井が頭上にあり、自分がウナギ岬の屋敷の小さなベッドに横たわっていたことを思いだした。つづいて、流れる水の不快な記憶も甦った――岸にあった遺体の衣類から滴っていた水。

彼女は子ども部屋で寝入っていた。

瞬きをして眠気を吹き飛ばし、急いで時計を見ると十一時十分だった。二時間以上も寝て父のおかしな夢を見ていた。子ども部屋で父と一緒にいた。

物音がしてティルダは顔をあげた。

家はもはや静まり返ってはいなかった。かすかな音が大きくなったり小さくなったりした。まるで誰かが――あるいは複数の人間が――しゃべっているような音。

低い声だった。

抑えたつぶやきのように聞こえた。複数の人間が静かにそして熱心にしゃべっている。家のどこか外で。

ティルダはそっとベッドから起きあがった。聞き耳を立てているような気分だった。息を止めてもっとよく聞こえるようにして、音をたてずにドアへ数歩進んで寝室をあとにすると、ふたたび耳を澄ました。ひょっとしたら、建物のあいだを吹き抜けるただの風の音かもしれない。

ふたたびベランダへ出た——ガラス越しにはっきりと人の声を聞きわけたと思ったちょうどそのとき、急に静かになった。屋敷の大きな建物と建物のあいだはまっ暗で動くものもなかった。

次の瞬間、まばゆい光が部屋をさっと照らしていった。車のヘッドライトだ。エンジン音が近づいてくるのがかすかに聞こえ、ヨアキム・ヴェスティンがウナギ岬に帰ってきたのだと気づいた。

ティルダは最後にもう一度家を見てすべてがあるべき姿かどうかたしかめた。自分が聞いた音のことを考え、いけないことをしたような気が少ししていた——暖かな家のなかで所有者を待つことは当たり前のことだとしても。そこで彼女はブーツを履いてふたたび暗闇のなかへ出ていった。

外へ出るとトレイラーをつないだ車がちょうどUターンできる場所で停まったところだった。ドライバーがエンジンを切って降りてきた。ヨアキム・ヴェスティン。上背があって痩せた三十五歳ぐらい、ジーンズと冬用のジャケット姿だ。暗闇で顔ははっきりと見わけられなかったが、ふさぎこんだ表情で彼女のほうを見ているようだった。車を離れる動きは性急で緊張していた。

彼は車のドアを閉めて近づいてきた。「どうも」彼は言った。会釈したが、手を差しだすことはなかった。

「どうも」彼女も会釈した。「ティルダ・ダーヴィッドソンです。地方警察の……先ほど話をしましたね」

ティルダは私服ではなく、警官の制服を着ていればよかったと思わずにいられなかった。こんな暗い夜にはそのほうがずっとふさわしく思えただろう。

「ここにはあなただけ？」ヴェスティンが尋ねた。

「ええ。同僚は帰りました。それに救急車も」

沈黙が流れた。ヴェスティンはどうしたものか決めかねるように立ちつくすだけで、ティルダは差し障りのない質問のひとつも思いつけなかった。

「リヴィア」ヴェスティンがついにその名を口に出し、家の明かりの灯った窓を見あげた。「彼女は……ここにはいないんですか？」

「処置がありますので。カルマルへ連れて行かれました」

「なにがあったんですか？」ヴェスティンが彼女を見て言った。「どこで起こったんでしょう？」

「海辺で……灯台の隣です」

「灯台へ行ったのでしょうか？」

「いえ、それよりむしろ……まだはっきりしたことはわかりません」

ヴェスティンの視線はティルダと家とのあいだを行き来した。「それでカトリンとガブリエルは？　まだ隣人の家にいるのでしょうか？」

ティルダはうなずいた。「眠っているそうです。しばらく前に電話でたしかめました」

「それはむこうの家ですか？」ヴェスティンは南西の明かりを見ながら言った。「農園ですか？」

「ええ」

「ぼくはあちらへ行きます」

「わたしが車で送ります。ふたりで——」

「いえ、結構。歩きたいので」

彼はティルダの横をすり抜けて石壁を乗り越え、急ぎ足で暗闇を進んだ。

遺族をけっしてひとりにすべきではない——ティルダは学校での訓練で学んだことを思いだし、急いで彼に続いた。ストックホルムからの旅について質問をしたり、ちょっとしたおしゃべりをしてこの場の雰囲気をなごませようとするのは、適切とは言えそうになかったため、ただ無言で歩いて平原を横切り遠くの明かりをめざした。

懐中電灯かランタンをもってくるべきだった。このあたりは本当にまっ暗だった。けれども、ヴェスティンは道がわかるようだった。

ティルダは自分がうしろにいることを彼が忘れていると思っていたが、急に彼は振りむいて静かに言った。「気をつけて……ここに有刺鉄線があります」

彼はフェンスを迂回して道路に近づいた。ティルダは東からかすかな波音を聞いた。まるで囁きのようで、家で聞いた音が思いだされた。壁のあたりで聞こえたあの静かな話し声。

「屋敷にはほかにどなたか住んでいますか？」ティルダは尋ねた。

「いや」ヴェスティンは手短に言った。

彼はどういう意味か尋ねようともせず、ティルダはもうなにも言わなかった。数百メートルほどで砂利道に到着し、この道がまっすぐ農園に通じていた。サイロのようなものや駐められたトラクターの列を通り過ぎた。ティルダは堆肥の臭いを嗅ぎ、農場の奥の暗い納屋からかすかな牛の鳴き声を耳にした。

カールソンの家に到着した。黒猫が階段を降りてすっと角を曲がり、ヴェスティンが静かに尋ねた。「誰が発見したんですか？　カトリンですか？」

「いいえ」ティルダは言った。「幼稚園のスタッフのひとりだと思いますが」

ヨアキム・ヴェスティンは首をめぐらせてティルダをじっと見つめた。まるで彼女の話していることが理解できないかのようだった。

ティルダはのちに、あの階段で立ちどまってもっと話をすべきだったと思った。そうはしないで、彼女はさらに二段あがってドアの前に立ち、窓ガラスをそっとコツコツと叩いた。

一分ほどで、スカートとセーター姿のブロンドの女がやってきてドアを開けた。マリア・カールソンだ。「どうぞ。ふたりを起こしてきます」

「ガブリエルは寝かせておいてください」ヨアキムが言った。

マリア・カールソンはうなずいて身をひるがえし、ふたりも廊下をゆっくりと彼女に続いた。大きな部屋のドアの前で立ちどまった。そこはダイニングとテレビ室をかねた場所だった。キャンドルが窓辺に灯してあり、静かなフルートの音楽がステレオから流れている。

どこか葬儀めいた式典のような雰囲気があるとティルダは感じた。ウナギ岬の灯台近くではなく、この家で誰かが亡くなったみたいだ。

マリア・カールソンが暗い部屋に消えた。一、二分してから、幼い少女が明かりのなかに現われた。

ズボンとセーターを着てぬいぐるみをしっかりと抱え、表情は眠たげでティルダたちに見つめられても無関心だった。だが、部屋の奥に誰が立っているのか気づくと、ぱっと表情を明るくして笑顔になっていった。

「パパ！」そう叫ぶと急いで部屋を横切ってきた。

娘はなにも知らないのだとティルダは悟った。誰も母親が溺れたとは教えていないのだ。

それよりも奇妙だったのは、父親のヨアキム・ヴェスティンが戸口に身体を固くして立ちすくみ、娘のほうへ歩み寄ろうとしていないことだった。

ティルダが彼を見やると、もはや緊張の色はなかったが不安と混乱の表情が見えた――怯えていると言っていい。

ヨアキム・ヴェスティンの声はパニックそのものだった。

「でも、リヴィアはここにいる」彼はティルダを見やって言った。「じゃあ、カトリンは？妻はどこに……カトリンはどこに？」

十一月

6

ヨアキムはカルマル地域病院の低層の建物の外で、木のベンチに座って待っていた。気温は低く晴れている。隣には青い冬のジャケットを着て聖書を手にした病院付きの若い牧師がいた。どちらもしゃべらなかった。

建物にはカトリンの待っている部屋がある。エントランス脇には〈安らかなる者のチャペル〉という表示があった。

ヨアキムはなかへ入ることを拒否していた。

「奥さまに会っていただきたいんですよ」若い女性医師からそう言われていた。「できれば」

ヨアキムは首を横に振った。

「どんなふうかお話ししますから」若い医師が説得する。「おごそかで静かです。照明は落としてあってキャンドルがあります。故人は棺台に横たわってシーツの覆いが――」

「――シーツの覆いが身体にかけてあり、顔だけが見えるようになっている」ヨアキムは言った。「知っています」

彼は知っていた。去年このような部屋でエテルを確認していたからだ。だが、あんなふう
に横たわるカトリンを直視することなどできない。視線を落として無言で首を横に振った。

ついに若い医師がうなずいた。「ではここでお待ちを。しばらくかかりますよ」

彼女は建物へ入り、ヨアキムは十一月の弱い日射しのなかで腰を下ろして待ち、青空を見
あげていた。隣にいる病院付き牧師は分厚いジャケットを着て、沈黙に耐えられないかのよ
うに落ち着かずに身じろぎした。

「結婚して長かったのですか？」とうとう牧師が口をひらいた。

「七年です」ヨアキムは答えた。「それに三カ月」

「お子さんは？」

「ふたりいます。男の子と女の子が」

「お子さんも一緒にいらしてお別れをしてちっとも構わないんですよ」牧師が穏やかに諭し
た。「お子さんたちにとってもよいことでは……前に進むことができます」

ヨアキムはふたたび首を横に振った。「あの子たちに遺体との対面なんかさせません」

こうしてまたもやベンチに沈黙が訪れた。

数分後にもどってきた医師は、ポラロイド写真数枚と大きな茶色の包みを手にしていた。

「カメラを見つけるのに手間取ってしまって」医師が言った。そして写真をヨアキムに差し

だした。

受け取ってみると、カトリンの顔のクローズアップだった。二枚は正面、もう二枚が横顔だった。カトリンの目は閉じられていたが、眠っているだけだと自分を騙すことはできなかった。肌は白く生気がなく、額と片方の頬に小さな傷がいくつかあった。

「怪我をしていますね」彼は静かに言った。

「落下したときの傷です。突堤から落ちて岩に顔をぶつけ、それから海に投げだされたんです」

「でも、それだけで……溺れるものでしょうか？」

「低体温症がいけませんでした……冷たい水でショックを起こされたんです。年末に近づくこの時期になるとバルト海の水温は十度を下まわるので。海中に沈んで肺に水が入ったのです」

「でも、そもそも」ヨアキムは言った。「どうして海に落ちたんでしょう？」

返事はもらえなかった。

「こちらが奥さまの衣類です」医師がそう言い、荷物を手渡した。「やはり奥さまに会いたくありませんか？」

「ええ」

「お別れはされない？」

「ええ」

子どもたちはカトリンが死んだ翌週も毎晩それぞれの寝室で眠った。母親が家にいないことについてたくさんの質問をしてきたが、それでも最後には眠りについた。

だが、ヨアキムはダブルベッドに横たわって何時間も天井を見つめた。そしてようやく眠っても、安らぎはなかった。同じ夢が毎晩繰り返された。

自分がウナギ岬に帰ってくる夢を見た。長いこと、たぶん六年も七年も不在にしてからようやくもどってくるのだ。

灰色の空の下で灯台横の誰もいない水際に佇むところから、家へ近づいていく。無人のようで荒れ果てて見る影もない。雨と雪が赤いペンキを洗い流して、前面は薄い灰色になっている。

ベランダの窓は割れてドアは開いたまま。室内はまっ暗だ。ベランダへ続く階段を成す細長い石はひび割れて位置がずれている。ヨアキムはゆっくりとその階段をあがり暗闇に足を進めていく。

震えて玄関ホールの暗がりを見まわすが、室内も外と同じようになにもかもが傷んですさんでいる。壁紙はビリビリにはがれ、フローリングは砂利と埃に覆われ、家具はすべてなくなっている。彼とカトリンが始めていた改装の跡形もない。

いくつかの部屋から物音が聞こえる。

つぶやくような話し声となにかこすれる音の出所はキッチンだ。

ヨアキムは廊下を進み戸口で立ち止まった。

キッチン・テーブルにはリヴィアとガブリエルが座っていて、身を乗りだしてカードゲームをしている。子どもたちはまだ幼いが、目と口のまわりにはびっしりと細かな皺が寄っている。

ママはうちにいるのかい？　ヨアキムは尋ねる。

リヴィアがうなずく。納屋にいるよ。

ママは、ほしくさおきばでくらしてるの、とガブリエル。

ヨアキムはうなずき、ゆっくりとキッチンからあとずさる。子どもたちは口をつぐんでその場から離れない。

ふたたび屋外へ出ると、雑草に覆われた中庭を横切り納屋の扉を押し開ける。

やあ？

返事はないが、とにかくなかへ。

干し草置き場に続く険しい木の階段を前に彼は立つ。それからのぼりはじめる。階段は湿って冷たい。

上まで行くと干し草の一本もなく、木の床に水溜まりがあるだけだ。

カトリンは壁際に立って彼に背をむけている。白いナイトガウンを着ているが、それがびしょ濡れだ。

寒いかい？　彼は尋ねる。

彼女は振り返らずに首を横に振る。

突堤でなにがあったんだ？

訊かないで、彼女はそう言って木の床の隙間にゆっくりと沈みはじめる。

ヨアキムは妻に近づく。

ママー？　遠くで声が呼びかける。

カトリンは壁際にじっと立っている。

リヴィアが起きたわ、彼女は言う。キム、あの子の面倒を見てあげないと。


ハッとしてヨアキムは目覚めた。彼を起こした声は夢ではなかった。本当にリヴィアが呼んでいる。

「ママー？」

彼は暗闇で目を開けるが、ベッドに留まっている。ひとりきり。

ふたたび屋敷は静寂に包まれた。

ベッド横の時計は三時十五分を示している。ヨアキムは数分前に眠りについたばかりだという確信があったが、それでもカトリンの夢は永遠に続いていた気がする。

目を閉じた。ここにただじっとしてなにもしなければ、たぶんリヴィアはまた寝てしまうだろう。

その思いに呼応するように、ふたたび呼びかけの声が家にこだました。

「ママー?」

それを聞いたら、ベッドに留まっていても無意味だと彼は知った。リヴィアは目が覚めていて、母親がやってきて隣に横たわるまで呼びかけをやめないだろう。

ヨアキムはゆっくりと起きあがり、ベッドサイド・テーブルのランプをつけた。家は寒く、ひしひしと孤独を感じた。

「ママー?」

子どもたちの世話をしなければならないのはわかっていた。そうしたくなかったし、それだけの気力もなかったが、その責任を分けあう人はほかに誰もいない。暖かなベッドを離れて静かに寝室をあとにすると、リヴィアの部屋へむかった。

ベッドの上にかがみこむと、リヴィアは頭をあげた。ヨアキムはなにも言わずにおでこをなでてやった。

「ママ?」リヴィアがくぐもった声で言った。

「いや、パパだよ。さあ、お休み、リヴィア」

彼女は返事をしなかったが、ゆっくりとまた枕に頭を沈めていった。

ヨアキムが暗闇のなかに立っていると、リヴィアはふたたび規則正しい呼吸をするようになった。ヨアキムは一歩、さらにもう一歩あとずさった。それからドアのほうをむいた。

「行かないで、パパ」

はっきりした声にヨアキムは冷たい床の上でびくりと立ち止まった。

動かない影のようにベッドに横たわっているが、たしかに目覚めている声だった。ヨアキムはのろのろと振り返ってむかいあった。「どうしてだい?」穏やかに尋ねた。

「ここにいて」リヴィアが言った。

ヨアキムは答えなかった。息を呑んで耳を傾けた。目覚めているような声だが、それでも本当は寝ているように感じられた。

無言で身動きせずに立ちつくしていると、だんだん自分が暗い部屋にいる盲目の男のような気がしてきた。

「リヴィア?」彼は囁いた。

返事はなかったが、その息遣いは緊張していて不規則だった。きっとすぐにまた呼びかけられるとヨアキムにはわかった。

ある考えがふいにひらめいた。最初はためらいを感じたが、それでもやってみることにした。

そっと部屋の外へ出て暗いバスルームに入った。手探りで進み、洗面台にぶつかってから、バスタブの隣の木製の洗濯かごを探りあてた。かごはほぼ満杯だった。ほぼ一週間、誰も洗濯していない。ヨアキムにはその気力がなかった。

そのとき、リヴィアの部屋から予想どおり呼びかけの声がした。

「ママー?」

あの子がカトリンを呼びつづけることはわかっていた。毎晩毎晩そうなるはずだ。終わりはないだろう。

「静かにやれ」彼は洗濯かごの横でつぶやいた。蓋を開けて、洗濯物をあさりはじめた。

異なる匂いが漂ってきた。ほとんどの洗濯物は彼女のものだった。事故の前の最後の数日間に身につけていたセーター、パンツ、下着類がすべてある。ヨアキムはいくつか引っ張りだした。ジーンズ、赤いウールのセーター、白いコットンのスカート。思わずそれらを顔に押しつけた。

カトリン。

妻の香りが頭にもたらしてくれる鮮明な思い出のなかにいつまでも留まっていたかった——思い出は至福であり苦痛でもあった——だが、リヴィアのもの悲しい呼び声に彼は急かされた。

「ママー？」

赤いウールのセーターをもっていった。ガブリエルの部屋を通り過ぎ、リヴィアのもとへもどった。

娘は上掛けを蹴って目を覚ましていた。ヨアキムが部屋に入ると頭をあげ、途方に暮れて無言のまま見つめてきた。

「もうお休み、リヴィア」ヨアキムは言った。「ママはここにいるよ」カトリンの厚手のセーターをリヴィアの顔の近くに置き、あごまで上掛けを引っ張りあげた。しっかりと繭《まゆ》のようにくるんでやった。「もうお休み」今度はもっと静かな声で繰り返した。

「うーん」

リヴィアは寝入りながらなにかつぶやき、次第に緊張を解いていった。呼吸は穏やかに。母のセーターを抱きしめ、分厚いウールに顔を埋めていた。ゴットランド島で買った半分羊で半分人間のぬいぐるみが枕の反対側に横たわっていたが、それは無視していた。

リヴィアはふたたび眠りに落ちた。

危険は去り、翌朝になればこの子は自分が目覚めたことを思いだしもしないはずだ。ヨアキムはため息を漏らし、ベッドの端に腰をかけて頭を垂れた。

暗くなった部屋、ベッド、引き下げられたブラインド。

眠ってしまいたかった。リヴィアのように深く寝入って我を忘れてしまいたかった。とにかく、もうなにも考えられない。気力がまったく残っていないのだ。

それなのに、眠れなかった。

洗濯かごのこと、カトリンの服のことを思い浮かべると、数分後に立ちあがってバスルームへもどった。洗濯かごのところへ。

探していたものはいちばん底にあった。カトリンのナイトガウンだ。白くて前に赤いハートがついている。かごから取りだした。

廊下に出ると立ち止まり、子どもたちそれぞれの部屋の前で聞き耳を立てたが静かなままだった。自分の部屋へもどり、ダブルベッドを整えなおす。シーツを振って皺を伸ばし、枕を膨らませて上掛けを折り返した。それからふたたびベッドに入り、目を閉じてカトリンの香りを吸いこんだ。

手を伸ばしてその柔らかな布にふれた。

また朝が訪れた。ヨアキムは目覚まし時計のしつこいアラームで目が覚めた。つまり、寝ていたということだ。

カトリンは死んだのだと自分に言い聞かせた。

ガブリエルとリヴィアがベッドのなかで動きはじめた音がして――ひとりがフローリングをパタパタと裸足で歩いてバスルームへ行く音がして――妻の香りがすることに気づいた。両手はなにか薄くて柔らかなものを握りしめていた。

ナイトガウン。

暗闇でとまどいに近い感情を抱きながらそれを見つめた。夜のうちにバスルームでやったことを思いだし、上掛けをさっと引っ張りあげてガウンを隠した。

ヨアキムは起きだしてシャワーを浴びると服を身につけ、子どもたちを着替えさせて朝食のテーブルにつかせた。自分が見られているのではないかと子どもたちにちらりと視線を投げたが、ふたりとも朝食に集中していた。

朝の暗闇と寒さは、リヴィアを逆に活動的にしたようだった。ガブリエルがキッチンを離れてバスルームへ行ってしまうと、父親を見やった。「ママはいつ帰ってくるの？」

ヨアキムは目を閉じた。彼女に背をむけて調理台にむかい、両手をコーヒー・マグで温めていたところだった。

いまの質問は尾を引いた。ヨアキムは耐えられなかったが、リヴィアはカトリンが死んでから毎朝毎晩、同じ質問をしてきた。

「よくわからないんだよ」彼はゆっくりと返事をした。「ママがいつ帰ってくるかわからないんだ」

「でも、いつなの?」リヴィアがさらに大きな声で言った。

ヨアキムは口をひらかず、おもむろに振り返った。この子にとって適切な時などは、訪れはしない。彼はリヴィアを見つめた。「本当は……ママはもうもどらないと思うんだよ。ママはいなくなってしまったんだ、リヴィア」

リヴィアが彼を見つめた。「ちがうよ」彼女はきっぱりと強い口調で言った。「いなくなってない」

「リヴィア、ママはもどらない――」

「もどってくる!」リヴィアがテーブルのむこうで金切り声をあげた。「本当にもどってくるの! 以上!」そしてまたサンドイッチを食べはじめた。

ヨアキムは視線を下げてコーヒーを飲んだ。打ちひしがれていた。

毎朝八時頃に子どもたちを車でマルネスへ送っていき、ウナギ岬の静寂をあとにした。

車を駐めてガブリエルの教室へ歩いていくと、楽しげな笑い声や叫び声に出迎えられた。ヨアキムにはどんな気力もわかなかった。息子を気怠《けだる》く抱きしめると、別れの挨拶をした。ガブリエルはすぐに背をむけて、柔らかな床の遊び部屋で友だちが元気な声をあげているほうへむかった。

だが、子どもたちの活気も時とともに消えていくものだ。歳を取れば顔はくすんでしぼむ。あの明るい顔の奥には白っぽい頭蓋骨、からっぽの眼窩《がんか》があるのだ。

かぶりを振ってそんな考えを払いのけた。

「行ってくるね、パパ」ヨアキムがコート置き場まで送るとリヴィアが言った。「ママは今夜帰ってくる？」

朝食の席で彼が言ったことを聞いていなかったかのような口ぶりだった。

「いや、今夜は帰らないよ」彼は答えた。「でも、パパがおまえを迎えにくるからね」

「早く来る？」

リヴィアはいつも早く迎えにきてほしがった――だがヨアキムが早く迎えにくるといつも、友だちと別れて帰るのをいやがるのだった。

「もちろんさ。早く迎えにくるよ」

彼がうなずくと、リヴィアはほかの子どもたちにくわわろうと走り去っていった。同時に、白髪の女がコート置き場から顔を出した。

「おはようございます、ヨアキム」彼女は同情するような表情で言った。

「おはようございます」

知った顔だった。マリアンヌといって、幼稚園の園長だ。

「どんな様子ですか?」

「あまりうまくいってないですね」ヨアキムは言った。

二十分後にボリホルムの葬儀社で約束があったからドアへむかった。だが、マリアンヌが一歩彼に近づいた。「わかりますよ。わたしたちみんなそうです」

「あの子は話をしますか?」ヨアキムは別の部屋にあごをしゃくって言った。

「リヴィアですか? ええ、あの子は——」

「ぼくがお尋ねしたかったのは、あの子は母親の話をしているかということです」

「ほとんどしませんね。わたしたち教師のほうもです。むしろ……」マリアンヌは少し口をつぐんでから続けた。「わかってくだされば と思いますが、スタッフは事故の前と後でリヴィアに対する態度を変えておりません。クラスにいるほかの子どももみんなと同じに扱われています」

ヨアキムはうなずいた。

「ご存じでないかもしれないのでお伝えしますが……海で奥さまを見つけたのはわたしでした」マリアンヌが言った。

「そうですか」

ヨアキムには質問したいことなどなかったが、それでも彼女は話を続けた。まるで語る必要があるかのようだった。

「あの日はここにリヴィアとガブリエルだけが残ったのです。五時を過ぎたのに、誰も迎えにくる人がいませんでした。電話をかけても返事がない。それでわたしの車に乗せてウナギ岬へ送っていったのですよ。子どもたちは家に駆けこみました。ドアに鍵はかかっていませんでした……でも家は静かでどなたもいなかったのです。わたしは近くを探しにいって、灯台横の水際で赤いものを目にして。赤いジャケットを」

ヨアキムは話を聞くと同時に、薄い皮膚の下のマリアンヌの頭はどんなふうだろうかと想像していた。頭蓋骨の幅はかなり狭く、白い頬骨は高いようだ。

マリアンヌが話を続けた。「ジャケットが見えて、次にジーンズが見えたのです……そのとき、誰かが海に浮いているのだと気づいて。それで緊急番号に電話をかけて、水際へ走って降りました。でも、手遅れだとわかったんです。とても妙な感じで……だって、前の日に奥さまと話をしたのに」

マリアンヌがうつむいて黙りこんだ。

「その場にほかに人はいなかったんでしょうね？」ヨアキムは言った。

「どういうことでしょう？」

「子どもたちはいなかったんですね？　カトリンを見てはいませんね？」

「ええ、あの子たちはまだ家のなかにいたので。それから、お隣の家へふたりを預けに行ったんですよ。あの子たちはなにも見ていません」

「よかった」

「子どもたちは現在を生きています。適応力があります」マリアンヌが言った。「あの子たちは……あの子たちは忘れますよ」

車へもどりながら、ヨアキムがたしかにわかったことがひとつあった。リヴィアにカトリンを忘れてほしくない。

それに自分も彼女を忘れてはいけなかった。カトリンを忘れることは許されないことだ。

一八八四年、冬

ウナギ岬の北の灯台の明かりがこの年に消えた。わたしの知るかぎり、それから灯ったことはない。

なのに、ラグナル・ダーヴィッドソンの話では、いまでも時々あの灯台に光が見えることがあるらしい——誰かが死ぬ前の晩に。

きっと灯台でたまに古い炎が燃えあがるんだね。痛ましい事故の記憶という。

——ミルヤ・ランベ

日没から二時間して、ウナギ岬の北の灯台の光が消える。

一八八四年、十二月十六日。島を横断する嵐は午後がもっとも激しく、雷のような風の轟音や泡立つ波が灯台付近のどんな音もかき消す。

灯台守のマッツ・ベントソンは嵐のなかを移動して南の灯台へむかうところだ。外に出て岸を見ていたから、降りしきる雪のむこうでなにかが起きているとわかった。南の灯光はいつものように瞬いているが、北の灯台は暗い——誰かがロウソクを吹き消したかのように消えている。

ベントソンはひたすら目を凝らす。それから身をひるがえして中庭を走って横切り、屋敷前の階段を進む。玄関ホールのドアを思い切り開ける。「光が消えているぞ！」彼は家のなかへむかって叫ぶ。「北の光が消えている！」

キッチンから誰かの返事が聞こえる——たぶん妻のリサだ——だが、彼は暖かい場所にぐずぐずしてはいない。吹雪の外へとって返す。

岸辺の牧草地までやってくると雪がひどく降っていて、腰が悪いかのように前かがみになるしかない。北極からの風が彼めがけて吹きつけてくるように思える。

北の灯台では灯台守助手のヤン・クラックマンがひとりで番をしている。勤務当番は四時開始。クラックマンはベントソンの親友だ。なにがあったにしても、明かりをふたたび灯すには助けがいることだろう。

冬の初め、屋敷から灯台までの道がわかるように、鉄柱を一定間隔で立ててロープが張られていた。ベントソンは命綱よろしくそれに両手でしがみつく。必死に岸辺を歩いて灯台へ通じる突堤に立つ。そこには鎖があって摑めるようになっているが、岩場は石鹼なみに滑りやすく、氷に覆われている。

ようやく北の灯台が建つ小島へたどり着くと、暗い灯台を見あげる。灯光が消えているにもかかわらず、塔のてっぺんの大きな窓ガラスにかすかな黄色の輝きが。

そこでなにかが燃えているか、光っている。パラフィンだ。石炭にかわるあたらしい燃料

——パラフィンが火災を起こしたにちがいない。

灯台に通じる金属製の扉をなんとか開けてなかへ入る。背後で扉がバタンと閉まる。静かだが無音ではない。嵐がまだ外で荒れ狂っているからだ。

螺旋を描いた石段を壁沿いに急いであがる。

息が切れてくる。全部で百六十四段——幾度となく駆けあがったことがあって、数えておいたのだ。のぼりながら嵐が分厚い壁をずっと揺らしているのがわかる。灯台は吹雪で左右に揺れているようだ。

階段の途中で、酸っぱい臭いが彼の鼻につく。

燃える肉の臭い。

「ヤン？」ベントソンは叫ぶ。「ヤン！」

あと二十段というところで、身体を目にする。頭を下向きに、急な石段に横たわって、まるで捨てられたぼろ切れのようだ。黒い制服がまだ燃えている。クラックマンはつまずきでもしたのか、燃えるパラフィンに身体全体を包まれてしまったのだ。

最後の数歩をあがって友のもとへむかい、コートを脱いで消火を始める。

誰かが背後から石段をあがってきて、ベントソンは振り返ることもなく呼びかける。「こいつに火がついてる！」

彼はクラックマンの身体の炎を消しつづけ、燃えるパラフィンを取り除こうとする。

「おい！」肩に置かれた手。灯台守助手のヴェステルベリだ。ロープを持参していて急いでクラックマンの胸元に巻きつける。「これで運べるぞ！」

ヴェステルベリとベントソンは煙をあげるクラックマンの身体を運び、螺旋階段を急いで降ろしはじめる。下まで降りると、なんとかふたたび普通に呼吸をすることができるようになる。だが、クラックマンは息をしているのか？　ヴェステルベリがランタンをもってきて床に置いていたのだが、その光のなかで友がいかにひどい火傷を負っているか見てとれる。指が数本黒こげになり、炎は髪にも顔にも達する有様だ。

「外へ連れだすぞ」ベントソンは言う。

ふたりで灯台の扉を押し開け、よろめくように嵐に身をさらす。クラックマンをふたりで抱える。ベントソンは凍てついた新鮮な空気を吸いこむ。吹雪は収まりはじめていたが、波はまだ高い。

岸辺までやってくると、ふたりの力は尽きる。ヴェステルベリがクラックマンの脚を放し、雪に膝まで埋もれて肩で息をする。ベントソンも手を離すが、友の顔の上に身を乗りだす。

「ヤン？　聞こえるか？　ヤン？」

治療をするには手遅れだ。クラックマンのひどく焼け焦げた身体は地面に身動きせずに横たわっている。魂が身体から旅立った後だ。

叫び声と不安そうな声が近づいてくるのが聞こえ、ベントソンは顔をあげる。灯台守主任のヨンソンとほかの灯台守四人が風に逆らって急ぐ。一行に続いて、女たちも家からやってくる。ひとりがヤンの女房のアンヌ・マリーだ。

ベントソンは頭が完全にからっぽになった気分だ。彼女になにか言わねばならないが、最悪のことが起こったときにどんな言葉をかけたらいい？

「いやあ！」

女がひとり駆けてくる。嘆き悲しみ、クラックマンに覆い被さって、必死に彼を揺さぶっている。だがそれは、アンヌ・マリー・クラックマンではない——ベントソンの妻のリサが、命をなくした身体のかたわらで泣きじゃくっている。

マッツ・ベントソンはなにひとつ自分の考えていたとおりではなかったのだと悟る。妻が立ちあがると目が合う。リサはようやく理性を取りもどし、自分がなにをやってしまったか気づくが、ベントソンはうなずく。

「こいつはおれの友人だった」それだけ言うと、暗くなった灯台に視線をむける。

7

「ではイェルロフ、なにもかもむかしのほうがずっとよかったと思っているのね？」マヤ・ニーマンが言った。

イェルロフはマルネスのホームでコーヒー・テーブルにカップを置き、どう答えるか、いっとき考えこんだ。彼はつねにそうする。

「なにもかも、とは言わんよ。いつでも、とも言わん。だがな、大半はまちがいなくそうだ……いまよりもしっかりと計画されていた」ややあって、そう答えた。「なにか実行する前に考える時間があった。近頃の者はそうせん」

「しっかりと計画されていた？」マヤが言った。「あなたはそう思っているの？　ステンヴィークの靴職人のことを覚えてない？　あたしたちが子どもの頃に村にいた人よ」

「靴屋のポールソンのことか？」

「アルネ・ポールソン、そうよ」マヤが答えた。「世界最悪の靴職人。右の靴と左の靴の見分けかたもわからなくて、ひょっとしたら、そんなことは必要ないと思っていたのね。だから、靴は一種類しか作れなかった」

「たしかにそうだった」イェルロフが静かに言った。「あの靴は覚えてるよ」

「ほかのなにを忘れても、あの痛さは覚えてますとも」マヤがほほえみながら言う。「ポールソンの木靴ってふしぎなことに、きつくもあり、緩くもあったわね。それに、走ると絶対に脱げるの。あれはしっかりと計画されていたと言える？」

ティルダはホームのダイニングで、テーブルのむかいに座っていた。すっかり夢中になって耳を傾けている。仕事での問題を忘れそうになっていた。こうしたむかしについての会話は保存されるべきだと思うのだが、テープ・レコーダーはイェルロフの机の抽斗《ひきだし》に入っている。

「いや、いや」イェルロフがそう言ってコーヒー・カップを手にした。「むかしの人は先のことをそこまでは考えなかったかもしれん。だが、少なくとも考えてはいたんだから」

二十分後にティルダとイェルロフは部屋へもどり、テープ・レコーダーをふたたび取りだして録音した。壁掛け時計のチクタクいう音をBGMに、イェルロフがバルト海で十代の船長になった若い頃の話を始めた。

高齢者ホームでの人生は侘しくもなければ、つまらなくもないとティルダは気づいた――安らかだった。イェルロフの小さな部屋がますます心地よく感じられてくる。この数日に起こったことを忘れかけているからだ。ウナギ岬でまちがったことすべてを。

まちがった名前、被害者についてのまちがった情報、まちがった接しかた――悲嘆に暮れる夫には話すことを拒まれて、駐在の警官として赴任早々、同僚たちにたっぷり噂されていることは考えなくてもわかる。

そうは言っても、まちがったことをやったのは彼女ひとりではなかった。

ふいに、イェルロフがおしゃべりをやめて彼女を見ていることに気づいた。

「そういうもんだよ」彼は言った。「すべては変わる」

カセットテープがテーブルの上の機械で回転している。

「ええ、これが現代だから」ティルダは大声で言った。「そしてむかしは……むかしのことを思いだすとなにが頭に浮かぶ？」

「そうさな……もちろん航海だ」イェルロフはテープ・レコーダーを怪しむように見ながら言う。「美しい貨物船がボリホルムの港を出入りした。船に乗ったときの匂い……木タールとペンキと燃料油、船倉の淀んだビルジ水、調理室で炒めている料理」

「当時でいちばんよかったことはなに？」

「静けさ……静寂。どんなことにも、じっくり時間をかけられたこと。貨物船で海に出るともちろん、たいていの船には小型エンジンがついていたが、帆しかついとらん船では、風の止まった夜にはなにもすることがなかった。錨を降ろし、次の日に風が出るのを待った。貨物船のいる位置をはっきりわかる者はいなかった。まだ電話も短波無線もなかった頃だ。そんな船はある日いきなり沿岸へもどってくる。帆に風をいっぱいに受けて帰ってくる。そこでやっと女房たちは安心できたんだ」

ティルダはうなずいた。そのとき、先週勘違いした情報のことが頭をよぎって尋ねた。

「ウナギ岬の屋敷についてはなにか知っている、イェルロフ？」

「ウナギ岬？　ああ、ほんの少し。ステンヴィークから見て島の反対側だからな。ただ、なんと言っても、おまえのお祖父《じい》さんがご近所だったから」

「そうだったの？」

「そのようなもんさ。お祖父さんの家は屋敷の北二キロ足らずにあった。ラグナルは岬でウナギ漁をしていたが、灯台の見回りもしていたからな」

「あの場所にまつわる話はある？」

「そうさな、あの屋敷には噂がある。基礎工事は岬から少しくだったあたりでうち捨てられた古い礼拝堂の御影石を、建物は岩場で難破した船が積んでた木材を使ってるそうだ。あの時代でも、リサイクルをやってたんだよ」

「どうして、ひとつの灯台しか光を放ってないの？」

「事故のようなことがあってな、火事だったと思うが……あの双子灯台はウナギ岬をエーランド島のほかの灯台とはひと味ちがうもんにしようと建てられたんだが、結局は毎晩ふたつとも動かすのはあんまり物入りになったんだろうよ。ひとつで間に合った」イェルロフはしばらく考えこんでつけ足した。「それにもちろん近頃じゃ、船は衛星の助けを借りて航行してるからな、あのひとつだってもう必要とされとらんくらいさ」

「いまどき、ね」ティルダは言った。

「そうさね。右の靴も左の靴も関係ない」

部屋に沈黙が広がった。

「あの岬には行ったことがあるかね？」イェルロフが尋ねた。

ティルダはうなずいた。ダーヴィッドソン家の話は終わったので、テープ・レコーダーを止めた。「先週あの家へ行ったの」彼女は答えた。「溺れた人がいて」

「ああ、《エーランド・ポステン》で読んだよ。若い女のひとだった。あの屋敷を買った一家の母親だったんだろう？」

「ええ」

「それで、誰が発見したんだね？」

ティルダはためらった。「あまりそういうことを話してはいけないことになってるんだけど」

「ああ、もちろん。警察のことなんだから。それに悲しいことでもある」

「ええ。とくに残されたご主人と子どもたちには」

結局ティルダはほとんどの話を聞かせた。事故現場に呼ばれた経緯。灯台横の水辺から引き揚げられた遺体。「このカトリン・ヴェスティンという女性はひとりでいた。昼食をとって食器洗い機を使った。それから岸辺へ歩いて突堤へ行ったのね。そこで足を滑らせたか、身投げしたかして」

「そして溺れた」イェルロフが言った。

「ええ。すぐに溺れてしまったらしくて。あのあたりの水深は浅いのに」

「どこも浅いわけじゃない。あの突堤のあたりは深くなってる。セーリング・ボートが係留されてるのを見たことがあるよ。見た者はいなかったのかね、その事故を？」

ティルダは首を横に振った。「目撃者はまったくいないの。あの浜はまったくの無人だった」

「エーランド島の浜は冬になると、たいていどこも無人さね」イェルロフが言った。「ウナギ岬に誰かいた形跡はなかったんだね？　誰かがその女性を突き落としたのかもしれんぞ？」

「いえ、たしかにひとりきりだったのよ。灯台へ行くには浜を横切るしかないんだけれど、砂に残された足跡はほかになかった」ティルダはテープ・レコーダーを見た。「そろそろ、ラグナルの話をしましょうか？」

イェルロフは聞いていないようだった。いくらか苦労して立ちあがると、抽斗から黒い手帳を取りだした。

「わたしはいつも天気を記録しとるんだ」彼は言った。手帳をめくって探していたページをひらいた。「その日はほとんど風がなかった。秒速一メートルから二メートルのあいだ」

「ええ、そうでしょうね。ウナギ岬は穏やかだった」

「つまり、浜まで寄せて足跡を消すような波もなかった」

「そうよ。そして女性の足跡はまだ砂の上にあった——この目で見たから」

「どこか少しでも怪我をしとらんかったかね？」

ティルダはためらってから答えた。見たくない絵柄が頭のなかに浮かんだ。「わたしは少ししか見なかったけれど、額に小さな傷があった」

「擦り傷かね？」

「ええ。たぶん海に落ちたときのものね――落ちるときに突堤に頭をぶつけたんでしょう」

イェルロフがのろのろとまた腰を下ろした。「敵はいなかったのかね？」

「なんですって？」

「敵はいなかったのかね……溺れた女のひとには？」

ティルダはため息をついた。「そんなことがわたしにわかると思うの、イェルロフ？　この島では、小さな子どものいる母親に命を狙うような敵がいるのが普通？」

「ただ思いついただけで――」

「そろそろ、話題を変えましょう」ティルダは真剣な表情で高齢の親戚を見やった。「あなたがあれこれ考えるのが好きなのはわかるけれど、わたしはこんな話をしてはいけないことになってるから」

「ああ、そうさな、おまえはなんといっても警官なんだから」

「地方警官にすぎないけれどね。殺人課の刑事じゃないわけだし」ティルダは急いでつけ足した。「それに、そもそも殺人の捜査なんかない。犯罪がおこなわれたことを示唆するものはないのよ――動機がない。夫は事故だとは思っていないようだけれど、その夫でさえ、誰かが妻を殺害するような理由は考えつかない」

「わかったよ、まあ、わたしもちょっと考えてみるよ。おまえに言われたように、考えてみるのが好きだからな」

「構わないけど。ところで、また録音して話をしたいの」

イェルロフは黙っている。

「テープ・レコーダーをまわすから。いい？」ティルダは言った。

「海からだとどうだね？」

「えっ？」

「誰かが船で海岸沿いをやってきて、ウナギ岬の突堤に係留したとすれば、砂に足跡は残らんだろう」

ティルダはため息をついた。「わかったわよ、じゃあ、船を探しはじめたほうがよさそう」彼を見やって尋ねた。「ねえ、録音するのは気が進まない？」

イェルロフがためらった。

「死んだ身内のことを話すのが、ちょっとばかり気が進まんのさ」彼はついにそう打ち明けた。「死んだ者たちが壁のなかに座って聞いてるように感じるよ」

「話題にしてもらって誇りに思うんじゃないかしら」

「そうかもしれん。そうじゃないかもしれん。わたしがどんな話をするかによるだろうよ」

「わたしが話を聞きたいのはいちばんに祖父のことよ」

「わかってるよ」イェルロフが重々しくうなずいた。「だが、兄もこのへんで話を聞いてることだろうて」

「ラグナルはよく働くお兄さんだった？」

イェルロフはしばらく口をひらかなかった。

「兄はうまくいった時期もあった。記憶力がよくてな。人に騙されたと思ったら、その相手とは二度と仕事をせんかった……ひどい仕打ちを忘れることはけっしてなかった」

「わたしは祖父のことを覚えてない」ティルダは言った。「前にも話したけれど、父さんもほとんど覚えてなくて。それに、祖父のことはほとんど話さなかった」

また静寂が広がった。

「ラグナルは冬の嵐で凍死した」イェルロフが話を続けた。「自宅の南の岸で遺体は発見された。お父さんにその話は聞いたかね？」

「ええ、祖父を見つけたのは父だった。祖父は釣りをしようとしたのよね？　父さんはそう話していた」

「あの日は海底にしかけた網をたしかめに行ってな。そこで風が強くなって、ウナギ岬で陸にあがった。灯台の見張りもしていたからな、灯台の近くでよく見かけたという者もいた。船は波で壊れたにちがいないさね。ラグナルは岸沿いに歩いて自宅へ帰ったから……そこに吹雪が襲ってきた。雪のなかで命を落とした」

「身体を温めてみるまでは、凍死とは確認できないの。固く凍って発見され、雪だまりのなかでは脈のひとつもない人でも、暖かいところへ運ばれると命を吹き返すことがあるのよ」

「誰に聞いた話だね？」

「マルティンよ」

「マルティン？　何者だね？」

「わたしの……恋人なの」ティルダは答えた。

その言葉を使ったことをすぐさま後悔した。マルティンはティルダの恋人だと表現されることは気に入らないはずだ。

「なるほど、おまえには恋人がいるのか」

「ええ……まあ、どうとでも好きな呼びかたをしてもらっていいけれど」

「恋人でちっとも問題ないじゃないか。名字は？」

「マルティン・オルクイストという人」

「いい名だ。この島に住んでるのかな、おまえのマルティンは」

〝おまえのマルティン〟──その言葉をティルダは噛みしめた。

「ベクショーに住んでいるの。先生で」

「だが、たまにはおまえを訪ねてくることになるんだろう」

「そう期待してるわ。彼もその話をしていたし」

「そうかそうか」イェルロフがほほえんだ。「恋をしてる表情だ」

「そう？」

「マルティンの話題になると表情が明るくなる。きれいだよ」

イェルロフはテーブルのむこうから励ますようにほほえみかけ、ティルダも笑いかえした。ここにイェルロフと腰を下ろしてマルティンのことを話していると、なにもかもが単純に思える。ちっとも込み入っていない気になってくる。

8

リヴィアは毎晩ベッドでカトリンの赤いウールのセーターを隣に置いて眠り、ヨアキムは枕の下に妻のナイトガウンを入れた。それで気持ちが落ち着いた。

ウナギ岬の生活のペースは半分の速度になった。平日は子どもたちをマルネスへ送り迎えする仕事をこなした。子どもたちがいないあいだは屋敷でひとり七時間を過ごすことになったが、安らぎなどはなかった。葬儀社の者が葬儀前に何度か異なる質問で電話を寄こしたし、銀行やさまざまな会社に連絡をしてカトリンの名前を記録から削除してもらうように頼まねばならなかった。親戚たちはカトリン側もヨアキム側も連絡をしてきて、ストックホルムの友人たちは花を贈ってきた。何人かは葬儀に訪れたがった。

ヨアキムが本当にやりたいのは、すべての電話線を引っこ抜き、ウナギ岬に閉じこもることだった。外との連絡をいっさい絶ちたかった。

もちろん、屋敷のなかはまだ山ほどの改装すべき箇所が残っていたし、庭も屋敷の外装もそれは同じだったが、とにかくベッドに横たわって、カトリンの服の匂いを吸いこみながら白い天井を見つめていたかった。

それに警察だ。気力さえ見つけられたら、内部調査の責任者——そんな人物がいるとして——が誰か教えろと問い合わせたはずだが、できなかった。

警察関係で連絡を取ってきたのは、マルネスの地方警官の若い女——ティルダ・ダーヴィッドソンだけだった。

「申し訳ありません」彼女にはそう言われた。「本当に申し訳ありません」

ヨアキムの気持ちを尋ねもしないで、名前を取りちがえたことを謝りつづけていた。メモに書いてあった名前がちがっていたと彼女は言った——勘違い、と。

勘違いだと？　ヨアキムが妻をなぐさめようと帰宅したら、その妻が死んでいたとわかったのに。

あのときは無言でダーヴィッドソンの話を聞き、質問に短い言葉で答え、こちらからは追加の質問をしなかった。会話は短いものだった。

会話が終わるとヨアキムは家族で使うコンピュータの前に座り、《エーランド・ポステン》紙に、カトリンの死に続いてどんなことがあったか簡単なあらましを説明する手紙を書いた。締めくくりをこう結んだ。

娘が溺死して妻は生きていると何時間も信じていたのですが、実際は逆だったのです。警察には生きている者と死んだ者の区別ぐらいしてほしいと願うのはそれほど高望みなのでしょうか？

そうは思いません。遺族はやっていることですから。

ウナギ岬、ヨアキム・ヴェスティン

あのあと、警察の誰かが責任を取ることなど期待していなかったから、失望もしなかった。二日後にオーケ・ヘーグストレムに会った。妻の葬儀をおこなうことになっているマルネスの牧師だ。

「眠れてますか？」葬儀の確認をひととおり終えてコーヒーを飲みながら、最後に牧師からそう尋ねられた。

「眠れてますよ」ヨアキムはそう返事をした。

その場で取り決めたことを思いだそうとした。葬儀でどの賛美歌を演奏すべきか選ぼうと聖歌隊長に連絡したことは覚えていたが、なんの曲に決めたのかはすでに忘れていた。

マルネスからやってきたこの牧師は五十代、優しいほほえみと薄いあごひげの持ち主で、黒い上着に灰色の襟つきのセーターを着ていた。牧師館の書斎の壁はあらゆる種類の本が詰まった棚で覆われ、机には牧師が輝くパーチを手にした写真が飾ってあった。

「灯台の光がじゃまになりませんか？」牧師が尋ねた。

「光ですか？」ヨアキムは言った。

「夜にはウナギ岬の灯台から、ずっと光が瞬いているわけでしょう」

ヨアキムは気にならないと、首を横に振った。

「慣れたんですな」牧師が言った。「たぶん、窓のすぐ外を走る車の騒音みたいなものなのでしょう。あなたはここに越してくる前には、ストックホルムの中心に住んでたのですね?」

「ストックホルムの少しはずれですが」

重い会話を明るくしようとするちょっとした世間話に過ぎなかったが、言葉を見つけるのはヨアキムにとってひどく苦労することだった。

「では、賛美歌二八九で始め、祈りに続いて二五六、最後に二九七と」牧師が言った。「それでよろしいですな?」

「結構です」

葬儀の前日にストックホルムから十数名の客がやってきた。ヨアキムの母、伯父、従兄弟がふたりに、ヨアキムとカトリンの親しい友人が数名。彼らは腫れ物にさわるように家のなかを歩き、たいていは友人同士で話をしていた。リヴィアとガブリエルは客がたくさんやってきて興奮したが、みんなが訪れた理由を尋ねはしなかった。

葬儀は木曜日の十一時にマルネスの教会でおこなわれた。子どもたちはその場にいなかった。ヨアキムはなにも知らせずに、いつものように八時に幼稚園へ送った。ふたりにとって今日はいつもの一日だが、ヨアキムは自宅へもどるとブラックスーツを着て、ふたたびダブルベッドに横たわった。

壁掛け時計が廊下でチクタク音をたて、あの時計のネジを巻いていたのは妻だったことを思いだした。妻が死んでしまったいま、時を刻む音をたてるべきではないのに、まだ動いている。

寝室の天井を見あげ、家のなかや外に妻が残したものをあれこれと考えた。頭のなかでは、妻が呼びかける声が聞こえるようだった。

一時間後、ヨアキムは座り心地の悪い木の信徒席に腰を下ろして大きな壁画をじっと見つめていた。同じ年頃の男が、ローマの拷問の道具に釘刺しにされている。十字架。マルネスの教会は天井が高く、こだまに満ちていた。静かな泣き声が石造りの丸天井の下に漂っている。

ヨアキムは最前列に座り、隣には彼の母親がいた。黒いベールをかぶってすすり泣き、気を遣って小さく鼻をくすんと鳴らして、頭を垂れている。自分は泣けないだろうとわかっていた。去年エテルの葬儀で一粒も涙を流さなかったように。涙はあとで、夜遅くにやってきた。

あと二分で十一時というときに教会のドアが開き、背が高く肩幅の広い女が堂々とした足取りで入ってきた。黒いコートを着て、黒いベールで目元を隠していたが、くちびるはまっ赤な口紅で塗られていた。石の床でハイヒールの音が響き、教会にいた多くの者が振り返った。彼女はしっかりした歩調で右手の信徒席の最前列までやってくると、カトリンの父の違う四人の姉妹や兄弟の隣に腰を下ろした。

この人物は彼らの母親であり、カトリンの母親でもある。ミルヤ・ランベ、ヨアキムの姑であり、画家であり歌手であった。ミルヤには七年前の結婚式以来、会っていなかった。あの日とちがって、いまの彼女はしらふのようだ。

ミルヤが腰を下ろしたところで、教会の塔で弔いの鐘が鳴りはじめた。

四十五分足らずですべては終わり、ヨアキムはヘーグストレム牧師がどんなことを言ったか、あるいは教会で歌われた賛美歌がなんだったのか、ほとんど思いだせなかった。頭のなかは泡立つ波と流れる水のイメージと音でいっぱいだった。

その後、厳しい寒さの教会の敷地を横切って集会所に集まると、大勢の人がヨアキムに話しかけてきた。

「本当に気の毒にな、ヨアキム」あごひげの男がそう言って肩を叩いてきた。「奥さんのことはみんなとても気に入っていたんだよ」

ヨアキムは焦点を合わせ、ふいにその男が誰だか認めた。ストックホルムの自分の伯父ではないか。

「ありがとう……ありがとうございます」

ほかに言うべきことはたいしてなかった。

さらに何人かが彼の背中に手を置いたり、ぎこちなく抱擁を交わしたがった。ヨアキムは好きなようにさせた。彼はみんなに甘やかされている。

「こんなのってないわ……何日か前にしゃべったばかりだったのよ」そう言ったのは、二十五歳ぐらいの泣きじゃくる女だった。

　目元をぬぐうために使っているハンカチの奥の顔から、誰かわかった。カトリンの妹だ。名前はたしかソロロス（花つる草）だ。ミルヤは五人の子ども全員にめずらしいミドルネームを与えていた。カトリンはモンストロル（月光）だったが、その名を嫌っていた。

「それに最近はあんなにしあわせそうだったのに」ソロロスが話を続けた。

「ああ。ここへ越してきて喜んでいた」

「そうよ、それにお父さんのこともわかって喜んでいたのに」

　ヨアキムは彼女を見つめた。「お父さん？　カトリンは父親と連絡をとったことなんてなかったはずだけど」

「ええ。でも、母さんが本を書いて、そのなかで父親が誰かあきらかにしたのよ」

　また涙が流れた。彼女はヨアキムを抱きしめ、兄弟姉妹のもとへもどった。

　ヨアキムはその場に留まり、アルビンとヴィクトリアのマルム夫妻に気づいた。ストックホルムの中心に住む友人たちで、ブロンマ時代の隣人だったヘスリン夫妻とテーブルをかこんでいる。自分の母がひとりで別のテーブルについてコーヒーを飲んでいるのも目に留まったが、そちらへ行くことはなかった。

　振り返ると、ヘーグストレム牧師が小柄な白髪の女と部屋の奥で話をしていた。ヨアキムはそちらへむかった。

牧師が優しい視線をむけた。「ヨアキム、大丈夫ですか」

彼は何度かうなずいただけだった。これがふさわしい対応だ。どんな意味にも取れる。小柄な老女はヨアキムを見あげて期待するようにほほえむと、やはりうなずいたが、どんな言葉をかければよいかわからないようだった。そこで彼女は二歩ほどそっとあとずさって姿を消した。

これが遺族であるということなのだ。人は遺族から死の匂いを嗅ぎつけ、できるだけ避けようとする。

「考えていたことがあるんですが」彼は真剣な口調で牧師に話しかけた。

「おや、どんなことを？」

「誰かがこの島で助けを呼び、こちらは本土の何キロも離れた場所にいたとして——それにはどんな意味があるんでしょうか」

牧師が無表情にヨアキムを見つめた。「何キロも離れた場所……それでどうして助けを求める声が聞こえるんでしょう？」

ヨアキムは首を横に振った。「でも、本当にあったことなんですよ。妻の、カトリンの声が聞こえたんです、彼女が死んだ時間に。そのときぼくはストックホルムにいましたが、妻が溺れた時間に声が聞こえたんですよ。ぼくを呼んでいた」

牧師がコーヒー・カップを見おろした。「たぶん、別の人の声が聞こえたんじゃないでしょうか？」牧師は禁じられた話題をしゃべっているかのように声を落とした。

「ちがいます。あれはカトリンの声でした」

「なるほど」

「妻の声を聞いたことはまちがいありません。どんな意味があるんでしょう？」

「さてさて、どうだろう」牧師はそれしか言わず、肩をそっと叩いた。「さあ、もう休むといい、ヨアキム。また近々話しましょう」

そして牧師は去っていった。

ヨアキムは立ちつくして壁のポスターを見つめた。チェルノブイリで放射線を浴びた人へ寄付を募るものだ。あの大惨事から十年が過ぎている。

〈わたしたちの日々のパンを放射能の犠牲者に〉と、ポスターの見出しはそうなっている。

わたしたちの日々のチェルノブイリ――彼にはそう見えた。


ついにまた夜となり、ヨアキムはウナギ岬へもどった。長い一日が終わろうとしている。

家のなかではリヴィアとガブリエルが、祖母に寝かしつけられていた。リサとミカエルのヘスリン夫妻が家の前で車の隣に立っていた。もう遅い時間で、ストックホルムへもどるのは長旅だったが、それでも家までヨアキムにつきそってくれたのだ。

「来てくれてありがとう」

「ちっとも苦じゃないさ」ミカエルはバックシートにあるビニールカバーにブラックスーツ

を入れた。

息の詰まる間があった。

「早くストックホルムへ遊びにきて」リサが言った。「そうでなければ、子どもたちを連れてゴットランド島へ来て。わたしたちの別荘へ」

「そうしたいよ」

「また連絡する」ミカエルが言った。

ヨアキムはうなずいた。ゴットランド島のほうがストックホルムよりずっといい。あの街へは二度と行きたくなかった。

リサとミカエルが車に乗ったところでヨアキムが一歩下がると、ふたりは出発した。

車が公道へ出てライトが見えなくなると、きびすを返して灯台のほうを見おろした。小島に建てられた南の灯台は赤い光を海面に照らしていた。だが、北の灯台――カトリンが自分のものだと言った灯台は暗闇にそそりたつ黒い柱に過ぎなかった。あそこの光は一度しか見たことがない。

少し探してから、岸辺へ降りる道を見つけ、秋のあいだにカトリンや子どもたちと何度か歩いた同じ道をたどった。暗闇のなかで海の音が聞こえ、刺すように冷たい風を感じた。足元に注意しながら岸辺にやってくると、草地と細長い砂地をわたり、灯台を波から守っている大きな石の突堤に立った。

今夜の波は暗闇に響くゆっくりとした息遣いのようだ。愛をかわしているときのカトリンの声のようだった——彼女はベッドでヨアキムを引き寄せてきつく抱きしめ、耳元に息を吹きかけたものだった。彼女のほうが強い人間だった。ここへ越してくることを決めたのもカトリンだった。

初めてここを訪れたとき、この海岸がどれほど美しかったか思いだした。五月の初めのよく晴れた日で、屋敷はきらめく海の上に浮かぶ木造の宮殿のようだった。

屋敷の周辺をひととおり見てから、カトリンと手をつないでこの岸まで降りてきた。ヤブイチゲの可憐な白い花が満開の平原を抜ける細い小径を歩いた。

海岸ではなにも遮るもののない空の下、北のたいらな島々がまるで魔法のように若葉に覆われて海に浮いていた。いたるところに鳥がいた。ヒタキ、ミヤコドリ、ヒバリの群れが空高く舞いあがっては急降下する。黒と白のキンクロハジロの小規模な群れは灯台のむこうまでも、ひょいひょいと出かけ、もっと岸に近い位置にはマガモやカイツブリが泳いでいた。

ヨアキムはカトリンの顔がまばゆい日射しを受けていた様子を思いだした。

ここにずっといたい、と彼女は言った。

彼は震えた。それから突堤のいちばん奥のブロックに用心しながら登ると、黒い海を見おろした。

最期にカトリンが立っていたのはここだった。

砂地の足跡は、カトリンがひとりで突堤に行ったのだと示していた。それから彼女は海に誤って落ちたか、身投げするかして、すぐに沈んでいった。

なぜだ？

彼には答えがなかった。わかっているのは、カトリンが溺れる瞬間に彼はストックホルムの地下室に立ち、ドア越しに彼女がやってきた音を耳にしたということだけだった。カトリンが呼びかける声を聞いた。たしかだったが、それはこの世界が思っていたよりも意味のわからない場所だということだ。


寒さのなかで半時間ほど過ごすと、屋敷へ引き返した。

母親のイングリッドは葬儀のあとも残ったただひとりの家族だった。キッチンのテーブルにむかい、ヨアキムが近づくとハッとして首をめぐらせ、額に不安の皺を刻んだ。皺は近年、歳月とともに深くなっていった。最初は夫が病気になったときに、そしてエテルが一家にあらたな危機をもたらすたびに。

「みんなもう帰ったよ」彼は話しかけた。「子どもたちは寝た？」

「たぶんね。ガブリエルはミルクを飲み終えるとそのまま寝てしまった。でも、リヴィアは寝つけなくて……わたしが部屋をそっと出ていこうとすると、顔をあげて呼びとめたよ」

ヨアキムはうなずき、紅茶を淹れようと調理台の前に立った。「あの子はときどきたぬき寝入りする。寝たふりをするから、こちらは騙されてしまうんだ」

「あの子はカトリンのことを話していたよ」

「だろうね。お茶はどうだい？」

「いえ、わたしは結構。ありがとう。あの子はいつもカトリンのことを話すのかい、ヨアキム？」

「寝入りばなにはしないよ」

「あの子にはどう話してあるの？」

「カトリンのことかい？　たいして話していないよ。こう伝えてある……ママはいなくなったと」

「いなくなった？」

「しばらく遠くへ行ったと……カトリンと子どもたちがここにいて、ぼくがストックホルムにいたときのようにね。いまは、それ以上のことを伝える気力がないんだ」彼は母親を見つめ、ふいに落ち着かなくなった。「今夜あの子にどんなことを話したんだい？」

「なにも。あの子に本当のことを伝えるのはおまえの仕事だよ、ヨアキム」

「いずれ話すよ」彼は答えた。「母さんが帰ってから……子どもたちとぼくだけになってから」

ママは死んだんだ、リヴィア。溺れたんだよ。

だが、いつになればそう伝えられる心構えが整うのか？　リヴィアの頬を引っぱたくも同然で、そんなことは不可能だ。

「こうなったからには、もどってくるつもりかい？」母親が尋ねた。

ヨアキムは母親を見つめた。ここをあきらめて帰ってきてほしいと思っているのはわかっていたが、それでも驚いたふりをした。

「もどる？　ストックホルムへもどるってことかい？」

カトリンを残して？

「ああ……そうだよ。だって、わたしがあの街に暮らしているんだしね」

「ストックホルムでぼくができることはなにもないよ」

「だが、ブロンマの家を買いもどすこともできるだろう？」

「ぼくにはなにも買えないよ。それだけの金がないんだ、母さん。たとえそうしたいと思ってもね。蓄えはすべてこの家に注ぎこんだ」

「だけど、売ればいいじゃないか……」母親は口をつぐみ、キッチンを見まわした。

「この屋敷を売る？　この屋敷をほしがる人がいるかい？　まず修理が必要だし……カトリンと一緒にやろうと思っていたんだ」

母親は無言で窓の外を見つめていた。ふさぎこんだ表情だ。ややあって尋ねられた。「お葬式のあの女だけど、遅れてきた女がいただろう――あれがカトリンの母親だね？　画家の？」

ヨアキムはうなずいた。「あれがミルヤ・ランベさ」

「おまえの結婚式でも見かけたような気がしたから」

「あの人が葬儀に出るつもりだとは知らなくて」

「おや、もちろん出るつもりだったとも。なんと言っても、カトリンはあの人の娘なんだからね」

「でも、ふたりはほとんど連絡を取りあってなかったんだよ。ぼくだって結婚式以来、会っていなかった」

「喧嘩でもしたのかね？」

「そうじゃない……でも、とても気が合うというわけじゃなかったんだと思うよ。ごくたまにはどちらも相手に連絡を入れていたが、カトリンはミルヤのことをめったに話題にしなかった」

「あの人はこの島で暮らしているのかい？」

「いや。カルマルで暮らしているはずだよ」

「おまえから連絡はしないのかい？　したほうがいいと思うがね」

「ぼくはそうは思わない。でも、そのうちばったり出くわすよ。ここは小さな島なんだし、むこうが来ることもあるだろうしね」

彼は窓の外の暗い中庭を見やった。誰にも会いたくなかった。このウナギ岬の屋敷で自分の殻に閉じこもって二度と外出したくなかった。あたらしい教職の口を探したくもなかったし、この屋敷の修理の作業も続けたくなかった。

ただひたすら一生カトリンの隣で眠っていたかった。

9

十一月の夜は雨こそ降っていなかったが、冷えこんで暗く、霧が出ていた。空にある明かりは薄手の絹のような雲の層の奥にある青白い半月が放つ光だけだった。

盗みに入るには最適な天気だ。

この島の岩場になった北西の沿岸にあるその家は、尾根の上にあり、最近建てられたものだった。まだ築二年ほどだ。建築家の設計による家で木材とガラスがふんだんに使われている。余るほど金のあるよそ者が発注して建てた家だと、ヘンリクは考えた。本土からやってきた裕福な人々を、どこからやってきたにしても〝ストックホルム者〟と祖父が呼んでいたことを思いだす。

「さあさあ」トミーがそう言い、首をボリボリと掻いた。「行くとするか」

フレディとヘンリクはトミーに続いて家の下の砂利敷きの坂道へむかった。三人ともジーンズと黒いジャケット姿で、トミーとヘンリクは黒いリュックを背負っていた。

ボリホルムから北へむかうように先立って、セレリウス兄弟はヘンリクのキッチンでまたウィジャボードをやった。真夜中の一時間半前に、三本のロウソクに火をつけ、トミーがキッチン・テーブルにボードを置いて、中央にグラスを載せた。

あたりは静まり返った。空気が重くなった。

「そこに誰かいますか？」トミーがグラスに指を置いて尋ねた。

質問からおそらくは十秒か十五秒ほどして、グラスはさっと横に動いた。〈はい〉という言葉の上で止まった。

「アレイスターですか？」

グラスは動かない。

「今夜はいい夜になりますか、アレイスター？」トミーが尋ねた。

グラスはさらに数秒ほど〈はい〉に留まっていた。そこで文字のほうへ移動を始めた。

「書き留めろ！」トミーがヘンリクに低い声で囁いた。

ヘンリクは腹に冷たく嫌な感情が起こるのを感じながら書き留めた。

う－な－ぎ－み－さ
ようやくグラスはボードの中央へもどった。ヘンリクはメモの紙を見おろし、自分の書いたものを読みあげた。

「うなぎみさき、うなぎみさき、げいじゅつさくひん、うなぎみさき、ひとりで、あるく」

「ウナギ岬だと？」トミーが言った。「なんだ、そりゃ？」

ヘンリクはボードを見た。「行ったことがある……灯台のある場所だ」

「そこには芸術作品がたんまりあるのか？」

「見たことがない」

真夜中頃にヘンリクとセレリウス兄弟は四百五十メートルほど離れたボートハウスの裏手にヴァンを停め、海辺の岩場に留まり、二階の輝くはめ殺し窓で最後まで灯っていた明かりが消えるまで待機した。それからさらに半時間ほど待ち、それぞれアイスをキメてから黒い目出し帽をかぶり、家へ移動を始めた。

ヘンリクは少し寒かったが、アイスのおかげで脈が速くなってきた。リスクが大きくなればなるほど、刺激も大きくなる。こんな夜にはカミラのこともほとんど思いださない。

波の音がリズミカルに背後の砂利道のほうから聞こえてきて、一行の足音をかき消してくれたから、険しい坂道もほとんど音をたてずに進めた。鉄製の柵が庭全体をかこんでいたが、ヘンリクは海に面した横の部分に鍵のかかっていない門があることを知っていた。彼らはじきに家の陰に入った。

一階のガラスの引き戸は単純な錠しかなく、ヘンリクはリュックからハンマーとノミを取りだした。短く鋭い一撃をくわえるだけで、錠は開いた。

トミーが引き戸を横に押し開けると、スチール製の溝で小さな戸車がかすかに軋んだが、その音は風の囁きほどもなかった。

警報が暗闇に鳴り響くこともなかった。

トミーが目出し帽をかぶった顔を戸口から突っこんだ。それから振り返って、ヘンリクにうなずいてみせる。

フレディを見張りとして引き戸のところに残し、ふたりは暖かな室内へ侵入した。海からの風の音は弱まり、家の暗がりにふたりは包まれた。

ペンキを塗ったコンクリートの床を進むと、かなり広い娯楽室に出た。部屋の中央に台がある。ビリヤードの台だ。こうした娯楽の設備がこの部屋にはたくさんあった。

奇襲部隊のようにトミーが二手に分かれようと手で合図し、ヘンリクはうなずいて左へそれた。部屋の片側に沿ってちょっとしたバーカウンターがあり、十数本のボトルが並んでいる。未開封の五本を注意しながらリュックに一本ずつ押しこんだ。それから家の探索を続けて、二階へ続く木造の階段を通り過ぎた。

客間に入ると革のソファがひとつあった。ソファのむかいに置かれた小型のテレビとビデオプレイヤーを抱えて引き戸のフレディのもとへ運んだ。それからもどってきてソファの下をたしかめた。

そこには大きくて光るものがあった。ゴルフクラブのセットか？

腰を曲げて折りたたまれた防水布を少々苦労しながら引っ張りだした。その上にはダイビング用品がひとそろい載っていた。フィン、黄色の酸素ボンベ、水圧計らしきものに、黒いウェットスーツ。一度も使用されたことがないように見える。きっとこの夏に退屈した十代の子あたりがダイビングを習いたがって購入したが、心変わりでもしたのだろう。

防水布にはほかの物も載っていた。古い狩猟用の銃だ。

このライフルはしっかりと手入れをされているようだった。木製の銃尻は磨きあげられ、ストラップはしなやかさを保った革だった。カートリッジの入った小さな赤い紙箱が隣にある。

ヘンリクは一度にひとつずつ運ぶことにした。酸素ボンベを運びかけてトミーに出くわした。むこうはコンピュータのディスプレイを引き戸へ運ぶところだった。トミーはタンクを見ると、いいぞとうなずいた。

「まだあるんだ」ヘンリクは囁いて引き返した。

最後のダイビング用品を片手で抱え、銃を背中にかけた。カートリッジの箱はリュックに入れた。それから引き戸へもどった。トミーがエクササイズ用のバイクを運びだそうとがんばっていた。それもまた新品のようだったが、ヘンリクは首を横に振った。

「載せる場所がない」彼は囁いた。

「なんとか収まるさ」トミーが言った。「分解すれば――」

暗闇でドサッという音がした。

その音に続いて足音。二階から聞こえてくる。

そして階段の明かりがついた。

「おい?」男の声が呼びかけた。

「バイクは忘れろ!」ヘンリクは声を押し殺して囁いた。

みな一斉に逃げだした。引き戸を通り、芝生を駆け抜け、門を抜けて海辺へ。三人とも盗品を抱えているが、砂利道からヴァンまではそう遠くなかった。

ヘンリクは運んでいたものを降ろして深呼吸をすると、あたりの様子を窺った。いまでは家のいたるところで明かりが灯っているが、追いかけてくる者はいないようだ。

「積みこめ！」トミーが叫び、目出し帽を引っ張って脱ぐと、運転席に乗った。ヘッドライトをつけずにエンジンをかけた。

ヘンリクとフレディは急いですべてをヴァンの後部に積みこんだ。リュック、テレビ、ダイビング用品。家からなんとか全部もちだしていたのだ。バイクは別だが。ヘンリクはまだ銃を肩にかけていた。

トミーがアクセルを踏みこむと、ヴァンは勢いよく走りだした。車道に出て沿岸を南へむかう。先ほどの家が見えなくなってから初めて、トミーはヘッドライトをつけた。

「東の道を行くんだ」ヘンリクは言った。

「なにか警戒してんのか？」トミーが言った。「道路封鎖でも？」

ヘンリクは首を横に振った。「とにかく、東へ」

夜中の一時半になっていたが、はっきりと目が覚めていて動悸が激しかった。自分たちはやってのけたのだ。沿岸で金鉱を見つけた。まるで以前にモルガンとおこなった押し込みのようだった。

「またやろうぜ」トミーが幹線道路を離れると言った。「こんな楽勝だとは！」

「よく言うよ」ヘンリクは隣で言った。「家の人を起こしただろう」

「だからどうした？　家の奴にはなにもできなかったろ？　おれたちのほうがすばやかった。さっと忍びこんでさっと退却さ」

脇道を示す標識までやってきたところで、トミーはブレーキを踏みこんだ。そしてハンドルを切った。

「どこへ行くんだ？」

「最後にもう一カ所だけ。マジで楽勝の場所があるんだ。前にも行ったことがある」

白い石造りの背の高い建物が道の左手の森のなかに現われた。スポットライトでほっそりとした姿が照らしだされている。

教会じゃないかとヘンリクは気づいた。

中世に建てられたマルネスの白い教会だった。何十年も前に祖父母がここで結婚したことをぼんやりと思いだした。

「開いてるか？」トミーが教会の敷地の壁に車を寄せて尋ねた。さらに数メートルほど車を進めて、教会横の細い砂利道に入ってから、ちょっとした木立の陰になって目につきにくい場所でブレーキを踏んだ。

「夜は開いてないよ」ヘンリクは言った。

「だからなんだ？　開いてなけりゃ、押し込みするまでさ」

トミーがエンジンを切ると、ヘンリクは首を横に振った。「行かない」

「なんでだ？」

「ここはふたりでやればいい」

ヘンリクは祖父母の結婚のことを話すつもりはなかった。ただトミーを見つめると、むこうもうなずいた。

「いいさ。じゃあ、おまえはここに座ってしっかり目を開けて見張ってろ。だが、なにか見つけても、それはおれたちのものだからな。おれと弟だけで山分けだ」

トミーは工具の入ったリュックを手にすると、ヴァンのドアを叩きつけ教会へむかって暗闇に消えた。フレディもあとに続いた。

ヘンリクはシートにもたれて待った。暗闇は木立を締めつけるように取り巻いている。祖母のことを思った。祖母はこのあたりで育った。

ふいにヴァンのドアが開いて、ヘンリクは飛びあがった。

フレディだった。目がきらきらと輝いている。押し込みが特別にうまくいくとこうなるのだ。そして口早にこう言った。

「兄貴もすぐ来る。まあそれはいいから、こいつを見てみろよ！　戸棚があったんだよ、聖儀——聖護——ありゃなんていう部屋だっけ？」

「聖具室」ヘンリクが言った。

「こいつがどれだけの価値になると思う？」

ヘンリクはフレディが差しだした古い燭台を見た。四つあって銀製のようだ。祖父母が結婚した時代からここにあったものだろうか？　その可能性は高い。

今度はトミーがヴァンへもどってきた。汗をかいて興奮している。「おまえが運転しろ」ヘンリクに言った。「おれは数えなきゃならねえからな」そしてガチャガチャと音をさせて助手席へ飛び乗った。

トミーはビニール袋を両手にもっていた。中身をシートの膝と膝のあいだに空けた。コインや紙幣がザーッとあふれた。

「ここの募金箱は木製でさ」彼は笑い声をあげて言った。「ドアのすぐ横にあって、一蹴りするだけでよかった」

「百クローナ紙幣が何枚もある」フレディが運転席と助手席のあいだから身を乗りだして言った。

「数えるぞ」トミーがそう言ってヘンリクに視線をむけた。「忘れるなよ、こいつはおれたちのものだ」

「いいさ」ヘンリクは静かに言った。

高揚した気分は消えていた。教会に侵入して、年金生活者やソマリアの不治の病だかなんだかに苦しむ人に送るはずの金を盗むなんて、やりすぎだった。やりすぎもいいところだ。だが、やってしまったものは仕方がない。

「そいつはなんだ？」トミーが腰をかがめて言った。

シートの下の床にあった銃に気づいたのだ。

「さっきの家で見つけたんだ」ヘンリクは答えた。

「ほほお」トミーがそれを拾いあげた。「こいつは古いモーゼルだ。コレクターはこういうのに目がないが、こいつを狩りに使っている連中もまだいるんだぜ。かなり頼れる銃だ」興味津々で銃身をながめ、ボルトを引いている。

「その手のものの取り扱いには注意しろよ」ヘンリクは言った。

「大丈夫……安全装置がかかってる」

「じゃあ、銃には詳しいのか？」

「当たり前だろ」トミーが言った。「ヘラジカ狩りをやったもんだよ。親父がしらふのときは、いつも森へ出かけたんだ」

「その銃もあんたに任せたほうがよさそうだ」ヘンリクは言った。

ヘンリクはヴァンのエンジンをかけてライトをつけた。さっとUターンして車をゆっくりと木立から出した。

「もうあまりやりたくないな」車道へもどるとヘンリクは言った。

「なんだと？」

「こういう旅だよ。もうあまりやりたくない」

「あと何回かやるぜ。あと四回」

「あと二回」ヘンリクは言った。「あと二回は一緒に行く」

「いいだろう。どこにする？」

ヘンリクは無言でハンドルを握った。

「二カ所、心当たりがある」彼は答えた。「牧師館にはたぶん貴金属がある。それからウナギ岬の屋敷もよさそうだ」

「ウナギ岬?」トミーが言った。「アレイスターがヒントをくれたやつか?」

ヘンリクは、あのボードでグラスを動かしている人物はアレイスターではなくトミーという名前だと信じていたが、うなずいた。

「ウナギ岬へ行って、アレイスターが正しいかどうかたしかめるとすっか」トミーが言う。「わかった……だが、こんなことはそれで終わりにするからな」

ヘンリクはふさいだ気分でほかに車のいない道を見つめた。うっとうしい。まったく手に負えなくなってきた。モルガンとの旅とは大違いだ。

この最後の押し込みについては、もっと厳しく止めるべきだった。教会での盗みは不運をもたらすのだ。

10

「マルネスにふたたび警察ができたのですから、あらゆる犯罪者に目が行き届くことになります。エーランド島北部の全住民にその事実を意識してもらえるようにします」

ホルムブラッド本部長には聴衆の前でスピーチする才能がたしかにあると、話を聞きながらティルダは気づいた。それに本部長は物事の中心にいることを好むようだ。マルネスのあたらしい警察署の表の通りで冷たい風に吹かれながら集まっている十数人の聞き手——記者、同僚、そしておそらくは一般人数名——を見つめ、記念演説を続けている。

「地方警察は警察の職務におけるあらたな側面です。より地域に密着した警察の姿……自分の受け持ちのコミュニティの人々を全員知っていたかつての派出所の巡査に通じるところがあります。もちろん、わたしたちの社会はあの頃に比べてかなり複雑になり、ネットワークも広がっておりますが、わたしたちがこのエーランド島北部に配属する地方警察官は準備万端です。地域のクラブや企業と連携し、青少年の引き起こす犯罪に特別な注意を払うことになります」

本部長は話をやめた。「なにか質問は？」

「広場の落書きについては、どのような対処を?」年配の男が尋ねた。「まったく情けないことだ」

「警察は落書きをした者をみな逮捕しますよ」本部長が答えた。「わたしたちにはそうした者たちの所持品検査をしてスプレー類を没収する権利があります。この件についてはもちろん、容赦なく対処するつもりです。ですが、器物損壊は学校や親の問題でもありますね」

「では窃盗については?」別の男の声が言った。「教会や夏の別荘への押し込みについては?」

「家宅侵入は地方警察が特に力を入れる対象です」本部長が答える。「そうした事件を解決し、犯人に裁きを受けさせることを優先して行動するでしょう」

ティルダは人形のように上司の背後に立ち、背筋をピンと伸ばして視線はしっかり前へむけていた。出席しているただひとりの女だったが、この日だけはマルネスにいたくなかった。それに自分以外の人間になりたかった。とにかく警官ではないなにかに。制服は暑すぎるし、きつすぎて、息がつまりそうだった。

それにあたらしい同僚のハンス・マイネルの近くになどいたくなかった。

ウナギ岬の一家の父親、ヨアキム・ヴェスティンが三日前に《エーランド・ポステン》に非難の投書をした。死亡した妻と生きている娘を警察が取りちがえたことについてだ。投書ではとくに名前は挙げられなかったが、その投書が掲載されてからは、マルネスの道で彼女を見つめる視線が変わったように感じていた。詮索されてだめな人間だと判断されているようだった。ゆうべになって本部長が電話をかけてきて、一緒にウナギ岬へ出向かねばならないと言われた——謝罪のためだ。

「……そして最後に、われわれのあたらしい地方警察チームのハンス・マイネルとティルダ・ダーヴィッドソンのために用意した品がふたつあります。この警察署の鍵と、そして……」本部長はデスクに立てかけてあった長方形の茶色い包みをもちあげ、それを開けて帆船の油絵を取りだした。三本マストの船が激しい嵐のさなか海に出ている光景。「これはボリホルムからの贈り物です。わたしたちは同じ船に乗っているのだと示す象徴ですよ」

本部長が油絵に続いて、マイネルとティルダそれぞれに鍵束を形式ばって手渡した。マイネルが警察署のドアを開けて、さっと手を振って全員を招きいれた。

ティルダは一歩横へずれて、男たちを先に通した。

オフィスは掃除したてで、床には染みひとつない。壁にはエーランド島とバルト海の地図。本部長が注文しておいたエビのオープン・サンドがマイネルとティルダのデスクのあいだのコーヒー・テーブルに並べてあった。

ティルダのデスクにはすでにいくつもの書類の山ができていた。ティルダはクリアファイルをひとつ手にして、同僚へ近づいた。

マイネルは自分のデスクの前で立ったままサンドイッチを食べていた。ボリホルムの男の同僚ふたりと話をしている。男たちはマイネルの言ったことで笑い声をあげている。

「ハンス、少しいいですか？」

「いいとも、ティルダ」マイネルは同僚たちにほほえみ、ティルダのほうをむいた。「なんだろう」

「あなたの伝言について、ぜひ話をしたいんです」

「伝言というと？」

「ウナギ岬での死亡事件の伝言」ティルダは部屋の隅へ移動し、マイネルも続いた。「これがなにかわかるでしょう？」ティルダはマイネルから受け取った翌日にこのファイルに入れておいた紙を掲げた。これは彼女の証拠だった。

このメモにはインクで三つの名前が書いてある。最初はリヴィア・ヴェスティン。二番目がカトリン・ヴェスティン。三番目がガブリエル・ヴェスティン。リヴィアの名の隣に十字架のマークが書いてある。

「それで？」マイネルがうなずきながら言った。「緊急通報センターから聞いた名前がそれだった」

「そのとおりです」ティルダは言った。「そしてあなたは、溺れた人の名前に印をつけたはずだった。わたしはそう頼みましたよね」

マイネルはもはやほほえんでいなかった。「なにが言いたい？」

「あなたはリヴィア・ヴェスティンの名前に印をつけている」

「そうだが？」

「でも、それはまちがいだった。溺れたのは母親のカトリン・ヴェスティンだったんです」

マイネルはフォークでエビをまとめて突き刺すと口に詰めこんだ。この会話にまったく興味がないようだ。

「そうか」彼はエビを頬張りながら言った。「ミスだ。警官だってたまにはミスをする」

「そうです。でも、それはあなたのミスだった。わたしじゃなく」

マイネルは顔をあげてティルダを見た。「つまりおれを信頼してないと？」

「信頼はしているけれど、でも……」

「じゃあよかった」マイネルが言った。「いいか、覚えておけよ――」

「ふたりとも親交を深めているところかね？」声がふたりのじゃまをした。ホルムブラッド本部長が割って入ってきた。

ティルダはうなずいた。「そう努力しています」

「よしよし。この会が終わったらわたしたちで出かけることを忘れないようにな、ティルダ」

本部長はうなずいてからほほえみ、地元紙の記者とカメラマンのもとへ移動していった。

マイネルがティルダの肩を叩いた。「相棒をあてにできるってのは大事なことなんだぞ、ダーヴィッドソン。異論はないな？」

ティルダはうなずいた。

「よし」マイネルは言った。「正しくても、まちがっていても……警官は相棒がいつもかばってくれると信じていないとな。どんなことがあってもだ」

そう言い残すと背をむけて、マイネルはまたボリホルムの同僚たちのほうをむいた。ティルダはその場に立ちつくし、どこかほかの場所にいたいとまだ願っていた。

「さあ、ダーヴィッドソン」一時間半後、サンドイッチの四分の三がなくなって残りが冷蔵庫にしまわれるとホルムブラッド本部長が言った。「ちょっとした面会にむかおうか。わたしの車で行こう」

この時点でティルダと本部長はあたらしく設置された警察署にふたりだけになっていた。ハンス・マイネルは最初に帰ったグループのなかにいた。

この頃には、ティルダはマイネルを好きになる努力すらやめると決意していた。

制帽をかぶって戸締まりをすると、本部長と車へむかった。

「こうした訪問をする義務はないが」本部長は車に乗りこむと説明した。「だが、ヴェスティンは何度もカルマルに電話をかけてきて、わたしでもほかの者でも、とにかく責任者と話をしたがってね。それで直接会って話をしておくのがいいと思ったのだよ」本部長はエンジンをかけて路肩から車を出した。「大切なことは公式な苦情と調査を避けることだ。このような訪問は公式なものではないが、たいていほとんどの誤解は正してくれるものだ」

「奥さんが亡くなった数日後にヴェスティンに連絡したのですが。そのときは、あの人、話し合いに関心がなかったんです」

「この機会に道理を説いてみよう。それで状況は改善されるだろう。つまりだね、謝罪するかどうかが問題ではなく、むしろ——」

「わたしに謝罪する責任はないんです。まちがった情報を伝えたのはわたしじゃなかったんですから」

「きみじゃなかった？」

「まちがった名前に印をつけたメモをわたしに寄こした同僚の責任です。わたしはただ読みあげただけです」

「ほう？　だが、きみも知ってのとおり、親族の死を伝えるのに電話を使うべきではない。今回は通常の手順に従わなかったことで、わたしたちはみな責任を引き受けるべきだと思うがね」

「同僚もそう言いました」

　ふたりはマルネスを離れて海沿いの道を南のウナギ岬へと走った。この日の午後、道にはほかの車は一台も走っていなかった。

「わたしはこの島に家を購入しようかと長いこと考えていてね」本部長が海岸沿いの牧草地を見やって話した。「島のこの東側に」

「そうなんですか？」

「ここはじつに美しいからね」

「ええ。わたしの家族もここの出身なんです。マルネス近くの村の。父方の家系ですけど」

「なるほど。それできみは島にもどろうと思ったのかね？」

「それも理由のひとつですが、仕事そのものにも魅力を感じたので」

「仕事――そうだな。今日はそいつを熱心に始めてみよう」

数分後にウナギ岬と書かれた黄色い標識を見て、本部長は曲がりくねった砂利道に車を入れた。

ここまで来ると双子の灯台と赤い建物が見えた。灰色の雲が太陽を覆ってはいたが、今回はティルダも灯台守の家の昼の姿を見ることができた。

本部長は屋敷の前へ車を寄せてエンジンを切った。「忘れないように。話をしたくなければ、きみはなにも言う必要はないんだよ」

ティルダはうなずいた。不利な立場だ――では、黙っていよう。幼かった頃、ふたりの兄たちとダイニング・テーブルをかこんだ頃のように。

昼間のウナギ岬の屋敷は堂々として見えたが、自分がここに暮らすと想像するとやはり大きすぎた。

本部長がキッチンのドアの窓ガラスをノックした。一分ほどでドアがひらいた。「こんにちは」声をかける。「おじゃまします」

ヨアキム・ヴェスティンの顔色は以前にも増して悪かった。三十四歳であることは知っているが、五十歳のように見える。目は暗く疲れていた。彼は本部長には会釈したが、ティルダに挨拶はしなかった。視線を寄こすこともなかった。「お入りください」

ヴェスティンは暗闇に消え、ふたりは彼に続いた。なにもかもが小ぎれいに片づいて、埃の塊もなかったが、ティルダがあたりを見やるとまるで灰色のフィルムを一面に貼ったように感じられた。

「コーヒーはいかがです？」ヴェスティンが言った。

「ありがとうございます。ぜひ」本部長が言った。

ヴェスティンがコーヒー・メーカーの前へ行った。

「いまはあなたがただけでここに……？　あなたとお子さんたちで？」

「ぼくの母が滞在してくれていましたが」ヴェスティンが言った。「ストックホルムへもどりました」

沈黙が続いた。本部長は制服を正した。「まずは遺憾の意を表したいと思います……あのようなことは絶対にあってはならなかった。ご家族が亡くなったことをお知らせする手順が今回はうまくいかなかったようでして」

「おっしゃるとおりです」ヴェスティンが言った。

「ええ。今回の件は誠に遺憾に思っているのです。ですが――」

「ぼくは娘だと思った」ヴェスティンが言った。

「なんでしょう？」

「ぼくは溺れたのは娘だと思ったんですよ。何時間もそう思っていた。ストックホルムからエーランド島までずっと。ただひとつの慰めは……大きな慰めではありませんが、ただひとつの慰めは、ぼくがここに到着すれば妻のカトリンがいることでした。ぼくよりも嘆いているだろうから、それなら、少なくともぼくは彼女を癒していこうと努力していける。一生」
ヴェスティンはいったん口をつぐんでから、ごく静かにこう続けた。「少なくともたがいに支えあえたはずだった」

彼は黙りこみ、窓の外を見つめた。

「先ほども申し上げましたが、たいへん遺憾に思っております」本部長が言った。「ですが、手違いがあった事実は変えられない……二度と同じことが起こらないようにしないとなりません。よそのご遺族に、という意味ですが」

ヴェスティンはほとんど聞いていないようだった。自分の手をじっと見ているので本部長も話をやめた。おもむろにヴェスティンは尋ねた。「捜査はどうなっていますか？」

「捜査と言われますと？」

「事件の捜査ですよ。ぼくの妻の死について」

「捜査はしておりません」本部長は口早に言った。「犯罪の可能性が疑われるときだけ、捜査か仮捜査をおこないますが、今度の場合は疑う理由もありませんので」

ヴェスティンがテーブルから顔をあげた。「つまり、妻の死の状況はまったく正常なものだったと？」

「いいえ、もちろん、普通だったとは言いません。しかし――」

ヴェスティンは深呼吸をして続けた。「妻はあの朝、家の前でぼくを見送りました。それから家へもどって窓を磨いています。その後自分の昼食をこしらえて、最後に海辺へ降りています。そしてまっすぐに突堤の端まで歩いて水に飛びこんだ。これがあなたには正常に思えますか？」

「自殺だったなどと、誰も言っておりませんよ。ですが、もう一度言いますが、いかなる犯罪を疑う理由もないのです。たとえば、奥さんが昼食のときにワインを何杯か飲んで、それから海辺で滑りやすい突堤の岩の上を歩いたとしたら——」

「ここにワインのボトルが一本でもありますか？」ヴェスティンが本部長を遮った。

ティルダはあたりを見まわした。本当にこのキッチンにはワインのボトルの一本もなかった。

「カトリンは飲みませんでした」ヴェスティンが続けた。「彼女は酒を飲みませんでした。血液検査でわかったはずです」

「ええ、ですが——」

「ぼくも飲みません。この家には酒そのものがないんです」

「理由をお訊きしても？　信仰上の問題でも？」

ヴェスティンはいまの質問が無礼であるかのように本部長を見つめた。たぶん実際にそのとおりだとティルダは考えた。

「ぼくたちは酒やドラッグがどんなことを引き起こすか見てきましたから」ようやく彼はそう言った。「その手のものを自分たちの家に置きたくないのです」

「そういうことですか」

広いキッチンに沈黙が流れた。ティルダは窓の外の灯台と海のほうを見た。イェルロフのことを思いだした。彼の途切れることのない好奇心のことも。

「奥さんに敵はいましたか？」ティルダは突然尋ねた。

視界の隅で、まるで彼女がどこからともなくキッチンのテーブルに現われたように本部長が見ているのに気づいた。

ヨアキム・ヴェスティンもいまの質問に驚いたようだった。怒っているのではなく、たんに驚いている。「いや」彼は言った。「ぼくたち夫婦にはどちらにも敵なんていません」

だが、ティルダは彼がためらっているように思った。なにかまだ言うことがありそうな様子だ。

「では、奥さんはこの島の何者かに脅されていたわけではないんですね？」

ヴェスティンがかぶりを振った。「ぼくの知るかぎりでは……カトリンはこの数カ月、子どもたちと三人だけの生活だったんです。ぼくはストックホルムから週末だけ来ていました。でも、妻はそれらしきことはなにも話していませんでした」

「では、亡くなる前はまったく普通でしたか？」

「まあそうですよ」彼はそう言ってコーヒー・カップを見おろした。「少しばかり疲れて元気がなかったかもしれませんが……ぼくがストックホルムで働いているあいだ、ひとりでここにいるのはかなりつらいとカトリンは思っていました」

ふたたび沈黙が訪れた。

「バスルームを借りてもいいでしょうか？」ティルダは言った。

ヴェスティンはうなずいた。「玄関ホールを通って廊下の右手です」

ティルダはキッチンをあとにした。行きかたはすぐにわかった。なんと言っても前にもこの家を訪れたことがあるのだ。

ペンキの匂いは、玄関ホールと廊下からはもうほとんどしなくなっていたし、家そのものも少しは人の住んでいる気配になっていた。

寝室に通じる廊下には、最近になって絵がかけられていた。灰色がかった白い景色を描いた油絵だ——冬のエーランド島北部のようだった。吹雪が島の上空で荒れてすべての輪郭をにじませていた。ティルダは島をこのように暗く忌まわしい手法で描いたものを見たことがなく、しばらくその絵の前に立ちつくしてから、バスルームへ行った。

狭いが暖かく、床から天井までタイル張りで、床には厚手の青いラグマットが敷いてあり、鋳鉄製の猫脚のついた古めかしいバスタブが置いてあった。バスルームを出て廊下へもどり、子どもたちの部屋である閉じたドアの前を通り過ぎた。次の寝室の前で立ち止まる。ドアが少し開いている。

ざっと見てみる？

覗きこむと、大きなダブルベッドのある小さな部屋がちらりと見えた。ベッドの隣には小さなタンスがあり、窓から手を振るカトリン・ヴェスティンのフレームに収められた写真がある。

　そのとき、服に気づいた。

　十数個のハンガーに女物の衣類が吊るされ、まるで絵のように寝室の壁にぐるりとかけてある。セーター、ボトムス、トップス、ブラウス。

　ダブルベッドはきれいに整えられたばかりで、白いナイトガウンがひとつの枕の上にきっちりとたたんである。まるで暗闇が訪れると持ち主の女がやってきて、それを身につけると予想しているかのように置かれていた。ティルダは長いあいだ奇妙な服のコレクションをながめてから、寝室から退散した。

　キッチンへもどる途中で本部長の声がした。「では、そろそろ仕事にもどりませんと」

　ホルムブラッドはすでにコーヒーを飲み終えていて、テーブルから立ちあがった。

　部屋の雰囲気はいまでは緊張感が薄らいでいるようだった。ヨアキム・ヴェスティンも立ちあがり、ティルダと本部長のふたりをさっと見やった。

「わかりました」彼は言った。「お越しいただいてありがとうございました」

「お礼にはおよびません」本部長がそう言ってからつけ足した。「もちろん、あなたはこの件を追及される権利をおもちです。ただ、ぜひともわかっていただきたいのは、こちらとしてはできれば――」

　ヴェスティンは首を左右に振った。「これ以上はうるさく言いません。もう終わったことです」

　彼はティルダたちを見送って玄関ホールまでやってきた。外階段で、それぞれと握手をかわした。

「コーヒーをごちそうさまでした」ティルダは言った。

黄昏が訪れて、燃える葉の匂いがした。海辺では灯台が瞬いていた。

「うちとは切っても切れない仲間です」ヴェスティンがそう言って光のほうへあごをしゃくった。

「灯台の世話をなにかしてらっしゃるのですか？」本部長が訊いた。

「いいえ。無人化された自動の灯台なんですよ」

「そういえばここを建てるのに使った石は、うち捨てられた古い礼拝堂のものだったと聞いたことがあります」ティルダはそう言って、北の林を指さした。「岬から少しくだったところにあったそうです」

まるで客を案内中のツアーガイドを演じているような気分になったが、ヴェスティンは耳を傾けていた。

「誰からその話を？」

「親戚のイェルロフです」ティルダは説明した。「マルネスのエーランド島歴史協会の一員なんですよ。ウナギ岬についてかなり詳しかったですね。もっと知りたいことがあれば、彼に訊いてもいいです」

「そうしてもらえるとありがたい」ヴェスティンが言った。「いつかここへコーヒーを飲みに立ち寄ってほしいと伝えてください」

車にもどると、ティルダは大きな屋敷を見あげた。目の当たりにした沈黙の部屋について考えた。そして寝室の壁にかけられていた服のことを考えた。

「彼はあまり気分がすぐれないようですね」ティルダは言った。

「もちろん、すぐれないとも」本部長が言った。「嘆き悲しんでいるのだから」

「子どもたちはどうやっていくんだろうと思います」

「幼い子どもはあっという間に忘れるものだよ」

海岸沿いの道へ入ってマルネスへむかいながら、本部長がティルダをちらりと見やった。

「キッチンできみが尋ねた質問は少々……予想外のものだったな、ダーヴィッドソン。なにか心当たりでもあったのかね？」

「いいえ、あれはあの人と接触を試みただけのことでした」

「そうか、うまくいったようだな」

「もっと質問をしたほうがよかったかもしれませんね」

「と言うと？」

「あの人はわたしたちに話したいことがあるように思います」

「どんなことをだね？」

「それはわかりません」ティルダは言った。「たぶん……家族の秘密とか」

「どんな人にでも秘密はある。自殺か事故か？　それが問題だ。だが、わたしたちが捜査するほどのことではないよ」

「でも、もう少し痕跡を探してみてもいいのでは。決めつけずに」

「なんの痕跡だね？」

「その……現場にいた何者かの痕跡です」

「現場で発見された痕跡は死亡した女性のものだけだった。それに、生前の被害者と最後に会った人物はヴェスティンだ。本人がそう言っているのだからね。その場合、もしも殺人犯を探すとなれば、彼から始める必要があるな」

「考えていたんですが、もしもわたしに時間があるようなら――」

「きみには余裕の時間などもてないだろうね、ダーヴィッドソン」本部長が続ける。「地方警察官はいつも時間が足りないものだ。学校を訪問したり、酔っぱらいを検挙したり、公共物への落書きをやめさせたり、家宅侵入の捜査をしたり、マルネスの町を巡回したり、さらには町の外の道路の交通状況にも目を光らせる。それにボリホルムへ報告書もあげなければならないんだぞ」

ティルダは一瞬考えこんだ。「言い換えると、それをすべて終わらせて時間があれば、ウナギ岬付近の住居のドアをノックして、カトリン・ヴェスティンの死の目撃者を探せます。それならいいんですよね？」

本部長はフロントガラスの先を見やった。ほほえみは浮かべていない。「どうやらわたしは未来の警部の隣に座っているようだな」

「ありがとうございます。でも、昇進は求めていません」

「みんなそう言うんだ」本部長は自分自身のキャリアの選択について考えこむようにため息をついた。「やりたいようにやるといい」ついに彼はそう口にした。「前にも話したように、自分自身の時間をうまく使う責任はきみにあるんだ、ダーヴィッドソン。だが、もしもなにか発見したら、こうした捜査の専門家に引き継がねばならないぞ。すべての行動をボリホルムへ報告することが大事だ」

「書類仕事は大好きです」

一九〇〇年、冬

深淵が突然口を開けたら、カトリン、あんたならどうする？　その場に留まるか、それとも飛び越える？

一九五〇年代の終わりのエーランド島北部、わたしは列車でボリホルムへむかう年老いた女の隣に座った。名前はエッバ・リンド。灯台守の娘で、わたしがウナギ岬に住んでいると知ると、あの屋敷にまつわる話を教えてくれた。彼女はそれがあった翌日に、ナイフをもって干し草置き場へあがり、兄の名前、それから日付を壁板に彫ったの。〈ペッテル・リンド、一八八五－一九〇〇年〉

――ミルヤ・ランベ

新世紀の最初の年。一月も終わりの晴れた水曜日に風はそよとも吹いていないが、ウナギ岬はそもそも外の世界から完全に切り離されている。

先週は渦雪がエーランド島を横断し、十二時間というもの海岸線がすべて雪で覆われた。もう風は収まっていたが、気温は氷点下十五度だ。道路は一メートルを軽く超えて積もった大量の雪の下に消え、屋敷の家族のもとには六日のあいだ郵便物も訪問者もない。家畜のためには納屋に飼料がまだたくさんあるが、普段ほどにはジャガイモは残っていないし、薪も少なくなっている。

ペッテルとエッバ・リンドの兄妹は氷を切りだしに出かけている。屋敷の食料を貯める穴蔵に埋めて、春が訪れるまで食料を低温で保つためだ。ふたりは朝食を済ませてウナギ岬の岸辺までくだって氷と雪の白い壁をよじ登った。朝日が昇ったばかりで、雪に覆われて亀裂も入っていない氷の海を照らしていた。九時頃に最後の小島を通り、果てしない広大な雪と日射しのきらめく世界に出た。

こうしてふたりはいま、イエスがやったように海の上を歩いている。氷を覆う雪が長靴の下でバリバリと音をたてる。

ペッテルは十五歳でエッバよりふたつ年上だ。彼が先頭に立っているが、ときどき足を止めては振り返る。

「大丈夫か？」兄が尋ねる。

「大丈夫よ」エッバは答える。

「寒くないかい？」

エッバはうなずき、息切れしてやっとのことでしゃべる。「ゴットランド島の南のほうが見えると思う？」

ペッテルが首を横に振る。「氷がそこまで厚くないし……ちょっと遠すぎると思う」

さらに三十分ほど進み、ようやく氷のむこうに海が見える。波頭は日射しを受けて輝いているが、海はまっ黒だ。

このあたりには鳥が多い。氷鴨の群れが海上に集まり、もっと氷に近い位置には白鳥のつがいが泳いでいる。オジロワシが海岸線の上を旋回し、海と氷めがけて突っこむ。エッバはオジロワシがなにかを見張っているのだと思う。たぶん、氷鴨ね――だが、ふいにオジロワシは急降下すると、鉤爪でほっそりした黒いものを摑んでふたたび空へ舞いあがる。エッバはペッテルに大声で注意を促す。「あれを見て!」

ウナギだ。たくさんのきらきら光るウナギが氷の上でのたくっている。数え切れないほどのウナギが海から這いあがってもどれなくなっているのだ。ペッテルはそちらへ急ぎ、氷を切りだすノコギリを雪に置く。

「何匹か捕まえよう」彼はそう呼びかけて腰をかがめ、背嚢の口を開ける。ウナギはするりと彼の手を逃れ、身をよじって逃げようとするが、ペッテルは追いかけて一匹を摑む。さらにもう何匹か、六匹ほど捕まえると背嚢が動いてくねくねとよじれるようになる。ウナギがたがいに絡まり合って出口を探そうとしているのだ。

エッバはもう少し北へ行って自分でもウナギを捕まえはじめる。鋭く小さな歯を避けるためにたいらな尾を摑むが、滑りやすくてじっともっているのはむずかしい。だが、ウナギは肉厚でどのメスも二、三キロの目方がある。

エッバは背嚢に二匹を突っこみ、三匹目を追う。しばらくして、ようやくそれも捕まえる。

空気が一段と冷たくなって顔をあげると、羽毛のような巻雲が水平線から西へと漂い、ベールのように太陽を覆っていく。低い位置では、もっと黒い雨雲が巻雲に続いて迫り、ふたたび風が。エッバは風が強まっているのに気づいていなかったが、いまではひらけた海の砕ける波の音が聞こえる。

「ペッテル！」彼女は叫ぶ。「ペッテル！　もどらなきゃ！」

兄は氷上のウナギにかこまれ百メートルほど沖にいて、声が聞こえないようだ。

波がどんどん高くなり、氷の白い縁で渦巻くようになって、氷の面をゆっくりと上下させるようになる。

捕まえたウナギを放して、ペッテルのほうへ走りはじめる。だが、そこで嫌な音を耳にする。雷のようなピシッという音——空の雲からではなく、足元の氷から聞こえる。波と風が氷の面を割るときに出す低い轟きだ。

「ペッテル！」エッバはまた叫ぶ。不安が募ってくる。

兄がウナギを捕まえるのをやめて振り返る。だが、エッバからはまだ百メートル近く離れている。

そのときエッバは砲声のような鋭い爆発音を耳にして、氷が口を開けていくのを見る。まっ白なところに黒い亀裂が現われる。内陸から十数メートルほどの位置だ。

海水が亀裂を広げる。どんどん広くなっていく。

とっさにエッバはすべてを忘れて駆けだす。亀裂の手前で立ち止まったとき、それは幅一メートルほどに達していて、広がっていく一方だ。

エッバはかなづちで海が怖い。亀裂を見ると、絶望して振り返る。

ペッテルもエッバのほうへむかっている。背嚢を手で押さえて走っているが、まだ五十歩ほどある。彼は陸にむかって手を振る。「跳べ、エッバ！」

エッバはまっすぐに黒い海を飛び越える。

氷に入った亀裂の内陸側に、かろうじて着地すると、よろめいて横様に転がる。

ペッテルが大きな氷盤にひとり残される。エッバに遅れることほんの三十秒ほどで氷の端までやってくるが、その頃には亀裂の幅は三、四メートルに達している。立ち止まって躊躇するうちに、亀裂はさらに広がっていく。

兄と妹は恐怖にすくんで見つめあう。ペッテルが首を横に振って、岸のほうを指さす。

「助けを呼んできてくれ、エッバ！　船を出してもらって！」

エッバはうなずくと背をむけて走っていく。氷の上を突っ切っていく。

風と波が氷を割りつづけ、あの亀裂が彼女を追ってくる。目の前で二度、あたらしい深淵が口を開けるが、どうにか飛び越えていく。

振り返って最後に一度ペッテルを見やる。兄は巨大な氷盤にひとり立ちつくし、手前の黒い裂け目はどんどん広くなっていく。

そしてエッバはふたたび走りだすしかなくなる。氷の割れる雷のような轟音が海岸線に響きわたる。

勢いを増す風を背に受けてひたすら走り、ようやく灯台と灯台のあいだに屋敷が見える。彼女の家が。だが、大きな屋敷は陸地のちっぽけなくすんだ赤い塊にすぎない。エッバはまだ遠く離れた氷の上にいる。彼女は神に祈る。ペッテルのために、自分自身のために。あんなに遠くへ行ったわたしたちを許してくださいと神に請う。あたらしい亀裂を飛び越え、滑りそうになるが、走り続ける。

やっとのことで、陸との境の氷の壁にたどり着く。手足を使ってよじ登る。顔をくしゃくしゃにして泣きじゃくる。彼女はもう安全だ。

エッバは立ちあがり、振り返る。水平線は霧のむこうに消えている。氷盤も消えている。東のフィンランドかロシアのほうへ漂っていったのだ。

エッバは岸で動けずに号泣している。急いで家にもどり、灯台守たちを呼んで船を出してもらわないとだめなのに。でも、どこでペッテルを探せばいいの？

最後の力も尽きて、エッバは雪のなかに膝をつく。

丘の上ではウナギ岬の家が彼女を見おろしている。屋敷の屋根は雪で白いが、窓はどれも石炭のように黒い。

氷の穴のように黒く、怒った目のように黒い。神はそのような目をしているのだとエッバは思い描く。

11

いつかある日。

けっして話題にしたことはなかったが、リヴィアとガブリエルは母親がただいなくなって、いつかもどってくるという印象をもっているようだった。これはよくないことだったが、同時にヨアキムは自分でもそうだと信じそうになっていた。

カトリンは休暇で出かけたが、おそらくこの屋敷にもどってくる。

警官たちがウナギ岬を訪れた翌日、彼はキッチンに立って窓の外を見ていた。十一月のその日、屋敷の上を南へわたる鳥の姿はなく、迷子のカモメが何羽か海の上で弧を描いて飛んでいるだけだった。

数時間前に子どもたちをマルネスへ車で送っていき、そのあとで食料品を少し買いこむ計画をたてていた。広場の店へ行ったが、そこで立ちつくしてしまった。

売り物が多すぎる、広告が多すぎる。

肉屋のカウンターの上のポスターが、〈骨付き赤身熱が五百グラムたったの三十九・五クローナ〉で提供、と宣伝しているように見えた。

骨付き赤身熱？　自分は読みちがえたのだと思ったが、近づいて本当はなんと書いてあるのかたしかめることに突然不安を感じた。店からゆっくりとあとずさった。

ヨアキムは食料の買い物に耐えられなかった。

家へもどった。どこまでも広がる静寂のなかを歩いて、外出用の服を脱いだ。そして窓辺に立った。できるだけ長くここに立っていることしか考えていなかった。

目の前は薄い色の木製のキッチン調理台で、忘れられていたレタスがプラスチックのトレイに載ったままになっていた。自分が買ったのか、それともカトリンが買ったのか？　思いだせなかったが、この数日のあいだにビニール袋に包まれたまま黒く変色しはじめていた。キッチンに腐ったものを置いておくのはよくない。捨てるべきだ。

その気力がなかった。

キッチンの窓の外をもう一度見た。船の姿もない海とウナギ岬の上空のどんよりとした空という灰色に包まれた光景。そのとき、あたらしい計画が思い浮かんだ。横になって、もう二度とベッドを離れないでいよう。

寝室へむかいダブルベッドに横になった。天井を見あげた。そこに釘で留めてあった醜い石膏ボードをカトリンがはずして、おそらくもともと十九世紀からそこにあった白い天井を復活させていた。

この天井は美しく、白い雲の下に横たわっているような気がした。

ふいに静寂を破るためらいがちなノックの音がした。がたつく窓ガラスをノックする拳《こぶし》。

ヨアキムは首をめぐらせた。

悪い知らせか？　また悪い知らせがあっても、もう慣れている。

またノックの音がした。今度はもっと力強い。

キッチンのドアを叩く音だった。

ゆっくりとベッドから起きあがり、キッチンへ入って戸口へむかった。ガラス越しに表の階段のところに立つ黒い服の人影がふたつ見えた。

ヨアキムやカトリンと同じ年頃の男女だった。男はスーツ姿、女はダークブルーのコートとスカート姿だった。ドアをひらくとふたりともにこやかに笑いかけてきた。

「おはようございます」女が言った。「わたしたちはフィリップとマリアンヌです。おじゃましてもよろしいでしょうか？」

ヨアキムはうなずき、ドアを広く開けた。マルネスの葬儀社の人たちだったか？　見覚えはなかったが、葬儀社の複数の人間とこの数週間は連絡を取りあった。みんなとても感じがよかった。

「まあ、素敵なお宅ですね」キッチンを歩きながら女が言った。

男が家を見まわしてうなずき、ヨアキムのほうをむいた。「今月はこの島を旅していましてね。このお宅に人がお住まいだと気づいて」

「一年中ここに住んでいるので……妻とぼくと子どもふたりで」ヨアキムは答えた。「コーヒーはいかがですか？」

「ありがとうございます。でも、わたしたちはカフェインを摂取しないので」フィリップがそう言ってキッチン・テーブルにむかって腰を下ろした。

「お名前はなんとおっしゃるんですか?」マリアンヌが言った。「お尋ねしてもよろしければ」

「ヨアキムです」

「ヨアキム、差しあげたいものがあるんです。とても大切なもの」

彼女がバッグからなにかを取りだしてテーブルのヨアキムの前に置いた。パンフレットだった。「ご覧になって。きれいでしょう?」

ヨアキムは薄いパンフレットを見た。表紙には青い空の下、緑の牧場の絵。牧場には白い服を着た男女が腰を下ろしていた。男は草に寝そべる子羊に腕をまわし、女は大きなライオンに腕をまわしている。ふたりは顔を合わせてほほえんでいた。

「楽園のようじゃありませんか?」マリアンヌが言った。

ヨアキムは顔をあげて彼女を見た。「この家が楽園だと思っていました。いまはそう思いませんが、以前は」

マリアンヌがほんの少しのあいだ、困惑した目で彼を見た。それからまた笑顔になって言った。「イエスはわたしたちのために死にました。わたしたち人間にとって人生がこの表紙のようにすばらしいものであるために、イエスは死んだのです」

ヨアキムはこの絵をまた見てうなずいた。「すばらしい」彼は背景の大きな山脈を指さした。「夢のような山脈ですね」

「それは天の王国なのです」マリアンヌが言った。

「わたしたちは死後も生きつづけるのですよ、ヨアキム」フィリップがテーブルに身を乗りだし、まるで大きな秘密を打ち明けるかのように言った。「永遠の命……夢のようではありませんか？」

ヨアキムはうなずいた。その絵から視線を外すことができなかった。この手のパンフレットは以前にも見たことがあるが、楽園の絵がこれほど美しいとは気づいていなかった。「こんな山に本当に暮らしてみたいですよ」

新鮮な山の空気。そこにカトリンと暮らすこともできただろう。だがふたりが越してきた島はまったいらで、山などない。それにカトリンもいない……

ふいに息がしづらくなった。身を乗りだすと、涙をこらえた厚い塊が喉につかえてくるように感じた。

「ご気分が……ご気分がよくないのですか？」マリアンヌが言った。

ヨアキムは首を横に振ったが、テーブルにつっぷして泣きだした。いや、気分はよくなかった。全然よくない。彼は骨付き赤身熱にやられていた。

ああ、カトリン……そしてエテル……

こらえきれずに外の世界を締めだして数分ほどキッチン・テーブルの上でしゃくりあげた。どこか遠くで囁く声とそっと椅子を引く音がしたが、泣かずにはいられなかった。肩に置かれた温かい手を感じ、それが数秒そのままにされてから、離れていった。そして表のドアが静かに閉まった。

ようやく瞬きして涙を振りはらってみると、彼はひとりきりだった。外で車のエンジンのかかる音がした。男女と動物が牧場にいるパンフレットはまだテーブルにあった。エンジンの音が遠ざかると、ヨアキムは静寂のなかで鼻をすすって、絵をながめた。

なにかしなければならない。なにか。

倦《う》んだため息をついて立ちあがり、シンクの下のゴミ箱にパンフレットを投げ捨てた。家は完全な静寂に包まれている。廊下から誰もいない客間へ入り、床に並べられた缶、瓶、雑巾を長いこと見つめた。カトリンはあきらかに先週、窓枠の掃除を始めていたのだ。

妻はインテリアについてヨアキムよりもずっとはっきりした意見をもっていて、色、壁紙、木造の建具の細部までを選んだ。すでに材料も買ってあって、壁際の床の上に置かれて使われるのを待っていた。

ヨアキムはふたたびため息をついた。

住居用の粉末研磨剤の瓶を開けると雑巾を手にした。そして窓枠の掃除に断固とした決意をもって集中しはじめた。雑巾が木枠をこする音が静寂のなかで侘しく響いた。

強くこすりすぎてはだめよ、キム。カトリンが頭のなかでそう言う声が聞こえた。

週末がやってきた。子どもたちは家にいてリヴィアの部屋で遊んでいる。

客間の窓の掃除を終わらせていたヨアキムは、次に南西の角部屋の壁紙を貼り替えるつもりでいた。朝食がすむと作業台と壁紙用の糊を混ぜあわせたバケツを準備しておいた。

今度のは狭い寝室で、多くの部屋と同じように片隅に百三十年近く前のタイル張りストーブがあった。ほとんどの部屋の花柄の壁紙は二十世紀初めのもののようだったが、残念なことに保存状態が悪すぎた。湿気からくる染みがあまりにもたくさんあって、ところどころで細長くはがれて垂れてしまっていた。カトリンは秋口に壁紙をはがすと壁をならして穴を埋め、あとは壁紙を貼るだけの状態にしてくれていた。

カトリンはこの小さな角部屋がとくに気に入っていた。

だが、ここで彼女の思い出をこれ以上蒸し返すつもりはなかった。考えるつもりはなく、ただ壁紙を貼るつもりだった。

まっ白なロール状の壁紙を手に取った。イギリスの手作りの壁紙でストックホルムのアップル・ハウスで使っていたものと同じタイプだ。つづいてナイフと長い定規を手にして、壁紙を切りはじめた。

壁紙貼りはいつもカトリンとやる作業だった。

ため息をついたが、作業を開始した。壁紙を貼っているあいだはほかのことを考えることは不可能だったから、作業は瞑想に近いものとなった。彼は修道僧でこの家は彼の修道院だ。

最初の四枚を貼ってハケでならしたところで、ふいにかすかなドタッという音が聞こえた。はしごを降りて耳を澄ました。ドタッという音は数秒の間を置いて定期的に繰り返され、外から聞こえていた。

家の裏手に面した窓辺に近づいて、窓を開けた。凍てつくような空気が流れこんでくる。少年がひとり窓の下の芝生に立っていた。おそらくリヴィアより一、二歳、年上だ。足元に黄色のビニール製のサッカーボールがあった。少年の毛糸の冬の帽子の下からは、カールした茶色の髪が突きだしている。綿入りのジャケットはボタンをかけちがえている。少年は興味深そうにヨアキムを見あげた。

「やあ」ヨアキムは言った。

「やあ」少年が言った。

「ここでボールを蹴るのはよくないな」ヨアキムは言った。「狙いが外れると窓を割ってしまうよ」

「壁を狙ってるんだ」少年が言う。「いつも狙ったところにあたるんだい」

「そうかい。きみの名前は？」

「アンドレアス」

少年が寒さで赤くなった鼻を手のひらでこすった。

「どこに住んでるんだい？」

「あっち」

少年は農園のほうを指さした。では、アンドレアスはカールソン一家の子どものひとりで、この土曜日の朝にひとりで出かけてきたのか。

「なかに入るかい？」ヨアキムは言った。

「どうして？」

「リヴィアとガブリエルに挨拶するためだよ。うちの子どもたちだ。リヴィアはきみと同じくらいの歳だ」

「ぼくは七歳だよ」アンドレアスが言った。「その子も七歳？」

「いや、でも君とほとんど同い年さ」

アンドレアスがうなずいた。また鼻をこすったが、そこで決心した。「じゃあ少しだけ。じきにごはんだから」彼はボールを拾いあげると、家の横手へ消えた。

ヨアキムは窓を閉めて部屋をあとにした。「リヴィア！　ガブリエル！」彼は声を張りあげた。「お客さんだよ！」

数秒後に娘が現われた。ぬいぐるみのフォアマンをしっかりと抱きしめている。「どうしたの？」

「おまえたちに紹介したい人がいるんだ」

「誰？」

「男の子だ」

「男の子？」リヴィアが目を見ひらいた。「会いたくないよ。なんていう名前？」

「アンドレアスだ。隣の農園に住んでいるんだ」

「でも、パパ、知らない子だよ」

声には焦りの色が浮かんでいる。初対面の人に会っても取って食われはしないと、良識のあることをヨアキムが言う前に、表のドアがひらいてアンドレアスが玄関ホールからやってきた。ドアマットの上で立ち止まった。

「さあ、どうぞ、アンドレアス」ヨアキムは言った。「帽子とジャケットを脱いで」

「わかった」

少年は防寒着を脱ぎ捨てると床に落とした。

「以前この家に入ったことはあるのかい？」

「ううん。いつも鍵がかかってた」

「もうちがう、いまは開いてる。ぼくたちが暮らしているからね」

アンドレアスはリヴィアを見て、リヴィアも見つめかえしたが、ふたりとも挨拶はしなかった。

ガブリエルが姉の部屋から照れながら顔を出したが、やはりなにも言わなかった。

「ぼくは牛を連れて来るのを手伝ったんだ」アンドレアスがしばらくしてからそう言い、部屋を見まわした。「外の囲いから」

「今日かい？」ヨアキムは尋ねた。

「ううん、先週だよ。牛ね、いまは小屋にいなきゃだめなんだ。そうしないと、凍えて死んじゃうよ」

「そうだね。冬はみんな暖かくしていないとね」ヨアキムは言った。「牛も鳥も人も」

リヴィアはやはり好奇心いっぱいにアンドレアスを見ていたが、会話に入ることはなかった。ヨアキムも子どもの頃は内気だった。その性格を受け継いだのだとしたら残念なことだ。

「しばらくサッカーボールを蹴ってもいいよ」ヨアキムは言った。「使えそうな広い部屋があるから」

彼は子どもたちを引き連れて広い客間にやってきた。まだほとんど家具は入っていないままだ。ダイニングチェアが二脚と床に段ボール箱がいくつかあるだけだ。

「ここで遊ぶといい」そう言って、窓を守るため前に段ボール箱を三個重ねた。

アンドレアスがサッカーボールを置くと、ためらうようにドリブルしてから、板張りの床のむこうにいるリヴィアにむけて蹴った。細かな灰色の霧のような埃が舞いあがった。

勢いよく迫ってくるボールにリヴィアが足を蹴りあげた。あたらなかった。ガブリエルが慌てて走ったが、追いつけなかった。

「まず足で一度止めるんだ」ヨアキムは子どもたちに言った。「そうしたらコントロールできるよ」

リヴィアはアドバイスがなくてもやれたのにどうも、と言いたげなふくれっ面でヨアキムを見た。そこでさっと背をむけると部屋の片隅でボールを両足で挟んでから、思い切り蹴り返した。

「いいキックだ」アンドレアスが言った。

お世辞だとヨアキムは思ったが、リヴィアは満足そうにほほえんでいた。

「そっちに立って」アンドレアスがもうひとつの戸口を指さして言った。「きみがゴールを守っているところで、ぼくたちがシュートするよ」

リヴィアが急いで両開きドアまで走っていくと、ヨアキムは部屋をあとにして廊下を進んで壁紙貼りの作業にもどった。背後でボールが床に弾む音がした。

「ゴール！」アンドレアスが叫び、リヴィアとガブリエルがキャーッと声をあげてから、三人とも笑いだした。

その楽しく騒々しい声が家じゅうに響きわたってどれだけ心地よかったか。でかしたぞ、子どもたちのために友人を連れてくることができた。

糊のバケツにハケを突っこんでかき混ぜてから、長いほうの壁に塗りはじめた。壁紙をどんどん貼っていった。部屋は色が変わり、徐々に明るくなっていく。気泡を押しだして、湿らせたスポンジで余分な糊を拭き取った。

あとほんの一メートルほどで壁紙を貼り終えるという頃に、客間からもう子どもたちの声がしていないことに気づいた。家はふたたび完全な沈黙に包まれていた。

ヨアキムははしごを降りて耳を澄ました。

「リヴィア？」呼びかけた。「ガブリエル？　ジュースはどうだい？　ビスケットは？」

返事がない。

しばらく耳を澄ましてから、部屋を出て廊下を進んだ。だが客間まで行かないうちに、中庭に面した窓の外を見て足を止めた。

大きな納屋の扉が開いている。

閉まっていたはずじゃないか？

そのとき、アンドレアス・カールソンの防寒着が床からなくなっているのに気づいた。

ヨアキムはジャケットと長靴を身につけると中庭に出た。子どもたちは納屋の重い扉を一緒に引き開けたにちがいない。たぶんなかに入ってもいる。あの暗闇のなかへ。

ヨアキムは庭を横切り納屋の戸口で立ち止まった。

「おーい？」

返事はない。

かくれんぼをしているんだろうか？　石の床を歩いていき、古い干し草の匂いを吸いこんだ。

ふたりは、彼とカトリンは、この納屋をギャラリーに改装しようかと話しあっていた。この先いつか、干し草や糞やここで飼われていた家畜すべての痕跡を片づけたらと。

またカトリンのことを考えていた。こんなことをしてはいけないのに。だが、溺れた日の朝、彼女が納屋から出てくるところを目撃していた。なにかまずいところを見つかったかのように、とまどった様子だった。

納屋のなかに動くものはなかったが、二階の干し草置き場からコッコッというような、あるいはキーッと軋むような、足音を思わせる音がしたと思った。狭く急勾配の木造の階段が干し草置き場へと続いていて、ヨアキムは手すりを摑むとのぼりはじめた。

一階の暗い通路と牛舎から干し草置き場へあがってみると、教会にやってきた気分になる。ここは干し草を乾燥させるために広い空間になっていて、不動産業者が〝間仕切りなしの開放的な空間〟と呼びそうな場所だ。天井は高い位置の暗闇のなかでアーチになっている。太い梁が、干し草置き場の端から端までヨアキムの頭上二メートルほどのところを通っていた。

母屋の二階とはちがって、ここでは迷子になるのは不可能だった。ただし、床に積みあげてあるがらくたを押しわけていくのは大変そうだ。新聞紙の山、植木鉢、壊れた椅子、古いミシンと、干し草置き場はゴミ置き場になっていた。人の背丈ほどもあるトラクターのタイヤがふたつ、壁に立てかけてある。どうやってここにあげたのだろう？

散らかった干し草置き場を見てヨアキムは急に、カトリンがここに立っているという夢を見たことを思いだした。だが、夢では床はきれいだったし、カトリンは背をむけて遠くの壁際に立っていて、彼女のもとへ行くのが不安な気持ちになったのだった。

冬の風は納屋の屋根の上でかすかに囁いているようだった。この寒いなか、ひとりきりでここにいるのはいい気がしなかった。

「リヴィア？」ヨアキムは叫んだ。

前方で板張りの床が軋んだが、返事はなかった。きっと子どもたちは暗がりに隠れているんだ。陰でヨアキムのことを観察しているのだろう。隠れて。

あたりを見まわして耳を傾けた。

「カトリン？」彼は静かに言った。

返事はない。数分ほど暗闇のなかで待ったが、干し草置き場の静寂が破られることはなく、背をむけて階段を降りていった。

家へもどると、まず一番に探すべきだった場所に子どもたちはいた。リヴィアの寝室だ。リヴィアは何事もなかったかのように、床に座ってお絵かきをしていた。ガブリエルはあきらかに姉から立ち入り許可を得たようで、自分の部屋からおもちゃの車をもってきてリヴィアの隣に座っている。

「どこにいた?」ヨアキムは思ったよりも鋭い口調になって尋ねた。

リヴィアがお絵かきの手を止めて顔をあげた。カトリンは美術教師だったけれど趣味として絵を描くことはなかったのだが、リヴィアはお絵かきを楽しんでいた。

「ここだよ」彼女はわかりきったことを訊くと言わんばかりに答えた。

「その前は……外に行ったかい? アンドレアスとガブリエルと一緒に?」

「少しだけ」

「納屋に入ってはだめだよ」ヨアキムは言った。「あそこに隠れなかったかい?」

「ううん。納屋ですることなんかないもん」

「アンドレアスはどこ?」

「帰ったよ。ごはんだって」

「そうか。うちもすぐに食事にしよう。でも、もうパパに言わずに外に出てはだめだよ、リヴィア」

「うん」

ヨアキムが納屋の様子を見たその夜、リヴィアはふたたびうなされるようになった。寝つきはよかった。ガブリエルは七時頃に寝てしまい、ヨアキムがバスルームで歯磨きを手伝っていると、リヴィアは強い好奇心を示してヨアキムの頭をじっと見ていた。

「おもしろい耳をしてるね、パパ」しばらくしてリヴィアが言った。

彼は娘のマグカップと歯ブラシを棚にもどしてから尋ねた。「どういう意味だい？」

「耳がとっても……お年寄りに見える」

「ふうん。でも、耳もパパと同い年さ。耳に毛が生えてるかい？」

「たくさんじゃないけど」

「安心したよ。鼻と耳の毛はあんまり格好よくないからね」

リヴィアはしばらく鏡の前で変な顔をつくって遊びたがったが、ヨアキムは穏やかに娘をバスルームの外へ出した。ベッドに入れてやり、エミールがスープボウルに頭を突っこむ話を二回読み聞かせてから、明かりを消した。部屋をあとにするときに、リヴィアがもぞもぞとベッドのさらに奥へもぐりこみ、枕に頭を擦りつける音がした。カトリンのセーターはまだベッドの上に置いてあった。

ヨアキムはキッチンへむかい、サンドイッチをこしらえて食器洗い機のスイッチを入れた。

それからすべての照明を消した。暗闇のなかで自分の寝室へ手探りで進み、寝室の明かりをつけた。

そこには冷たいからっぽのダブルベッドがあった。壁には服がかかっている。カトリンの服。この頃には彼女の残り香はすべてうしなわれていた。もう服を降ろさねばならないが、今夜はやめておこう。

明かりを消してベッドに入り、暗闇のなかでじっと横たわっていた。

「ママー？」

リヴィアの声がしてヨアキムは頭をあげた。はっきりと目覚めていた。

耳を澄ました。キッチンの食器洗い機はもう止まっていて、ラジオ時計は23：52になっていた。一時間以上寝ていた。

「ママー？」

また呼び声がした。ヨアキムはベッドを降りてリヴィアの部屋へ行った。戸口に立つとまた声がした。

「ママー？」

ベッドのそばへ行った。リヴィアは目を閉じて上掛けの下に横たわっていたが、廊下の照明の光で、枕の上の頭が絶えず動いているのが見えた。カトリンのセーターを握りしめている。ヨアキムはそっとセーターを抜きとった。

「ママはここにはいないんだ」彼はセーターをたたみながら静かに言った。

「ううん、いる」

「さあ、寝なさい、リヴィア」

リヴィアは目を開けて、ヨアキムに気づいた。

「眠れないの、パパ」

「いや、眠れるよ」

「だめなの。ここで一緒に寝て」

ヨアキムはため息をついたが、リヴィアの眠気は消えうせていてほかにどうしようもなかった。これはいつもカトリンの仕事だった。

用心しながらベッドの端に寝そべった。ベッドが小さすぎて、ここで寝ることなどできないだろう。

彼は二分後に眠りについていた。

家の外に誰かいる。

ヨアキムは暗闇のなかで目を開けた。なにも聞こえなかったが、誰か来たと感じた。

ふたたび頭はしゃきっとしていた。

何時だ？　さっぱりわからない。五、六時間ほど寝たかもしれない。

顔をあげて耳を澄ました。家は静まり返っている。時計のチクタクいう音だけ――そして暗闇のなか隣からかろうじて聞きとれる息遣いと。

音をたてずにそっと起きあがり、ベッドを降りた。だが、ほんの三歩行ったところで、背後で声がした。

「行かないで、パパ」

ヨアキムは立ち止まり、振り返った。「どうして？」

「行かないで」

リヴィアは動かずに横たわっていて顔を壁にむけていた。だが、起きているんだろうか？ 顔は見えずブロンドの髪だけが見えた。ベッドにもどると隣にそっと腰を下ろした。「寝ているのかい、リヴィア？」静かにそう尋ねた。

数秒後に答えがやってきた。「ううん」

目は覚めているらしいが安らかな声だった。

「また寝るかい？」

「ううん……いろんなものが見えるの」

「どこに？」

「壁のなかに」

単調な声で、呼吸はゆったりとして穏やかだった。ヨアキムは暗闇のなかで娘の顔に身を乗りだした。「なにが見えるんだい？」

「光、水……影」

「ほかには？」

「光」

「人も見えるのかい？」

いったん黙ってから返事があった。息を殺した。「ママ」

ヨアキムは身を固くした。ふいにこれはまじめな話ではないかと不安になった。リヴィアは眠ると本当に壁のなかにいろんなものを見るんじゃないか。これ以上質問はするなと自分に言いきかせた。もう寝ろと。

だが、質問を続けずにはいられなかった。

「どこにママが見えるんだい？」彼は尋ねた。

「光のむこう」

「ほかにも見えるものが――」

遮ったリヴィアの口調は熱を帯びていた。「みんなそこに立って待ってる。ママもその人たちと一緒」

「誰だ？　誰が待ってるんだ？」

リヴィアは答えない。

寝言は前にもあったが、これほど鮮明にしゃべったことはなかった。ヨアキムはリヴィアが起きていて、ふざけているのではないかとまだ疑っていた。だが、質問をやめられなかった。

「ママはどんな気持ちでいるんだい？」

「悲しいの」

「悲しい？」

「こっちに来たがってる」

「伝えて……」ヨアキムの口は渇いて呼吸が浅くなった。「いつでも来ていいと伝えてくれ」

「できないの」

「無理なのかい？」

「この家では」

「ママとは話せるかい？」

沈黙。

ヨアキムはゆっくりと聞きとりやすい声で話した。「ママに訊けるかい……海辺でなにをしていたのか」

リヴィアはベッドの上でぴくりともしていなかった。反応はなかったが、まだあきらめたくなかった。

「リヴィア？　ママと話せるのかい？」

「こっちに来たがってる」

ヨアキムは暗闇のなかで背筋を伸ばし、もう質問はしなかった。このやりとりそのものが絶望的に感じられた。

「訊いてみてほしい……」

「ママは話をしたがってる」リヴィアが口を挟んだ。

「そうなのかい？」ヨアキムは尋ねた。「なんの話を？　ママはなんの話をしたいんだろう？」

だが、リヴィアはもうなにも言わなかった。

ヨアキムもなにも言わず、ゆっくりとベッドから立ちあがった。膝が軋んだ。あまりにも長く背筋に力を込めて同じ姿勢で座っていたからだ。

ゆっくりとブラインドに近づくと、家の裏手を覗いた。窓ガラスに映る自分の透けた顔が見え――まるで霧に呑まれた顔のようだった――だが、その先はほとんど見えなかった。

月も出ていない、星も出ていなかった。雲が空を覆っていた。牧草が風にかすかに揺れていたが、ほかには動くものもなかった。

外に誰かいるのだろうか？　ヨアキムはブラインドを離した。外に出て調べるとなれば、リヴィアとガブリエルだけが家に取り残される。そんなことはしたくなかった。窓辺に留まり、どうすべきか考えあぐね、結局振り返った。

「リヴィア？」

返事はない。一歩ベッドにもどってみたが、彼女はぐっすりと眠っていた。

質問を続けたかった。リヴィアを起こして、寝ているあいだに見たものを覚えていないか問いつめたかったが、もちろんそんなふうに強制するのはいい考えとは言えない。花柄の上掛けを細い肩まで引きあげて、しっかりくるんでやった。

音をたてずに自分のベッドへもどった。もぐりこむと、上掛けは暗闇に抵抗する盾のように感じられた。廊下やリヴィアの部屋から音がしないかと不安で耳を澄ました。家は静寂に包まれていたが、ヨアキムはカトリンのことを考えていた。眠りにつくまで数時間かかった。

12

十一月終わりの金曜の夜。

およそ築二百年になるハゲルビの牧師館は、村から一キロ弱の森の道の突き当たりにあった。スウェーデン国教会はすでに牧師館の所有権を持っていない。本土南部のエンマボーダの引退した医師夫妻に売却されたことをヘンリクは知っていた。

ヘンリクとセレリウス兄弟は幹線道路沿いの木立にヴァンを駐めていた。ヴァンに積みこんできたのは、わずかな工具を入れたリュックふたつだけ。盗品を詰めこむ余裕をもたせるためだ。木立を抜けて教会の石壁と墓地の横を通っていったのだが、その前に、三人はそれぞれアイスをビールで流しこんでいた。

ヘンリクはいつもよりビールをたくさん飲んだ。今夜は我慢の限界に達していたのだ。あのいまいましいボードのせいだ。セレリウス兄弟のウィジャボードの。

十一時頃にヘンリク宅のキッチンで手早くウィジャボードをやった。ヘンリクが照明を消すと、フレディがキャンドルに火をつけた。

トミーがグラスに人差し指を置いた。「そこに誰かいますか？」

グラスはまっすぐに動きはじめた。〈はい〉という言葉でぴたりと止まった。

トミーが身を乗りだす。「アレイスターですか？」

グラスはAの文字の上へ移動し、次にLへ……

「彼だ」トミーが静かに言った。

だが、グラスは次にGへ、そしてOへ、続いてTへ移動した。そして止まった。

「アルゴット？」トミーが言った。「誰だそりゃ？」

ヘンリクはすくみあがった。グラスがふたたびボード上を動きはじめると、急いで紙に手を伸ばしてメモを始めた。

アルゴット／アルゴット／よくない／ヘンリクひとり／よくない／いきてない／よくない／ヘンリク／やめろ
ヘンリクはメモをやめた。「もうおれはやれない」急いでそう言うと、メモを押しやった。深呼吸をして立ちあがり、照明をつけて、また息を吐きだした。

トミーがグラスから指を離してヘンリクを見やった。「まあ、落ち着け」彼は言った。「このボードは参考になるんだぜ……さあ、出発するぞ」


こうして〇時三十分にようやく牧師館へやってきたのだ。曇った夜で家はまっ暗だった。

ヘンリクはまだボードのメッセージについて考えていた。アルゴットだって？　祖父の名前がアルゴットだった。

「家の奴はいるのか？」トミーが庭の低い位置にある白樺の木立の暗がりでそう囁いた。フレディやヘンリクと同じように、黒い目出し帽ですっぽり顔を覆っている。

ヘンリクは顔をぶるぶると振った。気を引き締めてこの仕事に集中しなければならない。「家にいるのはたしかだ」彼は言った。「でも、二階で寝てるんだ。あの窓の開いてる部屋だ」彼はわずかに窓の開いている角部屋のひとつを指さした。

「よし、じゃあ行くか」トミーが言った。「さあさあ」

トミーが先頭で石畳の小径と階段を進んだ。身を乗りだして錠を覗きこむ。「かなりしっかりした作りみたいだぜ」彼はヘンリクに囁いた。「かわりに窓から忍びこもうか？」

ヘンリクは首を横に振り囁いた。「ここは田舎だ。そしてこの人たちは年寄りだ。ほら」彼は手を伸ばして無言でドアの取っ手を押すと、ドアがひらいた。鍵はかかっていなかった。

トミーがなにも言わずにうなずき、なかへ入った。ヘンリクも続き、すぐうしろにフレディがやってきた。

これはまずかった——この家に三人というのは多すぎる。ヘンリクはフレディに外で待機するよう合図したが、フレディは首を横に振って入ってきた。

トミーが次のドアを開けて室内へ姿を消した。ヘンリクも続いた。

ここは広くて暗い廊下だった。家のなかは暖かかった。老人は寒がりだからいつでもヒーターの温度を高く設定しているのだろうとヘンリクは考えた。床はダークレッドのペルシャ絨毯で覆われ、足音をかき消してくれた。壁のひとつにゴールドの枠の大きな鏡がかかっていた。

ヘンリクは立ち止まった。鏡の下の大理石のテーブルに黒革の分厚い財布が置いてある。さっと手を伸ばしてジャケットのポケットに財布を突っこんだ。

顔をあげると自分の横顔が見えた。黒い服を着て背中を丸め、黒い目出し帽で顔を隠して背中に特大のリュックをかついだ姿も。泥棒め。頭のなかで祖父のアルゴットの声が聞こえるようだった。この目出し帽がとくにいけなかった。誰がかぶっても危険人物に見える。

廊下にはドアが三つ面していた。ふたつは開いていた。トミーがまんなかのドアの前で立ち止まった。聞き耳をたてて首を横に振ると、右手のドアへむかった。

ヘンリクも続いた。フレディの息遣いと重い足音がすぐうしろで聞こえる。

ドアの先は客間だった。上品な部屋で小さな木製のテーブルがいくつもあって、さまざまな物が所狭しと並べてある。大半はがらくたのようだったが、ひとつのテーブルにスモーランド製の大きなクリスタルの花瓶があった。いいぞ。ヘンリクはこれをリュックに押しこんだ。

「ヘンリク？」

トミーが部屋の反対側から囁いている。タンスの抽斗を開けたところで、本物の掘り出し物が見つかったのだと見てとれた。銀のカトラリー、金のナプキンリングが十数個。ネックレスにブローチ。百クローナ紙幣や海外の紙幣の束まである。

宝のコレクションだ。

全員で一言も口をきかずにこのタンスを空《から》にした。カトラリーを集める際にわずかにカチリと音がしたので、ヘンリクはタンスにあったリネンのナプキンに包み、音を消した。

三人のリュックはずしりと重く満杯になった。

ほかにあたらしいオーナーが必要なものはないだろうか？

壁には絵画が何枚もかかっていたが、それは大きすぎた。ヘンリクは窓辺に幅の狭くて背の高いものがあるのに目を留めた。カーテンを引いてみた。

古いランタンのようなもので、板ガラスと漆塗《うるしぬ》りの木でできていて、おそらく高さ三十センチで幅十五センチほどだった。かなり味がある。故買屋が買い取りを渋っても、自分のアパートメントに置けば溶けこむだろう。ランタンをテーブルクロスで包むとリュックに押しこんだ。

このくらいでいい。

廊下に出たとき、フレディの姿がなかった。家のどこまで入りこんでいったんだ？

ドアがゆっくりと開いた。キッチンに続くドアで、ヘンリクはフレディだと決めつけていたので振り返りもしなかった——だが、ふいにトミーが息を吸いこむ音がした。

振り返ると、白髪の小柄な老人が戸口にいた。

老人は茶色のパジャマを着て厚い眼鏡をかけようとしている。

くそっ。また見つかったか。

「なにをしている?」

マヌケな質問で返事はなかった。だが、ヘンリクはトミーが隣で身体を固くするのを感じた。まるで攻撃モードに切り替わったロボットのようだ。

「警察を呼ぶぞ」老人が言った。

「黙れ!」トミーが動いた。老人より頭ひとつぶん背が高く、老人をキッチンへ押しもどした。「動くな!」トミーはそう叫び、蹴った。

老人が眼鏡を落として戸口でよろめき、キッチンに崩れ落ちた。彼があげた声は長く細いあえぎ声だけだった。

トミーが老人に迫った。手には鋭いものが握られている。ナイフかドライバーだ。

「もういい!」ヘンリクは急いで駆けよりトミーを止めようとしたが、ラグマットでつまずいて、老人の片手を重いブーツで踏みつけてしまった。骨の砕ける音がした。

「行くぞ!」誰かが叫んだ――たぶんヘンリク自身だ。

ヘンリクはあとずさり、廊下の大理石のテーブルにぶつかった。大きな鏡が床に落ちて割れる音が幾度か響く。くそっ。すべてがダンスフロアの人波のようにひとつに溶けあう。あっという間の出来事で予想もしなかった展開。これ以上は手に負えない。いったいフレディはどこにいる?

そのとき、背後で甲高い声を耳にした。

「出ていって!」

ヘンリクはくるりと振りむいた。床の老人の隣に女が立っている。老人よりさらに背が低く、怯えているようだ。

「グンナル？」女は腰をかがめて呼びかけた。「グンナル、警察に連絡したわ」

「逃げるぞ！」ヘンリクはトミーが自分の命令に従っているかたしかめもせずに、逃げだした。いまだフレディの姿はない。ベランダから夜の闇へと飛びだした。

びっしりと霜の降りた芝生を走り、家の角を曲がって森へ駆けこんだ。枝が顔をひっかき、リュックが擦れて肩が痛み、ヴァンは見つからなかったが、それでも走りつづけた。

なにかに足を取られて、気づくと宙を飛んでいた。影のなかをまっすぐに落下し、湿った落ち葉と下生えに受けとめられた。なにかに後頭部をしたたか打ちつけた。夜がかすんだ。

かなり気分が悪かった。


気がついたときヘンリクは地面を這っていた。頭が痛む。ゆっくりと移動して前方に広がる暗闇をめざした。そこは小さな洞穴だった。なかへ入りこむと身体を丸くした。誰かに追いかけられているが、ここならば安全だ。

数分かかってようやく頭がはっきりした。顔をあげてあたりの様子を窺った。

静寂。まったくの暗闇。いったいどこに来てしまったんだ？

手の下の地面の感触から、牧師館近くの森にある古い石造りの穴蔵に入りこんだことがわかった。寒くて湿っていた。どこかカビ臭かった。

突然、自分が死者の間《ま》に横たわっているのだと思い至った。死者のための自然のなかの室《むろ》で、墓地に埋葬されるのを待って横たえられる場所だ。

脚の長いなにかの虫が耳に落ちてきた。目覚めたばかりの蜘蛛。ヘンリクは片手でさっと振りはらった。

閉所恐怖症にとらわれはじめ、のろのろと穴蔵から這いでた。リュックが天井につかえたが横に身体をひねって凍りついた地面の上へ出ることができた。

新鮮な冬の空気。

立ちあがると下生えを進み、森のあいだにちらちらと見える牧師館の窓の明かりから遠ざかった。墓地の壁にたどり着いて、自分が正しい方向へむかっているとわかった。

ふいにヴァンのドアがバタンと閉まる音がした。耳を澄ます。エンジンが遠くの暗闇のなかでかかった。

さらに急ぎ足になって森を移動し、広めの小径に出ると走りだした。木がまばらになっていき、セレリウス兄弟のヴァンが見えた。ちょうどバックして車道へ出るところだった。

際どいところで間に合ってサイドドアを大きく開けた。

フレディとトミーがさっと振り返り、やってきたのが誰なのか気づいた。

ヘンリクは飛び乗ってドアを思い切り閉めた。「出してくれ！」

ヴァンが走りはじめてようやく、ヘンリクは息を吐きだしてシートにもたれた。頭がずきずきしていた。

「いったい、なにをやってた？」トミーが振り返って尋ねた。そう言った彼も息遣いが荒く、ハンドルをぎゅっと握りしめている。肩はまだ怒りでこわばっている。

「迷った」ヘンリクはリュックを降ろして言った。「木の根につまずいて転んだ」

フレディがくすくす笑った。「おれは窓から飛びおりるしかなかったぜ！　植え込みめがけてな」

「それでも、いいお宝が手に入った」トミーが言った。

ヘンリクはうなずくだけだった。緊張してあごがこわばっていた。トミーが突き飛ばしたあの老人——どうなっただろう？　いまはそのことを考えたくない。「東の道を行け。おれのボートハウスへ」

「なんでだ？」

「今夜はいまごろ警察がこちらへむかっているだろう」ヘンリクは言った。「暴力がらみの事件があれば、奴ら、カルマルから駆けつける……幹線道路で奴らと出くわすのはごめんだ」

トミーはため息をついたが、東の海沿いの道へと曲がった。

すべての品を降ろしてボートハウスに隠しおえるまでたっぷり三十分はかかったが、これでさらに安全だと感じられたから苦労は報われた。ヴァンへもどったときにヘンリクがリュックに残しておいたのは、財布と古いガラスのランタンだけだった。

三人はボリホルムまで遠回りして東の沿岸の道を走り、警察の動きらしいものには出くわさなかった。ボリホルム郊外でトミーは猫かウサギを轢いたが、今回はあまりにもくたびれていて、ちっとも楽しんでいなかった。

「休みを入れるとするか」トミーは市内の街灯の下までやってくるとそう言った。「この仕事を少しだけオフにするぞ」

ヘンリクのアパートメント前に車を停めた。三時十五分になっていた。

「いいだろう」ヘンリクはそう言ってドアを開けた。「それに金もわけないとな……すべてきっちりやるぞ」

セレリウス兄弟がもう少しで彼を森に置いてきぼりにして逃げるところだったのを忘れるつもりはなかった。

「また連絡する」トミーがヴァンの開いた窓越しにそう言った。

ヘンリクはうなずき、アパートメントへ歩いた。

アパートメントに入って初めて、自分がどれだけ汚れているか気づいた。ジーンズもジャケットも土の黒い染みだらけだった。洗濯かごに放りこむと、牛乳を飲んでぼんやりと窓の外を見つめた。

牧師館の夜の記憶は最初から最後まであいまいで、振り返りたいとはまったく思わなかった。嫌なことになによりも鮮明な記憶は、老人の手が自分のブーツの下で折れたときのものだった。あんなことをするつもりはなかったが……

明かりを消してベッドに入った。

なかなか寝つけなかった。額が痛んだし、身体じゅうの神経がずきずきしていたが、四時を少しまわった頃に、眠りの霧のなかへと漂っていった。

数時間後に、アパートメントでノックのような音がして目が覚めた。ガラスを叩く音だ。それから静寂が続いた。

枕から顔をあげると混乱して暗い部屋を見まわした。

柔らかなノックの音がまた響いた。廊下のほうから聞こえるようだ。

暖かなベッドを離れ、ふらつきながら暗がりに進みでて耳を澄ました。

音はリュックから聞こえていた。三回ノックがあって、静寂が。それからまた二回ノック。

腰をかがめてリュックの口を開けた。牧師館から盗んだ古いランタンがまだテーブルクロスに包まれたまま入っていた。

これを取りだした。

どうやらランタンの木の枠はヴァンのなかで冷え切っていたらしい。そしてこのアパートメントで徐々に室温にもどった。だからコツコツという音が聞こえはじめたのか。

キッチン・テーブルに置くとドアを閉めてベッドへもどった。

かすかなノックの音が時折キッチンから聞こえた。水滴の垂れる音のように気に障ったが、あまりにも疲れていてそれでも寝てしまった。

13

大切なのは絶対にカトリンを忘れないことだった。

たとえ一瞬でも彼女を忘れるたびに、ふいにもう妻が存在しないのだと思いだすと、苦痛が情け容赦なく甦る。だからずっと妻のことを考えていようとした――そうすると苦痛は悲嘆に変わってしまうのだが、それでも彼女はいまもいるのだと考えつづけた。

あの事故から三週間が過ぎた日曜日に、子どもたちを連れて屋敷の近くを長いこと散歩した。まず西の内陸へむかうと、ヨアキムは背後にウナギ岬の存在を感じることができた。カトリンは屋敷に留まって壁紙を貼っているのだと想像する。きっと妻はすぐに平原にやってきて自分たちに追いついてくれる。

風はあるが晴れた十一月の日で、シナモンロールとホットチョコレートを持参していた。ヨアキムのリュックはガブリエルがくたびれたら座れるようになっているチャイルド・キャリア内蔵だが、ほとんどの時間、息子はリヴィアと一緒に草地を駆けまわっていた。

幹線道路にたどり着くと、止まるようにと子どもたちに叫び、日頃リヴィアとガブリエルに教えているとおり、左右をしっかり見てから一緒に道をわたった。

リヴィアはこの数日、夜はだいぶ安らかに眠れるようになっていて、ちっとも疲れているようには見えなかったが、ヨアキム自身は連日の睡眠不足が目の奥で重みを増していくような気がしていた。家の改装にふたたび着手したから日中は少しは気が晴れたが、夜はまだむずかしかった。リヴィアがぐっすりと眠っていてもヨアキムは暗闇で目覚めたまま横たわって待っていた。耳を澄ましていた。

寝言はリヴィアになんの否定的な影響も与えていないようだった。逆と言ってもいい。ただ、あの子は幼稚園で描いた絵を家へもちかえるようになっていた。ほとんどの絵に黄色い髪の女が描いてあり、ときには青い海の前に立ち、またあるときには大きな赤い家の前に立っていた。絵の上には不揃いな字でママと書いてあった。

リヴィアはいまだにほぼ毎朝毎晩、カトリンはいつ帰ってくるのかと尋ね、ヨアキムはいつも同じ返事をした。「わからないよ」

幹線道路の向こう側に古い石壁が走っていて、それを乗り越えると、平坦な灰色の風景の端に自分たちがいることがわかった。ところどころ生えた葦と薄黄色の草の茂みの混じるひらけた水面が広がっている。水は黒く静か。深さがどのくらいなのか言い当てることは不可能だった。

「ここは泥炭湿地《オッフルモッセン》というんだよ」ヨアキムは言った。

「このなかで溺れることとある？」リヴィアが尋ねた。

この子はぬかるんだ水溜まりに棒きれを押しこもうとしていて、いまの質問でヨアキムが緊張したことに気づかなかった。

「いや……泳げないなら別だけど」

「泳げるもん！」リヴィアが大声で言った。

リヴィアは夏のあいだストックホルムでスイミングの授業を四回受けていた。

突然ガブリエルが悲鳴をあげて泣きだした――湿地に足を取られて水辺の草地から長靴が抜けなくなっていた。ヨアキムが引っ張ると、湿地はがっかりした音をたててガブリエルを解放した。息子をしっかりした地面に立たせて黒い水を見やると、ふいにウナギ岬の屋敷の周辺を不動産業者が案内してくれたときに、泥炭湿地を車で通り過ぎて言われたことを思いだした。

「鉄器時代にここでなにがあったか、知ってるかい？　何千年も前のことだよ？」

「なあに？」リヴィアが言った。

「神に捧げ物をしていたそうだよ」

「捧げ物――それってなあに？」

「自分の好きなものを手放すってことだよ。もっとたくさんのものを取りもどすために」

「それでみんな、どんなものを手放したの？」リヴィアが尋ねた。

「黄金や銀、剣、そうしたものだよ。神さまへの贈り物として、この水のなかに投げたんだって」

不動産業者の話によると、動物や人間もときには捧げられたということだった――だが、そうした話は子どもたちの耳に入れないほうがいいに決まっている。

「どうして？」リヴィアがまた尋ねた。

「わからないよ……でもたぶん、神さまが嬉しくなれば、もっといい人生を送らせてもらえると思ったんじゃないかな」

「それってどんな神さまなの？」

「異教徒の神さまだよ」

「それ、どういう意味？」

「そうだな、意味は……たまにちょっとヘンってことだよ」宗教の歴史に疎いヨアキムはそう答えた。「オーディンやフレイヤみたいな北欧神話の神さまだ。それに土や木の自然の神さま。でも、もうその神さまたちはいないんだ」

「どうして？」

「みんなが信じるのをやめてしまったからさ」ヨアキムはそう答えて散歩を続けることにした。「さあ、行くよ。ガブリエル、シートでおんぶしていこうか？」

息子は元気よく首を横に振って、またもやリヴィアのあとを駆けていった。

湿地の横手に沿っていくぶん乾いた狭い小径が走っていて、三人はそこを北へ進んだ。湿地の終わりに平原が広がり、そのむこうがレールビで、白い教会が地平線にすっくと建っていた。

ヨアキムはもっと遠くまで歩きたかったが、平原にやってくる頃には子どもたちの歩みがかなり遅くなっていた。リュックを降ろした。「おやつの時間だよ」

十五分で水筒のホットチョコレートをからっぽにして、シナモンロールをたいらげた。乾いた岩を見つけて腰を下ろしたのだが、そのあたりはなんの音もしなかった。ヨアキムは泥炭湿地が鳥類保護区であると知っていたが、この日は最後まで一羽の鳥も見かけなかった。

おやつを食べ終えると、引き返して幹線道路をわたった。今度はウナギ岬の北西にある小さな林に沿った小径を選んだ。林は高くなりきれず横に広がっている。島で目にしたどの林もこうだった。生えているのは松でどれもわずかに内陸へむかって傾いている。海からの厳しい風を避けようとこうなっているのだ。林のなかにハシバミとサンザシの茂みがあった。

海辺までやってくると、風が強く冷たくなった。日が沈みはじめて空は青い輝きをなくしていた。

「難破船だよ！」リヴィアが岸辺近くにやってくると言った。

「なんぱせんだよ！」ガブリエルが真似した。

「あそこに行ってもいい、パパ？」

遠くからだとまだ船体に見えなくもなかったが、近づいてみると壊れた古い板を積みあげたように見える。粉々になっていない箇所はキールだけだった。この弓なりになった太い木材は砂になかば埋もれていた。

リヴィアとガブリエルは難破船の近くまで歩いていったが、がっかりして引き返してきた。

「あれじゃ修理できないね、パパ」リヴィアが言った。

「そうだね」ヨアキムは言った。「そうみたいだ」

「船に乗っていた人はみんな溺れたの？」

この子はいつも溺れた人の話をしている。

「いいや、助かったんだよ。灯台守たちが助けて岸に引っ張りあげたはずさ」

三人は湿っぽい砂浜に沿って南へ進んだ。波が砂浜で泡立ち、リヴィアとガブリエルはできるだけ海の近くを濡れないように歩こうとした。大きな波が寄せてくると、ふたりは悲鳴をあげて笑いながらジャンプした。

十五分で灯台のある石の突堤にたどり着いた。リヴィアは砂浜を駆け抜けて近づき、最初の石のブロックによじ登った。

ここはわずか三週間前にカトリンが来た場所だ。この突堤をまっすぐ進み、海に沈んだのだ。

「そっちに行っちゃだめだ、リヴィア」ヨアキムは呼びかけた。

リヴィアが振り返って見つめた。「どうして？」

「滑ってしまうよ」

「そんなことない」

「絶対とは言えないよ、さあ降りて！」

言い合いの後にリヴィアは降りてきて、黙ってむくれていた。ガブリエルは姉と父を見て、どちらが正しいのかわからずにいるようだ。

三人は灯台へ続く石の突堤を通り過ぎた。ヨアキムはリヴィアの機嫌が直るかもしれないことを思いついた。「どちらかの灯台のなかを覗けるかもしれないな」

リヴィアがさっと振り返った。「ほんと？」

「もちろんさ」ヨアキムは答えた。「扉の錠を開けないとだめだけどね。でも、鍵のある場所はわかっているんだ」

子どもたちを連れて家へもどると、キッチンの勝手口を開け、いつものようにカトリンにただいまと呼びかけたい衝動を鎮めた。

キッチンの戸棚に不動産業者からわたされた金属の箱があり、そこにこの家の歴史に関する書類が入っていた。古い鍵束もそこにあった。十数個の鍵がついた鉄のリング。なかには見たこともないほど大きく重い鍵もある。

ガブリエルは暖かい室内に残りたがった。ピングーのビデオを観たいという。ヨアキムはビデオをデッキに入れた。「すぐにもどるよ」

ガブリエルはうなずいたが、もうビデオに夢中になっていた。

ヨアキムはガチャガチャいう鍵束を手にして、リヴィアと一緒にまた寒い屋外へ出た。

「それで、どっちの灯台にしようか？」

リヴィアがじっくり考えて指さした。「あっち。ママの灯台」

ヨアキムは北の灯台を見た。もう光っていないほうの灯台だ——もっとも、一度だけ光を見たことがあるとたしかに思ったのだが。カトリンが石の突堤の先へと歩いていった日の夜明けのことだ。「わかった」彼は答えた。「あっちに行ってみよう」

こうしてふたりは石の突堤から海へむかい、分かれ道では左へ進んだ。小島にたどり着いた。灯台の金属製のドアの前には磨かれた石灰岩の足置き台がある。父と娘が一緒に立てるくらい大きなものだ。

「よし、入れるかどうかためしてみようか、リヴィア……」

ヨアキムは南京錠を見て、合いそうな大きさの鍵を選んだが、この鍵穴には大きすぎた。二番目の鍵は鍵穴には入ったが、まわせなかった。三番目の鍵も合い、かなり固くて開けづらかったがぐっと力を入れるとまわせた。できるだけ強く取っ手を引っ張った。扉はギシギシと蝶番《ちょうつがい》の音をたてながらゆっくりと開いたが、十五センチほど開いたところで止まった。ふたりが立っている大きな石灰岩の台のせいだった。冬の荒波と氷、そしておそらくは周囲に生えた草のために、長年のあいだに押しあげられて、扉の下の部分が引っかかっている。

鉄の扉の上の部分を摑んで外側へさらに五、六センチほど力ずくで広げたが、それ以上は開かなかった。ヨアキムはなかを覗いてみて、山の黒い亀裂を見ているような感覚を味わった。

「なにがあるの?」リヴィアがうしろから尋ねた。

「うわっ。床に骸骨がある」

「ええっ?」

ヨアキムは振り返って、目を丸くしたリヴィアを見てほほえんだ。「ただの冗談だよ。ほとんど見えないんだ……どこもまっ暗で」

石の台へ一歩下がると、リヴィアになかを覗かせた。

「階段が見えるよ」

「ああ、灯台の上へ通じる階段だね」

「曲がってるね」リヴィアが言った。「ぐるぐるして……上に行ってる」

「そのままてっぺんまでつながっているんだ」ヨアキムはそう言い、つけ足した。「ここで待っていて」

彼は水際の長方形の岩に目を留めていて、降りていくと抱えてきた。これがしっかりとした足場になった。

「少し下がってくれるかい、リヴィア？　この隙間からなんとか入りこんで扉を内側から押し開けてみるよ」

「あたしも入りたい！」

「パパのあとでね」

岩の上に立ち、扉の上の部分をできるだけ外側に曲げ、隙間に身体を押しこんだ。なんとか成功した。ビール腹じゃなくてよかった。

灯台のなかへ入ったとたんに日射しは消え、もはや潮風の音は聞こえなくなった。たいらなセメント敷きの床に降り、周囲のカーブを描いた分厚い石壁を意識した。

ゆっくりと暗闇に目が慣れるとあたりを見まわした。人が最後にこの灯台に入ってからどのくらい経つんだろう？　たぶん数十年ぶりだ。空気は乾燥している。石灰岩で造られた建物はどれもそうだ。表面という表面が粉っぽい灰色の埃に覆われている。

リヴィアが見た階段はヨアキムのほぼ足元から始まって壁沿いに螺旋を描き、灯台の中心の太い柱の周囲を上へむかっていた。階段は暗闇に吸いこまれて見えなくなるが、どこか上のほうにかすかな光がある印象を受けた。おそらくは灯台の細い窓から射すものだ。

誰かが床に物を置いたままにしていた。からっぽのビール瓶が数本、積みあげた新聞紙、〈カルテックス〉と書かれた赤と白の金属の缶。階段の隣に高さのない木造のドアがある。少し押し開けてみると、またがらくたが散らばっていた。古い木箱が積みあがり、からっぽのボトルが転がり、ダークグリーンの漁の網が壁にかかっている。古い洗濯物絞り機まである。何者かが灯台をゴミ捨て場に使ったのだ。

「パパ？」

リヴィアが呼びかけた。

「なんだい？」そう答えると、自分の声のこだまが螺旋階段に響いた。

リヴィアの顔が戸口の隙間から覗きこんできた。「あたしも入れる？」

「やってみよう……その岩に登ってごらん。なかに引っ張ってあげるよ」

リヴィアが隙間に身体をねじこもうとしてすぐに、ヨアキムは扉を外側へ押しやるのとリヴィアをなかへ引きこむのを同時にやることは無理だと気づいた。つっかえてしまうかもしれない。

「うまくいきそうにないよ、リヴィア」

「でも、あたしも入りたい！」

「南の灯台へ行ってみようか。たぶん、むこうなら――」

ふいにヨアキムは上からひっかくような物音を耳にした。振り返って耳を澄ました。足音だ。螺旋階段のずっと高いところから響いているようだ。

物音はこの灯台のなかから聞こえている。想像にちがいないが、重い足音としか思えない。しかもゆっくりとだが着実に階段を降りてきている。

あれはカトリンじゃない。ほかの誰かだ。

重い足音……男のような。

「リヴィア？」ヨアキムは呼びかけた。

「うん？」

まだちゃんと表にいる。リヴィアがどれだけ海の近くにいるか考えた。数歩あとずさって落ちてしまったら……それにガブリエルだ。ガブリエルはひとりで家にいる。あの子を置いてくるなんて、自分はどういうつもりだったんだ？

「リヴィア？」ふたたび声をかけた。「動かないでそこにいるんだよ、いま出るからね」

ドア枠を掴んで身体をねじこんだ。鉄の扉は彼をなかに留めておきたいようだったが、無理やり通っていった。まるで出産シーンのパロディで傍《はた》から見ると滑稽だったことだろうが、胸がどきどきした。リヴィアは瞳に恐怖を浮かべてそこに立って見つめていた。

ヨアキムは外の岩に降りたつと新鮮な冷たい海の空気を吸いこんだ。

「さあ」急いで鉄の扉を押して閉めると言った。「ガブリエルのところへ帰ろう。もうひとつの灯台にはまた今度入ってみようね」

そしてできるだけ急いで南京錠をもとにもどして鍵をかけた。反抗されると予想したが、リヴィアは無言だった。そのまま黙ってヨアキムの手を握った。ふたりは突堤を引き返して岸辺を歩いた。もうじき黄昏時だ。

灯台で聞いた物音のことを考えた。

あれはきっと灯台に吹きつける潮風だったか、ガラスをひっかくカモメの鉤爪だったにちがいない。足音なんかじゃない。

一九一六年、冬

死者はわたしたちに接触しようとするものだよ、カトリン。話をしたがるし、話を聞かせたがる。

なにを言いたいのかね？　たぶん、あんまり早い時期に死を求めるなと言いたいんだろうよ。

納屋の干し草置き場の壁には、第一次世界大戦中の日付が彫ってある。一九一六年十二月七日。そのあとに十字架、そして名前が途中まで。〈†イェオ〉

——ミルヤ・ランベ

アルマ・リュングレンは灯台守主任の女房で、家の奥にある部屋で機織《はた》り機の前に座っている。壁掛け時計が背後でチクタクと音をたてる。アルマはそこから海を見ることができないが、それはかえって好都合だ。夫のイェオリと灯台守たちが岸辺でやっていることを見たくない。

家のなかでは人声がいっさい聞こえない。ほかの女たちもみんな岸辺にいる。アルマは自分もあそこへ行って男たちを手伝わねばならないのはわかっていたが、行くことなんてできない。どんな手伝いをする力もなく、かろうじて呼吸をする勇気があるだけだ。

壁掛け時計がチクタクと時を刻みつづける。

この冬の朝、世界大戦の三年目にウナギ岬の沖へ海の怪物が漂ってくる。怪物はゆうべの激しい吹雪のあとで発見されたのだ。黒い怪物で丸い身体全体から鉄のスパイクが突きでている。

スウェーデンは大陸の世界大戦では中立国だが、それでも影響は受けてしまう。

岸にあがった怪物は機雷だ。ロシアのものと考えられ、去年バルト海でのドイツ軍の輸送を止めるために放たれたものらしい。だが、もちろんどの国のものかは関係ない。どちらにしても危険だ。

部屋のチクタクという音がふいに止まる。

アルマは振り返る。

背後の壁掛け時計が止まっている。振り子はまっすぐに垂れたままだ。

機織り機の隣のバスケットから黒い羊毛刈り用のはさみを取りだすと、部屋をあとにする。肩にショールをかけ、屋敷の表のベランダへ。それでも岸辺のほうは見ようとしない。

この数日の吹雪のあいだに、海に係留されていた機雷は波ではずれてしまい、ゆっくりと陸へと押しやられたにちがいない。いまでは南の灯台から五十メートルほどしかないところで、砂の海底と解けかけた氷にしっかりと挟まっている。

　去年ドイツの魚雷がマルネスのすぐ北の沖合に流されてきたことがある。それは撃破され、海軍の上層部は今度の機雷も同じように処理するべきだと主張している。ロシアの機雷は破壊すべきだが、灯台のそんな近くで爆破させるのは不可能だ。遠くへ船で引っ張らねばならない。灯台守たちは機雷にロープを巻き、用心しながら灯台から離れた位置まで移動させるつもりだ。

　海でこの作業を指揮しているのは灯台守主任のイェオリ・リュングレン。モーターボートの舳先に立つ。夫が指示する声が岸辺に響いてこの家まで伝わり、ベランダのアルマの耳にも届く。

　ドアを開けると夫の声がはっきりと聞こえる。

　アルマは寒い屋外へ出ると雪かきされたばかりの中庭を横切って納屋へむかうが、岸辺のほうは見ようともしない。

　納屋には誰もいないが、重い扉を開けて入ると暗闇のなかで牛や馬が身じろぎする。嵐で神経質になっているのだ。

　アルマはゆっくりと干し草置き場に通じる階段をあがる。ここにも誰もいない。

　干し草は天井に達するほど積みあがっているが、壁沿いに細い通路があるので板張りの床を進んでいける。この数年何度かここにあがってきたが、ふたたびそこに彫ってあるいくつかの名前を読む。そこで羊の毛刈りばさみを取りだすと、板張りの壁に先端をあてて今日の日付を彫りはじめる。一九一六年十二月七日。そして名前を。

岸辺の声がやむ。

すべてが動きを止め、干し草置き場のアルマは毛刈りばさみを落とす。壁際で両手を握りしめて神に祈る。

ウナギ岬では静寂が広がっている。

そして爆発音が響く。

まるで屋敷周辺の空気が一気に圧縮されたようで、同時に岸辺から轟音が内陸へ運ばれてくる。衝撃波が一瞬遅れてやってくると、納屋の窓ガラス何枚かにピシッとヒビを入れてアルマの耳を聞こえなくする。彼女は目を閉じて干し草に身を埋める。

機雷は早すぎるタイミングで爆発したのだ。アルマにはわかっている。

衝撃波が通り過ぎると、干し草置き場で立ちあがる。凍りついた数秒を経て牛たちが納屋で盛んに鳴く。そして岸辺の牧草地から大声が聞こえてくる。みんな急いで家へむかっているらしい。

アルマは急いで階段を降りる。

どちらの灯台もまだ建っている。無傷だ。だが、機雷は消えている。あったはずの場所に残されたのは灰色のどろどろとした海水だけ。そして灯台守の船らしき姿はどこにもない。

ほかの女たちがやってくる姿が視界に飛びこむ。ラグンヒルドとエイヴォル、灯台守の女房たち。ふたりはアルマを麻痺した表情で見やる。

「うちの亭主は？」アルマは訊く。

ラグンヒルドがぎこちなく首を横に振り、ここでアルマはそのエプロンドレスがぐっしょり血に染まっていることに気づく。「わたしのアルベルトも……舳先に立っていたのよ」

彼女の膝が崩れる。アルマは石畳の小径を駆けより、倒れそうになったところを抱きとめる。

14

リヴィアは日曜の夜に穏やかに眠った。ヨアキムは夢を見ない三時間の眠りを経て夜明けに目を覚ました。このごろではそれ以上寝ることができず、疲労のあまりずきずきとうずく頭を抱えて起きた。

午前中に子どもたちをいつものようにマルネスへ送っていってから、無音の誰もいない屋敷へもどってきた。家の南側の寝室のひとつに壁紙を貼る作業を続けた。

一時頃に、ウナギ岬へ近づいてくる車のエンジンのかすかな音がした。外を見た。大きなワインレッドのベンツが砂利道を飛ばしてやってくる。その車に見覚えがあった。マルネスの教会から去るところを見ていた。葬儀のあと真っ先に帰っていった車のひとつだ。

カトリンの母親がやってきた。

車は大きいが、それを運転している女はなぜかさらに大きく見えた。まるでハンドルと座席のあいだに挟まっていたかのように、苦労しながらドアを開けて車を降りた。ようやく家の前に立った彼女は、肌にぴったりしたジーンズとつま先のとがったブーツにバックルがいくつもついた革ジャケットというでたちだった。年の頃は五十五歳、まっ赤な口紅、黒のアイラインを太く入れてマスカラもたっぷりだ。

ピンクの絹のスカーフをいじると、凄みのある表情で家を見やった。そしてタバコに火をつけた。

ミルヤ・ランベ。カルマルからやってきた姑。彼女は葬儀からこっち、まったく連絡をしてこなかった。

ヨアキムは深呼吸をしてゆっくりと息を吐きだすと、家のなかを歩いていってキッチンの勝手口を開けた。

「どうも、ヨアキム」彼女は口の端から煙を吐きだして言った。

「こんにちは、ミルヤ」

「あんたが家にいてよかった。元気？」

「あまり」

「そうでしょうね……あんなことがあったら、気分はクソみたいよね」

ミルヤが示した同情はそれだけだった。砂利道にタバコを落とすとキッチンのドアに近づいてきた。ヨアキムが脇へどくと、タバコと香水の匂いをさせてさっと入ってきた。

キッチンで彼女は立ち止まりあたりを見まわした。三十年以上前に彼女が暮らした頃とはこの家が様変わりしたはずだが、ヨアキムたちの施したリフォームには一言もふれられることがなく、思わず訊いてしまった。「カトリンがこの夏にキッチンのリフォームをほとんど手がけたんですよ。どう思いますか？」

「素敵ね。トルンとわたしが離れの一部屋を借りていた頃は、この母屋には独身男たちが暮らしていてね。クソみたいな家だったよ。どこもかしこも汚れていて」

「その人たちは灯台で働いていたんですか？」

「灯台守たちはその頃にはいなかった」ミルヤがそっけなく言った。「その男たちはただの流れ者さ」

彼女は話題を変えたいかのように首を横に振って尋ねた。「それで、わたしのかわいい孫たちは？」

「リヴィアとガブリエルは幼稚園、いや学校ですよ。マルネスの」

「もう？」

「まあ、プレスクールですけど。リヴィアは六歳児むけの活動に参加してるんです」

ミルヤはうなずいたがほほえまなかった。「あたらしい呼びかただね。犬小屋なのは変わらない」

「プレスクールは犬小屋じゃありません。ふたりとも気に入ってるんですよ」

「だろうとも。わたしの時代にはミニスクールと呼んだものさ。代わり映えのしないくだらないことをやって……毎日毎日」

ふいに姑がふたたびあたりを窺った。「動物で思いだした……」また外へ出ていった。

ヨアキムはキッチンに留まり、ミルヤはいつまでいるつもりだろうと考えた。姑がいるとこの家は小さくなったように感じる。空気が足りなくなったように感じる。

車のドアがバタンという音がして、ミルヤは両手にそれぞれなにかもってキッチンへもどってきた。取っ手つきの灰色の箱を掲げた。

「タダよ。近所からもらったの」彼女は言った。「あとはあれこれ買わないといけなかったけど」

ヨアキムはこの箱が猫用バスケットだと気づいた。そして中身は空《から》ではなかった。

「冗談でしょう？」

ミルヤは首を横に振ってバスケットを開けた。灰色の地に黒い縞のある雄の成猫が飛びだして、板張りの床でのびをした。猫は不信感をあらわにしてヨアキムを見た。

「ラスプーチンというんだよ」ミルヤが言った。「ここでロシアの坊さんみたいに暮らせるんじゃない？」

彼女は大きなバッグを開けてキャットフードの缶詰を何個か、皿、シートつきの猫のトイレを取りだした。

「ここじゃ飼えませんよ」

「飼えますとも。賑やかになるよ」

ラスプーチンはヨアキムの脚に身体をこすりつけると、ドアの前へ行った。ミルヤがドアを開けると飛びだしていった。

「ネズミを探しに行ったよ」

「ここではネズミなんか一匹も見たことありません」

「それはネズミたちがあんたより賢いからさ」ミルヤはキッチン・テーブルのボウルからリンゴを手に取ると話を続けた。「それで、あんたたちはいつ、カルマルのうちを訪ねてくるんだい？」

「招待されているとは知りませんでした」

「もちろん、招待されてるさ」彼女はリンゴを囓《かじ》った。「いつでも好きなときに立ち寄って」

「ぼくの知るかぎり、カトリンは招待を受けていませんでしたが」

「カトリンは招待しても来なかっただろうしね。でも、ときどき電話では話をしていたよ」

「年に一度でしょう」ヨアキムは訂正した。「クリスマスにあなたに電話をかけていましたね。でも、あなたと電話で話すときはいつもドアを閉めていたものですよ」

ミルヤは首を横に振った。「ほんのひと月ほど前に話したよ」

「どんな話をですか？」

「これって話題はなくて……カルマルでやったわたしの最近の展覧会。それにわたしのあたらしい恋人のウルフについて」

「ふたりであなたのことについて話をしたわけですね、言い換えると」

「それにあの子についてもね」

「どんなことを言ってました？」

「ここで孤独だとあの子は感じていたよ。ストックホルムは恋しくないが……あんたのことが恋しいって言ってた」

「ぼくはしばらくむこうで仕事があったものですから」

もちろん早く教職を辞めることもできたはずだった。すべてをまったく異なるものにできたはずだが、その話はミルヤとはしたくなかった。

彼女はさらに室内の様子を見ていたが、ヨアキムの寝室の表にあるトルン・ランベの絵の前で立ち止まった。

「この絵はカトリンの二十歳の誕生日にあげたんだよ。祖母のことを忘れないために」

「カトリンはその絵を大変気に入っていました」

「こんなところに無造作に飾ってはだめだよ。トルンの最後の絵はオークションで三十万クローナで売れたんだよ」

「そうなんですか？　でも、ぼくたちがここに絵を飾っていることは誰も知りませんから」

ミルヤは熱心にその絵を見つめ、油彩の灰色がかった黒い線を目で追った。「地平線がまったく描かれていない。だから鑑賞がむずかしい。吹雪のなかで絵を描けばこうなる」

「トルンは吹雪のなかへ？」

「そう。ここで暮らした最初の冬だった。吹雪の警告が出ていたんだけど、トルンはそれでも泥炭湿地へ出かけてね。内陸への散歩が好きで、腰を下ろして絵を描いたんだよ」

「ぼくたち、昨日そこへ出かけましたよ。湿地のあたりはすばらしかった」

「吹雪が襲ってきていないときはね」ミルヤが言った。「トルンが摑む間もなくイーゼルは吹き飛んだ。そして急に目の前が数メートル先しか見えなくなったそうだよ。太陽は消えた。どこを見ても雪だけ」

「でも生き延びた？」

「湿地から抜けだそうとして水にはまってしまったんだけどね、ちょっとだけ雪が収まって、灯台の瞬く光が見えたんだ」ミルヤが絵画を見つめて静かに話を続けた。「ほんの一瞬のことだった。湿地に足を取られているときに、死者が見えたって……鉄器時代に生け贄にされた人たちが。水からあがってきて、手を伸ばしてきたそうだよ」

ヨアキムは熱心に耳を傾けていた。トルンの絵画がどうしてこんな雰囲気なのかわかりはじめた気がした。

「あれから視力に問題が出てね」ミルヤが続けた。「あれがきっかけだった。知ってのとおり、最後には目が見えなくなったんだけどね」

「吹雪のせいですか？」

「たぶんね……とにかく、数日は目を開けられなくてね。地吹雪は平原の砂を巻きあげて雪と混ざりあう。目にピンを刺されるようなものなんだよ」

ミルヤが絵から一歩離れた。

「みんなこんな暗い絵はほしがらない」彼女は言った。「このエーランド島ではどこまでも広がる空と青い海、黄色い花が咲き乱れる広い平原じゃないとだめなんだよ。白い額縁に入った明るい絵じゃないと」

「あなたが描いているような絵ですね」

「そうさ」ミルヤは積極的にうなずいて、ちっとも怒っていないようだった。「夏に訪れる人のために、晴れた夏の絵」そしてあたりを見まわした。「でも、ここにはミルヤ・ランべの絵は一枚もないようだね。それともどこかにあるのかい？」

「いえ。絵葉書になったものなら、カトリンが何枚かどこかにもっていましたが」

「それはいい。絵葉書でももうかるんだよ」

ヨアキムは寝室の近くから離れたかった。あまりにもプライベートに踏みこまれているように思った。キッチンの方向へもどった。

「そもそも、トルンの絵は何枚あったんですか？」

「たくさんだよ。五十枚はあったね」

「それがいまではたった六枚だけ。そうですね？」

「六枚、そうだよ」ミルヤの表情は暗くなった。「六枚だけが助かった」

「噂では──」

ミルヤが不機嫌になって遮った。「噂なら知ってるよ──残りの絵は娘のミルヤが破壊したっていうんだろう。コレクションは現在の価値で数百万クローナになったはずだった。それをわたしがある寒い冬の日にストーブにくべて燃やしたって噂されてる。わたしたち親子が凍え死にしないようにと」

「カトリンがそれは本当のことじゃないと言ってました」

「へえ、そう？」

「カトリンの話では、あなたはトルンを妬んで絵を海に投げ捨てたと」

「カトリンが生まれたのはあの翌年だから、その場にはいなかったんだよ」ミルヤがため息をついた。「この島の噂は知ってるよ。ミルヤ・ランベは気むずかしいばばあだ……恋人はどれも若すぎるし、ミルヤは酒浸り……カトリンも同じように言ったんだろう？」

ヨアキムは首を横に振ったが、ボリホルムで結婚式を挙げたときにミルヤがふらついた足取りで歩きまわり、ヨアキムの年若い従兄弟を誘惑しようとしたことを思いだしていた。

ふたりはベランダに出た。ミルヤは革のジャケットの前を閉めた。「一緒に来て」彼女が言った。「見せたいものがあるんだよ」

ヨアキムは姑に続いて中庭を進んだ。ラスプーチンがフェンスをそっとくぐって海へむかった。

「ここはあまり変わってないね」ごつごつした石畳を歩きながらミルヤが言った。「相変わらず雑草が多くて」

彼女は立ち止まってあたらしいタバコに火をつけてから、離れの汚れた窓を覗きこんだ。

「誰もいないね」

「不動産業者はここをゲストハウスと呼んでましたよ」ヨアキムは言った。「ぼくたちは春になったら修理するつもりで……まあ、計画ではそのつもりでした」

外からだと、この白漆喰の離れは瓦屋根の載った長方形の一層のブロックに見える。なかは薪置き場、大工仕事の作業場、床が湿気で傷んだ洗濯室、一九七〇年代に造られたサウナ、それぞれシャワーを備えたゲストルームが二部屋だった。過去には夏のあいだ、母屋があまりにも暑くなると、ゲストルームに家族が滞在したこともあったそうだ。

ミルヤがこの建物を見て首を横に振った。「ここには三年暮らしていたよ。トルンとわたし。ネズミと埃にまみれてね。冬には冷蔵庫のなかで暮らしているようだった」

彼女は離れに背をむけた。「見せたいものはこっちだよ……むこう」納屋へ行くと扉を開けた。そこにはどこまでも暗闇が広がっていた。

ミルヤはタバコをもみ消すと、明かりをつけた。ヨアキムはあとについて石の床を歩いた。姑が干し草置き場のほうを指さした。「あの上だよ」

ヨアキムは少したためらった。だが、ミルヤに続いて急な階段をあがった。最後に干し草置き場にあがったときと同じように散らかり放題だった。

「ここは通れないでしょう」ヨアキムは言った。

「バカ言わないで」ミルヤが答えた。

ミルヤは迷いもなくスーツケース、段ボール箱、古い家具、錆びついた機械を縫うようにして進んだ。がらくたのあいだに狭い通路を見つけて、干し草置き場の突き当たりの壁へ進んだ。そこで立ち止まると幅広い板を横手に張った壁を指さした。「ほら……三十五年前に見つけたものだよ」

ヨアキムは近づいた。窓からのかすかな明かりで、むきだしの壁板に誰かが文字を彫っていることがわかった。いくつかの名前に日付、なかには十字架や聖書の引用が添えられたものもある。〈大切なカロリーナ、一八六八年〉が天井のすぐ下の板に彫られている。その下には〈ヤン、あなたが恋しい。神の思し召しを、一八八四年〉、そこから少し下に〈アルチュール・カールソンの思い出に、一九一一年六月三日、溺死、ヨハネによる福音書三章十六節〉。

壁にはさらに多くの名前があったが、ヨアキムは読むのをやめてミルヤを振り返った。

「これはなんです？」

「この屋敷の亡くなった人たち」ミルヤが答えた。かなり大きかった声はぐっと静かになって、敬虔な口調に近くなっている。「故人に近かった人たちが名前を彫ったんだね。わたしが若かった頃からもうあって……でも、ここにあるのはあたらしい」彼女は床に近い位置にあるふたつの名前を指さした。うっすらと彫ってある名前はひとつが〈チキ〉、もうひとつが〈スラヴコ〉だった。

「きっと難民ですよ。ウナギ岬は少し前には難民キャンプでしたから」彼はミルヤを見つめた。「でも、どうしてみんなここに名前を彫ったんでしょう？」

「そりゃ。どうしてみんな墓石を建てるのかね？」

ヨアキムは先週カトリンのために選んだ御影石のブロックを思い浮かべた。クリスマスの前には届くと石工が約束している。彼はミルヤのほうをむいた。「つまり……忘れないためだ」

「そのとおり」

「この壁のことはカトリンに話しましたか？」

「ああ、話したよ。夏の頃だったね。かなり関心をもったようだが、あの子がここにあがってきたかどうかは、わからない」

「カトリンはここに来たと思います」

　ミルヤが壁板に彫られた文字に指先を走らせた。「十代の頃にこの名前を見つけて、何度も読み返したよ。それから、この人たちは何者なのか関心が出てきた。この人たちがここに暮らした理由、亡くなった理由。死者のことを考えているとやめられなくなるだろう？」

　ヨアキムは壁を見て無言でうなずいた。

「それに声も聞こえたものだよ」ミルヤが話を続けた。

「誰のです？」

「死者の」ミルヤは壁に近づいた。「あんたも耳を澄ましさえすれば……死者の囁きが聞こえるんだよ」

　ヨアキムは口をつぐんでいたが、なにも聞こえなかった。

「この夏にウナギ岬について本を書いたんだよ」干し草置き場を引き返していきながら、ミルヤがそう言った。

「そうですか」

「カトリンがここに越してきたときに、あげたよ」

「そうなんですか？　カトリンからはなにも聞いてませんでした」

　ふいにミルヤが立ち止まった。床でなにかを探しているようだ。壊れた箱を動かして見おろしている。箱の下の床には名前がふたつ彫ってあった。ふたつくっついて並び、年号も入っている。〈ミルヤ＆マルクス、一九六一年〉

「ミルヤ……」ヨアキムは名前を読みとって彼女を見やった。「では、あなたがこれを彫ったんですか？」

　ミルヤがうなずいた。「壁には自分たちの名前を彫りたくなかったから、かわりにここに彫ったんだよ」

「それでマルクスとは誰です？」

「恋人だった。マルクス・ランドクヴィスト」

　ミルヤはそれ以上なにも言わなかった。ため息をついただけで、ふたつの名前をまたいで、階段を降りていった。

　ふたりは屋敷の前で別れの挨拶をした。ミルヤの活気はこの頃にはほとんど消えていた。最後にじっと屋敷を見た。

「また寄らせてもらうよ」

「お待ちしています」

「もう一度言っておくけれど、子どもたちを連れてカルマルへ寄るんだよ。あの子たちにジュースをおごるから」

「わかりました……それからもしも猫がここになじまなかったら、連れて行きますから」

ミルヤがにやりと笑った。「まあためしてみるといいよ」

それからベンツに乗ってエンジンをかけた。

姑が沿岸の道の方向へ姿を消すと、ヨアキムはのろのろと中庭を引き返していった。海のほうを見やった。猫はどこへ行ったんだろう？

納屋の大きな扉はまだひらいていた。きちんと閉めておかなかったのだ。ヨアキムは引き寄せられるように近づき、結局またなかに、暗がりに入っていった。ここの静寂は聖堂のようだった。

ふたたび階段をあがると干し草置き場の突き当たりへ進んだ。壁の名前をすべて、次々と読んでいった。

壁に耳を近づけて澄ましてみたが、囁きなどは聞こえない。

それから床に落ちていた釘を拾って、壁板の低いところに丁寧に〈カトリン・ヴェスティン〉と日付を彫った。

彫りおえると、一歩下がって壁全体を見た。カトリンの思い出がこうしてここに保存された。いい気分だった。

子どもたちはもちろんラスプーチンを大好きになった。ガブリエルは猫をなで、リヴィアは皿に牛乳を入れて与えた。ふたりとも猫から一分たりとも離れたがらなかったが、ミルヤ・ランベが訪れた日の夜に、猫以外の一家は南の農園の隣人に招待された。年上の子どもたちは家にいなかったが、七歳のアンドレアスは一緒に夕食のテーブルをかこみ、その後、彼とヴェスティン家の子どもたちはアイスクリームを食べにキッチンへ行った。

ヨアキムはダイニングに留まり、ロジャーとマリアのカールソン夫妻とコーヒーを飲んだ。会話の話題は自然と決まった。あらゆる種類の天候にさらされる海辺の家を維持してリフォームしていくことについてだ。だが、ヨアキムにはもうひとつ訊きたいことがあり、おもむろにこう尋ねた。

「うちの家についてなにか話を知りませんか。ウナギ岬について」

「話、かね？」ロジャー・カールソンが言った。

「ええ、幽霊話とかそのたぐいの」ヨアキムは言った。「カトリンから聞いたのですが、夏に……うちには幽霊が出るという話をしたと」

この夜の集いで彼女の名前を出したのはそれが初めてだった。亡くなった妻についてあまり話さないように気を遣っていた。やはり妻の死にとらわれているとは思われたくなかったからだ。実際、とらわれたりなんかしていない。

「奥さんとは幽霊の話などしなかったがなあ」ロジャーが言った。

「あら、こちらへコーヒーを飲みに寄られたときにたしかにその話をしましたよ」マリアが口を挟んだ。「ウナギ岬に悪い評判がないかどうか知りたがっていたの」彼女は夫を見やった。「そのね、わたしたちが子どもだった頃に大人たちがウナギ岬の秘密の部屋について話していたのよ。幽霊が出るという……覚えてないかしら、ロジャー？」

夫は首を横に振るばかりだった。あきらかに幽霊にはたいして関心がないらしい。だが、ヨアキムは身を乗りだした。「その部屋はどこにあるんでしょう？　ご存じですか？」

「わからんね」ロジャーがコーヒーを飲みながら言った。

「ええ、わたしもわからないわ」マリアが言った。「でも、祖父が毎年クリスマスになると幽霊の出る部屋について話をしていたんですよ。死者がお屋敷にもどってきて、特別な部屋に集まるって。それから幽霊たちは――」

「そんなバカバカしい」ロジャーがそう言ってコーヒー・ポットを手にするとヨアキムに勧めた。「コーヒーのおかわりはどうだね？」

15

ティルダ・ダーヴィッドソンは自宅の薄いマットレスに裸で横たわり、汗をかいていた。

「よかった？」そう尋ねた。

マルティンは背をむけてベッドの端に座っていた。「ああ……まあね」

彼がこの日曜の朝にベッドを出て急いで下着とジーンズを穿いたときに、ティルダはなにが起こるのか気づくべきだったが、気づかなかった。

マルティンはベッドの端に座って窓の外を見た。

「わたしたちはもう、こんなことはできないんじゃないかな」ややあって彼が切りだした。

「こんなこと？」ティルダはまだ裸で上掛けをかぶったまま尋ねた。

「この……すべてだよ。うまくいかない」彼はまだ窓の外を見ていた。「妻にあれこれ質問されていてね」

「どんなことを？」

ティルダはまだ自分が捨てられる途中なのだと気づいていなかった。モノにされて捨てられる――よくある話だ。

マルティンは金曜日の遅い時間にやってきて、すべてはいつもどおりに思えた。ティルダは彼が妻にどう言い訳してきたのか尋ねなかった。一度も訊いたことがない。その夜ふたりは小さなアパートメントで過ごした。ティルダが魚の煮込みを作った。マルティンはくつろいだ様子で、今期、警察学校で訓練を始めた新人たちについて話を聞かせた。優秀な者もいれば、あまりむいていない者もいる。「だが、わたしたちでなんとか使えるようにできると思っている」彼はそう言った。

ティルダはうなずき、警察学校で過ごした日々を思いだした。彼女は二十名の新人のひとりだった。ほとんどが男で女は数名だった。新人たちはあたらしく接する教官たちをすぐに三つのカテゴリーにわけた。警察の一員である年寄りの教官たち、これはいい人たちだが、ちょっと古くさかった。それから法律を教えるが実際の警察の職務についてはまったくわからない民間人の教官たち。最後が、おもに実地の職務を担当する警察の若い教官たちだ。最後のカテゴリーは現場からやってきた人たちで、その話は刺激的だった。生徒たちの手本だった。マルティン・オルクイストはそのひとりだった。

土曜日にはマルティンの車で北へ、島のほぼ最北端まで旅をした。ティルダは幼い頃に行ったきりだったが、世界の果てにやってきたという印象は覚えていた。十一月のいまは震えあがるほど冷たい風が海から吹いて、灯台の周辺には人影がまったくなかった。白亜の灯台がロング・エリクの岬にそそり立ち、ティルダはウナギ岬の双子の灯台を思いだした。あの事件についてマルティンと話をしたかったが、もちださずにおいた。せっかくの休みなのだから。

ふたりはビセルクロークで冬のあいだ一軒だけオープンしているレストランで昼食にしてから、マルネスへもどり、その夜はずっと家にいた。

その後、こちらが会話を続けようとしているにもかかわらず、マルティンが随分と無口になったとティルダは思っていた。

ふたりは黙って眠ったが、朝になるとマルティンはベッドの端に腰かけて話を始めた。一度もティルダのほうを見ることもなく、彼女がエーランド島へ引っ越してからかなり考えたと語った。人生の選択肢について考えたという。そしていま彼は決断を済ませていた。正しい決断だと感じていると。

「きみにとっても、いいことだよ。みんなにとっていい」

「つまり……わたしを振ると？」ティルダは静かに尋ねた。

「いいや。おたがい納得して別れるんじゃないか」

「ここへ引っ越したのはあなたのためだったのに」ティルダはマルティンの裸の毛深い背中を見つめた。「わたしはベクショーを離れたくなかったけれど、あなたのためにこうした。それはわかって」

「どういうことだい？」

「わたしたちのことで噂があったの。わたしはそれを止めたかった」

マルティンがうなずいた。「みんなゴシップは好きだ。だが、もう噂するネタはなくなる」

もうたいして話すこともなかった。五分後にはマルティンは服を着ていた。ティルダのほうを見ないで床のバッグを拾いあげた。

「それじゃ」彼は言った。

「わたしたちのつき合いって、たいした意味もなかったの？」

「いいや、意味はあったさ。かなり長いあいだね。だが、もういまはちがう」

「言い争いになるのをとても心配してるのね」

マルティンは返事をしなかった。玄関のドアを開けた。

ティルダは奥さんによろしくと言いたい衝動をこらえた。

ドアが閉まる音がして、階段を降りる足音が小さくなっていった。広場に駐めた車へむかい、何事もなかったかのように家族のもとへ帰るのだろう。

ティルダはまだ裸でベッドにいた。

なんの音もしない。使用済みのコンドームが床に落ちている。

「あなたに魅力はなかったの？」窓ガラスに映るゆがんだ自分の姿に問いかけた。

いいえ、自分に魅力があるとでも思っていたわけ？　あなたはただの愛人よ。

三十分以上も自分を哀れみながら腰を下ろし、ブロンドの髪をすべてそり落としたい衝動を乗り越えてティルダは立ちあがった。シャワーを浴びると服を着て、イェルロフに会いにホームへ行くことにした。複雑なロマンスとは無縁の年老いた人こそ、いまの彼女には必要だった。

だが、出かける前に電話が鳴った。ボリホルムの当直の警官からの呼び出しだった。週末にマルネスの北の牧師館へ押し込みがあったのだ。その家に暮らす引退した夫婦が泥棒たちを驚かせたために、夫のほうは頭部の怪我と身体の複数の骨折とで病院にいた。

仕事はティルダの痛みを鈍くした。

その家には二時頃に到着した。日射しがエーランド島の上で陰りはじめた時間だ。

現場でティルダが会った最初の人間はハンス・マイネルだった。彼女とはちがってきっちり制服を着て、〈立入禁止、警察〉と書かれた青と白の現場保存テープを張りながら歩いていた。

「昨日はどこにいた？」そう尋ねられた。

「昨日は非番です」ティルダは答えた。「誰からも呼び出しがなかったし」

「自分からチェックを入れないと。知っておくべきことが起こっていないかどうか」

ティルダは車のドアを叩きつけて閉めた。「うるさい」彼女は言った。

マイネルが振り返った。「なんて言った？」

「うるさいって言ったのよ」ティルダは答えた。「四六時中、わたしを批判ばかりするのはやめて」

これでマイネルとうまくやろうとした努力をすべて水の泡にしたことはわかっていたが、もうどうでもよかった。

マイネルは言われたことが理解できないかのように、数秒ほどぴたりと立ちつくしていた。

「批判なんかしていない」

「そうかしら？　テープを寄こして」

無言でティルダは牧師館の裏手にテープを張って封鎖の作業を始め、庭に残された足跡がないか探した。月曜日の朝にカルマルから鑑識がやってくるだろう。

家の周囲のぬかるんだ地面には実際に複数の足跡が残されていた。男物のブーツか底に溝が刻まれた靴が残したもののようだ。そして森のなかの下生えには、何者かが頭から転んで這いつくばった跡があった。

ティルダは足跡を数えた。牧師館には三人の来客があったようだ。

女がベランダから姿を現わした。隣家の人だ。この家の鍵を預かっていて、ここの老夫婦がカルマルの病院にいるあいだ目を光らせているのだ。自分の家でコーヒーでもどうかと尋ねられた。

マイネルとコーヒー・ブレイク？

「早く室内を調べたいので。お誘いをありがとうございます」ティルダは答えた。

隣人を自宅へ帰すと、玄関に続く石段をあがった。ベランダの先の玄関ホールの床に、落下して割れた鏡の破片が散らばっていた。絨毯はぐちゃぐちゃの山になり、戸口にも板張りの床にも血が飛び散っている。

広い客間に続くドアが半開きになっていたので鏡の破片をまたいで覗きこんだ。めちゃくちゃだった。ガラス戸のキャビネットは大きく開けられたまま、古いタンスの抽斗はすべて引き抜かれている。磨きあげられたフローリングに泥の足跡が残されていた。鑑識の仕事がたくさんありそうだ。

牧師館でやるべきことを終えるとふたりの警官は一言も言葉をかわすことなく、背をむけた。ティルダは車に乗り、イェルロフの暮らすホームへむかった。

「押し込みがあって」ティルダは遅れた理由を説明した。

「ほう?」イェルロフが言った。「どこで?」

「ハゲルビの元牧師館。そこのご主人が暴力を振るわれたのよ」

「ひどく?」

「かなりひどく――骨折しているし。でも、明日の新聞でもっと詳しいことが読めるはずよ」

ティルダはイェルロフの小さなコーヒー・テーブルでテープ・レコーダーを取りだし、マルティンのことを考えた。いまごろ帰宅しているだろう。玄関を開けて家へ入ると妻と子どもたちを抱きしめて、カルマルでの警察会議がいかに退屈だったか不平を漏らすだろう。

イェルロフがなにか言った。

「なんて言った？」

聞いていなかった。マルティンが振り返りもせずにアパートメントを出ていったことを考えていた。

「押し込みをやった者たちの足跡は探したんか？」

ティルダは詳しくは語らずにうなずいた。

「鑑識のチームが明日現場を調べるから」彼女はマイクのスイッチを入れた。「さあ、家族の話をしましょうか」

イェルロフはうなずいたが、まだ質問を続けた。「それで現場ではどんなことをするんだね？」

「そうね……鑑識はあらゆる痕跡を保存するの」ティルダは答えた。「写真やビデオに撮る。指紋、毛髪、繊維――衣類から出た糸くずなんかね、それを探す。それにもちろん、血痕のような生物学的な痕跡。それから屋外の足跡にはすべて石膏を流して型を取るわけ。室内に残された足跡だって保存することができるのよ、静電気を使って――」

「とても徹底してるんだな」イェルロフが口を挟んだ。

ティルダはうなずいた。「警察は系統だてて仕事をしていこうとするの。犯人たちは車でやってきたと仮定しているところ。乗車定員の多い車かヴァンね。でも、いまのところ、あまりわかっていることはなくて」

「もちろん、その悪党たちをとっ捕まえるのが大事なことさね」

「そうなのよ」

「机に置いてあるメモ紙をとってくれんか？」

言われたとおりにした。イェルロフはそこに何行か書きつけて、差しだした。

イェルロフのきれいな字で三つの名前が書いてあった。

ヨン・ハーグマン
ダグマル・カールソン
エドラ・グスタフソン
ティルダは目を通してイェルロフを見あげた。「それで、これが泥棒たち？」

「いやいや。わたしの古い友人たちさね」

「そう……」

「この人たちがおまえを助けてくれるよ」

「どうやって？」

「この人たちは物事をよく見てる」

「なるほど……」

「みんな道路の近くに住んでおって、通りかかる車はしっかり観察してるよ」イェルロフが言った。「ヨンとエドラとダグマルにとって車はまだ大事件だ。一年のこの時期、冬はとくにな。エドラとダグマルはなにをやっとる途中でもほっぽらかして、車で走り過ぎるのが誰かたしかめる」

「なるほど。じゃあ、この人たちとおしゃべりしたほうがよさそう。どんな情報でもありがたいわ」

「そうさね。まずはステンヴィークのヨンから始めるといい。仲のいい友人だから……わたしからよろしくと伝えてくれ」

「そして見慣れない車について訊けばいいのね」

「ああ。ヨンは西の沿岸を通る車を見てるはずだよ。次はダグマルのところがいいな。彼女の家はアルトープへの曲がり角だから、ヨンと同じ質問をするといい。それからエドラ・グスタフソンのところだ。エドラはフルテット暮らしでな、ぜひ話を聞いてみるといい。ボリホルムへ行く途中のスペテビ近くの幹線道路沿いに住んでるよ」

ティルダは名前のリストを見つめた。「ありがとう。近所へ寄ることがあったら訪ねてみるわ」

そこで録音ボタンを押した。

「イェルロフ……お兄さんのラグナルのことを考えると、どんなことを思いだす？」

イェルロフが黙ってその質問を考えている。

「ウナギ」ようやく彼はそう答えた。「秋になると小さなモーターボートで出かけて海底に仕掛けた網をたしかめるのが好きだったな。それにウナギを騙すのも好きだったよ……夜のあいだに網へ、それから筒へメスを誘いこめるよう、あれこれちがう餌をためして」

「メスって？」

「獲るのはメスだけさね」イェルロフがほほえみかけた。「誰もオスはほしがらん。あんまり小物で弱いから」

「人間の男もたいていそうよね」

16

「クリスマス・イヴはいつなの、パパ？」ある日の夜にヨアキムが寝かしつけていると、リヴィアに尋ねられた。

「すぐだよ……あと一カ月」

「あと何日？」

「そうだな……」彼はベッドの上の『長くつしたのピッピ』のカレンダーを見て数えた。

「二十八日だ」

リヴィアはうなずき、考えこんでいる顔つきになった。

「なにを悩んでるんだい？」ヨアキムは尋ねた。「クリスマスのプレゼントのことを考えてる？」

「ううん」リヴィアが言った。「でもクリスマス・イヴにはママが帰ってくるもんね？」

ヨアキムは最初なにも言えなかった。

「それはどうだかよくわからないな」のろのろとそう答えた。

「帰ってくるよ」

「いや、あまり期待しないほうがいいんじゃないかと──」

「帰ってくるの」リヴィアが大きな声で言った。「クリスマス・イヴにママは帰ってくるんだよ」

そう言って鼻まで上掛けを引っ張りあげて、それ以上しゃべることを拒否した。

リヴィアはあたらしい睡眠パターンを作りだしていた。ヨアキムはウナギ岬にやってきてほんの数週間でこれに気づいた。二晩はぐっすりと眠るのだが、三日目の夜には寝つけなくなって彼を呼ぶのだ。

「パパー？」

それはいつも真夜中を過ぎて一時間ほどで始まり、ヨアキムはどれだけ深い眠りについていても、すぐさまはっきりと目を覚ますのだった。

呼び声は猫のラスプーチンも起こした。窓枠に飛びのると、まるで庭でなにかが動いているのを観察するかのように暗闇を見つめた。

「パパー？」

少なくともいくらかは前進したと考えながら、娘の部屋へむかった。あの子はもうカトリンを呼ばない。

この木曜日の夜、ベッドの端に腰かけて頭をなでた。リヴィアは起きださずに壁に顔をむけた格好で次第にまた落ち着いていった。

その場に留まってしゃべりはじめるのを待った。数分ほどで寝言は始まった。穏やかでかすかに単調な口調だ。

「パパ？」

「なんだい？」ヨアキムは静かに答えた。「誰か見えるかい、リヴィア？」

娘はまだ背をむけて横たわっている。

「ママが」

もう慣れていた。だが、この子は本当に寝ているのか、それとも半覚醒の状態で横たわっているだけなのか、いまだに確信がなかった。そしてこの会話がリヴィアにとって本当にいいかどうかも確信がない。そして自分自身にとっていいかどうかも。

「どこに？」ヨアキムは訊いた。「ママはどこに？」

リヴィアは上掛けから右手をあげると、弱々しく振った。ヨアキムは首をめぐらせたが、もちろん暗闇になにも見えはしない。ふたたび娘を見おろした。「カトリンは……ママはパパになにか言いたいのかな？」

返事はない。少し長い質問をするとなかなか返事はもらえなかった。

「どこに？」ヨアキムはふたたび訊いた。「ママはどこに？」

やはり返事がない。

ちょっと考えてからゆっくりとこう尋ねた。「ママは突堤でなにをしていたのかな？　どうして海へ行ったのかな？」

「見つけ……たかったから」

「なにを見つけるんだい？」

「本当のこと」

「本当のこと？　誰に教えてもらうの？」

リヴィアは黙りこんだ。

「いまママはどこに？」ヨアキムは尋ねた。

「近く」

「この……この家にいるの？」

リヴィアは答えなかった。ヨアキムはカトリンがこの家にはいないと感じることができた。

妻はよそにいる。

「いま話ができる？」彼は尋ねた。「こちらの言うことが聞こえてるかな？」

「こっちを見てるよ」

「パパたちのことが見えてるのかな？」

「たぶん」

ヨアキムは息を殺した。正しい質問を探した。

「リヴィア、いまなにが見えてる？」

「岸にいる誰か……灯台のところで」

「それはママだね。ママは――」

「ううん」リヴィアは言った。「エテル」

「えっ？」

「エテルだよ」

ヨアキムは身体の芯から凍えた。

「ちがうよ」彼は言った。「名前がちがう」

「そうだよ」

「ちがうぞ、リヴィア」

声を荒らげ、まるで叫んでいるようになった。

「ちがわない。エテルが話したがってる」

ヨアキムは動けずにじっとベッドに座っていた。

「パパは……話したくない。彼女とは」

「でも話したいって――」

「いいや」ヨアキムは急いで言った。鼓動が激しくて口はからからだった。「エテルがここにいるはずがない」

リヴィアがまた黙りこんだ。

ヨアキムはもう息ができず、ひたすらこの部屋から逃げだしたかった。だが、身体をこわばらせ、怯えたままベッドの端に座っていた。そのあいだずっと、視線は半開きのドアに何度ももどるのだった。

物音ひとつしない。

リヴィアはもう上掛けの下で身じろぎせず、顔をヨアキムとは反対にむけたままだった。かすかな寝息が聞こえる。

ついにヨアキムはなんとか立ちあがって暗い廊下へと進んだ。

今宵、外は明るかった。満月が雲のあいだに居座って、枠を塗ったばかりの窓から月の光が射している。だが、外を見たくなかった。こちらを見つめている痩せた女の姿が、憎しみに満ちた表情が視界に飛びこむのではないかと不安だった。

視線はしっかりと床に落としたまま、玄関ホールへ出た。そこでベランダに通じる玄関の鍵がかかっていないことに気づいた。なぜいつも休む前に鍵をかけ忘れるんだ？

まあいい、今後は絶対に忘れないことにしよう。

急いでドアに近づいて鍵をかけ、中庭の暗がりをさっと見やった。

そしてきびすを返してベッドへ忍び足でもどった。枕の下からカトリンの柔らかなナイトガウンを引っ張りだすと、上掛けの下できつく握りしめた。

その夜以降、ヨアキムはリヴィアに夢について質問しないことにした。もうあえて語らせたくなかったし、あの子の返事を不安に思うようになっていた。

金曜日の朝に子どもたちをマルネスへ送っていくと、一階の改装を続ける前に、馬鹿げているが同時に重要だと思えることをやった。屋敷を歩きまわりながら、死んだ姉に話しかけたのだ。

キッチンにやってくるとテーブルの隣に立った。「エテル」彼は声に出した。「ここにいてはだめだ」

死んだ姉に話しかけるのは自分が愚かに思える行動のはずだったが、感じたのは悲しみと寂しさだけだった。

続いて外へ出ると、海からの冷たい風に目をしばたたかせて静かに言った。「エテル……申し訳ないが、ここでは歓迎されていないんだよ」

最後に納屋へ行って大きな扉を開けると戸口に立った。

「エテル、出ていってくれ」

死んだ姉からの返事は期待していなかったし、返事もなかった。だが、姉から距離を置くことができたようでほんの少しだけ気分がよくなった。

土曜日は一家のもとに来客があった。ストックホルム時代の隣人、リサとミカエルのヘスリン夫妻だ。ふたりは数日前に連絡を寄こしてデンマークからの帰りにエーランド島に滞在できないかと訊いてきた。ヨアキムは喜んだ。彼もカトリンも隣人としてリサやミカエルとつき合うのを楽しんでいたからだ。

「ヨアキム」リサが車を駐めて玄関ホールにやってくると言った。ヨアキムを長いこと抱きしめた。「どうしてもここに来て様子を見たかったのよ……疲れてる？」

「少しね」彼はそう返して、彼女の肩を叩いた。

「そのようね。ちゃんと寝ないとだめよ」

ヨアキムはうなずくだけだった。

ミカエルはヨアキムの肩をぽんと叩いて家に入ってきた。興味ありげな表情だ。「リフォームの作業を再開したんだな。あれは見事な幅木だな」

「あれはもとからあったものだ」ヨアキムはそう答えてミカエルに続いて廊下へ出た。「ちょうどヤスリがけをして色を塗り直したところだよ」

「それにおあつらえむきのボーダー壁紙を選んでる。この家の雰囲気にぴったりだよ」

「ありがとう、そう思ってこれにしたんだ」

「部屋はすべて白で揃えるのかい？」

「この一階はそのつもりだよ」

「いい感じだな。清潔感があって調和が取れてる」

ここまでカトリンと成し遂げてきたものに、初めてうっすらと誇りを覚えた。つらいことはあったが、カトリンが始めたことを自分は続けてきたのだ。

リサがキッチンへやってきて、同感だとうなずいた。「素敵ね……でも、風水のコンサルタントは呼んだの？」

「風水？」ヨアキムは言った。「呼んでいないと思うよ。それは大事なことなのかい？」

「もちろんよ。エネルギーの流れがどう働いているか知ることは、とても大事なのよ。とくに、ここのような海沿いでは」リサはあたりを見まわし、胸に手をあてた。「ここには力強い土のエネルギーもあるわ……感じるもの。そうしたエネルギーを妨げることなく、循環させないといけないのよ。家の内も外も」

「覚えておくよ」

「うちではすばらしい風水コンサルタントを頼んで、ゴットランド島の別荘を改装したの。よければ彼女の連絡先を教えるわ」

ヨアキムはうなずいて、頭のなかでカトリンがくすくす笑っている声を聞いた。妻はいつもリサのスピリチュアル好きを笑っていたものだ。


その夜キッチンのテーブルでは楽しいディナーとなった。ヨアキムはマルネスで買っておいたツノガレイを揚げた。客人たちが白ワイン持参だったので、数年ぶりにグラスに一杯飲んだ。とくに美味しいとは思わなかったが、少し緊張がほぐれてリヴィアが寝言で死んだ姉の話をしたことも忘れかけたほどだった。

リヴィア自身はこの夜活発で元気だった。大人たちと同じテーブルについて幼稚園の三人の教師についてリサに話してきかせた。うちふたりが、子どもたちには外へ新鮮な空気を吸いに行くだけだと言っておきながら、こっそりとタバコを吸っているなんてことを。

ミカエルはスモーランド地方を車で抜けているときに、道路沿いに走っていたメスのヘラジカとその仔について子どもたちに話した。ガブリエルとリヴィアもわくわくしながら聞いていた。

大都市から客がやってきたことに子どもたちは揃って興奮し、パジャマに着替えさせてベッドに入れるまでは一仕事だった。ガブリエルはすぐに寝ついたが、リヴィアはリサにエミールのやんちゃな大冒険についての話を読んでくれといってきかなかった。

二十分ほどするとリサがキッチンへもどってきた。

「眠ったかい？」ヨアキムは尋ねた。

「ええ、疲れていたみたい。きっと朝までぐっすり眠るわね」

「そう願うよ」

さらに一時間キッチンに残ってリサやミカエルとおしゃべりをしてから、広い客間の奥にある角の寝室へふたりのカバンを運ぶのを手伝った。

「この部屋は改装を済ませたばかりなんだ」ヨアキムは言った。「きみたちがゲスト第一号さ」

この日、前もってタイル張りのストーブに火をおこしておいたので、客用寝室は暖かくくつろげる雰囲気だった。

三十分後にはみな床についた。ヨアキムは暗いなかで、客用寝室で話をするリサとミカエルのくぐもった声を聞いていた。ふたりがここにいてくれると、心から安心できた。ウナギ岬にはもっと客が必要だ。生きている客が。

屋敷の死者について農園のカールソン夫妻から聞いた話を思いだした。そしてリヴィアもカトリンについて同じことを話していた——彼女はクリスマス・イヴに家に帰ってくると。妻にまた会える。話ができる。

だめだ。そんなふうに考えちゃだめだ。

数分後、家に沈黙が訪れた。

目を閉じて眠りについた。

家じゅうに響く大きな悲鳴。

ヨアキムはどきりとして目覚め、すぐさま考えた。リヴィアか？

いや、あれは男の声だった。

眠くて混乱したままベッドに留まっていたが、そこで客人が滞在していることを思いだした。

暗闇で悲鳴をあげたのはミカエル・ヘスリンだった。

続いて廊下からすばやい足音とリサがなにか尋ねる声が聞こえた。

ヨアキムがベッドをあとにしたのは一時四十分だった。まずは子どもたちの様子をたしかめた。リヴィアもガブリエルもすやすやと眠っていたが、ラスプーチンはバスケットから飛びだして、不安そうに壁際をうろうろしていた。

ヨアキムはキッチンのほうへむかった。玄関ホールに明かりがついている。行ってみると、ちょうどリサがコートとブーツを身につけたところだった。いまの彼女に笑顔はなかった。

「どうしたんだい?」

「わからないの。ミカエルが起きあがって叫びはじめたのよ。まっすぐに車へ走っていった」リサはコートのボタンを留めた。「どうしたのか様子を見てきたほうがいいわね」

リサが外へ行き、ヨアキムはキッチンに入った。まだ寝ぼけている。

ラスプーチンは姿を消していて、家は静まり返っていた。お茶を淹れようとやかんをコンロにかけた。

紅茶が入るとカップを手に窓辺に立ち、ミカエルとリサが車のなかで隣りあって座る姿を見た。小雪が舞って雪片がきらめきながら空を舞い降りている。

リサはミカエルに質問をしているようだった。彼は運転席に座ってフロントガラスの先を見つめて首を横に振るだけだ。

数分後にリサが室内へもどってきた。ヨアキムを見やった。「ミカエルは悪い夢を見たみたい……誰かがベッドの隣に立って見おろしていたと言うの」

ヨアキムは息を呑んだ。うなずいて静かに尋ねた。「なかへはもどってくるかい?」

「しばらく車にいたいようよ」リサはそう言ってからつけくわえた。「どうやらこのままボリホルムまで車で行って今夜はホテルに泊まったほうがよさそう。冬も開いているのよね?」

「そのはずだよ」ヨアキムは口をつぐんでから、こう尋ねた。「彼はいつも……夢見が悪いのかい？」

「いいえ」リサが答えた。「ストックホルムではこうじゃないの。ただ、ずっと少し気が立っていたのね。仕事があまりうまくいってないのよ。あの人、あまり話題にはしないけれど……」

「ここには危険なんかなにもないよ」ヨアキムは言った。

そこで彼はリヴィアが寝言でつぶやいたことを思いだして、言い足した。「もちろん、この数週間はとてもつらいことがあったけれどね。でも、ここが……安全だと思わなければ、ここに住みつづけるはずがないだろ」

リサがあたりの様子をさっと窺った。「ここには力強いエネルギーがある」彼女はそう言ってから、ためらいがちに尋ねた。「あなた、カトリンがまだここにいると感じたことはない？　彼女があなたたちみんなを見守っているような気がしたことは？」

ヨアキムはためらってからうなずいた。

「ああ」彼は答えた。「ときどき、そんな気がするよ」

ヨアキムはまた黙りこんだ。自分の経験について話をしたいところだが、リサ・ヘスリンはふさわしい相手ではなかった。

「荷造りしなくちゃ」彼女は言った。

十五分後にヨアキムはふたたびキッチンの窓辺で、ヘスリン夫妻の大きな車が走り去るところを見ていた。テールランプが幹線道路の先で消えるまでずっと見ていた。

家はまだ静寂のなかにあった。

廊下の照明を消さずに、子どもたちがやはりぐっすりと眠っていることをたしかめてから寝室へもどった。ベッドにもどると暗闇のなかで目を開けたまま横たわった。


月曜日の朝にヨアキムは子どもたちをマルネスへ送っていってから、一階でまだ改装が必要なふたつの寝室のうち一室でヤスリをかけ、ペンキを塗り、壁の作業の下準備をした。作業をしながら物音がしないか耳を澄ましていたが、なにも聞こえなかった。

短い昼食の休憩を含めて五時間かけて三面の壁を仕上げた。二時頃にこの日の作業はやめにしてコーヒーを淹れた。カップを手にベランダに出て冷たい空気を吸いこみ、太陽がすでに離れの裏へ沈んでいる様子を見た。

中庭は暗闇に包まれていたが、納屋の扉が半開きになっているのが見えた。ヘスリン夫妻がやってくる前、金曜日のうちに閉めなかっただろうか？

ジャケットを着て玄関のドアを開けた。

納屋までは二十歩だった。たどり着くと大きな扉を開けて、暗闇へ足を踏みいれた。古くて黒いスイッチは短いほうの壁のまんなかにあった。照明をつけると、小さな電球ふたつが薄い黄色の光で石の床、家畜のいない仕切り、飼い葉桶を照らした。

まったくの静寂だった。これだけ寒いのにドブネズミがなかに住みついた様子もない。

ここに来るたびにあたらしい発見がある。今回は扉近くの床が最近掃かれたように見えることに気づいた。秋に母屋や離れについて話しあったときに、カトリンは納屋を掃除したというようなことを口にしていた。

干し草置き場に続く木造の階段を見て、ミルヤ・ランベとあそこにあがった日のことを考えた。姑が見せてくれた壁をもう一度見たかった。死者の記念の壁を。

ほんの少しだけ。

上へあがるとふたたび日射しが見えた。離れの屋根を少し越えたところに太陽がまだ浮かんでいて、納屋の南側の小さな窓ガラス越しに輝いている。

ヨアキムはゆっくりと歩きはじめてガラクタを避けて進んだ。

ついに突き当たりの壁の前に立った。黄色い冬の日射しを受けて板壁に彫られた名前はくっきりと浮かびあがり、彫った溝には対照的に影が満ちていた。

そして床ぎりぎりの板壁にカトリンの名前と死亡した日付がある。

彼のカトリン。ヨアキムはその名を繰り返し読んだ。

壁の板と板の隙間は細くまっ黒だったが、前に立つとその奥の暗闇を感じとれた。突然、自分が寄り添って立っているのは納屋の外壁などではないと感じた。

そろそろリヴィアとガブリエルを迎えにいく時間だったにもかかわらず、急いで外に出ると、納屋から数歩離れて干し草置き場の小さな窓を数えた。一、二、三、四、五。それからまた干し草置き場へあがった。

屋根の下に窓は四つだった。最後のひとつは別の壁についていることになる。

だがここの壁にはドアもなければ隙間もない。ヨアキムは厚い壁板を何枚か押してみたが、どれもびくともしなかった。

17

親愛なるカリン
　これは悪意からではなく、ただ目を開けてほしいと思っている者からの手紙です。はっきり書くとこういうことです。マルティンは長いこと浮気をしています。三年以上前に、彼はベクショーの警察学校のクラスを受け持つことになりました。このクラスに彼より十歳ほども年下の女がいたのです。学校の最初の一年が終了したときのパーティの日にマルティンはその女と関係を始め、それはいままで続いていました。

　数日前に終わったばかりです。

　これは嘘偽りないことだとわかっています。なぜならば、問題の年下の女はわたしだからです。最後にはマルティンの嘘にこれ以上耐えられなくなりました。真実に気づかれたらあなたも同様になさることを望んでいます。

　ひょっとしたら、心底納得するためには証拠のようなものが必要かもしれませんね？　あまり個人的なことに踏みこみたくありませんが、たとえば、彼が数年前に受けたヘルニアの手術で残った五センチの傷が右の股関節の上にあることはお話しできます。オレフォス郊外のお宅の田舎の別荘で岩を動かしていたときにヘルニアになったのでしたよね？　ほかの身体の部分は完璧に鍛えあげて、あれだけうぬぼれているくせにね？

それから、彼は毛深い背中と尻をたまには除毛すべきだと思いませんか？

申し上げたように、わたしは誰も傷つけたくはありません。真実を知ったらあなたが苦しむことはわかっていますが。世界にはたくさんの嘘があり、たくさんの裏切り者の嘘つきがいます。でも、あなたとわたしは少なくともそのうちひとりは治せるはずです。

ご多幸を
〈愛人〉より

ティルダは椅子にもたれ、最後にもう一度コンピュータの画面の手紙に目を通した。

朝の七時四十五分だった。前の晩に走り書きした見本を清書するために七時に警察署に到着した。誰もいなかった――ハンス・マイネルはこれほど早い時間にはいない。だいたい十時頃にやってくるし、それもわざわざ出勤することにした場合だけの話だ。

ティルダは一度だけカリン・オルクイストを見たことがあった。カリンが迎えにこられるまでの数時間、マルティンが息子のアントンを警察学校に連れてくるしかなかったときのことだ。四時頃に交通整理の練習をしていた訓練場に彼女は姿を見せた。ティルダより頭ひとつぶん背が高く、カールした黒髪だった。マルティンの妻が誇らしげに愛おしげに彼にほほえみかけ、ふたりが別れの挨拶をしたときのことを思いだした。

ティルダは警察署の窓の外の誰もいない通りを見た。

これで気分はマシになった？　マルティンへの復讐は本当に甘い？

そうですとも。

疲れていたが、手紙が書きあがって気分がよくなっていた。急いで一部プリントアウトした。

無地の白い封筒を取りだすと、ふたたび自信が揺らいだ。マルティンからカリンは郡の環境課で働いていると聞いていたので、職場に送れば手紙がマルティンの手にわたることはないと考えていた。だが、郡の役所に届けられる郵便物はたいてい開封されて記録につけられるから、結局はカリン・オルクイストの自宅の住所へ送ることにして、大文字できれいに宛名を書いた。マルティンが自分の筆跡に気づくことはないはずだ。送り主の名前は書かなかった。

手紙はテープ・レコーダーと一緒にコットンのバッグに入れて、ジャケットを着ると制帽をかぶり、警察署をあとにした。

パトカーのそばの歩道に黄色いポストがあった。ティルダは立ち止まったがバッグから手紙は取りださなかった。まだ封をしていないし切手も貼っていないし、とにかくまだ投函したくない。

今日は昼食後に法律と秩序について学校で三つの講習をすることになっているが、その前にしばらく車で出かける時間があるから郊外で無謀運転をチェックしたり、二、三軒まわって話を聞いたりしてみよう。

エドラ・グスタフソンはスペテビの近くに暮らしていた。石灰岩平原が見渡せる小さな赤い家だ。このあたりにはあまり木がなくて、幹線道路が彼女の家の真横を通っていた。ここでは時が止まっていた。人はこうやって生きていくべきだとティルダは思った。すべての男から遠く離れた荒野で。

リュックをもってチャイムを押した。見た目のがっちりした女がドアを開けた。

「こんにちは、わたしはティルダ……」

「はいはい、わかってますよ」遮られた。「イェルロフから、あなたが訪ねてきなさるって聞いてます。さあ、どうぞ、どうぞ」

黒猫が二匹するりとキッチンへ逃げていったが、エドラ・グスタフソンはイェルロフの身内が訪ねてきて喜んでいるようだった。エドラは陽気でエネルギッシュで、ティルダがやってきた理由をろくすっぽ聞いていなかった。手早くコーヒーを淹れると食料品置き場から小さなケーキを運んできた。ジャムつきの、パールシュガーつきの、チョコレートの――十種類のケーキが銀の皿に載せられ、小さな応接間にきれいに並べられた。

ティルダは腰を下ろしながらコーヒー・テーブルを見つめた。「こんなにたくさんのケーキを見たのは初めてだと思います」

「あら本当?」エドラが驚いて言った。「ケーキ屋に行ったことはないかしら?」

「いえ、それはありますが……」

ティルダは壁にかけられた結婚式のモノクロ写真を見て、マルティンの妻への手紙のことを考えた。夜に送ろうと決めた。そうするとカリン・オルクイストは週の終わりには受け取るはずだから、マルティンを放りだすのに週末がまるまる使える。

ティルダは咳払いをした。

「エドラさん、少し質問があるんです。新聞でお読みになったかどうかはわかりませんが、ハゲルビで暴力的な押し込み事件が起こったんですよ。それで警察はお力を借りたいと思っていまして」

「わたしも押し込みの被害にあったんですよ」エドラが言った。「ガレージに侵入されてガソリン缶を盗まれて」

「そうなんですか？　それはいつの話です？」

「七三年の秋ですねえ」

「なるほど……」

「覚えているのは、まだうちの人が生きていて車があった頃だったからです」

「わかりました。ただ、わたしたちが目下捜査しているのは、もっと最近の押し込みなんです。この数カ月の」ティルダはメモを取りだした。「それで幹線道路を見慣れない車が通らなかったかどうか、少しお尋ねしたいと思いまして。イェルロフから、あなたは道をよく見てらっしゃると聞いたので」

「そうですよ、窓からね。車の音が近づいてくると、いつも見に行ったもんです。でも、最近では車もたくさん通りますからね」

「でも、一年のこの時期、冬にはあまり多くの車は通らないのでは？」

「そうですねえ、観光客が押しよせる頃に比べるといまは楽ですよ。でも、もう車のナンバーは書き留めてないんです。時間がなくて。いまじゃ、車も瞬きするあいだに走り去ってしまいますからね。それにわたしには車の区別がうまくつかなくて」

「でも、この数日のうちに見たことのない車に気づかれなかったでしょうか？　夜更けです……先週の金曜日などはどうでしょう？」

エドラはしばらく考えた。「大きな車ですか？」

「おそらく。なかにはかなり大量に盗みを働いている事件もありますから、あれこれ詰みこめるだけのスペースのある車のはずなんです」

「ここは結構、トラックが通りますよ。ゴミ収集車も。それにトラクター」

「ゴミ収集車はちがうと思います」ティルダは言った。

「このあいだの木曜日に黒くて大きな車が通ったんですよ。北へ行きました」

「ヴァンのような車ですか？　夜更けに？」

「ええ、〇時の少し前です。わたしが寝室へあがろうと明かりを消したあとでしたもんねえ」エドラが言った。「大きな黒いヴァン。それですよ」

「ありがとうございます。その車はあたらしかったですか、それとも古いものでしたか？」

「とくにあたらしくはなかったですねえ。それから、横になんか書いてありましたよ。〝カルマル〟となんとか溶接、みたいな言葉が」

ティルダはメモを取った。「いい情報です。ご協力感謝します」

「犯人が捕まったら、わたしも謝礼をもらえるでしょうか？」

ティルダはメモを置いて悲しげに首を横に振った。


エドラの訪問を終わらせてティルダは北へ引き返し、マルネス南の沿岸の道を走った。これはウナギ岬を通る道だったが、目的地はそこではない。署へもどる前に、サルトフヤルデンにある祖父のラグナルがむかし住んでいた家をざっと見たかったのだ。

〈私有道路〉と書かれた木の標識が道の横に出ていた。凍てつくような雑草だらけの道が海へ続いていて、パトカーは轍《わだち》でガタガタと揺れた。

道は丸い岩に覆われた古い鉄器時代の墓地を越えて、白い平屋の前の閉じた門で終わっていた。松林のあいだから海がちらりと見える。

ティルダは門の前に車を駐めて庭の雑草のなかを歩いた。記憶はおぼろげで、十五年前に父とここにやってきたときに比べるとすべてが小さく見える。その頃にはもう祖父のラグナルが亡くなって何年も経っていたし、祖母は入院していた。この家は売りに出されていた。タールの臭いと、庭にいくつか古いウナギ入れの容器があったことをぼんやりと思いだす。容器はもうなくなっている。

「こんにちは」吹きつける風のなかへ呼びかけてみた。

返事はない。

母屋自体は小さかったが、建物はいくつもあった。窓に鎧戸の降りたボートハウス、薪置き場、納屋、そしてかつてはサウナだったらしきもの。海の目の前で立地はすばらしかったが、全体的にペンキ塗りが必要だったし、陰気でいかにも放置された雰囲気が漂っている。

母屋のドアをノックした。やはり予想どおり返事はない。この家はおそらく夏だけ使われる別荘になっているのだろう。ダーヴィッドソン家のすべての痕跡はなくなっていた。

ウナギ岬はここから見えないが、松林を抜けて岸辺の牧草地を歩いてみると、古い難破船が数百メートル先に見え、双子の灯台は南の水平線にあった。

さらに水際に近づくと、岸辺の岩にとまっていた大きな鳥がゆっくりと飛びたち、重たげに羽ばたいた。猛禽だ。

林の端に別の平屋があることに気づいた。その前の庭には毛布が詰まれた椅子が置いてあった。

そのとき、毛布が動いた。頭が突きでて、人がくるまっていたのだとティルダは気づいた。近づいてみると年配の男だった。白髪交じりのあごひげとウールの帽子、横に保温用の携帯用酒瓶を置き、ダークグリーンの長い望遠鏡を手にしている。

「あんた、わしのハリアエートス・アルビシーラを逃がしたぞ」彼が叫んだ。

ティルダはさらに近づいた。「なんですって?」

「オジロワシだよ」男が言った。「見えなかったのか？」

「ああ、見ました」ティルダは言った。

バードウォッチャー。彼らは沿岸沿いに一年中、現われる。

「オジロワシはキンクロハジロを見つめていたんだ」彼はそう言った。望遠鏡で海を指した。そこには十数羽の黒と白の鳥が波間に浮かんでいた。「キンクロハジロは年間を通じてここで泳ぎ、猛禽とつるんでいる。悪ガキどもさ」

「とてもわくわくするお話で」

「そうともさ」毛布の男はそう言ってティルダの制服を見るところう続けた。「このあたりに警察が来るのは初めてじゃないか」

「そうですね、このあたりはとても静かなところのようで」

「そうだよ。少なくとも冬は。通るのは貨物船とたまにモーターボートが二、三隻程度だね」

「一年のこんなに遅い時期にですか？」

「この冬はここでは見たことはないが、海沿いのずっと先から音は聞こえたよ」

ティルダはハッとした。「ウナギ岬のあたりですか？」

「ああ、あるいはもう少し南か。エンジンの音は数キロ離れていても聞こえるからね。風下にいれば」

「数週間前にウナギ岬の灯台のところで女性が溺死したんです。そのときはここにいらっしやいましたか？」

「おそらくね」

ティルダは男を見つめた。表情は真剣そのものだ。「あの事故のことはご存じですね？」

「ああ。新聞で読んだ……だが、なにも見ていないよ。木がじゃまになってあの岬は見えない」

「でも、あの日にエンジンの音を聞いたかどうかなら覚えていますか？」

バードウォッチャーは考えこんだ。「たぶんな」

「ボートがウナギ岬の入り江から北へ来たら、あなたに見えたでしょうか？」

「その可能性は高いね。わしはここに座っていることが多いから」

頼りない目撃情報だ。エドラ・グスタフソンによる道路の観察のほうが、このバードウォッチャーのバルト海のモニターに比べるとはるかにいい。協力に感謝すると、車へ引き返すことにした。

「連絡を取りあうというのはどうだね？」

ティルダは振り返った。「なんですか？」

「ここはちょっとばかり寂しいだろう」男がほほえみかけた。「美しいが寂しい。あんた、また、ここにもどってきたらどうだい？」

ティルダは首を横に振った。「それはないと思います。相手をしてくれるオオハクチョウを見つけてください」

昼食後にティルダは学校で三時間近くを過ごして生徒たちに法と秩序について語った。警察署にもどると交通関係の報告書をいくつか書きあげねばならなかったが、ウナギ岬での溺死の件を放っておくことはできなかった。あれこれ考えてから受話器を手にすると、屋敷に電話をかけた。

ヨアキム・ヴェスティンが呼び出し音三回で電話に出た。背景でボールのぶつかる音や楽しげな子どもたちの声が聞こえた。いい兆候だ。だが、ヴェスティン自身は疲れたそっけない声だった。怒っているのではない――ただ声にまったく力がないだけだった。

ティルダは単刀直入に尋ねた。

「お尋ねしたいことがあるんです。奥さんはエーランド島でボートを所有する人物とお知り合いではなかったでしょうか？　お宅に近いところに住んでいるボートの所有者で」

「このあたりでボートをもっている人はひとりも知りません。それにカトリン……妻もボートをもっている人物のことは話題にしたことがありませんでした」

「あなたがストックホルムにいらっしゃるあいだ、奥さんは平日になにをされていたんでしょう？　その話は聞かれていますか？」

「妻は家の改装や家具選びをしていました。そして子どもたちの世話を。忙しくしていましたよ」

「奥さんを訪ねてきた人たちはいませんでしたか？」

「ぼくだけですよ。ぼくの知るかぎり」

「そうですか、ありがとうございます」ティルダは言った。「また連絡を――」

「こちらも質問があります」ヴェスティンが口を挟んだ。

「なんでしょう?」

「あなたはここに来たときに、ウナギ岬のことを知っているご親戚の話をしていましたね……マルネスの地元の歴史協会の人のことを」

「ええ――イェルロフです」ティルダは答えた。「わたしの祖父の弟です。協会の年報に少し記事を書いたりしているんですよ」

「ぜひ、その人と話をしたいんですが」

「屋敷についてですか?」

「屋敷の歴史についてです……そしてウナギ岬のある物語について」

「物語?」

「死者についての物語です」ヴェスティンが言った。

「そうですか。でも、彼が民話についてどのくらい知っているかは保証できませんよ。でも、話ができないか尋ねてみますね。イェルロフは話を聞かせるのが好きな人ですから」

「ぜひ屋敷にいらしてほしいとお伝えください」

電話を切る頃には四時半になっていた。コンピュータを立ちあげ、書かねばならないあたらしい事件の報告書の作業をした。あの黒いヴァンの一件もだ。押し込み事件の捜査に浮上したかなり有力な情報。バードウォッチャーが話していた、ウナギ岬付近から聞こえたというモーターボートのエンジン音についてはなにもかもが曖昧で、報告書に入れるほどではなかった。何度も書き直して報告書を仕上げた頃には七時四十五分になっていた。

忙しく働くこと――これがマルティン・オルクイストのことを考えないですむいちばんの方法だった。身体と心から彼を追いだすための。

彼の妻にあてた手紙はまだ投函していなかった。

一九四三年、冬

第二次世界大戦が始まると、ウナギ岬の屋敷は軍に収用された。灯台の光は消え、沿岸を警備するために屋敷には兵士たちが暮らすようになった。

納屋の干し草置き場にはその頃の名前がひとつ残されているけれど、それは男の名前じゃない。

その文字は〈グレタを偲んで、一九四三年〉と浅く彫られているんだよ。

――ミルヤ・ランベ

ウナギ岬の大気監視所が激しい渦雪の通り過ぎた翌日に警報を発する。十六歳の少女が行方不明になったのだ。

「渦雪のなかでいなくなった」所長のストーブは、七名の男が集まった朝のキッチンでそう告げる。王室の灰色の軍服姿。ストーブの本名はベントソンだが、屋外で冷たい風が吹いているときは、室内で鉄製のストーブの隣に座っているほうを好んだから、というのが由来だ。

そしてウナギ岬の冬の屋外では、ほぼいつでも冷たい風が吹いている。「あまり希望はもてないだろう」彼は話を続ける。「だが、とにかく捜索したほうがいい」

ストーブ自身は捜索の指示を出すために室内に留まる――ほかの者は全員が雪のなかへ出発する。エスキル・ニルソンと、十九歳で監視所の最年少であるルドヴィグ・ルッケルは泥《オッ》炭湿地《フルモッセン》周辺のエリアを捜索するために西へむかう。

今日は氷点下十五度までしか下がっていないし、微風しか吹いていない。温度計が氷点下三十度や四十度まで下がることもあった前年の冬に比べると、はるかに穏やかだ。

昨夜の渦雪は別だが、ウナギ岬では静かな冬となっている。ドイツのメッサーシュミット戦闘機が沿岸に姿を現わすこともほぼなくなり、スターリングラードの戦いのあとは、スウェーデンがなによりも恐れるのはソビエト連邦がバルト海の覇権を握ることだ。

エスキルの兄のひとりがゴットランド島へ送られて一年中テントで暮らしている。ゴットランド島南部とウナギ岬は無線で連絡を取りあっているから、ソ連の戦艦が襲撃してくれば、真っ先に連絡が来るはずだ。

ルドヴィグが外へ出るとすぐさまタバコに火をつけ、長靴で雪だまりをかきわけて通り道を作りはじめる。煙突のようにタバコを吸うのだが、ほかの者にはけっしてタバコを差しだすことがない。どこからあれだけの数を手に入れるのか、エスキルにはふしぎでたまらない。

屋敷ではもう長いこと、ほとんどのものが割り当て制だ。魚は海で獲れるし、牛乳は屋敷にいる二頭の牛から手に入るが、燃料、卵、ジャガイモ、服、本物のコーヒーはかなり不足している。なにより悪いことはタバコの割り当てだ。いまでは一日に三本までと減っている。

だが、ルドヴィグは郵便で受けとっているのか、あるいはウナギ岬付近の村に暮らす何者かからなのか、問題なくタバコを入手できるらしい。どうしてそんな余裕がある？　この兵役の報酬は一日たったの一クローナなのだ。

数百メートル進んだところでエスキルは立ち止まり、幹線道路を探す。道は見えない——吹雪が魔法のように道を消してしまっている。樅の枝を束にしたものが橇部隊の目印として地面に差しこまれていたのだが、夜のあいだに吹き飛ばされたにちがいない。

「どこの子なのかな」エスキルはそう言い、雪の山をよじ登っていく。

「あの子はマルムトルプ出身だ。レールルビ郊外の」ルドヴィグが言う。

「たしかなのか？」

「名前も知ってるぞ。グレタ・フリーベリだ」

「グレタ？　どうしてそんなことを知ってる？」

ルドヴィグが返事がわりにほほえみ、あたらしいタバコを取りだす。

ここでエスキルの視界に西の見張り塔が飛びこむ。たどり着けるよう道なりにロープが張ってある。塔は木造でカムフラージュとして松の枝で隠されて灰色と緑色の布をまとう。東側は吹雪のせいで雪がほぼ垂直の壁のように積もったあとだ。

ウナギ岬のもうひとつの大気監視所は南の灯台だ。戦争が勃発する直前に電化されている。暖房設備があって外敵の飛行機が飛んでこないか見張りながら座っているにはたいへん快適な場所だ。だが、エスキルは、ルドヴィグが泥炭湿地でひとり座っているほうを好むことを知っている。

　もちろん、エスキルはルドヴィグが見張り塔でかならずしもひとりじゃないのではないかと疑っている。レールビの若い男たちからルドヴィグは憎まれていて、エスキルは理由もわかると思う。レールビの娘たちにあまりにもてるからだ。

　ルドヴィグが見張り塔に近づく。手袋で階段から雪をはらい、のぼっていくと、一分ほど姿を消す。それからもどってくる。「ほら」そう言ってエスキルにボトルを手渡す。

　シュナップスだ。アルコール度数が高く、凍っていない。エスキルはコルクをひねり開けて身体を温める酒をごくりと一口飲む。ボトルを見ると、酒は半分しか残っていない。

「昨日この塔で飲んでいたのか？」エスキルは尋ねる。

「ゆうべな」ルドヴィグが答える。

「じゃあ、渦雪のなかを歩いて帰ったのか？」

　ルドヴィグがうなずく。「這って帰ったというほうがあたってるが。目の前に突きだした自分の手も見えなかったよ……ここにロープが張ってあってよかった」

　彼がボトルを塔へもどすと、ふたりは雪をかきわけて北のレールビへむかう。


　十五分後にふたりは少女の遺体を見つける。

　泥炭湿地北の見渡すかぎり雪の積もったなかに、ほっそりとした白樺のようなものが突きでている。エスキルはそれを見やって近づく。

ふいに、それが小さな手だと気づく。

グレタ・フリーベリはあと少しでレールビにたどり着くというところで、雪に捕まったのだ。ふたりが雪を掘ると、こわばった顔は空を見つめていて、その瞳さえも氷の結晶に覆われている。

エスキルは少女から目が離せない。無言で膝をつく。

ルドヴィグが背後に立ってタバコを吸っている。

「これが彼女?」エスキルは静かに尋ねる。

ルドヴィグがタバコの灰を落とし、身を乗りだしてさっと顔を見る。

「ああ、これがグレタだ」

「この子はおまえと一緒にいたんだろう?」エスキルは問う。「昨日、あの塔のなかで」

「かもな」ルドヴィグがそう言い、つけ足す。「ストーブからうるさく言われないように、この件じゃ真相を少しぼかしたほうがいいんだ」

エスキルは立ちあがる。「おれに嘘をつくなよ、ルドヴィグ」

ルドヴィグが肩をすくめてタバコをもみ消す。「この女は帰りたがった。凍えるほど寒がって、おれとあの塔に一晩中閉じこめられやしないかと怯えていた。それで女は渦雪のなかを家へ帰り、おれも自分の住まいへ帰った」

エスキルはルドヴィグを、そして雪に埋まった遺体を見た。「助けを呼びにいかないと。遺体をこのままにはしておけない」

「橇を使えばいい」ルドヴィグが言う。「遺体を乗せよう。さあ、取りにもどるぞ」

そう言って振り返り、ウナギ岬へ引き返していく。エスキルはゆっくりとうしろ向きに歩いていく。亡くなった少女にすぐ背中をむけないようにだ。それからルドヴィグに追いつく。

ふたりは並んで無言で雪をかきわけながら進む。

「おまえ、納屋に彼女の名前を彫るつもりか？」エスキルは尋ねる。「ヴェルネルのときみたいに？」

ヴェルネルは軍に招集されたときは十七歳。一九四二年の夏にウナギ岬沖で船から海に落ちて溺れている。グレタの名前も干し草置き場の、ヴェルネルの隣に彫るべきだとエスキルは思う。

だが、ルドヴィグは首を横に振る。「ほとんど知らない女だった」

「でも――」

「自業自得だ。おれと塔に残ればよかったんだ。温めてやれたのに」

エスキルは無言だ。

「でも、あたりの村には女ならいくらでもいる」ルドヴィグが泥炭湿地の向こう側を見て話を続ける。「女のいいところは、絶対に品不足にならないところさ」

エスキルはうなずくが、いまは女のことなど考えられない。死者のことしか考えられない。

十二月

18

月が変わり、クリスマスの月となった金曜日の午後。ヨアキムは凍てつくような干し草置き場をふたたび訪れて、死者の名前が彫られた壁の前に立っていた。ハンマーと研いだばかりのノミをもっている。

リヴィアとガブリエルを迎えにいく一時間ほど前、日が沈みはじめて中庭で影が集まってくる時間に干し草置き場へあがった。これはリフォームの作業がはかどっているから、自分への褒美のようなものだった。

この干し草置き場に座っていると寒いけれど静けさと安らぎを感じたし、壁の名前をじっくり読むのも好きだった。カトリンの名前も当然何度も読み返した。マントラのように。

多くの名前を暗記するようになると、節の穴や年輪の木目のある壁そのものも見慣れてきた。中程の壁板には左の角の部分に横手に走る深い亀裂があって、とうとうもっとじっくり調べたいと思うようになった。

板には年輪に沿って亀裂が入っていた。亀裂は下へ斜めに広くなっていて、手で押してみると板はピシリといって動いた。

それで、工具をもちだしてきた。

亀裂にノミをあててハンマーで叩くと、鋭い金属の刃はまっすぐに板を貫いた。十数回強くハンマーで叩いただけで、板の端は緩んだ。板は向こう側へ落下してドンと鈍い音をたて、板張りの床が壁のさらに奥へと続いていたことが証明された。だが、そこになにがあるのかは見えなかった。

腰をかがめて、幅数センチしかない穴から覗こうとしたとき、よく知っている匂いがした。それは顔めがけて突撃してきて、思わず目を閉じて壁にもたれてしまった。

カトリンの匂い。

膝をつき、穴に左手を突っこんだ。最初は指だけ、次に手首まで、そしてついに前腕全体が入った。手探りしたが、ふれるものはない。

だが、手を下げてみると、なにかにふれた。なにか柔らかいものだ。織りの粗い布のようだった。ジーンズかジャケットのようだ。

ヨアキムはさっと手を引いた。

次の瞬間、表の道で鈍いうなりが聞こえ、結露が凍って白くなった納屋の窓をライトが照らした。車が中庭に入ってきた。

ヨアキムは壁の穴を最後にちらりと見やってから、階段を降りた。

中庭に出ると車のヘッドライトで目が眩《くら》んだ。ドアがバタンと閉まった。

「こんにちは、ヨアキム」

きびきびしたその声には、聞き覚えがあった。幼稚園園長のマリアンヌだ。

「なにかあったのですか？」そう尋ねられた。

ヨアキムはとまどって園長を見つめたが、すぐに袖をめくって時計を見た。ヘッドライトの光ですでに五時半になっていることがわかった。幼稚園は五時に閉まる。ガブリエルとリヴィアを迎えに行くのを失念していたのだ。

「うっかりして……時間がわからなくなっていました」

「大丈夫ですよ。ただ、なにかあったのかもしれないと心配したので。電話をかけてみましたが、出られないので」

「ええ、ぼくは……納屋で少し大工仕事をしていたので」

「時間がわからなくなるのは、よくあることです」マリアンヌがほほえみを浮かべて言った。

「ありがとうございます。ふたりを送ってくださって」

「お礼は結構ですよ。どちらにしてもわたしはレールルビに住んでいるので通り道です」彼女が手を振って車へもどった。「では、月曜日に」

車が中庭からバックで去っていくと、ヨアキムは情けないと思いながら家へ入った。キッチンから声が聞こえてきた。

リヴィアとガブリエルはすでに長靴と防寒着を脱ぎ散らかして、ふたつの山を作っていた。

ふたりでキッチン・テーブルにむかって一個のオレンジをわけあっている。

「パパ、迎えに来るのを忘れたでしょ」キッチンへ足を踏みいれると、リヴィアに言われた。

「そうだね」ヨアキムは静かに言った。

「マリアンヌが送ってくれることになったんだよ」

怒った口調ではなく、いつものパターンが崩れたことを驚いているようだった。

「そうだね。わざとじゃなかったんだけどね」

オレンジを食べるガブリエルは気にしていないようだったが、リヴィアは父をじっと見つめた。

「食事の支度をするよ」ヨアキムはそう言い、食料品置き場へ急いだ。

ツナソースのパスタは子どもたちの好物なので、パスタ用に湯をわかしてソースを温めた。何度か窓の外を見た。中庭の突き当たりに納屋が黒い城のようにそびえている。

それは秘密をもっていた。ドアのない隠し部屋。

一瞬のことだったが、カトリンの匂いで満ちていた部屋。たしかに彼女の存在を感じた。妻の匂いが壁の穴からあふれだし、彼には身を守ることができなかった。

あの部屋に入りたかったが、ノコギリか金テコで壁板を取り払うしかないようだ。だがそうすると、彫られた名前が犠牲になる。そんなことはできなかった。あの死者たちに心から敬意を払っていた。

気温が氷点下になると、寒さは屋敷のなかにまで忍びこむようになった。一階ではヒーターとタイル張りストーブを頼ることができたが、床や一部の窓周辺は寒いままだった。風のある日には床と壁のすきま風が吹きこむ場所を探し、外壁の部分を緩めて柱と柱のあいだに断熱材の麻の繊維を押しこんだ。

十二月の最初の週末は、温度計は日が照っていると氷点下五度ぐらいを前後したが、夜には氷点下十度まで下がった。日曜日の朝にキッチンの窓の外を見て、海に黒い氷の層ができていることに気づいた。いまでは凍っていない海が数百メートル遠ざかっている。夜のうちに岸辺が凍ったにちがいない。そして徐々に岬から水平線のほうへと氷は広がったのだ。

「じきにゴットランド島まで歩いていけるようになるよ」朝食のテーブルで彼は子どもたちにそう言った。

「ゴットランドとうって？」ガブリエルが言った。

「バルト海のずっと遠くにある大きな島だよ」

「そこに歩いていけるの？」リヴィアが尋ねた。

「いや、冗談だよ」ヨアキムは急いで言った。「遠すぎるからね」

「でも、歩いていきたいな」

六歳児相手に冗談を言うことは不可能だった。この子はなんでも言われたままに受け取ってしまう。キッチンの窓の外を見ると、リヴィアとガブリエルが黒い氷の上をずっとずっと先まで歩いていく様子が思い浮かんだ。そのとき、氷に突然ヒビが入り、黒い穴がぽっかりと開いてふたりが引きずりこまれる……

ヨアキムはリヴィアのほうをむいた。「おまえとガブリエルは絶対に氷の上へ行っちゃだめだ。どんな場合でも。割れないという保証はないんだよ」

その夜ストックホルムのもとの隣人に電話をかけた。リサとミカエルのヘスリン夫妻だ。ふたりがウナギ岬を出ていった夜以来、音沙汰がなかった。

「やあ、ヨアキム」ミカエルが言った。「ストックホルムにいるのか？」

「いや、まだエーランド島にいる。元気か？」

「元気だとも。連絡してくれてうれしいよ」

だが、ヨアキムにはミカエルが警戒しているように思えた。最後に会ったときのことでとまどっているのだろう。

「変わりないかい？」ヨアキムは尋ねた。「それに仕事のほうはどうだ？」

「すべてうまくいってるよ。刺激的なプロジェクトがたくさんあってね。ちょっとあれこれ疲れているぐらいで。もうじきクリスマスだからな」

「それはよかった……ただ、元気にしているかどうか確認したかっただけなんだ。つまり、きみがこのあいだ訪ねてきたとき、帰りが少し慌ただしかったから」

「ああ」ミカエルが言った。そしてためらってからこう続けた。「あれはすまなかった。自分でもよくわからなくて……夜中に目が覚めてもう眠れなくて……」

ミカエルは黙りこんだ。

「リサはきみが悪夢を見たと思っていたよ」ヨアキムは言った。「誰かが枕元に立っている夢を見たって」

「リサがそう言ったのか？　自分じゃ覚えてないんだ」

「じゃあ誰が立っていたのかも覚えていない？」

「ああ」

「ぼくはこの家でおかしなものを見たことは一度もないんだが、ときどきなにか感じるんだよ。そして納屋で見つけたものがあるんだ。干し草置き場の壁に――」

「それでリフォームのほうはどうなってる？」ミカエルが口を挟んだ。「順調かい？」

「えっ？」

「壁紙は貼り終えたのか？」

「いや……まだ全部は」

ヨアキムはとまどったが、ミカエルはあの異常な体験だか悪い夢だかについてもう話をしたくないのだと気づいた。あの夜ミカエルになにかが起こったのだとしても、彼は記憶のドアを閉めて鍵をかけてしまっていた。

「クリスマスの予定は？」ヨアキムは話題を変えて尋ねた。「自宅で祝うのかい？」

「たぶん別荘に行くことになるだろうな。だが、新年は自宅で過ごすつもりだ」

「じゃあ、新年は一緒に祝えるかもな」

会話はあまり長く続かなかった。電話を切るとヨアキムはキッチンの窓の外を、海に張った氷と誰もいない岸辺を見やった。凍てつくなかにひとり取り残されて、なんだかストックホルムの雑踏が懐かしくなってしまった。

「ウナギ岬の屋敷には隠し部屋がありますよ」ヨアキムはミルヤ・ランベに言った。「ドアのない部屋が」

「へえ？　どこに？」

「干し草置き場に。広いですよ……納屋を歩幅で計ってみたら、干し草置き場の床は外壁の長さより四メートルほども短くなっているんです」彼はミルヤを見つめた。「知りませんでしたか？」

ミルヤが首を横に振った。「あの名前のある壁だけでわたしは満足。あの刺激だけがあればじゅうぶん」

姑は大きなソファから身を乗りだし、湯気のたつコーヒーをヨアキムについでくれた。続いてウォッカのボトルを手にして尋ねた。「コーヒーに入れる？」

「いえ、結構です。ぼくは蒸留酒は飲みませんし――」

ミルヤが短く笑い声をあげた。「そういうことなら、わたしがあんたのぶんまでもらうよ」そう言って自分にはウォッカをくわえた。

彼女はカルマルの大聖堂に近い広々としたアパートメントに暮らしていて、今夜はヨアキム一家を夕食に招いたのだった。

リヴィアとガブリエルはようやく母方の祖母に会うことになった。ふたりともここにやってきたときは警戒しているように大人しく、リヴィアは部屋の片隅に置かれた男の上半身の白い大理石像をいぶかるようにながめた。しばらくしてからおしゃべりを始めた。ぬいぐるみのフォアマンとテディベア二匹を連れてきて、三匹とも祖母に紹介した。ミルヤは子どもたちをアトリエへ連れて行った。エーランド島を描いた絵が完成したものと未完成のものとまざって壁にずらりと並んでいた。すべての絵が雲ひとつない空の下、平坦で花の咲き乱れる緑の風景だった。

これまで自分の孫をほとんど構ってこなかった者にしては、ミルヤはふたりに強い関心を示した。ふたりが肉団子を食べるときは、なんとかガブリエルを膝に乗せようと粘り、最後には成功した。だが、ガブリエルはほんの数分するとテレビ室へ走っていき、リヴィアと子ども番組を観はじめた。

「さて、ふたりだけになったね」ミルヤが客間のソファに腰を下ろして言った。

「そうですね」ヨアキムは答えた。

ミルヤは壁に自分の絵は一枚もかけていなかったが、母親のトルンが吹雪を描いた絵は二枚この客間にかけていた。どちらの絵も沿岸に迫ってくる吹雪を描いたもので、黒いカーテンが双子の灯台に降りてくるように感じさせる。ウナギ岬にある絵とまったく同じように、隠れた脅威と悪しきものの兆候を滲ませる冬のエーランド島だった。

ヨアキムはこのアパートメントにカトリンの形跡を探したがむだに終わった。妻はつねに明るくはっきりしたものを好んだが、母親のほうは暗い色調の花柄の壁紙とカーテン、ペルシャ絨毯、黒い革のソファとひとり掛けの椅子で部屋を飾っていた。

ミルヤはカトリンや子どもたちの写真もまったく飾っていなかった。だが、自分と、おそらくは二十歳ほど年下で、ブロンドのあごひげを生やし髪を立てた男の写真は大小合わせて数枚飾っていた。

ヨアキムがその写真を見ているのに気づき、ミルヤは男にあごをしゃくった。「ウルフだよ。インドア・ホッケーに行ってる。そうでなければ、ここで会えていたはずだけどね」

「つき合ってるんですか？」ヨアキムは尋ねた。「このホッケー選手と？」

愚かな質問だ。

ミルヤがほほえんだ。「気になる？」

ヨアキムは首を横に振った。

「それはよかった。気にする人が大勢いるからね。もちろんカトリンもそうだった。あの子はなにも言わなかったけどそれでもね……世間は歳をとった女が性生活を送っちゃいけないと思ってる。でもウルフは不満がないようだし、わたしも全然不満はないし」

「それどころか、あなたは誇りに思っているようですね」

ミルヤが笑い声をあげた。「恋は盲目と言うじゃない」彼女はコーヒーを飲んでタバコに火をつけた。

「マルネスの警官のひとりが捜査を続けたがってます」しばらく間が空いてからヨアキムは言った。「何度かうちに電話がありました」

話題にしているのがなんの捜査か説明する必要はなかった。

「そうなの。それは歓迎じゃないかい」

「もちろんです、それでなにか答えが出るのなら……でも、カトリンはもどってはきません」

「あの子が死んだ理由ならわかっているよ」ミルヤがそう言ってタバコを吸った。

ヨアキムは顔をあげた。「そうなんですか？」

「あの屋敷のせいさ」

「屋敷？」

ミルヤは短く笑い声をあげたが、顔は笑っていなかった。「あのいまいましい屋敷は不幸に満ちている。あそこで暮らしたどの家族の生活もぶち壊した」

ヨアキムはその言葉に驚いて姑を見た。「不幸を家のせいにすることはできませんよ」

ミルヤがタバコをもみ消した。

ヨアキムは話題を変えた。「来週うちに客が来るんですよ。屋敷のことを知っているお年寄りです。名前はイェルロフ・ダーヴィッドソン。会ったことがありますか？」

ミルヤが首を横に振った。「でも、その兄さんが近くに住んでいたよ。ラグナル。会ったことがある」

「そうですか……イェルロフはウナギ岬の歴史について話してくれることになってます」

「それならわたしにも話せるよ。そんなにあんたが知りたければ」

ミルヤがコーヒーをごくりと飲んだ。姑の目がアルコールの影響で早くもぼんやりしてきたとヨアキムは思った。

「では、ウナギ岬に住むことになった経緯を教えてください」ヨアキムは尋ねた。「あなたとお母さんが」

「家賃が安かったから」ミルヤが言った。「母にとってそれがいちばん大事なことだった。掃除をやって稼いだお金をすべてキャンバスや油絵の具に使ったから、いつでもお金がなかった。だから、暮らしに見合った住まいを探さなければならなかったんだよ」

「当時からあの家はもう寂れた感じだったんですか？」

「寂れていく途中だったよ。あの頃のウナギ岬はまだ国の所有物だったけれどね、格安で島の者に貸されていたんだよ……その農園のあるじだか誰だかは修理に一銭もかけなかった。冬のあいだ離れに住もうなんて者は母親とわたしだけだったんだ」

彼女はアルコール入りのコーヒーを少し飲んだ。

テレビ室では子どもたちがなにかを観て大声で笑っている。

ヨアキムはしばらく考えこんでから尋ねた。「カトリンはあなたにエテルについて話したことがありませんか？」

「いいや。エテルって誰だい？」

「ぼくの姉でした。去年死にましたが……ほぼ一年前ですね。依存症だったんです」

「酒の？」

「ドラッグです。ドラッグなら手当たり次第に使いましたが、この数年はとくにヘロインを」

「わたしはドラッグに本気で手を出したことはないけどね。ただもちろん、ハクスリーやティモシー・リアリーのような人たちには賛成するよ……」

「どういった点にですか？」ヨアキムは尋ねた。

「ドラッグは意識のドアを開けられるという主張よ。とくにわたしたちみたいな芸術家の」

ヨアキムは姑を見つめた。無表情なエテルを思いだし、カトリンがミルヤにエテルのことを話さなかった理由に気づいた。それから急いでコーヒーを飲み終えると時計を見た。八時十五分。「そろそろ、おいとましないと」

「それで、お祖母《ばあ》ちゃんのことをどう思った？」ヨアキムはエーランド橋を島へともどりながら子どもたちに尋ねた。

「いい人だったよ」リヴィアが言った。

「それはよかった」

「また遊びに行く？」リヴィアが尋ねる。

「たぶんね」ヨアキムは言った。「でも、しばらくは行かないだろうね」

これ以上ミルヤ・ランベのことを考えないことにした。

19

「娘からゆうべ電話がありましてね」ティルダの隣のソファに座った老婦人たちのひとりが話していた。

「まあ、娘さんはなんて？」もうひとりが言った。

「とことん話しあいたいと」

「とことん話しあう？」

「とことん話しあう、そうよ」最初のご婦人が言った。「すっかり全部ね。あの子は、わたしが支えてあげたことがないと言うの。〝母さんは自分と父さんのことしか考えてなかった、いつもそうだった。自分たち子どもはいつだって二の次だった〟なんて」

「わたしの息子も似たようなことを言うんですよ」もうひとりの老婦人が言った。「ただし、まったく逆なんですけどね。毎年クリスマス前になると電話をしてきてこう抜かすの、わたしが甘やかしすぎたって。あの子の子ども時代を台なしにしたと、息子に言わせるとそういうことらしいですよ。あきれるじゃありませんか、エルサ」

ティルダは聞き耳をたてるのをやめて時間をたしかめた。天気予報はいまごろ終わっているはずだった。立ちあがるとイェルロフのドアをノックした。

「どうぞ」

迎えにいくと、彼はラジオの前に座っていた。コートは着ていたが、立ちたくないようだった。

「出かけましょうか？」ティルダはそう言って、イェルロフを支えようと手を差しだした。

「そうさな。どこへ行くんだったかな？」

「ウナギ岬よ」

「そうか……それで、なにをしにそこへ？」

「そうね、おしゃべりをしに」ティルダは答えた。「あたらしい所有者があの屋敷について物語を聞きたいんですって。あなたがたくさんの物語を知っていると、わたしから話したの」

「物語？」イェルロフがのろのろと立ちあがり、ティルダを見やった。「ということは、ロッキングチェアに座って、目をきらめかせながら幽霊話や迷信話をする詮索好きのじいさんになれと言うんだね？」

「それでいいじゃない、イェルロフ。自分のことをそういう話のできる人生の先輩だと思えばいい。嘆き悲しんでいる人にとっての」

「ほう？　嘆き悲しんでも楽しくもなんともない、そんなふうに見当はずれのことを言う者もいるからね」

彼は杖にたよって立ちあがり、つけくわえた。「その人にはちょっと道理を言ってきかせんといかんな」

杖をついていないほうの手をティルダはとった。「車椅子を使いましょうか？」

「今日は大丈夫。脚が動くからな」

「誰かに出かけることを伝えたほうがいい？」

イェルロフが鼻を鳴らした。「外出は誰にも関係ないことさね」

十二月第二週の水曜日で、ふたりはウナギ岬へコーヒーをごちそうになろうとむかっているところだった。イェルロフと屋敷の所有者がついに対面するのだ。

「それで仕事のほうはどうだね？」マルネスの中心街を走るあいだに、イェルロフが尋ねた。

「マルネスでは同僚がひとりしかいなくて」ティルダは言った。「それにその人はほとんど署にいないし……たいていボリホルムにいるのよ」

「どうしてだね？」

ティルダは数秒ほど黙ったままだった。「どうしてかしらね……そういえば昨日、《エーランド・ポステン》のベングト・ニーベリに出くわして。マルネスのあたらしい警察署《ステーション》にもう愛称がついたと教えてくれた」

「というと？」

「ばあさんステーションですって」

イェルロフがうんざりしたように首を横に振った。「むかし、島の鉄道の駅をそう呼んでいたんだよ。女の職員ばかりだったからな。歴代の男の駅長は、女が自分たちのようには仕事をこなせんと思ってたんだ」

「あら、女のほうがこなせていたでしょ？」

「そうさな、わたしの知るかぎり、苦情を言った者はいなかった」

　ティルダはマルネスを出ると誰もいない道を走っていった。気温は零度で、平坦な沿岸の風景は灰色と白の冬の絵に固定されたようだ。

　イェルロフがフロントガラスの前を見つめた。「この海沿いの美しいこと」

「そうね。でも、ひいき目で見てるんじゃないの？」

「わたしはこの島を愛してるからな」

「そして本土を憎んでいる」

「いいや、それはちがう。どこぞの偏屈な地元びいきとはちがうよ。だが、愛というのはいつも故郷から始まるもんだ。この島に住んでるわたしたちは、エーランド島の品位を大切に守っていかんとな」

　イェルロフの機嫌は徐々によくなり、どんどんしゃべるようになった。レールビの小さな教会を通り過ぎるときに、道の横手を指さした。「幽霊や迷信と言えば、父から毎年クリスマスに聞かされた話を教えようか？」

「ぜひ」

「おまえのじいさんとわたしの父はカール・ダーヴィッドソンといった」イェルロフが話を始めた。「十代の頃にレールビで使用人として働き、一度ここでとても奇妙なものを見た。兄が訪ねてきて、ふたりで黄昏時にこの教会を散歩したそうだ。年明けの頃で、そりゃあ寒くて、雪がたっぷり積もってた。そのとき、背後から馬のひく橇の音がした。兄のほうが振りむくと、悲鳴をあげてカールの腕を摑んだ。カールを引っ張って道を離れて雪のなかへむかった。カールはどうなってるのかさっぱりわからんかったが、そのとき橇が見えた。道を近づいてくるところだった」

「その話は知ってる。父からよく聞いたわ」

だが、イェルロフはティルダの言うことが聞こえなかったかのように続けた。「橇は干し草を積んでた。カールが見たこともないほどほんの少しの積荷を、小さな馬が四頭で運んでたんさね。干し草の上にはちっぽけな男たちがよじ登っていた。身長一メートルほどの」

「ゴブリン」ティルダは言った。「そうよね？」

「父はその言葉を使わんかったよ。ただ、灰色の服と帽子姿の小さな人、とだけ言った。カールと兄はすくみあがった。干し草の男たちは親しげには見えんかったからさ。だが、何事もなく、積荷はカールたちの前や教会の前も通り過ぎた——そう思ったとたんに、馬は道を曲がって暗い石灰岩平原へ消えていった」彼は満足したようにうなずいた。「父は本当の話だと誓ったよ」

「あなたのお母さんもゴブリンを見たんだっけ？」

「ああ、そうとも。母は若い頃に、小さな灰色の男がまっすぐに海めがけて走るのを見た。だが、そいつはエーランド島南部での話だ」イェルロフはティルダを見やった。「おまえはたくさんのめずらしいもんを見てきた家族の出身なんだよ。おまえもそうしたもんを見る能力を受け継いどりゃせんかね？」

「受け継いでないことを祈る」

五分後にふたりは屋敷への曲がり角手前までやってきたが、イェルロフが休憩して脚を伸ばしたがった。彼はフロントガラスを指さし、石壁の反対側の草の広がる風景を指さした。

「泥炭湿地《オッフルモッセン》が凍ってきたな。ちょっとながめていかんか？」

ティルダは車を路肩に寄せてイェルロフに手を貸し、冷たい風の吹く外へ出た。湿地の水のある部分はすべてきらきらと輝く薄い氷に覆われている。

「古い泥炭湿地はもう島にほとんど残されてないが、ここはそのひとつでな」イェルロフが石壁を見やって言った。「多くは干上がって消えてしまったよ」

ティルダはイェルロフの視線を追ってふいに水中で動くものに気づいた。びっしりと生えた茂みふたつのあいだでうごめく黒いもので、薄い氷の層が揺れてピシッと割れた。

「ここに魚がいるの？」

「そうともさ。カワカマスの主がいるはずだよ……それに春になるとウナギがここまでやってくる。雪解け水がバルト海に流れこんで小川ができるんだ」

「じゃあ、魚を獲ることができるんだ？」

「できるが、誰もそうせん。子どもの頃に言われたもんさね、泥炭湿地で獲った魚の身は泥の味がすると」

「ねえ、オッフルモッセンは捧げ物の湿地という意味よね。どうして？」

「むかし捧げ物をしたから」イェルロフが答えた。「考古学者がここで古代ローマの金銀、何百という動物の骨が水に投げこまれてるのを見つけたんさ――たいていは馬の骨で」彼は黙りこんでから続けた。「そして人間の骨も」

「人間を生け贄に？」

彼はこくりとやった。「たぶん奴隷だな。あるいは捕虜か。権力のある人間がそれ以外に使い道がないと思って決めたことなんだろう。わたしの知っている話じゃ、生きたまま長い棒で水の下へ押しこまれたそうだよ……そして死体はそのまま考古学者たちが見つけるまで底に横たわってたそうだ」彼は水面を見渡して話を続けた。「だからいまだにウナギは毎年ここへ来るんだろうな。きっと味を覚えてるんさね。そう、ウナギは食べるのが好きなんだよ。人の――」

「もうじゅうぶん、イェルロフ」

ティルダは石壁から離れて彼を見つめた。

イェルロフがうなずいた。「ああ、ああ、ちょっと脱線したな。さあ、行こうか？」

車を駐めると、イェルロフは杖とティルダの手に摑まってゆっくりと石畳の道を歩いていった。ティルダは少し手を放して、キッチンの勝手口のガラス窓をノックした。

二回ノックしたあとヨアキム・ヴェスティンがドアを開けた。

「ようこそ」

声には張りがなく、前回ティルダが会ったときからさらに疲れているように見えた。だが、ほほえみさえ浮かべてティルダと握手をして、名前の取りちがえでの以前の怒りも消えたように見える。

「奥さんのこと、心からお悔やみを」イェルロフが言った。

ヴェスティンがうなずいた。「ありがとうございます」

「わたしも女房に先立たれました」

「そうなのですか」

「はい。でもそれは事故じゃなく、長患いの末のことで。うちのエレンは糖尿病で心臓の問題が起きて」

「最近のお話ですか?」

「いや、もう何年も前のことですて」イェルロフが答えた。「だがもちろん、いまでも、つらくなることがあります。記憶というのはなかなか薄れんものです」

ヴェスティンがイェルロフを見やって無言でうなずいた。「お入りください」

子どもたちは幼稚園で留守にしており、明るい部屋は静まり返って荘厳な雰囲気だった。

この数週間でヴェスティンがかなりリフォームに力を入れたことがわかった。一階はペンキ塗りと壁紙貼りがほぼすべて終わり、本当の家庭らしく見えるようになっていた。

「時を遡《さかのぼ》ったような雰囲気ですね」ティルダは広い客間へ足を踏みいれた。「十九世紀の屋敷を歩いているようです」

「ありがとうございます」

彼はいまのを褒め言葉と受け取った。本当のところ、ティルダは部屋の広さをうらやましく思っただけだった。やはりこの家に住みたいとは思わない。

「これだけの家具をどこで探してこられたんですかな？」イェルロフが尋ねた。

「この島とストックホルムの両方で、とことん探したんですよ。広い部屋には空間を埋めるだけの大きな家具が必要ですからね。妻とは自分たちでリフォームできそうな古い家具をよく探すんですよ」

「いい方法ですな。最近では自分たちの持ち物に愛着を示すことはめったにないですから。壊れたもんは修理しないで捨てるだけ。手入れをすることより、物を買うことが大事という有様で」

ティルダはイェルロフが古い家を見てまわるのが好きなのだと気づいた。イェルロフにとって美しいものや作りのよいものをながめることは、そうしたものが成りたつまでの熱心な作業に思いを馳せることとつながっている。彼が腰をかけて古い船乗りのタンスや麻のハンドタオルのコレクションなど、自分のもっている品々を見て、そうしたものに含まれた記憶をすべて感じているかのように思いにふけっている様子を見かけたことがあった。

「あんたはこうしたことの依存症だとお察ししますが?」イェルロフが言った。

「なんの依存症ですか?」ヨアキムが言った。

「家の改装です」

ヨアキムはほほえんだが、首を横に振った。「依存症というのとはちがいます。ストックホルムの一部の家庭のように、毎年あたらしいキッチンがほしいだとか、そういうことはぼくたちは言いませんからね……うちが手に入れた戸建てはまだふたつめですよ。その前はアパートメントばかり改装していて」

「最初の家はどこに?」

「ストックホルムはずれのブロンマです。美しい戸建てで、ぼくたちがすっかりリフォームしたんですよ」

「では、なんでまた引っ越しを? 家になにか不都合でも?」

ヨアキムはイェルロフと目を合わせるのを避けた。「なにも不都合はなかったですよ……ぼくたちは本当にあの家が好きだった。でも、いつだってもっと広い家に引っ越すのはいいことじゃないですか。それに金銭面でも」

「どういうことですかな?」

「ローンを組んで、場所のいいボロのアパートメントを見つけます。そこに暮らして夜と週末にリフォームをやるんです。それから適切な買い手を見つけて、自分がもともと払ったよりずっと高い額で売る。そしてあたらしいローンを組んで、もっといい場所にあるボロのアパートメントを見つけるんですよ」

「それもじきに売りなさる？」

ヨアキムがうなずいた。「もちろん、住みたいという需要のない場所の家では、儲けを出すことはできませんけどね。みんなストックホルムに住みたがりますから」

「わたしはちがうな」イェルロフが言う。

「でも、大勢の人はそうです。ストックホルムの家の値段はあがりっぱなしだ」

「それで、あなたと奥さんは家のリフォームが得意だったんですね？」ティルダは言った。

「じつは妻とはあるアパートメントの内覧会で出会ったんですよ」ヨアキムがいままでにない活気を帯びた声で言った。「たくさんの猫と広いアパートメントに暮らしていた老婦人がいましてね。場所は完璧だったんですが、あの臭いに耐えることができて残ったのはカトリンとぼくだけだった。それからふたりでコーヒーを飲みにいき、あの場所をどんなふうに改装できるか話しあって……あれがふたりで手がけた最初の物件でした」

イェルロフが振り返って客間を見まわした。顔つきは暗かった。「そしてもちろん、このウナギ岬でも同じことをなさるおつもりだと。引っ越してきて、改装して、売る」

ヨアキムが首を横に振った。「ぼくたちはここにずっと住むつもりで引っ越してきました。部屋を人に貸して、小さなレストランをオープンさせてもいいなと」彼は窓の外を見やってつけ足した。「まだ自分たちのやりたいこと全部をはっきりとした計画にはできていなかったのですが、ここで幸せに暮らせるのはわかっていたのに……」

彼の活気がふたたび消え失せたのをティルダは見てとった。白い部屋の静寂には圧倒されるようだった。

家を見てまわってから、三人はキッチンで腰を下ろしてコーヒーを飲んだ。

「ティルダの話じゃ、あんたはこの屋敷についての物語を知りたがっていなさるとか」イェルロフが切りだした。

「ぜひ知りたいです」ヨアキムが言った。「なにかあれば」

「おお、ありますとも」イェルロフが言う。「だが、あんたの聞きたいのは幽霊話なんでしょうな？　そうした話に関心がおありかな？」

彼はためらった。誰かに聞き耳をたてられていないかと心配でもしているようだ。「ここでほかに普通じゃない体験をした人がいないか知りたいだけですよ。ぼくはウナギ岬で死者の存在を感じたことが——感じたと思ったことがあって。灯台の前でも、この屋敷のなかでも。ここにいたほかの人たちも同じような体験をしたようです」

ティルダは口をひらかなかったが、この屋敷でヨアキム・ヴェスティンを待っていたあの十月の夜のことを思い返していた。家にはひとりきりだったはずだが——実際はひとりだとは感じられなかった。

「過ぎ去った時代にこの家で暮らした人たちは、まだここにおります」イェルロフがコーヒー・カップを手にしてそう言った。「死者が眠っているのは墓地だけだと思いなさるか？」

「でも、墓地に埋葬されるのですから」ヨアキムが静かに言った。

「そうともかぎりませんぞ」イェルロフが裏手の広い草原にあごをしゃくる。「このエーランド島では、どこに行っても死者がご近所さんです。あんたもそれに慣れるしかなくなります。田舎は古い墓でいっぱいだ……石器時代の室《むろ》のある古墳、青銅器時代の石塚、鉄器時代の石櫃、ヴァイキングの墓地」彼は海のほうを見やった。湿った冬の霧で水平線は見えない。「それにあっちにも墓地がある。東の沿岸全体が、砂州に乗りあげて難破してバラバラになった何百もの船の墓場です。むかしは海に出る者の多くが泳ぐことさえできんかったのです」

ヨアキムがうなずいて目を閉じた。「ぼくはいっさい信じていませんでした。ここに来るまでは、死者がもどってくるなんて信じていなかった……でも、いま、なにを信じればいいのかわからなくて。ここではおかしなことがいくつも起こっているんですよ」

沈黙がキッチンを満たす。

「あんたが死者のなにを感じなさったにしても、なにを見たと思っていなさるにしても、生きてる者の行動を死者に支配されるのは危険でしょうな」

「ええ」ヨアキムが静かに言った。

「それに死者を呼びだそうとしたり……質問してみたりも」

「質問？」

「どんな答えが返ってくるもんか、わからんでしょう」イェルロフが言った。

ヨアキムがコーヒー・カップを見おろしてうなずいた。「でも、ここへもどってくるという話が気になっていたんです」

「誰がもどってくると?」

「死者です。隣の家でコーヒーに呼ばれたら、その話が出たんですよ。この屋敷で亡くなった人たちが毎年クリスマスにもどってくると。その手の話がもっとないのか知りたいと思ったんですが」

「ああ、そいつはよくある昔話です。あちこちで語られてきたもんで、このウナギ岬だけの話じゃない。死者を弔うクリスマスの夜の集まりへ、その年に死んだ者が自分自身のクリスマスの儀式のためにもどってくる。そのときに死者のじゃまをした者は命がけで逃げだすことになる」

ヨアキムがうなずいた。「死者との遭遇」

「そのとおりさね。死者とふたたび会えるのだと固く信じられてきたのです。教会のなかだけじゃない。自宅でも」

「自宅で?」

「言い伝えによると、クリスマスには窓辺にキャンドルを置かねばならんそうです。死者が帰り道を見つけられるように」

ヨアキムが身を乗りだした。「でもそれは、自宅で亡くなった人だけなんですよね?」こう続けた。「それとも、ほかの死者も家にもどってくるんでしょうか?」

「溺れた船乗りのことですかな？」

「船乗りでも……それか、よそで亡くなった家族でも。そうした人たちもクリスマスに帰ってくるんでしょうか？」

イェルロフがさっとティルダを見やってから、首を横に振った。「これはただの言い伝えさね。クリスマスにまつわる迷信はたくさんあります。なんといっても年が変わる時期で、いつにもまして暗く、死がもっとも近づくときですから。その後は昼間がどんどん長くなっていき、生命がもどってくる」

ヨアキムは黙っていた。

「そのときを楽しみにしていますよ」ややあって彼はそう言った。「もうかなり暗い……年の変わる時期を楽しみにしています」

数分後には表に出て別れの挨拶をした。ヨアキムが手を差しだした。

「このお宅はたいへん美しいですな」イェルロフが握手しながら言った。「だが、渦雪には気をつけなさるといい」

「渦雪ですか？」ヨアキムが言った。「このあたりの激しい吹雪のことですよね？」

イェルロフがうなずいた。「毎年は襲ってこないんだが、今年の冬は渦雪がやってくると思ってまちがいない。しかも、速くて、あっと思ったときには巻きこまれます。渦雪になったら海のそばにおらんように。とくに、お子さんがたは」

「それで、そうした渦雪がやってくることをエーランド島の人たちはどうやって察知するんでしょう？」ヨアキムが尋ねた。「空気から感じとれるんですか？」

「温度計を見て天気予報に耳を傾けるんです。今年は寒気が早くにやってきたが、これはたいてい悪い兆候さね」

「なるほど」ヨアキムがほほえんで言った。「気をつけます」

「そうしなさるといい」イェルロフがうなずき、ティルダに支えられて車へむかいかけたが突然立ち止まり、腕を放して振り返った。「もうひとつ。事故の日に奥さんはなにを着てなすったかね？」

ヨアキム・ヴェスティンのほほえみは消えた。「いまなんと？」

「あの日奥さんが着てなすった服を覚えていなさるかね？」

「ええ――でも、べつになんてことはない服でした」ヨアキムが答えた。「長靴、ジーンズ、冬のジャケットで」

「まだ、手元に？」

ヨアキムはうなずいた。ふたたび疲労と苦悶を漂わせていた。「病院から受け取りました。小包で」

「見せてくださらんか」

「と言われると……借りたいということですか？」

「そう、貸してくださらんか。傷めるようなことはけっしてせん、ただ見てみたいだけさね」

「いいでしょう……でも、まだ開けてもいないんです。ちょっと、取ってきます」

彼は家へもどった。

「包みを受け取ってくれんか、ティルダ」イェルロフがそう言い、ふたたび車へむかった。

ティルダが車を出してゲートを抜けると、イェルロフはシートにもたれた。「さて、ちょっとしたおしゃべりが終わったな」ため息混じりにそう言った。「わたしはやはり詮索好きのじいさんだったようだな。訊かずにはおれんかった」

カトリン・ヴェスティンの服が収まった茶色の包みが彼の膝に載っていた。ティルダはちらりと見やった。「その服がいったいどうしたっていうの？　どうしてその服を借りたいと？」

イェルロフが膝を見おろした。「おまえと泥炭湿地を見ていたときに、ふと思い浮かんだんだ。生け贄があそこまでどうやって運ばれたかについて」

「なにが言いたいの？　カトリン・ヴェスティンは生け贄のようなものだったとでも？」

イェルロフはフロントガラスのむこうの泥炭湿地をながめていた。「すぐに詳しいことを話せると思うよ。服を調べたら」

ティルダは幹線道路へ車を入れた。「今回の訪問で少し心配になった」

「心配とは？」

「ヨアキム・ヴェスティンのことが、それに子どもたちのことが心配。キッチンで言い伝えについて話をしていたときね、そういったものをヴェスティンが現実だと思っているように感じたんだけど」

「そうだったな。だが、あの男にとってはそうしたことを少し話すのも悪くなかったろう。連れ合いを亡くしたことをまだ悲しんでるが、それはべつにおかしなことでもあるまい」

「それはそうよ。でも、彼は奥さんがまだ生きているみたいに話していると思ったの。まるで、また奥さんに会えると期待している口ぶりで」

20

ハゲルビの牧師館への押し込みと森からの逃亡の二週間後に、セレリウス兄弟はボリホルムへもどってきた。だが、ある日の夜にヘンリクの家にやってきたタイミングは、これ以上ないくらい間の悪いものだった。

その頃にはアパートメントに響く静かだがリズミカルなコツコツという音は、きちんと締まらない滴の垂れる蛇口のように耐えがたくなりはじめていたからだ。

初めはその音が古いランタンのものだと思いこんで、絶えずコツコツと音のする眠れない三晩を経て、ランタンは車に入れてしまった。翌朝に東海岸へ運転していき、ランタンをボートハウスにしまった。

だが、次の夜もコツコツという音は続いて、今度は廊下の壁のなかから聞こえるようになっていた。だが、いつも同じ壁というわけではなかった。音は壁紙のうしろでゆっくりと移動しているようだった。

ランタンの音でなければ、ヘンリクが森か、あるいは這いまわったいまいましい死者の室からもちかえったなにかべつのものにちがいない。

もちろんそれが、セレリウス兄弟のウィジャボードを通してこのアパートメントに忍びこんだなにかでなければの話だが。キッチン・テーブルにむかってトミーの手の下で動くグラスを見つめた夜は、目に見えないなにかがこの部屋にいたようにたしかに感じられた。

それがなんだとしても、ヘンリクの神経に障りはじめた。ベッドで休んだり明かりを消したりするのが怖くて、毎晩、寝室とキッチンを行ったり来たりした。追いつめられたあまり、元彼女のカミラに電話をかけた。半年以上も連絡を取っていなかったが、カミラは彼の声を聞いて喜んだようだった。ふたりは一時間近くも話しこんだ。

ヘンリクの神経が限界に達した三日後にドアのチャイムが鳴った。トミーとフレディの姿を戸口に見ても気分はちっともマシにならなかった。

トミーはサングラスをかけていて、手は痙攣していた。笑顔ではなかった。「入れろ」温かな再会ではなかった。ヘンリクはセレリウス兄弟から分け前を受け取りたかったが、兄弟はまったく金をもっていなかった。まだ盗品をなにも売りさばいていなかったのだ。兄弟がもう一度北への旅をしたがっていることはわかっていたが、ヘンリクはやりたくなかった。

それに今夜はそうした話をしたくもなかった。客がいたからだ。「いまは話せない」ヘンリクは言った。

「話せるとも」トミーが言う。

「だめだ」

「誰なの？」カミラがテレビの前のソファから訊いてきた。

兄弟が関心を示して首を伸ばし、女の声の持ち主が誰か見ようとした。

「ただの……友人ふたりだよ」ヘンリクは肩越しに振り返って言った。「カルマルの。でも、ふたりはすぐに帰るから」

トミーがサングラスをさげてヘンリクをまじまじと見つめた。それでヘンリクは外に出てドアを閉めるしかなかった。

「めでたいな」トミーが言った。「あたらしい女なのか、それとも古いやつを掘りかえしたのか？」

「むかし一緒に暮らしていた子だよ」ヘンリクは低い声で言った。「カミラだ」

「マジかよ。むこうからもどってきたのか？」

「電話をしたのはおれだ。でも、会いたがったのはむこうだよ」

「よかったな」トミーがにこりともせずに言った。「じゃあ、おれたちのことはどうなる？」

「なんのことだ？」

「おれたちの共同プロジェクトだよ」

「終わりだ」ヘンリクは言った。「これまでの分け前はもらう」

「嘘だろ」

「終わりだ」

ヘンリクと兄弟はにらみあった。そしてヘンリクはため息をついた。「こんなこと立ち話ではできないな。ひとりだけ部屋に入れるよ」

結局フレディが重い足取りでヴァンへもどった。ヘンリクはトミーをキッチンに案内してドアを閉めた。声を落とした。「この件をきっちり話しあったらすぐに帰れ」

だが、トミーはまだカミラに関心を示していて、彼女にはっきり聞こえるような大声で尋ねた。「それで彼女はまたここに引っ越してきたのか？　だからおまえはそんなくたびれた顔してるのかよ？」

ヘンリクは首を横に振った。「それはべつのことが原因だ。よく眠れなくて」

「おまえの良心てやつが原因なんだろうよ。だが、あのジジイは大丈夫さ。病院が治してくれる」

「軽く言うが、あの男に怪我をさせたのは誰だった？」ヘンリクは抑えた鋭い口調で詰め寄った。「覚えていないのか？」

「おまえさ」トミーが言う。「おまえがあのジジイを蹴り倒したんだ」

「おれだって？　けど、おれはおまえのうしろの廊下にいたんだぞ！」

「おまえがあのジジイの手を踏んで骨を折ったんじゃねえか、ヘンリク。おれたちが捕まれば、おまえは終わりさ」

「ふざけるな、そうなればおれたち全員が終わりだ！」ヘンリクはドアのほうを見て、ふたたび声を落とした。「いまはもう話せない」

「金がほしいんだろ。そうだろ」

「金ならある」ヘンリクは答えた。「昼間に仕事をしてるんだからな！」

「けど、もっと要るんだろ」トミーがそう言いながら、もうひとつの部屋へあごをしゃくった。「女ってやつは高くつく」

ヘンリクはため息をついた。「問題は金なんかじゃない。ボートハウスにためこんだ盗品だ。あれを売らないと」

「売るさ。だが、まずはもう一度旅をしてからだ……北への最後の旅さ。屋敷へ行くぞ」

「屋敷ってなんだよ？」

「絵のある屋敷さ。アレイスターが教えてくれたやつ」

「ウナギ岬」ヘンリクは静かに言った。

「それだ。いつ行く？」

「ちょっと待てよ……おれはこのあいだの夏にあそこへ行った。くまなく歩きまわったが、絵なんかなかったぞ。ただ……」

「なんだ？」

ヘンリクはそこで話をやめた。ウナギ岬の音がこだまする部屋や廊下を思いだしていた。カトリン・ヴェスティンのために働くことは楽しかった。あの屋敷に幼いふたりの子どもと暮らしていた女だ。だが、あの屋敷自体はヴェスティン一家が徹底的に掃除をして大規模な改装を始めていたというのに、八月であっても近寄りがたく感じられた。こうして十二月になったいまはどんな感じになっているだろう?

「なんでもない」ヘンリクは言った。「だが、ウナギ岬には絵なんかなかったぞ」

「じゃあ、きっと隠してるんだぜ」

かすかなノックの音がした。

ヘンリクは飛びあがってから、キッチンのドアが普通にノックされたのだと気づいた。ドアの前へ行って開けた。

カミラが立っていた。あまりいい顔をしていない。「話はもう終わる? 終わらないのなら帰るけど、ヘンリク」

「もう終わったよ」

カミラは小柄で痩せていて、男たちよりずいぶんと背が低かった。トミーがにこやかにほほえんで彼女を見おろし、手を差しだした。「やあどうも……トミーだ」ヘンリクが聞いたこともなかった落ち着いた丁寧な口調だ。

「カミラよ」

ふたりはトミーのジャケットのバックルがじゃらじゃらと音をたてるほど勢いよく握手をした。それからトミーはヘンリクにうなずいてみせて、玄関へ移動した。「じゃあ、そういうことで決まりだな」彼はヘンリクに言った。「連絡する」

トミーが出ていくとヘンリクは玄関に鍵をかけ、ソファのカミラのもとへもどった。ふたりは無言で座り、兄弟が現われる前に観ていた映画を最後まで流した。十一時近かった。

「わたし、ここに残るべきかしら、ヘンリク?」彼女が半時間後にそう訊いた。

「きみがそうしたいなら」ヘンリクは答えた。「うれしいよ」

十二時過ぎに、ふたりは小さな寝室で隣りあって横たわっていた。ヘンリクは半年前にもどったような気がしていた。なにもかもがあるべき姿に落ち着いたようだ。カミラがもどってきてくれたことは、とにかくうれしかった。いまの彼を悩ませているのはしつこいセレリウス兄弟だけだ。

それにノックの音。

ヘンリクは耳を澄ましたが、聞こえるのはカミラの柔らかな寝息だけだった。彼女はなんの問題もなく眠りに落ちていた。

静寂。壁のなかからの雑音は聞こえない。

いまはノックの音のことを考えたくなかった。それにセレリウス兄弟が訪ねてきたことも。ウナギ岬の屋敷のことも。

カミラはもどってきたが、ヘンリクはふたりの関係がどんなものなのかあえて話しあおうとはしなかった。ふたりは少なくとも一緒に暮らしてはいない。翌朝早い時間にヘンリクは起きだしてマルネスへ仕事に行った。そのときはまだカミラがアパートメントにいたが、帰宅してみるといなくなっていた。電話をかけても出なかった。

その夜ヘンリクはふたたびベッドにひとりで横たわり、明かりを消すと、あの音がまた廊下から聞こえてきた。壁のなかでノックしているような音は静かだが執拗だった。

ヘンリクは枕から頭をあげた。

「黙れ！」彼は部屋にむかって叫んだ。

ノックの音は一瞬止まったが、また始まった。

一九五九年、冬

五〇年代最後の冬——それがわたし自身の物語が始まる年。ウナギ岬のミルヤの、そしてトルンと渦雪の絵の物語。

灯台へやってきたとき、わたしは十八歳で父はいなかった。でも、わたしにはトルンがいた。すべての少女が学ぶべきことを教えてくれた——絶対に男に頼らないこと。

——ミルヤ・ランベ

芸術家肌の母トルンがなによりも嫌ったのはスターリンとヒトラー。第一次世界大戦の数年前にストックホルムのボンデ通り《ガタン》で生まれたけれど、じっとしている性分じゃなく、世界に憧れる。絵が好きで一九三〇年代の初めに、まずはヨーテボリへ行って芸術学校に入り、次にパリへ。トルンの言葉によれば、そこではグレタ・ガルボといつもまちがえられたそうだよ。トルンの絵はそこそこの注目を集めたけれど、母は戦争が始まるとスウェーデンへもどりたくなって、コペンハーゲン経由で帰ることにしたんだが、そこでデンマーク人の芸術家に出会い、ヒトラーの兵士たちが突然通りに現われる前に、どうにか束の間のロマンスを楽しんだんだね。

スウェーデンへ帰ってきてトルンは妊娠に気づく。本人の話によると父親になるはずだったわたしのデンマーク人のパパに何通も手紙を書いたらしい。本当かもしれない。ただ、パパが連絡してくることはなかったね。

わたしは一九四一年の冬に生まれた。恐怖が世界を包んでいた時代。当時トルンはストックホルム暮らし。街じゅうの明かりはすべて消えていてなにもかもが配給制。トルンは怪しげな老女たちが未婚の母のために貸している狭苦しい穴蔵みたいな部屋から部屋へと引っ越しを続け、エステルマルム地区の金持ち連中のために掃除をやって生活費を稼いだんだ。絵を描く時間もお金もありゃしない。

そんな生活が楽なはずはないよね。楽じゃなかったとわたしにはわかる。

ウナギ岬の納屋で初めて死者の囁きを聞いたとき、怖くはなかった。もっとひどいことをストックホルムで経験していたから。


戦争が終わってしばらくしたある夏、七歳か八歳の頃に、おしっこがうまくできなくなるんだよ。とっても痛くてね。トルンはよく泳ぎに行ったせいだろうと言って、ストックホルムでも大きな通りにあるあごひげの医者にわたしを連れて行く。いい医者だと言うんだよ。子どもの診察ならタダ同然でやるんだ。

こんにちはと言うときその医者はとても愛想がよくてね。歳をとっていて、五十歳は超えていて、白衣は皺だらけ。酒の臭いがする。

診療室の特別な部屋に行ってあおむけになれと言われる。そこも酒の臭いがして、医者はドアを閉める。

「スカートのボタンをはずして」医者はそう言うんだ。「めくりあげて、身体の力を抜くだけでいいからね」

ふたりきりで、医者はとことんやりつくす。それから、ようやく満足する。

「このことを誰かに言ったら、きみは施設送りになるよ」医者はそう言ってわたしの頭をなでる。

医者は白衣のボタンを留める。それからきらきらする一クローナ硬貨をわたしに与えて、トルンのいる待合室へもどるんだ。わたしはよろよろ歩く。脚は震えて、診療所に来る前より気分は悪くなっているくらいだけど、医者はわたしの症状は軽いと言う。わたしはいい子にしていたし、適切な薬を処方すると。

母は怒り狂う。医者の出した薬を絶対に飲まないとわたしが言うから。

一九五〇年代の初めにトルンはわたしをエーランド島へ連れて行く。これも彼女の思いつき。べつに島に知人がいたわけでもないはずだが、パリへ旅したときのように芸術的な環境に恋い焦がれていたんだね。もちろん、エーランド島は日射しと、日射しを取りこむことに成功した画家たちで有名だ。ニルス・キュレーゲル、ゴットフリード・カルステーニウス、ペール・エークストレムといった名前をトルンはべらべらと引き合いに出す。

わたしはあのじいさん医者の住む街を離れることができるだけでうれしい。

ボリホルムにフェリーで到着だ。荷物はスーツケース三つとトルンのキャンバスと油絵の具の包みだけ。ボリホルムは整然とした小さな町だけれど、母はこの町が気に入らない。住民が堅苦しくて高慢だと思ってる。それに田舎に住むほうがずっと安くつくから、一年ほどしてまた引っ越しをしてレールルビの村にある赤い離れへ。いつも寒くてすきま風が入るものだから、毛布を三枚もかけて寝るしかない。

わたしは地元の学校へ通いはじめる。学校の子どもたちみんなから、わたしが都会を鼻にかけたしゃべりかたをすると思われる。あの子たちの方言をどう思っているか口には出さないのに、それでもわたしには友だちができない。

ようやくこの田舎に落ち着くとじきにわたしは熱心に絵を描くようになる。赤い口の白い人影を描くから、トルンはそれが天使だと思うけれど、わたしが描いているのはあの医者と切り裂かれた口。

わたしが生まれた頃はヒトラーが大きな悪い狼だったけれど、子ども時代はスターリンとソビエトへの恐怖に満ちているんだ。もしもロシアの者たちがその気になれば、飛行機で四時間のスウェーデンは征服されてしまうと母は言う。最初にゴットランド島とエーランド島を占領して、続いて残りの国土を手に入れると。

でも子どものわたしにとって四時間はそれは長いから、最後に残された自由な時間になにをするか、それればかり考えるんだ。もしもソビエトの飛行機がこちらにむかっているというニュースが広まれば、レールビの店へ走って食べられるだけのチョコレートを食べて、きっと店にあるだけ全部食べてから、クレヨンと紙と水彩絵の具を摑んで家へ走ってもどる。そうすれば、描いていられるかぎり、残りの人生を共産主義者として暮らしてもいい。

わたしたちは間借り人として引っ越しを続け、うちの借りるどの部屋でも油絵の具とターペンタインのきつい臭いがこもる。トルンは掃除だけでかつかつの生活費を稼いで空いた時間に絵を描く。イーゼルをもって出かけて、とにかく描きまくる。

一九五〇年代の最後の秋に、わたしたちはますます安い部屋へ引っ越す。ウナギ岬の屋敷の離れ。石灰岩造りで白漆喰の壁の離れだよ。暑い夏のあいだは涼しくて快適に暮らせるけれど、残りの季節は凍えるほど寒い。

灯台の近くに暮らすのだとわかって、わたしはもちろん頭のなかで魔法のような風景をさまざまと思い浮かべる。暗い嵐の夜、海で遭難した船、英雄のような灯台守たち。

トルンとわたしは十月のある日に引っ越していくけれど、すぐにわたしは歓迎されていないと感じる。ウナギ岬は寒くて風の強い場所。大きな木造の建物のあいだを歩くと、うらぶれた城の中庭を忍び歩いているような気分になる。

わたしの想像した風景は全然見当はずれだったとわかる。灯台守たちはウナギ岬をあとにして、年に数回しか訪れない。灯台は戦争の一年ほどあとに電化され、十年後にはすべてが自動化されていたんだ。年老いた夜警はいる。名前はラグナル・ダーヴィッドソンで、ウナギ岬が自分の所有物みたいに我が物顔で歩きまわるんだよ。

引っ越しから数ヵ月で初めての渦雪を体験する——同時にもう少しで孤児になりそうになる。

十二月のなかば、学校から帰ってくるとトルンがいない。イーゼルのひとつと油絵の具が入ったバッグもなくなってる。日が暮れて雪が降りだす。海からの風が強くなっていく。トルンはもどらない。わたしは最初のうちは怒っているけれど、心配になってくる。窓の外であれだけの雪が吹きつけているのを見たことがない。雪片は降ってくるんじゃなく、空を横から切り裂くよう。風が窓ガラスを揺らす。

渦雪になって三十分ほどしてからやっと小さな人影が現われて、中庭の雪だまりをかきわけて進んでくる。わたしは急いで外に出て、トルンが倒れる前に抱きとめると、手を貸して部屋に入れて火の前へ連れて行く。

肩にまだバッグはかけているけれど、イーゼルは嵐で飛ばされたらしく、なくてね。まぶたは腫れて閉じられたまま。氷と砂の混ざったものが風で目に入ってほとんど見えなくなってる。服を脱がせてみるとびしょ濡れ。身体は氷のように固くなってる。

泥炭湿地に座って絵を描いていたら、雲が厚くなって渦雪がやってきたらしい。草むらと泥炭に薄く張った氷上を抜けて近道して帰ろうとしたら、水に落ちてしまって、もっとしっかりした地面まで必死に歩いたそうで、トルンはこう囁く。「死者が泥炭からあがってきた……大勢があたしを爪でひっかき、ひきちぎり、ばらばらにして……みんな冷たかった。それは冷たかった。あたしの温かみをほしがってた」

トルンは取り留めのないことをしゃべるばかり。わたしは温かいお茶を飲ませて寝かせる。半日以上もぐっすり眠る母を窓辺で見守っている。渦雪は夜のあいだにどんどん鎮まっていく。

トルンは目覚めてもまだ、渦雪のなかを歩いていた死者のことをしゃべってる。目は傷ついて血走っているけれど、次の夜にはキャンバスの前に腰を下ろして絵を描きはじめるんだ。

21

ティルダがマルティン・オルクイストのことを昼も夜も考えるのをちょうどやめた頃に、小さなキッチンで電話が鳴った。イェルロフだと思ってなんの疑いもなく受話器を手にした。マルティンだった。

「元気かどうか知りたくてね。なにも問題ないかたしかめたくて」

ティルダはしゃべらない。胃の痛みがすぐさまぶり返した。港の船のいない埠頭を見やった。

「元気よ」ようやく彼女はそう言った。

「元気なのかい、それともなんとか大丈夫なだけ？」

「元気よ」

「誰かに会いにきてほしいかい？」マルティンが尋ねた。

「いいえ」

「エーランド島の北部はもう寂しくない？」

「寂しいけれど、忙しくしているから」

「ならいいが」

会話は気まずくはなかったが、短かった。マルティンは最後にまた電話をしてもいいかと尋ね、ティルダはとても小さな声でええと答えた。心臓と胃のあいだのどこかにある傷からまた血が流れだした。

電話をしてきたのはマルティンではなく、彼の男性ホルモンだとティルダは考えた。ただ欲情して、また妻とはちがう刺激を求めているだけ。彼は日常生活にむきあえない……最悪なのは、できれば今夜にでも、自分も彼に来てほしいことだった。情けなかった。

ずっと前に彼の妻あての手紙を投函しておくべきだったが、いまだにバッグに入れてもちあるき、それを煉瓦のように感じていた。

ティルダは長いこと働いた。マルティンのことを考えないでいようと、仕事ばかりした。夜になれば、学校や地元の企業で交通や法と秩序についての意識を高めるための講習の準備をした。講習の合間にはできるだけ、歩きで巡回したり、書類仕事をしたり、パトカーで受け持ちの地区をすべてまわったりした。

ある火曜日の午後に、誰もいない海岸沿いの道でウナギ岬の双子灯台を見てスピードを緩めた。だが、停まりはしなかった。そうせずに農園の一家が暮らす隣家の方角へ曲がった。カールソンという名前だったと思いだした。一度だけ訪ねたのは、カトリン・ヴェスティンが溺死してヨアキムがこの隣家の廊下で崩れ落ちたあの長くつらい夜だけだった。

この家の女主人のマリア・カールソンは、ティルダがチャイムを押すとすぐに誰なのか気づいた。

「いいえ、わたしたちはこの秋、ヨアキムにほとんど会ってないんですよ」ふたりでキッチン・テーブルにむかうと、マリアはそう言った。「仲違いしたとかそういったことじゃないんですけどね、あの人は自分の殻に籠もりがちで。あそこの子どもたちはうちのアンドレアスとたまに遊んでいますけど」

「奥さんのカトリンのほうとはどうでしたか？」ティルダは尋ねた。「彼女が子どもたちとだけで暮らしていた頃、会う機会は多かったですか？」

「何度かお茶には来ましたが……あの人は家のことで手がいっぱいだったんじゃないかしらね。それに当然、こちらも仕事をする時間が長いし」

「カトリンさんを訪ねてくる人はいませんでしたか？」

「訪ねてくる人？　そうねえ、夏の終わり頃に職人が少しいましたけどね」

「あそこで船は見かけましたか？　ウナギ岬で」

マリアは前髪をかきあげながら考えていた。

「いや、覚えているかぎりではないですね。どちらにしても、ここからでは見えないでしょう。ながめがかなり遮られているのでね」

彼女が指さした北東の窓を見ると、双子灯台のながめは敷地の奥の大きな納屋にふさがれていた。

「でも、ひょっとしたらいつか船の音を聞いたことがあったのでは？」ティルダはそう尋ねてみた。「モーターの音はどうでしょう？」

マリアが首を横に振った。「風がなければ船が音をたてて通り過ぎるのがたしかに聞こえますけど、わたしはたいてい気にも留めないんですよ」

ティルダは外に出ると車の前で立ち止まって南を見た。最寄りの岬に赤いボートハウスが連なっているが、人の姿はまったくない。

それに波に揺られている船もまったくない。

車にもどると、この事件を眠らせる頃合いだと気づいた。どちらにしても、本物の捜査などではなかった。

警察署にもどると、カトリン・ヴェスティンについてのメモを入れたファイルを急ぎではないほうのトレイへ移動させた。

デスクにはかなり厚い書類の山が四つ、汚れたコーヒー・カップが六つあった。部屋の反対側にあるハンス・マイネルのデスクは対照的にまったく書類がない。たまに交通報告書の束を大量に彼のデスクに放りたい衝動に駆られるが、いつもその気持ちを抑えてしまう。

夜になればティルダは制服を脱いで、エーランド島になじもうと自分の小さなフォードに乗ってドライブし、そのあいだにイェルロフの録音を聴いた。ほとんどの場合、マイクはどちらの声も拾っていてよく録音できていたし、会うごとにイェルロフが話をするのにどんどん慣れていくことが聞きとれた。

こうした外出のあいだに、エドラ・グスタフソンが言及していたヴァンをついに発見した。ボリホルムまでドライブしてこの町の通りをしばらく走ってから、そのまま南へむかい、橋をわたって本土のカルマルへ行った。ここには通りがたくさんあって、大型の駐車場も多く、黒いヴァンを見つけられないまま何百台もの車の前をゆっくりと走っていった。すべての努力はむだでしかないと思えた。

半時間ほどして、地元のラジオで今夜は競馬がおこなわれると知り、町の中心部を離れて競馬場を目指した。柵でかこまれた会場は巨大なスポットライトで照らされていた。勝ちとられ、そして失われる金がある場所。ティルダは車から降りず、駐車車両の列に沿ってゆっくりと走っていった。

ふいにブレーキを踏みつけた。

一台のヴァンの前を通り過ぎたところだった。側面に〈カルマル配管&溶接〉と書いてあり、色は黒だった。

ティルダはプレートのナンバーを控えて少し先の駐車スペースにバックで停めた。それから中央指令センターに連絡してそのナンバーを調べてもらったところ、スウェーデン南端に近いヘルシンボリ郊外の村に住む前科のない四十七歳の男性のものだとわかった。ヴァンに交通違反の記録はなかったが、八月に車両の登録が切れていた。

やはりねとティルダは思った。指令センターに〈カルマル配管&溶接〉という会社についても調べてもらったが、そのような会社の登録はなかった。

ティルダは車のエンジンを切り、じっと待った。

「ああ、ラグナルはウナギ岬で密漁したもんさ」ヘッドフォンからイェルロフの声が流れてくる。「ときどき、他人の水域で釣りをしたが、もちろんいつもそんなことはせんと否定して……」

五十分してゲートから見物客がいっせいに出てきた。年の頃二十五ぐらいの屈強な体格の男がふたり、例の黒いヴァンの前で止まった。

ティルダはヘッドフォンをはずし、背筋を伸ばした。

ひとりのほうが上背もあって肩幅も広かったが、顔立ちははっきりとわからなかった。暗いなかで目を凝らしていると、男たちはヴァンに乗りこんだ。双眼鏡があればよかった。

あの男たちが押し込みをやったのだろうか？　当然、これだけではそうだとは言いきれない。〝彼らはごく普通の職人じゃないか、ダーリン〟――マルティンが頭の奥で納得させるように言う声が聞こえたが、ティルダは彼を無視した。

男たちは駐車場から車を出した。ティルダは自分の車のエンジンをかけてシフトをローに入れた。ヴァンは競馬場から遠ざかって幹線道路に入り、カルマルへむかっていく。ティルダは後方二百メートルほどを尾行した。

最終的にヴァンは地域病院にほど近い高層アパートメントへたどり着くと、スピードを落として歩道に寄せて停まった。男たちが車を降りるとアパートの入り口に消えた。

ティルダは座ったままで待った。三十秒ほどすると三階の窓ふたつに明かりが灯った。ティルダはすぐさま住所を書き留めた。ふたりが泥棒だとしたら、少なくともこれで住まいがわかったことになる。アパートメントへ入って盗品がないか捜索するのがいちばんだが、そうする理由は、あのヴァンをエーランド島で見かけたという年老いたエドラの言葉だけだ。それでは足りない。

「カトリン・ヴェスティンの死について捜査するのはあきらめた」ティルダは数日後の夜にイェルロフとコーヒーを飲みながらそう言った。

「あの殺人事件を？」

「あれは殺人事件じゃなかったし」

「いや、殺人だとも」イェルロフが言った。「そう思うよ」

ティルダはなにも言わずため息だけをついて、テープ・レコーダーを取りだした。「最後にもう一度録音を――」

だがイェルロフが遮った。「むかし、誰もさわっていないのに殺されそうになった男を見たことがある」

「ほんとに？」

ティルダはテープ・レコーダーをテーブルに置いたが、スイッチは入れなかった。

「あれはカルマルのティンメルナベンから海へ行ったあたりだった。戦争の数年前のことさね」イェルロフが話を続ける。「石を運んでた貨物船が二隻、隣りあって係留されてた。きれいに並んでな。だが、一隻にはビセルクローク出身の一等航海士が、もう一隻にはディェルハム出身の二等船員が乗ってたんだ。ふたりは何事かで口喧嘩になり、それぞれ舷縁ぎりぎりに立ってどなりあった。とうとうひとりがもう片方に唾を吐きかけて……本式の喧嘩になったんだよ。石のかけらをぶつけあうようになって、とうとうディェルハムの男が相手の船へ移ろうと舷縁を飛び越えた。だが、船には行き着かんかった。喧嘩相手がボートフックで防御したからだ」

イェルロフはいったん口をつぐんでコーヒーを少し飲むとまた続けた。「最近のボートフックはプラスチックでできた頼りない代物だが、その頃は、頑丈な木のさおの先に大きな鉄のフックを取りつけたもんだった。それでこのディェルハムの男は舷縁を飛び越えたところで、シャツをフックにひっかけられてまさに空中でぴたりと止まったんさね。それから、船と船のあいだの海に、まるで石のようにまっすぐに落ちていった。シャツがすっかりボートフックにからまって……その男は浮いてこんかった。喧嘩相手がボートフックで水中に押しつけていたからさ」イェルロフはティルダを見やった。「泥炭湿地で哀れな生け贄を棒で水に沈めたのと似たようなもんさ」

「でも、その男のひとは助かったのね?」

「そうさね、まわりにいたわたしたちが喧嘩に割って入り、海から引っ張りあげたからな。でも、あわやというところだったよ」

ティルダはテープ・レコーダーを見やった。スイッチを入れておくべきだった。

イェルロフが腰を曲げてテーブルの下にあった紙をがさがさとやりはじめた。「そういうわけでな、その喧嘩のことを思いだしたから、カトリン・ヴェスティンの服を見せてくれと頼んだんさね。それで調べてみた」

紙袋から服が取りだされた。灰色のコットンのフードつきパーカーだ。

「殺人犯は船でウナギ岬へやってきた」イェルロフが言う。「石の突堤に船を着ける。そこにカトリン・ヴェスティンが待ってた……その場に留まってたんだから、信用してる相手だったはずさね。そいつはボートフックを手にしてる。ごく自然なことだ。船を着けるときに使うもんなんだからな。だが、それは古いタイプのさおだった……長いさおに鉄のフックがついたもんで、このフードにからませ、これを利用して海へ引きずり落とした。そして息ができなくなるまで押さえつけた」

イェルロフがテーブルにパーカーを広げると、フードが破れていることがわかった。なにか鋭いもので布地が破られて五センチほどの裂け目ができていた。

22

夕方にヨアキムがキッチンの窓の外を見やると、ラスプーチンがこっそり狩りへ出かける姿を何度も目にした。だが、ほかにも黒い影がちらりと見えたと思うこともたまにあり、それはときには四本脚で、ときには二本脚だった。

エテルなのか?

最初の数回はベランダの階段へ走りでてもっとよく見ようとしたが、中庭になにかいためしはなかった。

ウナギ岬周辺では毎晩影が長くなっていき、クリスマスが近づくと屋敷のなかの不穏な空気も深まっていくように思えた。風の咆哮が聞こえて軒に吹きつけて、室内では絶えずトントンという音やキーッと軋む音がした。

屋敷に目に見えない来客がいるとしても、それがカトリンでないことはヨアキムにわかっていた。妻はまだヨアキムから離れたところにいる。

「服をお返ししますよ」イェルロフがそう言って茶色の紙袋をテーブルのむこうからヨアキ

ムにわたした。

「この服からなにかわかりましたか？」

「どうやら」

「でもそれがなにか教えてくださるつもりはない、と？」

「じきに話しますて」イェルロフが言った。「考えるのが終わったら」

ヨアキムは記憶にあるかぎり、高齢者ホームのたぐいを訪ねたことはなかった。祖父母はどちらもかなりの歳になるまで自宅で過ごし、最期の数日だけを病院で過ごした。だが、いまはこうしてマルネスのホームにあるイェルロフ・ダーヴィッドソンの部屋で静かにコーヒーを飲んでいる。二本灯ったキャンドル・ホルダーがアドベント・キャンドル（クリスマス前の四週間に毎週灯していくもの）であることだけが、クリスマスが間近に迫っているただひとつのしるしだった。壁には古いものがいくつも飾られている。船名のプレート、額に収められた船舶登録証、二本マストの帆船のモノクロの写真が何枚か。

「あれはわたしの貨物船の写真です。三隻もっておりました」

「まだ動いている船もありますか？」

「ひとつだけ。カルマルから南へくだったカールスクルーナのセーリング・クラブにあります。ほかの二隻はもうなくて……ひとつは火事になり、もうひとつは沈みました」

ヨアキムはカトリンの服の包みを見おろしてから、この部屋のただひとつの窓の外を見た。夕暮れのとばりがすでに降りてきつつあった。

「あと一時間で子どもたちを迎えにいく時間です」ヨアキムは言った。「それまで少しお話しできますか？」

「もちろんですとも」イェルロフが言った。「今日の午後の予定はひとつだけでしてな、談話室で失禁についての話を聞くというもんで。あんまりそそられる話じゃなかったです」

もうずっとヨアキムは秋に起こったことについて誰かと話をしたかった。ウナギ岬を知っている誰かと。マルネスの教会の牧師はかなり堅苦しい考えの持ち主のようだし、ミルヤ・ランベは自分のことばかり考えている。イェルロフ・ダーヴィッドソンが屋敷を訪れて聞き上手だとわかり、ふさわしい相手を見つけたかもしれないと思っていた。懺悔を聞いてくれる牧師のようなものだ。

「うちに来ていただいたときには、尋ねなかったことですが……あなたは幽霊を信じていますか？」

イェルロフが首を横に振った。「わたしは信じても、信じていなくもないです。たしかに幽霊話は集めておりますが、なにかを証明するためじゃないんですて。もちろん幽霊にはいろんな説があるが……古い家の骨組みの見まちがえだとか、電磁放射だとか」

「あるいは角膜についたただの染みだとか」ヨアキムは言った。

「そうさね」イェルロフが相槌を打った。少し黙ってからまた話を続けた。「もちろん、あんたに郷土史の本にもこれまで書いたことのない話を聞かせることはできます、本物の幽霊体験が一度だけありましてて」

ヨアキムはうなずいた。

「十七歳で最初の貨物船を手に入れました」イェルロフが言った。「その前に数年海で働いて金を貯めておりましたし、父も資金を出してくれた。自分が買いたい船はしっかり決まっておりました。一本マストのエンジンつきの帆船。イングリッド・マリア号といいましてな、港はボリホルムでした。もともとのオーナーはイェルハルド・マルテンといって六十代、貨物船で人生ずっと航海してきた人でしたよ。だが、心臓の病気を患って、医者からもう海には出られんと言われたんですな。イングリッド・マリア号は売りにだされ、価格は三千五百クローナでした」

「それは安かったのでは？」

「そうさね。当時でも破格の値段です」イェルロフが答えて話を続けた。「マルテンに会って金をわたすことになっていた夕方に、港へ歩いていって船をながめました。四月でした。カルマル海峡の氷もやっと解けたところで。日は沈んで、港にはほとんど人がおらんで、見かけたのはマルテンだけでしたよ。彼はイングリッド・マリア号の甲板を歩きまわっておりました。船と別れづらい様子でね。そしてわたしも船に乗りました。ふたりでなにを話したか覚えておりませんが、一緒に甲板を少し歩いて、彼は修理の必要なちょっとしたものを指さしました。それから、船の世話をよろしく頼むと言われて、別れたんですて。わたしは陸にあがって両親の家へ歩いてもどり、夕食のあとで金の入った封筒を受け取りました」

イェルロフは黙りこみ、壁にかけられた貨物船の写真を見た。

「七時頃に自転車でマルテンの家へ行きましたな。場所はボリホルムの北。だが、着いてみると、そこは喪に服していた。マルテンの女房がそこにいて、泣きじゃくって目をまっ赤にしていた。イェルハルド・マルテンが亡くなったのだとわかりました。前の晩に船の売買契約書に署名をしてから、朝早くに猟銃をもって海辺へ歩いていき自分の頭を撃ったんです」

「朝のうちにですか？」

「そう、その日の朝に。つまりわたしが港でイェルハルド・マルテンに会ったとき、彼はもう亡くなってそろそろ一日になろうとしてたことになる。わたしには説明できんことで……ただ、あの日の夕方に会ったことだけは絶対たしかで。握手もしたんですよ」

「では、あなたは幽霊に会ったんだ」ヨアキムは言った。

イェルロフに見つめられた。「そうかもしれません。ただ、なにも証明されてはおりません。それで死後の世界があると証明されたことにはならん」

ヨアキムは座ったまま身じろぎをして服の包みを見おろした。「ぼくは娘のリヴィアのことが心配なんです。六歳なんですが、寝言を話すのです。いつものことなんですが……ただ、妻が死んでから、あの子は妻の夢を見るようになって」

「そいつは、それほどおかしなことですかな？　いまでも死んだ家内を夢に見ることがありますよ。もう何年も前に死んだのに」

「ええ……でも、夢というのが同じ内容で、何度も繰り返し見ているんです。母親がウナギ岬にやってきたのに、家に入れないという夢をリヴィアは見るんですよ」

イェルロフは黙って耳を傾けている。

「それにあの子はエテルの夢を見ることもあって」ヨアキムは話を続ける。「それがいちばん心配なんですよ」

「エテルとはどなたですかな?」

「ぼくの姉でした。三歳年上」ヨアキムはため息をついた。「これはぼく自身の幽霊話のようなものです」

「お姉さんの話を聞かせてくださらんか」イェルロフが静かに言った。

ヨアキムは疲れたようにうなずいた。いまこそ語るときだ。

「エテルは麻薬依存症でした。冬の夜に、ぼくたちが暮らしていた場所のすぐ近くで死んだんです……去年のクリスマスの二週間前に」

「気の毒に」

「ありがとうございます。先日お会いしたときに、ぼくは嘘をついていました……ブロンマの家を売ってここへ越してきた理由を訊かれましたね。それは姉に起こったことと大いに関係があるんです。エテルが死んでから、ぼくたちはもうストックホルムに住みつづけたくなかったので」

彼はまた話をやめた。話してしまいたいが、話したくない気持ちもある。エテルとその死についてどうしても思いだしたくなかった。カトリンの長い憂鬱のことも。

「でも、お姉さんがいなくなって寂しかろうに?」イェルロフが尋ねた。

ヨアキムは考えてみた。「ほんの少しだけ」薄情に聞こえたのでこうつけ足した。「むかしの姉がいなくなって寂しいですよ。ドラッグを使う以前の姉が。エテルはおしゃべりが大好きで、いつでもやりたいことがたくさんあった。美容室をオープンさせたい、音楽の教師になりたいと……でも、しばらくすると、飽きてしまうんですよ。それだけ計画があっても、ドラッグをやめようとはしないからです。家から火の手があがっているのに、逃げようともせずにパーティの計画を立てている人を見るような気分でした」

「どんなきっかけだったんですかな？」イェルロフが申し訳なさそうな声で訊く。「そっちのことはほとんど知らんので……」

「エテルの場合はマリファナから始まりました」ヨアキムは答えた。「ハッパと呼んでいたようですが。パーティやコンサートで吸っていると格好のいいものだったんです。そして十代のエテルにとって人生はパーティでした。ピアノとギターが弾けて――ぼくにも少し教えてくれましたよ」

ヨアキムは思わずほほえんだ。

「お姉さんのことをたいへん好いてなさったようですね」イェルロフが尋ねた。

「ええ。エテルは明るくておもしろかった。それに美人で、男たちにもてましたよ。そしてパーティ三昧でした。覚醒剤の力でさらに遊びまわっていましたね。もともと痩せ形だったのに、体重が十キロほど落ちたはずです。姉はどんどん遠くへ行ってしまった。そして父が癌で亡くなった頃にヘロインを始めたようです。姉の笑い声はどんどんかすれてしゃがれていった」

ヨアキムはコーヒーに口をつけてから、急いで続けた。「ヘロインを吸う者はみんな自分が本格的な依存症だとは思わないんです。依存症じゃないと思っている。でも、遅かれ早かれ注射に切り替える。そのほうが安いからです……一回あたりに必要なヘロインの量が少なくてすむ。それでも、打ちつづけるには一日に最低、千五百クローナが必要で。大金ですよ、金なんかもっていない者には話にならない。だから盗みを始めるんです。年老いた母の金をかすめとったり、代々伝わる母の宝石を盗んだり」

ヨアキムはアドベント・キャンドルを見やってこうつけ足した。「クリスマス・イヴに母の家でハムや肉団子を食べているときも、テーブルにはいつも空席がひとつありました。エテルは決まって来ると約束するのに、ドラッグを求めて街の中心にいたんです。姉にとってはそれが日常で、いつものことだった。そして日常ほど破るのがむずかしいものはありません。どんなにひどいものでも」

ヨアキムは事情を打ち明けることに没頭していて、もはやイェルロフが聞いていることとさえ意識していなかった。

「だから、なにもかもが悪い方向へ突き進んでいて、姉が街のまんなかでドラッグのための金を集めていて、姉のソーシャル・ワーカーからけっして連絡がこないことをわかっていても……朝になれば教師の仕事へでかけて夜になれば家族と夕食をとってあたらしい家のリフォームをして、姉のことは考えないように、あまり傷つかないようにしようとするんですよ」彼は視線を下げた。「忘れようと努めるか、そうでなければ姉を見つけようと努めるか。父は毎晩姉を探しに出かけたものですが、それをやるには身体の具合が悪くなりすぎて。ぼくも探しに出かけました。通り、広場、地下鉄の駅、それに精神科の救急病棟……姉がいそうな場所はじきにわかるようになりました」

彼は黙りこんだ。頭のなかで彼はストックホルムにもどっていた。麻薬依存症患者たち。通りで寝ているごろつきたち、夜通し歩きまわる孤独な死にかけた魂の持ち主たちのなかをさまよった記憶。

「それはたいへんな気力と体力がいりなさったことだろう」イェルロフが静かに言った。

「ええ……でも、ぼくは毎晩は探しにいかなかった。もっと何度も姉を探しにいけたはずだった。姉のためにもっとなにかやれたはずだった」

「そしてお姉さんをあきらめることもできたはずだった」

ヨアキムは渋い表情でうなずいた。もうひとつエテルについてイェルロフに話すことがあった。話をするのがもっともむずかしいことだ。

「終わりの初まりとなったことは二年前に起こりました。エテルはあの冬リハビリを始めていてうまくいっていたんです。始めた頃は体重が四十五キロを切っていて、身体は痣だらけ、頬はすっかり窪んでいました。でもストックホルムの家に帰ってくる頃にはずっと健康になっていた。三カ月近くも薬を抜いて体重もいくらか増えていましたから、うちの客用寝室に滞在させたんです。うまくいきました。夜にはリヴィアとたくさん遊んで。ふたりはとても仲がよかった」

当時、ふたたび希望を抱くようになった頃を思いだしていた。カトリンとふたり、エテルを信用するようになっていた。夜にはエテルにリヴィアとガブリエルを託して、夫婦でゆっくりと散歩に出るようになった。毎回うまくいった。

「三月のある日の夜、カトリンとぼくは映画に行きました」彼は話を続けた。「数時間して家へもどってみると、暗くて人の気配がありませんでした。ガブリエルだけがベビーベッドで寝ていて、あの子のおむつはぐっしょり濡れていた。エテルはいなくなってしまったんです。ふたつのものをもって。ぼくの携帯電話とリヴィアです」

ヨアキムは口をつぐんで目も閉じた。

「もちろん、どこへ行ったのかわかっていました」彼は話を続けた。「ドラッグへの欲望が復活して、街のその手の連中がいるところへ、ヘロインを買いにいったんです。前にも何度もあったことです。五百クローナぶんのヘロインを買って、どこかのトイレで打ち、数時間じっとしている。欲求がまた頭をもたげてくるまでは。そのときの問題はリヴィアが一緒だったことです」

あの夜の記憶がヨアキムの脳裏に甦る。焦りが募っていった氷のように冷たい記憶。車に飛び乗ると中央駅付近をまわった。前にも、ひとりで、あるいはカトリンと一緒に、そうしたことがあった。その頃はエテルにどんなことが起こるかと心配だった。

あのときはリヴィアになにかあったらと思い恐怖に身がすくんだ。

「ようやくエテルを見つけました」彼はイェルロフを見て言った。「クララの教会の暗い墓地に倒れていましたよ。墓の隣で丸くなって気を失っていた。リヴィアは薄着で隣に座っていました。すっかり冷え切ってうつろな顔で。ぼくは救急車を呼び、エテルがドラッグを抜く施設に入るようにしました。またです。それからリヴィアを連れてブロンマへ帰りました」

彼は黙りこんだ。

「あのあと、カトリンはぼくに選ぶよう迫りました」彼は低い声で言った。「ぼくはいまの家族を選びました」

「あんたは正しい選択をしなさったんですよ」

ヨアキムはうなずいた。だが、いまだにあの選択をすることにならなければよかったと思っていた。

「あの夜のことがあってから、エテルには、もうぼくたちの家に近寄らないように言いました……でも、またやってきたんです。ぼくたちは家に入れませんでしたが、週に二、三回は夜に汚れたデニムのジャケット姿で門に立ってアップル・ハウスを見つめていました。うちの郵便受けを開けて現金か小切手入りの封筒がないかたしかめることもありました。それに男を連れてくることもありました……姉の隣に立って震えている骸骨のような男を」

ヨアキムは黙りこんで、それが姉の最後の記憶であることを思い返した。門のところに立って死人のように青ざめ、髪を立てて。

「エテルはそこに立ってひたすら叫ぶんです」彼はイェルロフに言った。「いろんなことを叫んで……カトリンについて。ぼくについて叫ぶこともありましたが、たいていはカトリンについてでした。どなって叫んで、とうとう近所の人たちがカーテンの隙間から覗くほどになると、ぼくは表へ出て姉にいくらか金をわたしました」

「それでなんとかなりましたか？」

「ええ、その場は収まりましたが、もちろん、また姉が無一文になればもどってくることになりました。悪循環です。カトリンとぼくは……家を包囲されて攻められているような気分でした。ぼくは真夜中に目が覚めて門のところでエテルが叫ぶ声を聞くのですが、外へ出てみると通りには誰もいないこともありました」

「お姉さんが現われたときは、リヴィアも家に？」

「たいていそうでした」

「お姉さんの叫び声はリヴィアにも聞こえましたかな？」

「だと思います。リヴィアが話題にすることはありませんでしたが、きっと聞いていたはずです」

ヨアキムは目を閉じた。

「暗黒の日々でした……ひどい時期でした。そしてカトリンはエテルが死ねばいいと願うようになりました。夜更けにベッドでそんな話をするんです。エテルは遅かれ早かれ過剰摂取する。できれば早いほうがいい。ぼくたちふたりともそう願っていたと思います」

「実際にそうなられたと？」

「ええ、結局。ある夜の十一時三十分に電話が鳴りました。そんな夜更けに電話が鳴るときは、エテルのことだとわかっていましたし、外れたためしがなかった」

一年前のことだ――ヨアキムはそう考えたが、まるで十年前のように感じた。

知らせを寄こしたのは母のイングリッドだった。エテルがブロンマで溺死しているのが見つかった。

カトリンはエテルの声を早い時間に聞いていた。いつものように、七時頃に門に立って叫んでいたという。だが、叫び声はやんだ。

カトリンが外へ見に行くと、エテルはいなくなっていた。

「エテルは海辺の遊歩道へ降りたんです」ヨアキムは言った。「ボートハウスの横に座って注射を打ち、冷たい海に落ちてしまった。それが姉の最期でした」

「その夜、あんたは留守にされとったんですか？」

「帰宅が遅くなったんです。リヴィアと子どものパーティに出ていまして」

「それはたぶん、よかったんでしょうな。リヴィアにとって」

「ええ。そしてしばらくのあいだは、これですべてが解決だと期待していました。でも、通りで叫ぶエテルの声が聞こえる気がして、ぼくは相変わらず夜に目を覚ましました。カトリンは生きる喜びをすっかりなくしてしまいました。その頃にはアップル・ハウスの改装が終わってじつに美しい家になっていたのですが、妻はもうあの家ではくつろげませんでした。

それで去年の冬に田舎へ、南へ引っ越す相談を始めたんです。このエーランド島で家を見つけようと。そしてそれを実行した」

ヨアキムは黙りこんで時計を見た。四時二十分。この一時間ではなく、秋じゅうしゃべっていたような気がした。

「子どもを迎えにいく時間です」

「あんたがこれだけのことを経験なすって、どんな気持ちか尋ねた人はおりましたか？」イェルロフが言った。

「ぼくの気持ちですか？」ヨアキムは立ちあがりながら言った。「もちろん、元気ですよ」

「その言葉は信じられませんな」

「そうですか。でも、家族のことをどう思うかなんて人に話したことはありませんし。それに、エテルの問題について話をしたこともありません」彼はイェルロフを見つめた。「姉が麻薬依存症だなんて人には言えません。初めて打ち明けたのがカトリンだった……言いかたを変えると、ぼくが彼女をこんなことに引きずりこんだんだ」

イェルロフは無言で座っていた。考え事をしているようだ。

「お姉さんの望みはなんだったんですかな？　どうしてあんたの家を何度も訪ねてきたんでしょう？　麻薬を買う金だけが目的ですか？」

ヨアキムは返事をせずにジャケットを着た。

「それだけじゃありません」ようやく彼は答えた。「自分の娘も取り返したかったんですよ」

ヨアキムはためらった。これも話しづらいことだったが、結局は話すことにした。「父親はいません……薬物の過剰摂取で死にました。カトリンとぼくはリヴィアの名付け親でしたから、四年前に社会福祉局があの子の世話をぼくたちに託したんです。そして去年、正式に養子に迎えました……リヴィアはもうぼくたちの子です」

「自分の娘？」

「でも、お姉さんの子どもなんですな？」

「いいえ。もうちがいます」

23

ティルダは黒いヴァンについてボリホルムの本部へ報告を送り、調べる価値のある〝興味深い〟車両と表現した。だが、道路を巡回する警官の数を考えると、エーランド島はあまりにも広い場所だった。

そしてイェルロフがウナギ岬でボートフックを使った殺人犯のことを話していたが、その仮説については報告書に含めなかった。岬に船がいたというはっきりとした証拠がなにもないのでは、殺人の捜査をはじめさせることは不可能だ。服に穴が開いていたというだけでは。

「服はヨアキム・ヴェスティンに返しておいたよ」イェルロフが電話をかけてきてそう言った。

「殺人の仮説についても話した？」ティルダは訊いた。

「いや……ふさわしい時期じゃなかったからな。あの男はまだ安定しておらん。幽霊が奥さんを海に引きずりこんだと信じてしまいそうさね」

「幽霊？」

「ヴェスティンの姉だよ……麻薬依存症だったそうだ」

イェルロフがヨアキムの姉のエテルの話を語ってくれた。ヘロイン依存症だったこと、ヴェスティン一家の平和を乱してばかりいたこと。

「それであの一家はストックホルムから引っ越してきたのね」話を聞き終えるとティルダは言った。「死があの人たちを追いやった」

「それが理由のひとつさね。だが、エーランド島があの人たちを誘ったのかもしれんよ」

ティルダは先日会ったときに、ヨアキム・ヴェスティンがいかにやつれ果てていたかを思いだしてこう言った。「あの人はセラピストと話をしたほうがよさそう。牧師さんでもいいけど」

「つまり、わたしは懺悔の牧師の仕事にはむいとらんと？」

ほぼ毎晩、ティルダは帰宅する途中にポストの前を通るとマルティンの妻あての手紙を取りだして投函しようとするのだが、手紙はまだバッグに入っていた。斧をもちあるいているような気分だった。この手紙は知らない相手に対して力をあたえてくれる。

もちろん、マルティンに対してもティルダは力をもっていた。彼は時折電話をかけてきては世間話をしようとした。もしもまた会いにきていいかと言われたら、なんと返事をしたらいいのかティルダはわからなかった。

エーランド島北部で押し込みの報告がひとつもないままに二週間が過ぎていた。だが、ある朝、警察署の電話が鳴った。島の西海岸のステンヴィークからだった。電話の男は強い訛りのある口調で静かにしゃべり、ヨン・ハーグマンだと名乗った。ティルダはその名前に聞き覚えがあった。イェルロフの友人のひとりだ。

「あんたが、家へ押し込みを働いとる奴らを探しとると聞いたんで」彼は言った。

「探しています」ティルダは答えた。「あなたにご連絡差しあげるつもりでいました……」

「ああ、イェルロフから聞いたよ」

「押し込みをしている人を見かけたことがありますか?」

「いや」

ハーグマンはそれきりなにも言わない。

ティルダは相手の出方を待っていたが、こう尋ねた。「押し込みの跡ならご覧になったことがありますか?」

「ああ。この村にあるよ」

「最近のものですか?」

「そうだな……秋のかね。奴らは何軒かにやってきたらしい」

「そちらに伺ってたしかめますね。お会いしてあなただとわかる目印のようなものはありますか?」

「いまじゃ、村に住んどるのはおれだけだから」

ティルダは閉めきられた夏の別荘が並ぶ途中の砂利道でパトカーを降りた。カルマル海峡から百メートルほどの位置だ。冷たい風に吹かれてあたりを見まわし、自分の家族のことを考えた。一家はステンヴィークの出身だ。この岩ばかりの風景のなかでなんとか生き延びてきたのだ。

濃いブルーのダンガリーのオーバーオールを着て茶色のキャップをかぶった背の低い年配の男がパトカーに近づいてきた。「ハーグマンだ」彼は言った。

男はさっと会釈すると、大きな窓のあるダークブラウンの平屋を指さした。「そこだよ。窓が開いとるのに気づいたんだ。隣もやられとる」

家の裏手の窓が開いていた。ティルダが近づいてみると、錠のあたりの窓枠にヒビが入って壊れていた。

窓の下のベランダには足跡がなかった。ティルダは身を乗りだして窓を大きく押し開けた。室内は荒らされていた。衣類や工具類が床に投げだされていた。

「この家の鍵をおもちですか？」

「いや」

「そういうことなら、窓から乗りこみます」

ティルダは手袋をはめた手で窓枠の左右をしっかり摑み、身体を押しあげて暗い室内へ入った。小さな物置部屋の床へ飛びおりて照明のスイッチを押したが、明かりはつかなかった。電力が来ていないのだ。

だが、泥棒たちが残した跡ははっきりと見えた——物をしまった箱がすべて引っ張りだされて、床にぶちまけて空《から》にされていた。客間へ歩いていくとガラスの破片が見えた。ハゲルビの牧師館と同じだ。

ティルダは近づいてさらに詳しく調べた。ガラスのなかに小さな木片が散らばっている。しばらくしてからこれは床で砕けたボトルシップだと気づいた。


数分後、窓を乗り越えて外へもどった。ハーグマンはまだそこの芝生に立っていた。

「奴ら、室内に侵入していますね」ティルダは言った。「そしてひどく荒らしています……ものを壊してる」

透明のビニール袋をかかげて、ボトルシップの残骸を集めた木切れを見せた。「これはイェルロフの作ったもののひとつでしょうか？」

ハーグマンが残骸を見て悲しげな表情になってうなずいた。「イェルロフはこの村に別荘をもっとる。夏だけやってくる者たちに、ボトルシップや模型をたくさん売る」

ティルダはビニール袋をジャケットのポケットへ押しこんだ。「それで、このあたりの別荘から夜に怪しげな音を聞きませんでしたか？」

ハーグマンは首を横に振った。

「このあたりで見慣れない車に気づきませんでしたか？」

「いや。毎年八月になると、別荘のオーナーたちは都会へ帰ってく。九月には床の張り替えをやっとった会社があった。だが、それからはなにも――」

ティルダはハーグマンを見つめた。「床の張り替えの会社ですか？」

「ああ。このあたりの別荘で一週間ほどだったか、仕事をしとったよ。だが、仕事が終わったらきちんと戸締まりしてた」

「それは配管の会社ではありませんでしたか？〈カルマル配管&溶接〉では？」

ハーグマンが首を横に振った。「やっておったのは床の張り替えだったよ。若い男たちだった。何人かおったかな」

「床の張り替え……」ティルダはそうつぶやいた。そしてハゲルビの牧師館の磨きたての床を思いだし、犯罪のパターンを見つけたかもしれないと考えた。「その人たちと話をしましたか？」

「いや」

ティルダはハーグマンと一緒に近くの別荘も見てまわり、窓枠が壊れていたものをメモにとった。

「所有者たちに連絡しなければ」パトカーへ引き返しながらティルダは言った。「連絡先をご存じですか、ヨン？」

「知っとるのもあるよ」ハーグマンが言った。「まともな礼儀を知っとる者たちのは」

ティルダは警察署へもどると、秋のあいだに押し込みの被害届を出したエーランド島やカルマル地区の別荘の所有者たち十数名に電話をかけた。

連絡のついた所有者のうち四名が今年の早い時期に、夏の別荘の床を磨いたり張り替えたりしていた。エーランド島北部にある地元の会社を使っていた。マルネス・ファイン・フローリング社だ。

ハゲルビの牧師館も訪ねた。夫妻は病院からもどっていた。グンナル・エドベリはまだ手にギプスを巻いていたが、気分はだいぶよくなったそうだ。この夫妻もあたらしく床を張るためにマルネスの同じ会社を使っていた。

「きちんとした仕事ぶりでしたよ」エドベリが言った。「初夏に五日間ここで仕事をしました。でも、実際には会ってないんです――その時期、わたしたちはノルウェーにいましてね」

「つまり、その業者に鍵を預けたわけですね」ティルダは言った。「よく知らない相手なのにですか？」

「信頼できる会社なんですよ。会社のオーナーを知ってる。マルネスに暮らしている男です」

「電話番号がわかりますか？」

ティルダはもう腹を決めていて、グンナル・エドベリとの話がすむとすぐさまマルネス・ファイン・フローリング社のオーナーに電話をかけた。その電話の目的について手早く説明した。この一年にエーランド島北部で、床の張り替えの作業をした男たちの名前を知ることだ。その男たちがいかなる犯罪においても被疑者ではないこと、この電話のことを従業員に言わないでくれると警察はありがたいと強調した。
それで問題はなかった。フローリング会社のオーナーはふたつの名前、住所と身分証明書の番号を教えてくれた。

ニクラス・リンデル
ヘンリク・ヤンソン

ふたりともまともな連中だとオーナーは請けあった。まじめで、仕事ができて、勤勉だ。ふたりで一緒に仕事をすることもあれば、別々に仕事をすることもある。たいていは休暇で留守にする島民や、オーナーが自宅へ帰っている季節に別荘の仕事をした。仕事はたくさんあった。

ティルダは礼を言って最後の質問をぶつけた。夏と秋にリンデルとヤンソンが仕事をした家のリストを見せてほしいと。

情報は会社のコンピュータ・システムのカレンダーに掲載されているとオーナーは言った。そのページをプリントアウトしてファクスしてくれるという。

電話を切ると、コンピュータを立ちあげて警察のデータベースでリンデルとヤンソンの身分証明書番号をチェックした。ヘンリク・ヤンソンは七年前にボリホルムで違法運転により逮捕されて罰金を科せられていた。十七歳で免許がないのに車を運転したのだ。この男もリンデルのほうも、ほかにはなにもなかった。

そこでファクス機が音をたてはじめて、マルネス・ファイン・フローリング社がおこなった仕事のリストが出てきた。ティルダは、床の作業を頼んだ二十二軒の所有者のうち七人が、この三カ月で押し込みの被害届を出していることを突きとめた。ニクラス・リンデルはそのうち二軒で働いただけだった。だが、ヘンリク・ヤンソンは七軒すべてで仕事をしている。

ティルダは森でヘラジカが現われたときのハンターと同じように興奮した。続いてほかにも気づいたことがあった。八月のある週にヘンリク・ヤンソンはウナギ岬でも働いている。仕事のリストによると、その仕事とは〝一階の床の張り替え〟だった。

これはなにかを意味しているのか？

ヘンリク・ヤンソンはボリホルム住まいだ。カレンダーで調べると、今日の彼はビセルクローク郊外で仕事をしているらしく、目下の状況を考えると、平和に穏やかに床の張り替えをしてくれていれば、それでよかった。彼を警察の取り調べに呼ぶまでにまだ時間が必要だ。

静寂は電話の鳴る音で破られた。ティルダは時計を見やった。もう五時十五分だ。相手はきっと思ったとおりの人物だ。

「マルネス警察署、ダーヴィッドソンです」

「やあ、ティルダ」

勘はあたっていた。

「元気かい？」マルティンが言った。

「元気よ」彼女は言った。「でも、いまは時間がなくて。重要なことをしている途中なので」

「だが、ティルダ、待ってくれな……」

「じゃあ」

こんなものだ。彼がなにを望んでいたのか、これっぽっちも興味を抱かずに受話器を置いた。マルティン・オルクイストが突然彼女にとって重要なものではなくなったと気づくと、解放されたように感じた。いま彼女の人生にとって重要な男は、ヘンリク・ヤンソンだ。目標はヘンリクを見つけて逮捕することだった——留置所へむかう途中にいくつか質問をしたかった。もちろん、どうして老人を襲ったのか尋ねたかった——だが、イェルロフの作ったボトルシップを壊した理由も知りたかった。

一九六〇年、冬

その年の夏はエーランド島にはめずらしく雨が多く、ウナギ岬での二回目の冬は最初の冬よりもひどかった。寒さも厳しかったし雪さえも多かった。一月と二月はマルネスの学校は毎週月曜が休みだったね。週末に積もったぶんの雪かきが間に合わなかったから。

——ミルヤ・ランベ

母のトルンは渦雪での経験から視力が回復することはないけれど、絵を描きつづける。この頃には前がかろうじて見えるだけで、もう字を読むことはできない。

眼鏡は役立たず。わたしたちはボリホルムで三脚に取りつけた大きなハロゲン・ランプのようなものを見つける。目も眩むような白い光を照らし、ウナギ岬の離れの暗い二部屋が撮影スタジオのように見える。このまばゆい光のなかで、母は混ぜあわせることができた最高に暗い色調を使って絵を描く。

トルンの油絵のナイフや筆がピンと張ったキャンバスの上で疲れきったネズミのようにぎこちなく動く。去年の冬に自分が迷った吹雪を描いている。キャンバスにぐっと顔を近づけるから、鼻先がたいてい暗い灰色に染まっているんだよ。折り重なっていく暗い影を熱心に見つめてる。描いているあいだは、まだ泥炭湿地の水溜まりで死者にかこまれているように感じているんだろう。

キャンバスが次々に油絵の具に覆われていくけれど、そんな絵は誰も買いたがらないし、展示だってしたがらないから、母はキャンバスを丸めて離れのキッチン隣にあるからっぽの物置に置くんだ。

わたしも少し絵を描く。残った絵の具と紙があれば。だけど世界の果てのこの家の雰囲気はそれでもぱっとしないまま。お金なんかあったためしがないし、トルンにはもう掃除の仕事ができるだけの視力がない。

トルンは十一月の初めに四十九歳の誕生日を迎える。一本の赤ワインをおともにひとりで祝い、もう人生は終わったという事実について語りはじめる。

わたしの人生はまだ始まってもいないように感じる。

わたしは十九歳。学校を終えてトルンの掃除の仕事の一部を引き継いで、もっといいことが起こるのを待っているところ。とにかく一九五〇年代が恋しかったね。あの年代がちょうど終わってしまってから、古い《ピクチャー・ジャーナル》に出会い、スターリンの死や原子爆弾の恐怖をべつにすると、五〇年代はティーンの十年だったと知ったから。くるぶしまでの白いソックス、ハウス・パーティ、ロックンロール——でも田舎にはそんなものほとんどなかったんだ。うちのラジオは古くて、たいていは雑音と幽霊のようなぼんやりした声を流すだけ。海へ泳ぎにいける至福の季節が過ぎると、海辺の生活は暗く、風が強く、どこまでもぬかるんだ道に、乾ききらない服と、始終冷たい足の九ヵ月だ。

今年のただひとつの慰めはマルクス。


マルクス・ランドクヴィストはその年の秋に、ボリホルムからウナギ岬の屋敷の小さな部屋へ越してきたんだ。十九歳でわたしより一ヵ月先に生まれていて、兵役に呼ばれるのを待ちながらこの付近のあちこちの農園で日雇いの仕事をしている。

初めて恋した相手じゃないけれど、初めての本当の恋の相手。以前の恋は校庭のむこうにいる男の子をじっと見つめ、こっちに来て髪を引っ張ってくれたらいいと思うぐらいの淡いものばかり。

マルクスは背が高くてブロンドでこのあたりではいちばんのハンサム。少なくともわたしはそう思う。

「ウナギ岬におばけが出るって知ってる?」初めて屋敷のキッチンで出会ったときに、彼にそう尋ねた。

「どういうこと?」

ちっとも怖がっていないし、興味さえないようだけれど、話しかけたからにはと思ってわたしは話を続ける。「納屋に死んだ人が住んでるの。壁の奥で囁くんだから」

「ただの風だよ」マルクスが言う。

一日惚れでなかったことはたしか。でも、一緒に過ごすようになる。わたしはおしゃべりでうるさいほう。マルクスはとても無口なほう。でも、彼はわたしを好きだと思う。眠る前には記憶のなかのマルクスを絵に描き、彼と一緒にウナギ岬を出ていく夢を見る。どうやら、マルクスとわたしだけがこれから先の人生がある人間だ。トルンはもうあきらめているし、屋敷の年上の男たちは昼間には仕事、夜には噂話をするだけで満足しているように見える。

男たちはときどき、キッチンで手作りの酒をウナギ漁師のラグナル・ダーヴィッドソンと一緒に飲む。窓越しに男たちの笑い声が聞こえる。

ウナギ岬にも慣れてきたこの冬、納屋の上に干し草置き場を見つける。干し草はほとんどないけれど、ここに暮らした人たちが置いていったものがたくさんあって、ほぼ毎週発見の旅に出る。屋敷に暮らした家族や灯台守たちの跡がたくさんだ。まるで博物館のように、船に関係のあるあれこれや木箱や古い海図や航海日誌を積みあげてある。置いてあるものを脇へ押して、宝物とがらくたのさらに奥へ進み、とうとう干し草置き場の突き当たりへやってくる。

そこで名前を見つけるんだ。壁に彫ってある名前。

カロリーナ、一八六八年

ペッテル、一九〇〇年

グレタ、一九四三年

まだたくさんある。壁のほぼ全部の横板に少なくともそれぞれひとつは名前が彫りつけてある。

わたしは名前を読み、ウナギ岬で生きて、そして死んでいった人たちみんなのことを想像する。その人たちと干し草置き場で一緒にいるような気分。

いまのところ人生の大きな目標はマルクスを連れてここにあがってくること。

24

黄昏が午後の海と陸を染める時間。幹線道路のひとつきりの街灯がますます早い時間に灯るようになっている。ヨアキムは大きな屋敷の周辺を歩いてまわり、自分が成し遂げたことを誇りに感じようとした。

一階の改装はかなり終わっていた。ペンキ塗り、壁紙の貼り替え、家具の搬入はできる範囲ですべて片づいた。もう少し家具を買う必要があったが、いまは資金が不足していたし、あたらしい教職の口を探すほうもおざなりになっていた。だが、少なくとも客間に十八世紀の大きな食器棚、長いディナー・テーブル、背の高いダイニングチェアを入れたし、窓辺にはキャンドルを置いた。

この秋は屋外の作業がほとんどできなかったが——足場を組む金がなかった——以前の住民たちが室内の改装をおおいに認めてくれているという気がしていた。ひとりきりで家にいるとたまに期待してしまう。住民たちの声が家のなかで聞こえないか、二階の床をゆっくりと歩く足音やからっぽの部屋でつぶやく声が聞こえないかと。

だが、エテルはごめんだ。エテルはこの家に入ることを許されていない。リヴィアが姉の夢をどうやら見なくなったのは心からありがたい。

「クリスマスはうちに来るのかい?」母のイングリッドが十二月のなかばに電話をかけてきた。

いつものように穏やかでためらいがちな声で母はしゃべり、ヨアキムはとにかく電話を切りたい気分になった。

「行かない」すぐにそう答えてキッチンの窓の外を見やった。

納屋の扉がまた開いている。ヨアキムは開けなかった。もちろん風か子どもたちの仕業ということもあり得るが、あれはカトリンのしるしだと感じた。

「来ないの?」

「行かないよ。クリスマスはここにいるつもりだ。ウナギ岬に」

「おまえたちだけで?」

たぶんちがうとヨアキムは考えた。だが、こう返事をした。「そうだよ、カトリンの母親のミルヤがやってくるかもしれないけどね。ただ、そうなるかどうか、まだ話しあっていないんだ」

「こっちへ――」

「新年には母さんのところへ行かせてもらうよ。プレゼント交換はそのときに」

もちろん、クリスマスはどこで祝おうとも暗いものになるだろう。

カトリンがいなければ耐えられない。

十二月十三日の朝早く、ヨアキムはマルネスの幼稚園で暗いなかに座って聖ルシア祭を祝う子どもたちを見守っていた。白いドレス姿、キャンドルを手にして緊張した笑顔の六歳児たちが、親たちの待つ講堂にやってきた。保護者のなかにはビデオ・カメラを構えている者もいる。

ヨアキムは子どもたちを撮影する必要はない。リヴィアやガブリエルの歌うものならば、どの曲を歌ったかはっきりと覚えていられる。結婚指輪にふれて、カトリンはどれだけこの光景を見たかったことだろうかと考えた。

翌日にこの冬、初の嵐が海岸沿いを襲い、雪の粒が弾丸のように窓ガラスにあたった。海では白波がたっている。波は岸辺へと周期的に寄せて、岬の沖に形成された薄い氷の層を砕いてから、突堤で崩れ、双子の灯台のある小島の周辺では泡立って渦を巻いた。

嵐が最悪の状態となり、家を引きちぎらんばかりに揺らしたときに、ヨアキムはイェルロフ・ダーヴィッドソンに電話をかけた。この島で天候に関心があると知っているただひとりの人物だ。

「なるほど、これがこの冬に入って初めての渦雪なんですね」ヨアキムは言った。

イェルロフが電話のむこうで鼻を鳴らした。「こいつが？　こんなものはそよ風にすぎんですよ。渦雪じゃない。だが、すぐにやってきます。きっと年内に」

強風は夜明け前に落ち着き、翌朝日が昇ると、薄い雪の層がまだすべてを覆っていた。キッチンの窓の外の茂みは白い帽子をかぶっていて、岸辺には波が流氷を叩きつけて幅広い土手のようになっていた。

その土手のむこうで、あっという間にあらたな氷の層が海を覆ったらしく、黒い亀裂が十字に入った青と白の平原のようになっていた。あの氷は安全には見えなかった——深い亀裂のなかにはぽっかりと黒い口を開けているものもあった。

ヨアキムはこの水平線のほうを見つめたが、海と空の境界線は目を眩ませる霧のなかに消えていた。


朝食のあとに電話が鳴った。イェルロフの親戚のティルダ・ダーヴィッドソンで、警察の仕事で連絡したと切りだされた。

「ちょっとたしかめたいことがあるんです、ヨアキム。その家で奥さんを訪ねてきたのは職人ぐらいだったと話していましたよね？」

「職人？」

予想外の質問だったので、よく考えなければならなかった。

「人に床を張ってもらったと伺った記憶があるんですけど」ティルダが言った。「まちがいないでしょうか？」

ようやくヨアキムは思いだした。「ええ」彼は答えた。「でも、それはぼくが引っ越してくる前の話です。古いコルクの床材を引きはがして、一階の床を張ってくれた男がいましたよ」

「マルネスの会社の人ですか？」

「そうだったと思います」ヨアキムは答えた。「推薦してくれたのは不動産業者でした。たぶん、まだどこかに請求書がある」

「いまのところは必要ありません。でも、その職人の名前を覚えていませんか？」

「いいえ。対応したのは妻でしたから」

「その男が仕事をしたのはいつ頃ですか？」

「八月のなかばです。家具を運びこむ数週間前だった」

「あなたは一度も会わなかったんですか？」

「ええ。でも、繰り返しになりますが、カトリンが会っています。その頃には妻と子どもたちはここで暮らしていましたから」

「職人はそれからはお宅に来ていないんですね？」

「ええ」ヨアキムは答えた。「床はもうすべて改装ずみです」

「もうひとつ質問があります。秋になってから招かざる客がありませんでしたか？」

「招かざる？」ヨアキムはそう言い、すぐさまエテルのことを思った。

「つまり、お宅に侵入しようとした者がなかったかと言いたいのです」

「いいえ。そんなことはありませんでした。どうして、そんな質問を？」

「ここ数ヵ月のあいだに、島では何件も押し込みが起こっているんです」

「そうらしいですね。新聞で読みましたよ。あなたが捕まえてくれたらいいが」

「現在捜査中です」ティルダが言った。

彼女は受話器を下ろした。


翌日の夜にヨアキムはハッとしてベッドで目覚めた。

エテル……

いつもと同じ恐怖。頭をあげて時計を見た。一時二十四分。

エテルのことを無理やり頭から追いだした。リヴィアが呼びかけたのだろうか？　家のなかでした音ではなかったが、それでもヨアキムは起きあがり、明かりはつけずにセーターとジーンズを身につけた。廊下へ出てまた耳を澄ました。壁掛け時計のチクタクという音は聞こえたが、リヴィアやガブリエルの部屋の暗がりからは音がしなかった。

反対方向の玄関ホールの窓へ近づき、夜の屋外を覗いた。ひとつきりの街灯が中庭を照らしているが、動いているものはなにひとつない。

そのとき、納屋の扉がふたたび開いたままになっていることに気づいた。大きく開いているわけではなく、人ひとりがやっと通れる幅ぐらいだ。しかし、数日前の夕方にあの扉をしっかりと閉めたことには確信があった。

いますぐにあそこへ行ってしっかり閉めよう。

冬靴を履いてベランダを歩いていった。

外は風が強かったが、空は澄みきって満天の星が見えた。南の灯台はヨアキムの鼓動と連動するように規則正しく光を放っていた。

半開きの扉に近づいて納屋を覗いた。まっ暗だった。

「誰かいるのか？」

返事はない。

それともあったのだろうか？　木造の納屋のどこからか囁くような低い音を聞いた気もする。手を伸ばして照明をつけた。天井の明かりが灯ってから、なかに入った。

ふたたび呼びかけたかったが、その気持ちを押しとどめた。

本当になにかの音がする。静かだが繰り返し軋むような音だ。まちがいなく聞こえる。

急な階段へと近づいた。高い天井の電球の光はあまり強くなかったが、上へのぼりはじめた。

干し草置き場にあがったところで立ち止まり、忘れられた古いがらくたの山を見た。いつか、これをすべて片づけねばならない。だが、今夜はやめておく。

がらくたのなかへ移動した。もうなんの苦労もせずに荷物の山を縫って歩けるようになっていた。暗記した迷路のなかを、向こう側へ進んだ。干し草置き場の突き当たりの壁へ。

軋む音はそこから聞こえていた。

壁と、そこに彫られた死者の名前が見えるようになった。ふたたび読みあげる暇もなく、また弱々しい音がして足を止めた。ヨアキムは床を見おろした。

最初になにかの弱々しい鳴き声、続いてラスプーチンの一鳴き。

猫は壁際に座って念入りに脚をなめていた。それから客人を見あげた。ヨアキムは猫と視線を合わせた。猫は満足しているようだった。それもそのはずだ。今夜は大仕事をしたからだ。

猫の前には、茶色の毛皮のほっそりした身体が十数匹、横たえられていた。ネズミ。手際よく引き裂かれ、どうやらヨアキムのやってくる直前に息の根を止められたようだった。

ラスプーチンは血まみれのネズミを突き当たりの壁の前に一列に並べていた。

まるで生け贄のように見えた。

25

「最近はみんなあんまり心配しすぎさね」イェルロフが言った。「つまりな、最近の者は、ほんの少し波が立ったぐらいで、すぐに救命艇を呼ぶだろう。むかしはみんなわきまえていたもんだよ。遠出したときに風が強くなっても、べつに問題はなかった……そのままゴットランド島まで行って、海岸に船を寄せたら横倒しにしてから自分も一眠りして、風が収まるまで待った。それから船でもどってきたもんだ」

彼は黙りこんだ。最後の話を終えてから考えこんでいる。

ティルダは身を乗りだしてテープ・レコーダーのスイッチを切った。「おもしろい話だった。イェルロフ、大丈夫？」

「ああ。もちろん大丈夫さ」

彼は瞬きをしてから我に返った。

ふたりは味つけしたホットワインの小さなグラスを前に置いていた。クリスマスの週の到来を風と雪が告げ、ティルダはプレゼントとして甘口の赤ワインを一本買ってきた。キッチンで温めてレーズンとアーモンドをくわえた。トレイに載せて運ぶと、イェルロフはシュナップスのボトルを取りだして、それぞれのグラスに少し足した。

「それで、クリスマスの予定は？」イェルロフが尋ねたのは、そろそろ酒を飲みおえようかというときで、ティルダが足先まで温まったと思った頃だった。

「静かにお祝いするつもり。家族と」ティルダは答えた。「クリスマス・イヴに母さんの家へ行くの」

「そいつはいいな」

「あなたはどうするの、イェルロフ？　一緒に本土へ行かない？」

「ありがとう。だが、ここに残ってクリスマスのライス・プディングを食べるよ。娘たちが本土の西海岸へ誘ってくれたんだが、わたしはそんなに長く車に座っておれんからね」

ふたりとも黙りこんだ。

「最後にもう一度テープ・レコーダーをまわしてもいいかしら」

「どうするかな」

「あら、おしゃべりするのって楽しくない？　わたし、おじいさんのことがたくさんわかったし」

イェルロフがさっとうなずいた。「だが、いちばん肝心の部分はまだ話しとらんよ」

「そうなの？」ティルダはそう言って録音ボタンを押した。

彼はためらっているようだ。

「子どもの頃にラグナルは天気と風と釣りと船についてたくさんのことを教えてくれた……

大事なことをすべて。だが、わたしは少し大きくなって、兄を信用できないと気づいたんさね」

「信用できない？」

「兄は正直じゃないと」

ふたたびテーブルは沈黙に包まれた。

「ラグナルは泥棒だった」イェルロフが続けた。「泥棒以外の何者でもなかったよ。残念だが、褒めたくても褒めようがない」

ティルダはテープ・レコーダーのスイッチを切ろうかとも思ったが、そのままにしておいた。「ラグナルはなにを盗んだの？」静かに尋ねた。

「うん、盗めるものは片っ端から盗んだよ。夜中に出かけていって、他人の水槽のウナギを盗むこともあった。そう、こんなこともあったな……ウナギ岬の屋敷があたらしい排水管を取りつけようとしたときのことさ。中庭に置きっぱなしの箱があって、ラグナルがそいつを盗んだんだよ。べつに排水管なんかいらんかったが、灯台の鍵をもってたから箱を灯台にしまってな。きっといまでもあの箱はあそこにあるさ。ラグナルにとって大事なことは、盗んだものが必要かどうかじゃなかった。機会というやつが大事だったんだな。鍵のかかってらんもんや、人が目を離しているもんがないか、いつも様子を窺っていたよ」

彼は身を乗りだした。ティルダには、いつにもまして熱心に語っているように見えた。

「でも、あなたも盗みぐらいしたことがあるんじゃないの？」

イェルロフが首を横に振った。「いや、わたしはないさね。港でほかの船長に会って、積荷の値段について、ちょっとした嘘をついたことはあったかもしれんがね。だが、喧嘩と盗みには手を出したことはないさね。みんな助けあうべきだと思ってるんだ」

「それが正しい姿勢ね」ティルダは言った。「わたしたちはこの島でともに暮らしているんだから」

「どうして？」

イェルロフがうなずいた。「兄のことを考えることはあまりないんさね」

「うん……なんと言っても、ずっとむかしに死んでるからね。何年も、何年も前に。記憶は薄れ……薄れるままにしてるさ」

「ラグナルに最後に会ったのはいつ？」

部屋に沈黙が垂れこめ、ようやくイェルロフが答えた。「一九六二年の冬、ラグナルの小さな農場でだったよ。わたしが出かけていったんさね。ラグナルが電話に出んかったもんで。喧嘩をしたんだよ……喧嘩というより、突っ立ったままにらみあったんだが。それがわたしたちの喧嘩のやりかただったよ」

「どうして喧嘩を？」

「遺産のことでね。喧嘩したからってどうなるもんじゃなかったが、それでも――」

「遺産って？」

「母と父が遺してくれたもの全部だよ」

「遺産はどうなったの？」

「ほとんどが消えた。だが、ラグナルが盗んだんさね、そうしておいてそれを鼻にかけてた。兄は根っからだめな男だったよ、実際の話」

ティルダはテープ・レコーダーを見つめたが、うまい反応の言葉を思いつかなかった。

「ラグナルはだめな男で、わたしへの仕打ちときたらなかった」イェルロフが話を続けて首を横に振る。「ステンヴィークの両親の家にあった家財道具をすべて運びだしてほとんどを売っぱらい、家そのものも本土の者に売って代金は自分の懐にしまった。そしてその件で話しあうことを断った。わたしを冷たくにらむだけで……兄が相手では埒《らち》が明かんかった」

「ラグナルが遺産を独り占めした？」

「わたしは思い出の品をひとつふたつは手に入れたが、金は全部ラグナルが横取りしたんさね。ラグナルは自分のほうがうまく金を使えるとでも思ったんだろうよ」

「でも、なにかできることはなかったの？」

「兄を訴えるということかね？　この島じゃ、そんなことはせんよ。そのかわりに敵同士になるんだ。たとえ兄弟でも」

「でも……」

「ラグナルは好き勝手にやった。結局はあいつが長男だ。自分がほしいもんを真っ先にとって、気がむけば残りを人にわける。そういうことで、わたしたちは仲違いをしたんだよ。あの年の秋に。そして冬、喧嘩のあとにラグナルは嵐のなかで凍え死にした」イェルロフはため息をついた。「兄弟愛を絶やしてはならない――〈ヘブライ人への手紙〉はそう言うが、それはたやすいこととはかぎらんのさ。最近ではとどのつまり、そういうところに考えが行き着く」

ティルダは後悔の表情を浮かべてふたたびテープ・レコーダーを見やった。そして録音を止めた。「いまの……いまの最後の部分は消去するのがいちばんだと思う。あなたが嘘をついていると思っているんじゃないのよ、イェルロフ、でも……」

「構わんよ」

ティルダが黒いケースにテープ・レコーダーをしまうと、イェルロフは言った。「ようやく仕組みがわかってきたよ。どのボタンを押せば動くんか」

「それはよかった。最新技術の才能があるみたいね」

「そいつを置いていってくれんか？　次に会うときまで」

「テープ・レコーダーを？」

「ひょっとしてもう少し話をしたくなったときのためにな」

「もちろん、いいわ」ティルダは収納バッグごと手渡した。「好きなだけしゃべって。空《から》のテープも何本かあるから使ってね」

ティルダが警察署にもどると、留守番電話のランプが瞬いていた。メッセージを聞きはじめたが、マルティンの声が聞こえてくると、ため息をついて消去ボタンを押した。

そろそろ彼もあきらめる頃合いだ。

26

ヨアキムは子どもたちとクリスマス前にもう一度遠出をした。クリスマス休暇の初日で、ボリホルムまでドライブしたのだ。

クリスマス・プレゼントを買い求める人々がたくさんいた。ヴェスティン一家は町へむかう途中にある大きなスーパーマーケットに入り、食料品で埋まった長い通路をゆっくりと見てまわった。休暇に必要なものが山積みになっていた。

「クリスマスのディナーはなんにする？」ヨアキムが尋ねた。

「チキンの焼いたのとポテトチップス」リヴィアが言った。

「ジュース」ガブリエルが言った。

ヨアキムはチキン、ポテトチップス、ラズベリー・ジュース、それからこれは自分のためにジャガイモとソーセージとハムとクリスマス・ビールとクリスプブレッドを買った。肉団子を作ろうと冷凍の牛挽肉も購入し、魚コーナーでエーランド島で獲れたウナギが売られているのを見ると、燻製を数切れ買った。このウナギはウナギ岬のすぐそばを泳いでいたはずだ。チーズも少し買った。カトリンはクリスマスのこのチーズを厚切りにしてパンに載せて食べるのを好んだものだった。

思慮深さとはかけ離れたことだが、先週ヨアキムは妻のためにクリスマス・プレゼントを買っていた。子どもたちへのプレゼントを探してボリホルムを訪れ、店のショーウィンドウにカトリンがとても気に入りそうな淡いグリーンのチュニックを見かけた。素通りしておもちゃ屋へ行ったが、ダニエルソンのブティックへもどってきてそのチュニックを買った。「プレゼント用の包装でお願いできますか……クリスマス・プレゼントで」そう頼み、ショップのアシスタントは白いリボンをかけた赤い包みを彼に手渡したのだった。

スーパーマーケット隣の駐車場で、ビニールにくるまれたクリスマス・ツリーが販売されていた。ヨアキムは大きなクリミアモミを購入した。一階の天井にまで届きそうな高さだ。この木を車の屋根にくくりつけると、我が家へもどった。

島は寒いが――氷点下十度――ウナギ岬へもどると、風はほとんどなかった。海水はふたたび凍りはじめたところだが、地面には雪がうっすらと積もっているだけだ。食料品の袋を抱えて中庭を横切ると、吐く息は白くなり、ゆっくりと漂っていった。続いてクリスマス・ツリーを暖かい室内へ入れた。数え切れないほどの小さな虫も枝についたまま入れたのはわかっていたが、ほとんどは長い冬眠のさなかで、もう目覚めることもないはずだ。

いちばんいい死にかただろう――眠ったままで前触れもなく死ねるなら。

ツリーを客間の白い天井の下に置いた。この部屋にはハイバックチェアとテーブルは入れていたが、ほかにはたいした家具もない。一階の部屋はクリスマスが近づくにつれてますますからっぽに感じられるようになった。

ヴェスティン一家はクリスマス前の二日間を家の掃除とあらゆる準備に費やした。クリスマスの装飾品が入った大きな段ボール箱がまだ開いてなかったのだ。クリスマスの飼い葉桶、キャンドル、キッチンで使う赤と白のタオル、窓にぶらさげるクリスマスの星、ツリーの左右に置く藁で作られた山羊と豚。

こうしたクリスマスの飾りをすべて取りだすと、リヴィアとガブリエルがツリーを飾る手伝いをした。ふたりとも幼稚園で紙の飾りと木のフィギュアを作っていたから手の届くいちばん低い位置の枝にぶらさげた。もっと高いところの枝には、ヨアキムがきらきら光るモールやまんまるな飾りやキャンドルをあしらい、てっぺんには金色の星をつけた。クリスマスにむけてツリーは準備完了だ。

ようやくクリスマス・プレゼントの袋をとりだして、ツリーの下に並べた。ヨアキムはほかのプレゼントの隣にカトリンへの贈り物を置いた。

ツリーのまわりは先ほどまでと打って変わって静かになった。

「ママはもうもどってくる?」リヴィアが尋ねた。

「もしかするとね」ヨアキムは答えた。

子どもたちはもうカトリンのことをあまり話題にしなくなっていたが、とくにリヴィアは恋しがっていることをヨアキムは知っていた。子どもたちにとって、実現できそうなこととできないこととの境界線は大人と同じところには存在しない。ひょっとしたら、カトリンに会いたいと強く願うかどうかが鍵なんじゃないだろうか？

「待ってみないとなんとも言えないね」ヨアキムはそう言い、プレゼントの山を見た。最後にもう一度カトリンに会えたらどんなにいいか。話をして、きちんとさよならが言えたら。


テレビの天気予報はクリスマス期間のエーランド島とゴットランド島は雪で嵐になると警戒を呼びかけていた。祝いの行事が始まる二日前に窓の外を見ると、空には細いちぎれ雲が少しあるだけだった。太陽が輝いて気温は氷点下六度で、風はほとんどない。それからキッチンの窓の外にある鳥の餌台を見やると、嵐は結局近づいているように思った。

餌台には鳥がいなかった。丸く固めたファットボールと山積みの種はまだ残っているのに、ついばむ鳥が一羽もいない。

ラスプーチンがヨアキムの隣の調理台に飛びのり、餌台に鳥がいないことを自分でもたしかめていた。

岸辺まで広がる牧草地にもやはり生き物の姿はなく、海にも瘤《こぶ》白鳥や氷鴨はいなかった。きっとみんな森に避難所を探しにいったのだろう。鳥は天気図を見なくても嵐が近づいてくればわかる。空気にそれを感じることができる。

その日の朝はリヴィアとガブリエルを八時三十分まで寝かせておいた。ひとりになれるようにふたりを幼稚園へ送っていきたかったが、いくらそうしたいと思っても、これから二週間は家でずっと一緒にいるのだ。

「ママは今日おうちに帰ってくる？」リヴィアが寝る前にそう尋ねた。

「わからないな」ヨアキムは答えた。

だが、家のなかの雰囲気がどこかちがっているのは感じたし、子どもたちもそう思っているようだった。白く塗られたどの部屋でも、期待のあまりに緊張感が漂っていた。

朝食が終わるとすぐにキャンドルを取りだした。ボリホルムの店で購入したものだ。本当はこの屋敷にかつて暮らした人々と同じように、クリスマスのキャンドルはキッチンで手作りするべきだった。芯を編むのは子どもだ。そのほうが思い入れのあるキャンドルになる。だが、大量生産のキャンドルは長さが揃っていたし、窓辺やテーブルや天井の照明取りつけ口からつり下げた円形のホルダーで、むらのない光を放ってくれた。

死者のための生きた炎。

正午にはキッチンで家族揃って軽いランチを食べた。ちょうど太陽が離れの屋根の上に昇った頃だ。すぐに日はふたたび低い位置へむかうだろう。

ランチのあとで子どもたちに厚手のジャケットを着せて、海辺へ散歩に連れだした。通り過ぎるときに納屋の閉まったドアをちらりと見たが、子どもたちにはなにも言わなかった。

三人は無言で岸辺へくだっていった。細くふわりとしたすじ雲がまだ岬の上にかかっていたが、水平線のむこうで嵐の前線が濃い灰色のカーテンのように形作られるところだった。岸辺の氷は薄く不透明な白だけれども、沖のほうは固くてダークブルーだった。子どもたちが小石や氷のかけらを投げると、跳ね返り、輝く表面でじゃまになるものもなく、黒い亀裂のほうへ滑っていった。

「寒いかい？」しばらくしてヨアキムは尋ねた。

鼻が赤くなったガブリエルが暗い表情でうなずいた。

「じゃあ、帰ったほうがいいな」ヨアキムは言った。

一年でもっとも昼が短い日だった。まだ二時半にしかならないのに、空は晩夏の夕刻の黄昏後のように濃い青だ。三人は家へ歩いてもどった。ヨアキムはうなじに近づいてくる雪の吐息を感じた。

暖かい室内へもどるとふたたびキャンドルを灯した。夕方になるとこの家の明かりは車道のどこからでも見えるだろう。生け贄を捧げた泥炭湿地からでもだ。

その夜リヴィアとガブリエルが眠ると、家は静まり返った。ヨアキムは厚手のジャケットを着て懐中電灯を手にして家をあとにした。納屋を訪れるつもりだった。この数週間というもの、二、三日と空けずに入り浸っている。

星の見える晴れた夜で、中庭にうっすらと積もった雪は冷気のために固くなって湿気がなくなっている。氷の結晶が長靴の下でジャリジャリと音をたてた。

納屋の扉の前で立ち止まり、あたりを見まわした。黒い影が離れをかこみ、つい物陰に何者かが立っていると想像してしまう。すさんだ顔の痩せこけた女が陰気な表情でこちらを見つめている……

「近寄らないでくれ、エテル」独り言をつぶやき、重い扉をなんとか押し開けた。足を踏みいれて、ネズミを狙うラスプーチンがニャーと鳴く声がしないかと耳を澄ましたが、なにも聞こえない。

今夜は干し草置き場に通じる階段へはむかわなかった。まず一階を歩きまわり、からっぽの餌入れの溝やかつて冬になると牛が並んで草をはんだ仕切りの前を通り過ぎた。

錆びついた馬蹄が切り妻の奥の壁に釘で留めてある。ヨアキムは近づいて観察した。馬蹄の両端は上を向いている。おそらく運が流れ出ないようにだろう。

天井の電球の光はここまでしっかりと届いていなかったので、懐中電灯をつけた。壁の上の屋根の梁を照らすと、自分が干し草置き場の隠し部屋の真下にいるにちがいないと気づいた。続いて彼は光を下にむけた。

何者かが石の床を掃いていた。床全部ではなく、壁際の部分だけだ。このあたりには乾いた糞も古い干し草もない。

掃いたのはカトリン以外には考えられない。

切り妻壁の右手の角には、釘の列に古い漁の網や太いロープがかけてあった。カーテンのように床にまで届いているものもある。だが、このカーテンの奥で壁は内側にしぼんでいるように見える。

一歩進んで懐中電灯で照らすと、壁際の影はわずかに移動して床近くに口を開けた部分が露わになった。壁の一部がなくなっていて、タールの匂いのするロープや網のカーテンを片側によけてみると、石の床はさらに奥へと続いているのがわかった。

切り妻壁の床付近に入り口のようなものがあったのだ。ヨアキムの膝までの高さしかなかったが、幅は二メートル近くあった。

好奇心に突き動かされて膝をつくと、入り口の奥になにがあるのか見ようとした。見えたのはぎゅっと固められた土に綿埃が舞っているところだけだった。

ついには腹這いになって、這って向こう側へくぐり抜けていった。懐中電灯を手に、板壁の下で身をよじらせて進んだ。

ようやく壁のむこうへ潜りこんだところでぴたりと止まった。目の前にまた壁がある。今度は石灰岩で作られたものだ。冷え切っていた——外壁にちがいない。穴の開いていた内壁とのあいだはわずか一メートルほどだった。まだあたらしい蜘蛛の巣を押しやってみると、立ちあがることができた。

懐中電灯の明かりで、自分がふたつの壁のあいだの狭いスペースにいることがわかる。内壁はいまくぐってきた木でできている壁、そして納屋の西側にあたる外壁だ。数メートル横に古い木のはしごがあって、まっすぐに上の暗闇へ消えている。

誰かがヨアキムの前にここへ来た。何者かがここを動きまわり、百年もの埃のなかに跡を残している。カトリンなのか？　ミルヤは屋敷のどこかに隠し部屋があるかなど知らないと言っていたじゃないか。

はしごは暗闇のなかでほぼ垂直に立ててあった。懐中電灯で上を照らすと、四角い穴へ続いていた。そこはまっ暗だったが、ヨアキムはちらりともためらわなかった。登りはじめた。

やがて穴の端に手をかけて、はしごから身体を押しあげた。木の床の上へあがった。左には白木のままの壁があった。その幅広の壁板には見覚えがあった。干し草置き場の突き当たりにある隠し部屋のものだ。

立ちあがると、懐中電灯でさっと前を照らした。

黄色い光のなかに長椅子が見えた。いくつも並んだ長椅子。

教会の信徒席。

ヨアキムは干し草置き場の奥に隠されていた古い木造の礼拝堂のような部屋の端にいた。祈りを捧げるための小さな部屋で、天井は高く角張り、長椅子四つの脇には狭い通路があった。木製の長椅子は乾燥して割れ、角は丸くなっていて、なんの装飾もなかった。まるで中世の教会のもののようだ。納屋が建てられたときにこの場で作られたにちがいないと気づいた。あとから長椅子を運びこめるような入り口はどこにもなかった。

この部屋に説教壇はなかった。十字架も。信徒席前の壁の高い位置に汚れた窓があった。その下に紙が釘で留めてある。近づいてみると家庭用の聖書から破いたページだった。ドレの挿絵。女、おそらくはマグダラのマリアがイエスの墓の入り口から転がっていく墓石を驚嘆して見つめる様を描いたものだ。大きな丸石が地面に横たわり、墓への入り口が黒い穴のようにぽっかりと開いている。

長いことその挿絵を見つめた。そして振り返って——背後の木の信徒席がからっぽではないことがわかった。

懐中電灯の明かりのなかに、長椅子に置いてある手紙が見えた。

そして干からびた花束。

子どもの白い靴。

長椅子のひとつには小さく淡い色のものがあり、腰をかがめてみると、入れ歯だとわかった。

身のまわりの品。形見。

編んだ小さなかごがいくつかあって、紙片が収められていた。ヨアキムは手を伸ばして一枚をそっと拾いあげた。懐中電灯で照らして読んだ。

カールへ。みんなはあなたを忘れ去ったけれど、わたしと主は別です。

サラ

ほかのかごには、表にモノクロの天使がおごそかにほほえむ絵が描かれた黄ばんだ葉書があった。手にとって裏返してみると、流麗な筆跡で黒いインクを使って文が書かれていた。

大事な妹のマリア、変わらぬ愛を込めてきみを思いだしている。悲しくて寂しいよ。われらが父なる主へ、すぐに再会できるよう毎日祈りを捧げる。きみをうしなって心が張り裂けそうだ。

ニルス・ペテル

ヨアキムは葉書を丁寧にかごへもどした。

ここは祈りの間だ——死者のための封印された部屋。

長椅子のひとつに本のようなものがあった。手にしてみると、それは分厚いノートだった。ひらいてみると何ページも手書きでしたためてあり、字があまりにも小さくて達筆すぎて暗闇では読めなかったが、タイトルは黒いインクで『渦雪の書』と書かれていた。

これはジャケットの内側にしまった。

背筋を伸ばし、最後にもう一度あたりを見まわして前の長椅子の横の壁に小さな穴があることに気づいた。近づいてみると、それがなにかわかった。数週間前にヨアキム自身が干草置き場の壁に開けた穴だ。

あの夜は、できるだけ奥へ腕を突っこんだ。小さな穴のすぐ下の長椅子に、あのとき触れた品があった。

たたまれた衣類。

薄青のよれよれのデニムのジャケットで、前にも見たことがあった。

胸の部分に〈リラックス〉や〈ピンク・フロイド〉と書かれた小さなバッジがついているのに気づき、これが誰のジャケットかわかった。アップル・ハウスのカーテンの隙間から通りをそっとながめた連夜に目にしていた。

これは姉のエテルのデニム・ジャケットだ。

一九六一年、冬

納屋の大きな干し草置き場を見つけたのはわたしだったけれど、上に行こうとマルクスを誘ってふたりで一緒に探検したの。それがわたしの最初のロマンスであり、たぶん最高のロマンスでもあった。

でも、とてもはかないものだった。

――ミルヤ・ランベ

あの年の秋と冬の夜に、マルクスとわたしはパラフィン・ランプをもってロープや鎖や蓋の開いた櫃のあいだをひそかに歩きまわって、灯台についての古い書類を読んだよ。埃をかぶったがらくたの山のようだけれど、わくわくした――屋敷の百年におよぶたくさんの思い出があるんだから。代々ここに暮らした家族や灯台守がみなウナギ岬に置いていったがらくたは、遅かれ早かれ納屋に入れられ、そして忘れ去られたように思える。

数週間して、わたしたちは屋敷で見つけた余分な毛布をありったけ納屋へ運び、小さなテントをこしらえる。こっそり、パン、ワイン、タバコをもちこんでピクニック。陰気な毎日から離れた高い場所で。

わたしはマルクスに死んだ人たちの名前がずらりと彫られた壁を見せる。ふたりして指で文字をたどって、ずっとむかしからウナギ岬を訪れたいくつもの悲劇をはしゃぎながら思い描く。

死者の名前に縁のないわたしたちは、ふたりの名前を干し草置き場の床に並べて彫る。干し草置き場で三回ピクニックをやってようやく、彼はくちびるへキス。それ以上は許さないけれど――あの老いぼれ医者の記憶がまだ生々しくて――マルクスのキスひとつを支えに何週間だってわたしは生きていける。

それにここだったら、マルクスの絵を堂々と描ける。

急にウナギ岬は世界の果てなんかじゃなくなる。ここが世界の中心。マルクスと一緒にやりたいことをやって、好きな場所へ旅できるんだと信じはじめたし、そうしたいと心から願う。ふたりで長い冬を一緒に乗り越える。

海は冷たくて、いつものように夏が島に到着するまでは長い時間がかかるけれど、五月の終わりに太陽は牧草地をふたたびまぶしく照らす。でも、それはマルクスが旅立ちの準備をするときでもある――わたしと一緒じゃなく、ひとりで。一年の兵役で本土へ呼ばれたから。おたがい手紙を書くと約束をかわす。たくさん手紙を書こうって。

彼がスーツケースに荷造りすると、わたしはマルネスの鉄道の駅へ見送りに行く。ふたりとも黙って立ちつくして、島のほかの住民たちと列車を待つ。エーランド島の鉄道は今年閉鎖されることになっていて、待合室の雰囲気は暗いんだ。

マルクスは行ってしまったけれど、ラグナル・ダーヴィッドソンは相変わらずウナギ岬に船を停泊させて屋敷へやってくる。

じつは、彼とわたしは芸術についてかなり話しあっている。内容の程度はかなり低いけれど。ある日わたしが離れの廊下へ出て、物置のドアが開いているのに気づいたのがきっかけ。なかを覗くと、ダーヴィッドソンが部屋のまんなかに立っている。壁を埋めつくすように飾る暗い絵を見ている。

見るからに、トルンの作品の膨大な数のコレクションに彼が気づいたのはそれが初めてで、そして気に入っていない。首を横に振っている。

「どう思う?」わたしは訊く。

「黒と灰色ばっかりじゃないか」彼は言う。「暗い色を使いまくっただけだ」

「渦雪だと夜はそんなふうに見えるの」

「だったらこう言い換えるよ——くだらん」

「象徴として見ることもできるし」わたしは食い下がる。「夜の渦雪《ナットフォーク》の絵だけれど、魂を象徴してもいるの……虐げられた女の魂を」

ダーヴィッドソンが首を横に振る。「くだらん」またそう言う。

彼がシモーヌ・ド・ボーヴォワールを読んだことがないのは明白だ。もちろん、わたしも読んだことなんかないけれど、評判を聞いたことはある。

トルンを弁護するために最後の試みに挑む。「いつか価値が出るから」振りむくダーヴィッドソンは、わたしの気がふれたんじゃないかって顔をしてる。それから横をすり抜けて、外へ出ていく。

わたしがもうひとつの部屋へもどると、窓辺にトルンが座ってる。いまの会話を全部聞いていたんだとすぐにわかる。もう目が全然見えないようなものなのに、窓の外を見つめている。

なにかほかの話題にしようとしても、母は首を横に振る。「ラグナルは正しいよ」母は言う。「くだらない絵だ。全部ね」

マルクスがいなくなってから、干し草置き場へあがるのはやめる。あそこはあまりにも彼を思いださせるし、あまりにもからっぽに感じられるから。

でも、もちろん手紙を送りあっている。わたしのほうがたくさん書く――彼の短い手紙ひとつの返事に、長い手紙を何通も。

マルクスの手紙はたいてい軍隊の訓練の話で、たまにしか届かない。でも、だからこそ、わたしの手紙はどれもこれも夢と計画でいっぱいになる。また会えるのはいつになる？　休暇はいつ？　兵役が終わるのは？

彼にもよくわからないけれど、きっと会えると約束してくれる。すぐに。

わたしはウナギ岬を離れてマルクスのいる本土へフェリーで行かなければと悟りはじめる。

でも、トルンを置いていけるはずがないでしょう？　そんなことはできない。

27

ヘンリクは警察が自分を探していることを知っていた。先週は二回、留守番電話に警官からメッセージが残っていて、それは話を聞きたいから警察署へ来るようにとの内容だった。

彼はわざわざ出頭したりはしなかった。

もちろん、こんなふうにずっと無視することはできないが、泥棒としてのキャリアの証拠を片づける時間が必要だった。なによりも証拠になるのは、盗品でいっぱいのボートハウスだった。

「もう、あそこにブツを置いておけない」ヘンリクはトミーに連絡して言った。「取りにきて、さばいてくれ」

「ああ」トミーが少しも緊張感のない口調で言った。「月曜にヴァンで取りに行く。三時頃かな」

「分け前をもってきてくれるな？」

「当たり前だろ」トミーが言う。「問題ない」

月曜日はクリスマス・イヴの前日だった。ヘンリクはマルネスで仕事だったが、二時には終わってそのままエンスルンダのボートハウスへ直行した。

海岸沿いの道に出たときに、天気予報が今夜のエーランド島とゴットランド島は雪が降りつづいて風が強いと告げていた。バルト海には暴風警報が出ていた。だが、天気はまだ上々で空は濃い青色をしていた。灰色の厚い雲が東から島へ近づいていたが、すぐにボリホルムへもどるから構わない。

いつものようにボートハウスの周囲には誰もいなかった。切り返しをして最後の数メートルはバックで、トレイラーに載せた白いボートの前へつけた。先週末にカミラとここへ来た。彼女はボートハウスのなかを見たがったが、なんとか思いとどまらせた。そのかわりにボートを陸へ揚げ、船外機をはずした。防水シートで覆うことまではしなかったが、いま覆っておこう。

芝生に降りて海草の匂いを吸いこむと、ほんの一瞬だけ死んだ祖父のことを思いだした。トレイラーのフックをもちあげ、車の後部の牽引棒に取りつけた。

盗品の一部を隠そうかと少ししてから思いつき、ボートハウスのなかに立って秋のあいだに三人で集めた品々をすべてながめた。大小、新旧、あわせて百点ほどあるにちがいない。とても全部は把握できていないが、セレリウス兄弟もそれはできていないはずだ。

ヘンリクのボートはどこにも登録されていないので、これを所有していることは警察も知らないはずだ。ボリホルム郊外の工業団地へ運んでしまえば、いつでも好きなときに車を走らせて盗品を回収できる。

思いつきを実行することにした。古い石灰岩の花瓶をひとつ、たぶんアンティーク・ショップで五千クローナにはなる品を選んで、ボートへ運んだ。

この頃には雪が降っていた。羽根のような雪片が地面へ舞い落ちていく。

運転席の隣の床に花瓶をそっと置いた。それからボートハウスへもどり、ビンテージもののスコッチ入りの箱を手にした。

結局は十数個ほどの品々を運んでボートのシートのあいだに隠した。この頃には床が盗品でほぼいっぱいになっていた。ボートハウスから緑の防水シートをもってくると、船首から船尾まで引っ張ってかけ、長いナイロンのロープで留めた。

これでいい。

雪片はゆったりしたペースで降りつづけ、地面はうっすらと白く覆われていく。

ボートハウスに鍵をかけようと引き返したときに、風のざわめきに乗って低いうなりが聞こえた。振りむいた。木立のあいだから、近づいてくる車が見えた。黒いヴァン。

セレリウス兄弟がヘンリクのボートの隣に駐めた。ドアがひらいてバタンと閉まった。

「よう、ヘンリク！」

兄弟が雪のなかをヘンリクのほうへ歩いてくる。ふたりとも笑みを浮かべている。寒い天気のための服装だ。黒い中綿のジャケット、ブーツ、裏地つきのハンチング帽。トミーは大きなスキー用サングラスをかけていた。まるで休暇で山に遊びに来たようだ。古いモーゼル銃を肩からかけている。

なにかドラッグをやっているようだ。瞳孔が見えないミラー・サングラスをかけていても ヘンリクにはわかった。きっとアイスだろう。いつものように首には赤いひっかき傷があり、あごは震えている。よくない兆候だ。

「さあて、いよいよだな」トミーが言った。「いよいよ、おたがいにメリー・クリスマスと言いあうときだ」

返事をしないでいると、トミーはかすれた声で笑った。「もちろん、それだけじゃない……おれたちはブツの回収にここへやってきた」

「ブツだ」フレディが言った。

「盗品だ」

「それで、分け前は？」ヘンリクは言った。

「あるとも。兄弟のように分けあおう」トミーはまだほほえんでいる。「おれたちをなんだと思ってるんだ、泥棒か？」

それは言い古されたジョークだったが、ヘンリクが返した笑顔はこわばっていた。兄弟は盗品の分配のことを話しているわけではないと気づいたからだ。

フレディがボートハウスへむかい、扉を大きく開けた。暗がりへ消えたが、テレビを抱えてすぐにもどってきた。

「まさにそれさ」ヘンリクは言った。「兄弟のようなものだよな」

トミーがヘンリクの横を通り過ぎてボートへむかった。

「ボートはあとで家へ運ぶよ」ヘンリクは声をかけつづける。「じゃあ、あんたたちはこれから引っ越しか?」

「そうさ……コペンハーゲンへもどる。その前に、灯台近くの屋敷へちょっくら寄るが」トミーが北の方角へ手を振った。「絵画とやらを探しに。おまえも来るか?」

ヘンリクは首を横に振った。フレディがテレビをヴァンに積み、ボートハウスへ引き返していく。「いや、時間がない」ヘンリクはそう答えた。「さっきも言ったが、ボートを家へ運ぶからな」

「そうか、そうか」トミーがトレイラーを見つめて言った。「冬のあいだはどこへ停めておくんだ?」

「ボリホルムだよ……工場の裏手に」

トミーが防水シートを留めていたロープを引っ張って尋ねた。「そこで安全なのか?」

「フェンスのある敷地だから」

ヘンリクの脈が速くなった。防水シートにもっとロープをかけてしっかりと結んでおくべきだった。トミーの注意をそらすために、ふたたびヘンリクはしゃべりはじめた。「秋にここでなにを見たか知ってるか?」

「いや」

トミーは首を横に振ったが、ボートから目を離さない。

「十月のことだった」ヘンリクは言った。「ここでボートの荷物を降ろしていたら、モーターボートを見かけたんだ。北からやってきたはずだ。ウナギ岬の灯台あたりに寄っていたよ。船首には男が立っていた……その夜のことさ、あの女が溺れているのが発見されたのは。同じ場所で。おれはずっとそのことを考えてる」

しゃべりすぎていたし、早口すぎた。だが、今度はついにトミーも振りむいた。「女って誰のことだよ?」

「あの岬の屋敷に住んでいた女だよ。カトリン・ヴェスティン。今年の夏にあの女のところで少し仕事をした」

「ウナギ岬。これから行くぞ。いまの話って、おまえは人殺しを目撃したってことか」

「いや、モーターボートを見ただけだ。けど、見たと言ってもはっきりとは……その直後に女の死体が見つかっただけで」

「ふーん」トミーがとくに関心もなさそうな口調で言った。「誰かにその話はしたのか?」

「誰に言うんだ? 警察か?」

「まさか。ここでなにをしていたのか訊かれるだけだからな。悪くすりゃ、ボートハウスのなかを調べられておまえは逮捕だ」

「逮捕されるならおれたちみんなだ」

トミーがふたたびボートを見た。「ここに来る途中、フレディから小話を聞いた。すげえいい話だった」

「へえ、どんな?」

「女と男の話で……アメリカで休暇を過ごして車で走りまわってるのさ。道端のピクニックできる場所で、スカンクを見つける。ふたりは初めて見たもんで、すげえかわいいと思うわけさ。女はスウェーデンに連れて帰りたがるが、男は検疫官が野生動物の持ち込みを許すはずがないと考えるんだな。それで女は自分のショーツにスカンクを隠して密輸しようと言いだす。それはいいかもな、男が言う。けど、臭いはどうする?」

トミーは首をひっかき、タメを作ってからオチを言った。

「別にいいでしょ、女は言う。スカンクだって臭いんだから」

彼は自分で言っておいて笑った。それから振り返ると防水シートを摑んだ。「スカンクだって臭い」繰り返した。

「ちょっと待ってくれ……」ヘンリクは止めようとした。

だが、トミーは待たなかった。防水シートを片側へ強く引っ張った。ロープの一部が緩んだだけだったが、それでも盗品のほとんどが露わになった。

「ほらな」彼はボートの品物を見おろした。「雪に残った跡を消しておくべきだったな、ヘンリク……ボートハウスと、このボートのあいだを何度も往復しただろう」

ヘンリクは首を横に振った。「ほんの少しのブツだけで……」

「ほんの少しだと?」トミーがそう言って、近づいてきた。

ヘンリクは一歩あとずさった。「文句あるのか? おれはそれだけの働きをしてきた。旅のすべてを計画したのに、おまえたちのやったことと言えば――」

「ヘンリク。しゃべりすぎだな」

「このおれが？　おまえのほうこそ――」

だが、トミーは聞いていなかった。襲いかかってきてなにかでみぞおちを鋭く突き、ヘンリクをうしろへよろめかせた。背後には岩があった。ヘンリクはよろけてそこに座りこんで地面を見た。

ジャケットが裂けていた。裾からへそのあたりまで細く縦に裂けている。

トミーがすばやくヘンリクのポケットを探り、車のキーを見つけた。「じっとしてろ。動いたらまたやるぞ」

ヘンリクは動かなかった。みぞおちがうずいてきた。痛みが何度もめぐってきて、一回は前のめりになって脚のあいだに吐いてしまった。

トミーが数歩離れると、肩にかけた銃をずらし、尻ポケットに鋭いドライバーを押しこんだ。

ヘンリクは咳きこんで苦労しながら見あげた。「トミー……」

だが、奴は首を振っただけだった。「それが本名だと思ったかよ？　トミーとフレディ？それは通り名だ」

ヘンリクは言葉をなくした。そして気力も。黙って岩に座っていた。

道のむこうではフレディがまだ盗品をヴァンへ運んでいた。しばらくしてドアを閉めた。

「終わったぞ！」

「よし」トミーは身体を起こし、頬をひっかいてヘンリクを見やった。「おまえはバスとか……とにかく、ここにあるものでもどるしかねえぞ。馬とか荷馬車とか？」

ヘンリクは答えなかった。岩に座ってセレリウス兄弟を見ているだけだ。フレディが悠々とヴァンの運転席に座った。トミーはヘンリクのサーブに乗った。

この兄弟に車もボートも盗まれようとしているのに、見ていることしかできなかった。二台の車がゆっくりと海岸沿いの道へ消えていく。

ようやくみぞおちから手をどかして傷をたしかめた。灰色の厚手のジャケットの裂け目が赤くなっていた。だが、それほど出血しているわけではなく、少し血がにじんでいるだけだ。ボリホルムで献血したときには五百ミリリットルも血をとられた。数滴程度はどうってことはない。

ちょっとしたみぞおちの痛みに、わずかなショックに、嘔吐一回。どうってことはない。

しばらくしてから、岩から立ちあがった。岸に寄せる波とほぼ同じ周期で傷から血がどくどくと流れたが、歩くことはできた。腸も肝臓も無事にちがいない。

一段と冷たくなった風が海から吹きはじめていた。ヘンリクは祖父が冬のある日、ひとりこの場で死んだことを思いだしたが、そんな考えは振りはらった。腹に手を押しあててボートハウスへ歩きはじめた。ドアは開いていて、戸口で立ち止まった。

盗品はすべてなくなっていた。ただひとつの慰めは、トミーとフレディがあのランタンも運び去ったことだ。あのノックの音を聞くのは今度は奴らの番なのかもしれない。

やっとのことで室内に入ると祖父の作業台へ近づいた。アルゴットの古い手斧が置いてある。小さいがしっかりした作りだ。そして長くほっそりした草刈鎌が片隅に立てかけてある。斧と草刈鎌を摑むと、ゆっくりと雪の外へもどっていった。

南京錠は雪のなかに落ちてしまっていた。見つからない。ドアを閉めることしかできず、しかもかなり苦労しないとそれもできなかった。続いて雪のなかを歩いて道とボートハウスから離れ、海岸沿いの牧草地へとむかった。

海岸沿いを北へ進み、頭を垂れて、強さを増してくる風にたいして斜めに歩いた。強風からは毛糸の帽子と中綿ジャケットで守られていたが、目と鼻がうずいた。

寒さを無視して、ひたすら歩きつづけた。

セレリウス兄弟でもほかの名前でもとにかく、奴らは人を刺してボートを盗んだ。そしてウナギ岬へ行くと話していた。

それならば、そこで奴らに会うまでだ。

28

ティルダはボリホルムにあるヘンリク・ヤンソンのアパートメントのチャイムを鳴らし、長いこと指をあてていた。静寂のなかでしばらく待った。ボリホルムの同僚であるマッツ・トルシュテンソンと一緒だった。

クリスマス・イヴの前日で、エーランド島北部の一連の押し込みの件はとっくに片づけているはずだったが、事情聴取で再三の呼び出しをかけているにもかかわらず、ヘンリクは警察に姿を現わさなかった。自分からやってくる心構えができていないのならば、連行するしかない。

物音ひとつしなかった。ふたたびチャイムを鳴らしたが、誰もドアを開けない。耳をあててみても、なんの音もしない。ドアノブをまわしてみたが、鍵がかかっていた。

「たぶん留守だよ」トルシュテンソンが言った。「母親か父親のところだ。クリスマスだからな」

「上司は、今日は仕事のはずだって言っていたの」ティルダは言った。「半日だけど……」

ふたたびチャイムを鳴らすと同時に、アパートメントの表のドアがバタンと閉まり、ブーツの足音が勢いよく階段をあがってきた。ティルダとトルシュテンソンは同時に振り返ったが、こちらにやってくるのは十代の少女で、赤い毛糸のマフラーで顔の半分をくるみ、クリスマス・プレゼントの袋を手にしていた。制服警官たちのほうをさっと見た。少女がヘンリク宅のむかいのドアの鍵を開けると、ティルダは近づいて声をかけた。「お隣のヘンリクさんを探しています。どこにいるか、ご存じですか？」「仕事じゃないの？」

少女がヘンリクのドアの表札を見た。

「そちらはもう調べたんです」

少女は考えこんだ。「ボートハウスかも」

「どこにあるんでしょう？」

「東海岸のどこか。このあいだの夏に泳ぎに誘われたんだけど、行かないって言ったの」

「ありがとうございます。よいクリスマスを」

少女はうなずいたが、クリスマスなどにはもう飽き飽きしていると言わんばかりに、プレゼントの袋をにらんだ。

「じゃあ、今日はこれで終わりだな」トルシュテンソンが言った。「休暇が終わったら、奴を連行しよう」

「ちょうどヘンリクが帰宅するところにでくわさなければね」ティルダは答えた。

二時半だった。町は冷え切って曇り、氷点下十度近くになっていて、すでに黄昏時の空となっていた。

「おれはあと十五分であがりさ」トルシュテンソンが車のドアを開けながら言った。「それから買い物に行かないとな。クリスマス・プレゼントの準備が少し遅れているんだよ！」彼は時計をたしかめた。頭のなかではすでに帰宅してテレビの前でクリスマス・ビールをちびちびとやっているところなのだろう。

「ちょっと電話だけ……」ティルダは言った。

ティルダの五日間の休暇も近づいているところだが、まだヘンリク・ヤンソンをあきらめたくなかった。

車に乗るとヤンソンの上司に電話をかけた。この日はこれで二度目だ。上司の話では、ヘンリクのボートハウスはエンスルンダにあった。マルネスの南でウナギ岬のすぐ近くだった。

「車でボリホルム署まで送りましょう」ティルダは同僚に言った。「わたしはそれからエンスルンダに寄ってみようかと。彼、そこにはいないでしょうけれど、確認だけはしておきたいから」

「よければ一緒に行くぞ」

トルシュテンソンは好人物で、この申し出もクリスマス準備が忙しいのに本気で言ってくれているのだが、ティルダは首を横に振った。

「ありがとう、でも帰り道の途中だから。ヤンソンがいたら、引っ張ってきて、奴のクリスマスを台なしにしてやる。いなければ、わたしもうちに帰ってプレゼントのラッピングをする」

「用心して運転しろよ。渦雪が来るんだぞ、知ってるか？」

「知ってます。でも、スノータイヤを履かせてるから」

ふたりは署までもどった。トルシュテンソンが建物に入り、ティルダがUターンして駐車場を出ようとしたときに署のドアがふたたびひらいた。彼が手を振っている。

ティルダは窓を開けて顔をつきだした。「どうしたの？」

「きみに客だよ」

「誰？」

「きみの警察学校の教官だ」

「教官？」

わけがわからなかったが、車を駐めて一緒に署に入った。受付に人はいなかった。アドベント・キャンドルが窓辺でちらちらと揺れている。島の警官の大半はすでにクリスマス休暇に入っていた。

「彼女を捕まえたぞ」トルシュテンソンが言った。

彼が声をかけたのは待合室のアームチェアに座る肩幅の広い男だった。男はジャケットと薄い灰色の警官用のセーターを着て、ティルダを見て満足そうにほほえんだ。

「ちょうどこのあたりに用があってね」男はそう言って立ちあがった。赤い紙で包んだ大きなプレゼントを差しだした。「きみにクリスマスのお祝いを言いたかっただけなんだ」

マルティン・オルクイスト。考えるまでもなかった。

ティルダは動揺を顔に出さず、ほほえもうとした。「こんにちは、マルティン……あなたにもいいクリスマスを」

ティルダのくちびるはすぐにこわばったが、マルティンのほほえみはさらに大きくなった。

「コーヒーでもどうだい？」

「お誘いをありがとう」ティルダは答えた。「でも、ちょっと忙しいので」

だが、どうやらチョコレート入りの箱らしいプレゼントは受け取って、トルシュテンソンに会釈すると、駐車場へ出ていった。

マルティンも続いた。ティルダは振り返った。もう喜んでいるふりをする必要はない。

「なんのつもり？」

「なにが？」

「何度も電話をしてきて、今度はここにプレゼント持参でやってきた。どうしてこんなことを？」

「どうしてって、きみが元気かどうか知りたくて」

「わたしは元気。だから帰ってもらって結構……奥さんと子どもたちのもとへ。もうクリスマス・イヴなのよ」

マルティンは相変わらずティルダにほほえみかけている。

「もうすべて手配ずみだ。カリンには、今夜カルマルに泊まって朝早く帰ると言ってある」

マルティンにとっては、すべては実務の問題のようだった。秩序をもたせて嘘をつき続ける。

「じゃあ、あなたはそのとおりにして。カルマルでごゆっくり」

「そうする必要はないだろう？　せっかくエーランド島に気兼ねなく泊まれるのに」

ティルダはため息をついて車に近づいた。ドアを開けるとマルティンのプレゼントをバックシートに放りこんだ。「いまは話をする時間なんかない。連行したい男がいて」

ティルダはマルティンに返事をさせる暇をあたえずにドアを閉めた。それからエンジンをかけると署の駐車場から車を出した。

じきに、背後に青いマツダが見えた。

マルティンの車。尾けてきている。

ボリホルムから北へむかう途中、どうして自分はもっときっぱり拒絶しなかったのか考えこんだ。唾を吐きかけて金切り声をあげればよかった。いくら彼でも、それならばこちらの本心が理解できただろう。

ティルダが島の東海岸にやってくる頃には、三時半になっていた。日射しはほぼなくなって空は濃い灰色で、音もなく降っていた雪はもっと目障りになっていた。雪は攻撃的になっている、と思った。雪片はあてもなく空中で舞うのをやめて、まとまって襲ってきた。パトカーのフロントガラスに一塊のようになって打ちつけ、窓にまとわりついた。

エンスルンダへの狭い道へ曲がった。マルティンのマツダはまだ少しうしろを走ってくる。ヘッドライトに照らされ、前方の雪のなかに数台のタイヤの痕が見えた。海から五十メートルほどでその痕が途切れていたので、少なくとも二台の車が駐車していると予想していた。だが、狭い方向転換エリアには見事に一台も車がなかった。

雪の上にあたらしい痕がたくさんあるだけだ。どっしりした靴かブーツが残した足跡が、タイヤの痕とボートハウスのひとつとのあいだを行ったり来たりしている。雪片がすでに痕を消しはじめていた。

マツダが路肩に寄って、ティルダの背後で停まった。

ティルダは警察のキャップをかぶり、風の抵抗を感じながら運転席のドアを押し開けた。このバルト海の端は凍てつくように寒くうらぶれていた。寒さと空虚さがこの沿岸の全体を不気味に感じさせている。波が押しよせて沖を覆う氷を砕きはじめている。

マルティンが車を降りてティルダに近づいてきた。「きみが連行しようとしている男だが……ここにいるはずなのか？」

ティルダはうなずくだけだった。口もききたくない。

マルティンが目的をもった足取りでボートハウスへ歩いていった。自分が教官であって、もはや警官ではないことを忘れているようだった。

ティルダはなにも言わず、あとに続いた。

近づくと、バタンという音が一定間隔で聞こえてきた。ボートハウスのひとつのドアが風に吹かれて大きな音をたてながら開いたり閉まったりを繰り返している。雪のすべての足跡は、その特定のボートハウスに近づいているようだ。

マルティンがそのドアを開けて覗きこんだ。「これが男のボートハウスか？」

「さあ……たぶんそうだと」

泥棒はいつもほかの泥棒を恐れているものだ。自分の家には上等の鍵をつけたがる。被疑者がここの鍵をかけ忘れたのだとしたら、予期せぬ出来事があったということだ。

ティルダはマルティンに近づき、暗闇のなかを見つめた。作業台、古い網や漁に必要なほかのあれこれがあり、壁際には工具があるが、ほかにたいして見るものはなかった。

「ここにはいない」マルティンが言った。

ティルダは答えなかった。ボートハウスへ入ると、腰をかがめた。輝く小さな滴が板張りの床できらめいていた。

「マルティン！」思わずティルダは叫んだ。

彼が振り返ると、ティルダは床を指さした。「あれはなんだと思う？」

マルティンがしゃがんだ。「まだあたらしい血だ」

ティルダは外に出て左右を見た。誰かが怪我をしている。おそらくは撃たれたか刺されたか。けれども、この付近から離れることはできるくらいの傷だ。牧草地を海まで歩いていくと風がさらに強まった。雪のなかに不鮮明な跡があった——足跡がずっと北へと続いている。

海沿いにこの足跡をたどろうと考え、風と海からの身を切るような冷気に顔をむけたが、この降雪では足跡はすぐに消えてしまうだろう。ティルダの知るかぎりでは、ここから歩いていける人の住む家は二軒だけだ。カールソン家の農場と、北東のウナギ岬の屋敷。ヘンリク・ヤンソンでもほかの誰でも、この足跡を残した者はそのどちらかにむかったらしい。

疾風に後押しされてティルダは振り返って車へむかい、海から離れた。

「どこへ行くんだ？」マルティンが背後から叫んだ。

「秘密よ」ティルダはそう答えてパトカーへ近づいた。

マルティンがついてきているかどうか、たしかめないでパトカーに乗った。それから警察無線のスイッチを入れてボリホルムの無線センターに呼びかけた。ボートハウスで傷害事件のあった可能性を報告し、自分が北へむかうことを知らせた。

返事はなかった。

雪は一段と降りが激しくなっている。エンジンをかけてヒーターを最強にすると、フロントガラスのワイパーのスイッチを入れてからゆっくりと車を出した。

ドアミラーにマルティンがドアを開けてマツダの車内灯がついたのが映った。続いて彼はヘッドライトをつけて、砂利道をティルダの車に続いた。

ティルダはスピードをあげた。東に視線をむけると、水平線は見えなくなっていた。海に降りしきる灰色がかった白い雪は、まるで壁のように見えた。それが勢いよく海辺にも近づいていた。

29

ヨアキムは黄昏時にキッチンに立ち、建物のあいだに積もっていく雪を見ていた。ウナギ岬ではホワイト・クリスマスになりそうだった。

ふと納屋の扉を見やる。閉じられていて雪に続く足跡もない。前日の夕方以降は納屋へ足を踏みいれていないが、隠し部屋のことを考えずにはいられなかった。

死者のための部屋。れっきとした教会の信徒席もある。

エテルのジャケットはほかの古い思い出の品にまじって信徒席にきれいにたたまれて置かれていた。そのままにしてきた。

あそこへ置いたのはカトリンだ。秋のあいだにあの部屋を見つけ、ヨアキムにはなにも言わずに信徒席にデニムのジャケットを置いた。カトリンがあのジャケットをもっていたことさえ、知らなかった。

妻はいくつも隠し事をしていた。

電話して初めて、母がウナギ岬へジャケットを送っていたことがわかった。そのときまでヨアキムは、エテルの服は母が箱詰めして屋根裏にしまったものと思っていた。

「いいや、エテルのあのジャケットは取りだして茶色の包装紙で包んだんだよ」母はそう言った。「それからカトリンに郵送した……あれは八月のいつかだったね」

「でも、どうして？」

「それが……むこうから送ってくれと頼まれたんだよ。カトリンは夏に電話をしてきて、あのジャケットを貸してほしいって言うんだよ。なにかたしかめたいことがあるって言っていたね。だから、送ってやったんだ」母は口をつぐんだ。「聞いてなかったのかい？」

「聞いてなかった」

「ちゃんとふたりで会話してなかったのかね？」

ヨアキムは返事をしなかった。もちろん自分とカトリンは会話をしたし、たがいを全面的に信頼していたと言いたかったが、エテルが死んだとわかった夜に妻が見せた妙な目つきを思いだした。

カトリンはリヴィアを抱きしめて、ヨアキムを輝く瞳で見た。まるでなにかすばらしいことが起こったと言いたげな表情だった。

キッチンの窓の外を暗闇が包むと、ヨアキムは夕食の支度を始めた。十二月二十三日にクリスマス・ディナーにするのはいささか早いだろうが、できるだけ急いでやり過ごしたかった。

ちょうど一年前も同じだった。姉は十二月のあたまに溺死して、クリスマスのあいだもずっと、姉の名前が口にされることはなかった。かわりに、カトリンとヨアキムはいつも以上にプレゼントや食料を買いこんだ。アップル・ハウスをキャンドルと装飾で満たした。

だがもちろん、エテルがまだそこにいるかのように感じていた。カトリンがアルコール・フリーのリンゴ酒のグラスを掲げてみせるたびにつらくなった。

目をしばたたかせて涙をこらえ、『おいしいクリスマス料理』のレシピをめくりつづけ、キッチンで最大限の努力をしているうちに、窓の外の影は長くなった。

スライスしたソーセージと肉団子を焼いた。チーズとキャベツを千切りにしてスペアリブを温めた。できあいのハムをグリルして、ジャガイモの皮をむき、焼きたてのスパイス入りパンにハケでシロップを塗った。ウナギ、ニシン、サーモンを皿に並べ、子どもたちのたってのリクエストの料理を作った。チキンのグリルとフライドポテトだ。

キッチン・テーブルに次々に料理を並べ、テーブルの下ではラスプーチンが生のマグロにありついていた。

四時半にリヴィアとガブリエルに声をかけた。「食事の時間だよ」

ふたりはやってくると、テーブルの前で立ち止まった。

「ごちそうがたくさんだね」ガブリエルが言った。

「クリスマスだから特別さ」ヨアキムは言った。「全部を少しずつとってお皿をいっぱいにするんだよ」

リヴィアとガブリエルはおおむね言われたとおりにした。チキンとフライドポテト、ソースを軽くかけたゆでたジャガイモは皿に盛ったが、魚とキャベツには手をつけないままだった。

ヨアキムは客間にふたりを連れていき、シャンデリアの下で三人揃って大きなテーブルについた。クリンゴ酒を注ぎ、子どもたちがクリスマスの休暇を楽しくはじめられるよう祈った。テーブルに四人目の席を用意した理由を訊かれると思って身構えていたが、なにも言われなかった。

夜のあいだにカトリンが本当に帰ってくると信じているわけではないが、こうすれば彼女のからっぽの席を見て、そこにたしかに座っているのだとせめてもの夢を見ることができる。

本来そうあるべきなように。

実家の母はクリスマスにいつも余分に席を作った。だが、もちろんエテルは姿を見せることはなかった。

「もうごちそうさまにしていい、パパ？」十分後にリヴィアが尋ねた。

「だめだ」ヨアキムは急いで言った。

リヴィアの皿はからっぽだった。

「でも、全部食べたんだよ」

「とにかく、そこに座っていなさい」

「でも、観たいテレビがあるんだよ」

「ぼくも」ガブリエルが言った。この子の皿にはまだたくさん料理が残っている。

「テレビで競馬があるんだよ」リヴィアが重大な議論でもしているような口調で言った。

「いいから、ここにいなさいって言ってるだろう」思ったよりもきつい口調になってしまった。「これは大事なことなんだ。クリスマスは家族で一緒に祝うんだからね」

「パパ、バカみたい」リヴィアがにらみつけて言った。

ヨアキムはため息をついた。「クリスマスは家族で一緒に祝うんだからね」また同じことを言ったが、説得力はまったくなかった。

子どもたちはこのあと黙ってしまったが、少なくともこの場に留まっていた。しばらくするとリヴィアは皿をもってキッチンへむかい、ガブリエルもあとに続いた。ふたりとも肉団子を載せてもどってきた。

「すごく雪が降ってるよ、パパ」リヴィアが言った。

ヨアキムは窓の外を見た。大きな雪片が空を舞っていた。「それはいいね。橇で遊べるからね」

リヴィアの不機嫌は現われたときと同じくらいすぐに消え、じきにガブリエルと一緒になってツリーの下のクリスマス・プレゼントについておしゃべりを始めた。ふたりともテーブルの四番目の席を気にしていないようだったが、ヨアキムはずっとその席を見つめていた。

自分はなにを期待しているのだろう？　玄関のドアが開いて、カトリンがこの客間に入ってくるとでも？

古いモーラ時計が一度だけ鳴った——もう五時半で、窓の外はまっ暗だった。ヨアキムは最後の肉団子を口に放りこむと、ガブリエルを見やった。息子はもう眠りかけていた。今夜はいつもの倍も食べ、ぴくりともせずに座ったままからっぽの皿を見つめているが、目蓋が重そうだ。

「ガブリエル、少し眠っておくかい？　そうすれば、きっと今夜少し遅くまで起きていられるよ」

最初ガブリエルはうなずいただけだったが、次にこう言った。「そうしたらあそべるね。パパとぼく。リヴィア」

「約束するよ」

ふいに、息子がおそらくカトリンのことを忘れてしまったのだと気づいた。自分だって三歳ぐらいでどんなことを覚えていたというのだろう？　なにもない。

キャンドルを吹き消してテーブルを片づけ、料理の残りを冷蔵庫に入れた。それからガブリエルのベッドの上掛けをめくって、寝かせた。

リヴィアはこんな早い時間には眠りたがらなかった。競馬を観たがっていたので、ヨアキムは寝室に小さなテレビを運んでやった。

「これでいいかい？」ヨアキムは尋ねた。「少し外へ行ってくるから」

「どこ行くの？」リヴィアが尋ねた。「競馬を観たくないの？」

ヨアキムは首を横に振った。「すぐにもどるから」

部屋をあとにすると、ツリーの下からカトリンあてのクリスマス・プレゼントを手にした。それと懐中電灯をもって廊下に出ると、厚手のセーターとブーツを身につけた。

準備はこれでいい。

鏡の前で立ち止まり、自分をながめた。廊下は暗く、ほとんど鏡は見えなかったが、自分自身の身体を通じて部屋の輪郭は見えると思った。

幽霊になった気分だった。屋敷についている幽霊のひとりに。鏡周辺の白いイギリス製の壁紙や、田舎暮らしの象徴のような、壁にかかった古い麦わら帽子を見つめた。

突然、すべてがまったく無意味に思えた。どうして彼とカトリンは何年もひたすら改装と装飾を続けたりしたんだろう？　ふたりの住まいはどんどん広くなっていった。ひとつのプロジェクトが終わったとたんに次のを始め、以前住んでいた人の形跡を取り除くために熱意を注ぎこんだ。どうしてだ？

低く鳴く声がして考え事から我に返った。振り返ると、小さな四本脚の生き物がラグマットにうずくまっていた。

「外に出たいのかい、ラスプーチン？」

ヨアキムはガラス張りのベランダへむかったが、ラスプーチンはついてこなかった。猫はただ見ているだけで、それからそっとキッチンへむかっていった。

家の外壁を風が叩き、ベランダの窓ガラスをカタカタと鳴らした。ヨアキムは表のドアを開けたとたんに風がドアを押さえつけるのを感じた。ひどい突風がどんどん強くなっていき、中庭を舞う雪片を、あたると痛い破片に変えていた。石段を注意しながら降り、雪が入らないように目をぎゅっとつぶった。

海の上の空はさらに暗くなっていて、太陽はバルト海へ永遠に沈んだかに思える。海を覆う雲は不吉な灰色と黒の影絵芝居のようだ。北東では大きな雪雲が下りてきてさらに岸へと近づいていた。

嵐が来る。

建物と建物のあいだの石畳の舗道を進み、風と雪のなかに出た。イェルロフの警告が頭をよぎった。渦雪のなかを歩けば方向がわからなくなると。だが、いまのところは地面にうっすらと雪が積もっただけで、納屋への短い道のりを進んでもたいして危険があるとは思えない。

大きな扉に近づくと引き開けた。

なかで動いているものはない。

視界の端にちらりと明かりが入ってぴたりと立ち止まり、首をめぐらせた。灯台の光だった。北の灯台は納屋に隠れて見えないが、南の灯台の光は赤く瞬いてヨアキムを照らした。

納屋に足を踏みいれると、風に背中を押されるように感じた。まるで風も一緒に入りたがっているようだ。だが、ヨアキムは扉を力強く閉めた。

数秒ほどして明かりをつけた。

天井から下がる電球は納屋の暗い空間にあって弱々しい黄色の太陽のようだった。天井越しに風の咆哮が聞こえたが、しっかりとした骨組みの納屋はびくともしない。この建物はたくさんの嵐にも負けず生き残ってきたのだ。

干し草置き場にはカトリンをはじめとして亡くなった人たちの名前が刻まれた壁があるが、今夜はそちらにあがることはしなかった。そのかわりに、かつて毎年冬になれば家畜が入れられていた牛舎の前を歩いていった。

突き当たりの牛舎の石の床には、やはり埃も干し草もなかった。

膝をつき、腹這いになった。それからゆっくりと身体をくねらせて板切れの狭い穴に入っていった。片手に懐中電灯、もう片方の手にカトリンへのプレゼントをもっている。

偽の壁の内側で立ちあがり、懐中電灯を照らした。光は弱く、そろそろあたらしい乾電池が必要のようだが、上の暗闇へつづくはしごは見えた。

耳を澄ましたが、納屋は静まり返っていた。

ここに立ったままでいるか、はしごをあがるか。ためらった。一瞬だけ、嵐が迫っていてリヴィアとガブリエルが家にふたりきりだと考えた。だが、右足をあげると、はしごのいちばん下の段に乗せた。

口は乾き動悸が激しくなったが、不安よりも期待のほうが大きかった。一歩ずつ天井の暗い穴へと近づいていく。いまではここ以外にいたい場所などなかった。

カトリンが近くにいる。そう感じられた。

一九六二年、冬

マルクスは島へもどってきてわたしに会いたがったけれど、ウナギ岬ではいやだと言う。ボリホルムのカフェまで会いにいかなくちゃならない。

トルンはこの頃には明かりと暗がりの区別もほとんどつかなくなって、わたしがジャガイモや小麦粉を買う使いをやっていた。小麦粉と根菜を食べて生活していたんだ。

十二月のあたまだったというのに、灰色の町での最後の逢瀬のとき、冬はまだ来ていなかった。

——ミルヤ・ランベ

温度計はゼロを指しているけれど、ボリホルムでは雪は降っていない。わたしは古い冬のコートを着て、町のまっすぐな道を歩きながら自分がおのぼりさんになった気分でいる。

マルクスはボリホルムの両親に、そしてわたしに会うため島へもどっている。エークショーの兵舎から休暇をもらったところで、灰色の軍服を着て、ズボンは格好よくきれいに折り目がついている。

待ち合わせをしたカフェにはおしゃれできちんとしたご婦人たちがたくさんいて、わたしが寒い外から入っていくとじろじろと見られる。スウェーデンの小さな町のカフェは若い人むけの場所じゃない。当時はまだ。

「やあ、ミルヤ」

わたしがテーブルに歩いていくと、マルクスは礼儀正しく立ちあがる。

「どうも」わたしは答える。

ぎこちなく肩を軽く抱きしめられたときに、彼がアフター・シェーブローションを使いはじめたことに気づく。

数カ月も会っていなかったから最初は緊張したけれど、次第に話をするようになる。ウナギ岬であったことについては、たいして話すことはない――彼がいなくなってから、あそこではなにも起きてないから。でも、わたしのほうから、兵士としての暮らしについて、干草置き場に作ったようなテントで暮らしているのか、そんなことを尋ねると、彼は訓練中はそうだと答える。彼の話では、中隊はノールランドにいてそこではマイナス三十度になるという。暖かくしておくために、山ほどの雪をテントのまわりに固めて、イグルーのようにしなければならないって。

テーブルを挟むわたしたちのあいだに沈黙が漂う。

「春まではこのままがまんできると思うの」とうとう、わたしは切りだす。「あなたさえよければ、もっとあなたの近くに引っ越してもいい。カルマルでもどこでも。そしてあなたの兵役が終われば、同じ町に住んでもいいし……」

いい加減な計画だったけれど、マルクスはわたしにほほえみかける。

「春まではね」彼はそう言ってわたしの頬をなでる。顔をくしゃくしゃにして笑うと、静かにこう言い足す。「両親のアパートメントに来ないか、ミルヤ？　すぐそこなんだ。今日は家にいないけれど、おれの古い部屋はそのままだから……」

わたしはうなずいて、立ちあがる。

わたしたちは初めての、そしてこれっきりの愛をマルクスが子どもだった頃の寝室でかわす。彼のベッドは小さすぎるから、床にマットレスを引きずりおろしてそこに横たわって。アパートメントは静かだけれどわたしたちが息遣いで満たしていく。最初は彼の両親がもどってこないかと怯えている。でもしばらくするとそんなことは忘れてしまう。

マルクスは夢中なのに慎重。彼にとっても初めての経験だと思うけれど、あえて尋ねはしない。

わたしもちゃんと慎重？　全然。なんの備えもしていない――こんなことが起こるなんて想像もしていなかったんだから。だから、これだけすばらしいのよ。

三十分後には通りに出てふたり別々の道を行く。強い風のなかで短く別れを告げて。何枚も着こんだ服をとおした最後のぎこちない抱擁。

マルクスはアパートメントへもどって荷造りしてから、カルマル海峡をわたるフェリーに乗る。わたしはバス停へ行って北へもどる。

ひとりきりだけれど、この身体にふれた彼の温かさがまだ感じられる。

列車のほうがよかったのに運休なんだ。だからバスに乗るしかない。

乗客も少なくて車内の雰囲気は暗いけれど、それで構わない。世界の果てで半年の勤務をこなしに行く灯台守の気分だよ。

マルネスの南でバスを降りる頃には、日も暮れて風がとても冷たい。レールルビの食料雑貨店でトルンと自分のために食料を買ってから海沿いの道を歩いて帰る。

どんよりとした灰色の雲が海を覆う頃に、ウナギ岬に曲がる道へたどり着く。強風が島に吹き荒れて、歩調を早める。渦雪がやってくるときには、絶対に家のなかにいないとだめだ。そうでないと、トルンが泥炭湿地で吹雪にやられたのと同じようになってしまう。もっとひどいことになるかも。

屋敷にたどり着くと、ほとんどの窓には明かりが見えないけれど、わたしたちの小さな部屋の窓には温かな黄色の明かりがある。

トルンの待つ部屋に入ろうとしたところで、視界のすみっこで、海辺で瞬くなにかが見える。振り返ると、夜に備えて灯台の光が灯ったところでね。北の灯台にも光が入って、揺らぎのない白い明かりを放っている。

食料品の袋を階段に置いて中庭を横切り、岸へ近づく。北の灯台が輝きつづけている。

灯台を見つめていると、いきなりなにかがわたしをかすめるようにして地面に吹きとばされてきた。青白くて長方形のもの。目を留めて拾いあげる前から、それがなにか、わたしにはわかる。キャンバス。吹雪を描いたトルンの作品のひとつ。

「ほう、もどってきたんだな、ミルヤ？」男の声がする。「どこに行ってた？」わたしは振り返る。ウナギ漁師のラグナル・ダーヴィッドソンだ。屋敷からわたしのほうへ歩いてくる。光沢のある雨合羽を着て、なにかを手にしている。トルンの絵を何枚も抱えている。十五枚か二十枚。

離れで彼が絵について語っていたことを思いだす。黒と灰色ばっかりじゃないか。暗い色を使いまくっただけだ……くだらん。

「ラグナル。なにをしてるの？　母の絵をどこへもっていくつもり？」

彼は止まらずに横を通り過ぎ、こう答える。「海へ」

「なんて言った？」

「これを置くところがない」彼は叫び返す。「離れの物置はおれが使うことになった。あそこにはウナギの網を置くつもりだ」

わたしは恐怖にすくんで彼を見やり、続いて幽霊のような北の灯台の白い光を見る。それから海と風に背をむけて、急いで家とトルンのもとへもどる。

30

嵐の威力にともなって海岸沿いの風も強くなってきた。突風が車を揺らし、ティルダはしっかりとハンドルを握った。

これが渦雪だ。

道を横切るように降る雪はヘッドライトを浴びて、モノクロ映画のようにちらちらと見える。ティルダはスピードを落としてフロントガラスに身を乗りだし、道に目を凝らした。雪はどんどん激しくなってきて、まるで濃くて白い煙が海岸沿いに渦巻いているようだ。いたるところで漂流物に雪がまとわりついて、あっという間に土手のように変わった。

いかに突然変化が起こるかティルダにはわかっていた。渦雪は石灰岩平原を白く凍てついた不毛の地に変えて、島のどこにも車で行くことを不可能にする。雪上車でさえも沈むし、漂流物で足止めされてしまう。

北にむかっているティルダをマルティンはまだ追いかけていた。彼はあきらめたりしないだろう――だが、いまは彼を忘れて前方を見ることに集中しなければ。雪が道路を覆い、タイヤが路面をとらえにくくなった。まるで脱脂綿の上を走っているようだ。対向車のヘッドライトが見えないかと構えたが、雪の向こう側はなにもかもが灰色だった。

泥炭湿地のある地区を走っているとき、降りしきる雪のために道路が完全に見えなくなった。どこが路肩か示す標識がないかと探したがむだだった。すでに吹き飛ばされてしまったか、誰もそんなものを設置していないかのどちらかだ。

バックミラーに映るマルティンの車が近づいていることに気づいた。そのせいもあって、ミスをしてしまった。ほんの少しミラーを長く見ていたため、暗闇の前方にある曲がり角に気づかなかった。手遅れになるまで。

道が右へカーブしているところでハンドルを切ったが、じゅうぶんに切れなかった。いきなり前輪のタイヤが雪に沈んでしまった。パトカーは激しくがくんと揺れて動かなくなった。一瞬ののちにさらに大きな揺れを感じ、ガラスの割れる音を耳にした。パトカーは前方へ押しだされて停まり、泥炭湿地横の側溝にはまってしまった。

マルティンの車がパトカーに追突したのだ。

ティルダは運転席に座ったままゆっくりと上半身を起こした。肋骨も首も問題ないようだった。

アクセルを踏みこんでふたたび車道にもどろうとしたが、後輪が雪でスピンするばかりで地面をしっかり嚙むことができない。

「くそっ」

ティルダはエンジンを切って落ち着こうとした。

バックミラーを見ると、マルティンがドアを開けて雪のなかへ降りた。風で彼はわずかによろめいた。

ティルダのほうもドアを開けた。

嵐が車道に襲いかかり、灰色と黒の風景はウナギ岬で見た渦雪の絵を思いださせた。車から離れると、泥炭湿地へ引きずりたいかのように風が身体を摑んだ。だが、ティルダは抵抗して手探りでパトカーの横手を歩いていった。

車の前面が側溝にはまっていた。右の後輪が空中に浮くほどの角度になっている。荒れ狂う雪がドアに積もりはじめ、すでにタイヤを覆っていた。

苦労しながらまた車の横手へもどり、警察の帽子が飛んでいかないように片手で押さえ、マルティンのほうへむかった。ようやく彼をどう扱うか決めたのだ。警察学校の以前の教官としてではなく、以前の愛人としてでもなく、一般人として扱う。市民として。

「車間距離が狭いじゃない！」風に負けないようにティルダは言った。

「そっちが急ブレーキを踏んだんだろう！」彼が叫びかえした。

ティルダは首を横に振った。「誰もついてきてと頼んでないけど、マルティン」

「まあ、きみは無線車に乗ってる。レッカー車を呼べ」

「わたしに指図しないで」

マルティンに背をむけたが、彼は正しかった。助けを呼ぶことになる——だが、レッカー車はすべて今夜は夜通し働きつづけることだろうが。

マルティンがマツダへもどり、ティルダは暖かく静かなパトカーへ苦労しながらもどった。車に乗りこむと、無線を使ってボリホルムに連絡を入れた。これで二回目だ。今回はスピーカーからしゃがれた声の返答があった。

「通信センター？」ティルダは言った。「こちら一二一七、どうぞ」

「一二一七、どうした」

誰の声かわかった。ハンス・マイネルだ。いつもより口早にしゃべっていた。

「状況は？」ティルダは言った。

「めちゃくちゃだよ……これが本当のめちゃくちゃだな。橋を完全通行止めにすべきか検討中だ」

「通行止め？」

「朝までな、ああ」

ということは、島に吹く風はすでに相当ひどい嵐になっているということだ。エーランド橋はよほどの悪天候でなければ通行止めにならない。

「どこにいるんだ、一二一七？」

「東の道の泥炭湿地の近く。雪にはまって」

「わかったよ、一二一七。助けが必要か？」マイネルが心配そうな口調になった。「誰か送るが、しばらくかかりそうだぞ。城跡の丘でトラックが道をふさぐ形で停まってしまってな、それでうちの車両は全部そこへ集まってるんだ」

「除雪車は？」

「除雪できているのは幹線道路だけだよ……いくらやっても降ってくるからな」

「そうね。こっちも同じ」

「だが、しばらくは耐えられるんだな、一二一七？」

ティルダはためらった。マルティンが一緒にいることを教えたくない。

「コーヒーはないけれど、きっと大丈夫」彼女はそう言った。「もっと寒くなったら、近くの家へ行きます」

「了解、一二一七。手配しておくよ」マイネルが言った。「気をつけろよ、ティルダ。じゃあな」

ティルダは無線機をもどし、運転席でじっとしていた。どうしたらいいか決められずバックミラーを見たが、すでに雪が後方の窓に厚く積もっていた。

ついに携帯を取りだしてマルネスの番号にかけた。三回の呼び出し音のあとに先方が電話に出たが、風が車の外であまりにも大きな音でうなっているので、言葉が聞きとれなかった。

声を張りあげた。

「イェルロフ？」

「そうだよ」

彼の声は静かで遠くに聞こえた。

「ティルダよ！」彼女は叫んだ。

耳元でひっかくような雑音がした。このあたりでは接続が悪かったが、イェルロフの質問は聞きとれた。

「まさかこの渦雪のなかで、運転なんかしとらんだろうね？」

「じつはそうなの、車にいる。海岸沿いの道。ウナギ岬の近くよ」

イェルロフがなにか言ったが聞きとれなかった。

「なあに？」ティルダは携帯に叫んだ。

「そいつはよくないなと言ったんさね」

「そうなのよ」

「おまえは大丈夫かい？」

「わたしは大丈夫よ。ただ車が動かな――」

「いや、本当に大丈夫かい、ティルダ？」彼は遮ってもっと大きな声でしゃべった。「おまえの心の底から、という意味だが？」

「なんの底から？　なんて言ったの？」

「そのな、おまえは不幸なんだろうかと、思っとったところだったから……テープ・レコーダーと一緒にバッグに入れていた手紙があっただろう」

「手紙？」

そう言ったそばから、イェルロフがなんの話をしているのかわかった。この数日は仕事とヘンリク・ヤンソンのことしか考えておらず、私生活のことは完全に忘れていた。いますべてが思い起こされた。

「あの手紙はあなたあてじゃなかったでしょう、イェルロフ」

「ああ、だが……」彼の声は無線の雑音にかき消され、そしてまた聞こえてきた。「……封がされとらんかった」

「そういう言いかたもできるけど。読んだの？」

「最初のほうを少し読んだだけだよ……それから最後のところを少し」

ティルダは目を閉じた。あまりにも疲れていて不安でもあったから、イェルロフがバッグを探ったことで怒る気にもなれなかった。

「破いておいて」それしか言えなかった。

「わたしが処分していいんかい？」

「ええ。捨てて」

「わかった、そうしよう。だが、おまえは大丈夫なんだね？」

「こんな立場にしてはそれなりにね」

イェルロフが小さな声でなにか言ったが、聞きとれなかった。

すべてを話したかったができなかった。マルティンとまだ会っているときに、彼の妻が妊娠したなどとは打ち明けられなかった。ティルダはマルティンと一緒にいられるだけでしあわせで満足していた——マルティンの妻の陣痛が始まった夜でさえも。真夜中になって彼は病院へむかい、息子の誕生に立ち会えなかったことで山ほどの言い訳をした。

ティルダはため息をついて言った。「ずっと前に別れておくべきだった」

「ああ、ああ。だが、もう別れたんだろうから」

ティルダはバックミラーを見た。「そうよ」そこでフロントガラスの先を見た。雪は降りつづいていて、ほとんど前が見えない。このパトカーも雪だまりになりつつある。「どうやら、ここを離れたほうがよさそう」イェルロフにそう告げた。

「雪のなかを運転できるかね？」

「無理ね。車が雪にはまっているの」

「では、ウナギ岬に行くしかなかろう。だが、歩くときはじゅうぶん注意して。吹雪は砂や土を雪と一緒に舞いあげるからな」

「わかった」

「それから、なにがあっても絶対に腰を下ろして休んではいかんよ。たとえどれだけ疲れてもだ」

「ええ、もちろんそんなことしない。またすぐに連絡するわね」ティルダは携帯の電源を切った。

それから最後にもう一度、車内の暖かい空気を吸いこんでからドアを開け、雪のなかに降りた。

風がティルダを押しやり、耳元で金切り声をあげてもみくちゃにした。ティルダは車をロックして道を歩きはじめた。鉛のブーツを履いて海底を歩くダイバーのように苦労した。

マルティンの車までやってくると、彼が窓を開けた。風を受けて瞬きすると、声を張りあげた。「誰か助けに来るのか？」

ティルダは首を横に振って叫びかえした。「ここにいることはできないわ」

「なんだって？」

ティルダは東を指さした。「あそこに家があるの！」

マルティンはうなずき、窓を閉めた。ややあって車を降り、鍵をかけてからティルダのあとに続いた。

ティルダは車道に粉雪が渦巻くなかを歩いていった。側溝に降りてから石壁を乗り越えた。先に立ってウナギ岬をめざし、数歩あとをマルティンが続いた。歩みはのろかった。風にむかって顔をあげるたびに、凍った白樺の枝で叩かれるようだった。細心の注意を払わねばならず、風にあおられないためにしゃがんで歩いているようなものだった。ショートブーツではなく、スキーでも履いていればよかったと思わずにいられなかった。あるいはスノーシューズか。

しばらくして風から顔をそむけて背後の黒い人影に腕を伸ばした。「さあ、止まらずに！」そう叫んだ。

マルティンは寒さのなかですでに激しく震えはじめていた。服は薄い革のジャケットで頭にはなにもかぶっていない。不適切な服装はマルティン自身の過ちだが、ティルダはとにかく手を差しだしてやった。

マルティンが無言でその手を取った。ふたりは寄り添うようにしてウナギ岬の家へと歩きつづけた。

31

ヘンリク・ヤンソンは視界をふさぐ雪のなかで懸命に進んでいた。ヒュウヒュウとうなる風を浴びて頭を胸につけるようにしており、自分の居場所についてはぼんやりと見当がつくだけだった。

ウナギ岬の南の灯台に通じる海辺の牧草地には到着したはずだが、目でたしかめることができない。雪が目を痛めつける。

このバカめ。ボートハウスに留まっているべきだった。渦雪がやってきたらいつも外には出ないのに。

七歳の頃の一月の週末に、祖父母の家に泊まっていて悪夢を見た。吠えるライオンの群れに夜通し部屋のなかで追いかけまわされたのだ。朝になるとライオンはいなくなっていた。家のなかはなにもかもが静まり返っていたが、ベッドから起きだして庭を見やるときらきらと白く光っていた。

「ゆうべは渦雪だったんだよ」祖父のアルゴットが説明してくれた。

波のようにうねった雪は窓枠の高さ近くまで積もっていた。ヘンリクは玄関のドアを開けることができなかった。

「どうしてわかるの、おじいちゃん――それが渦雪だったって？」

「渦雪は来る途中ではわからないんだよ」アルゴットはそう言った。「やってきて初めてわかる」

ヘンリクはバルト海の水際で悟った。これが渦雪なのだ。早い時間に吹いていた強風は前触れに過ぎなかったのだ。

アルゴットの草刈鎌が風に揺れて、重みをひしひしと感じた。鎌は雪のなかに捨てるしかなかったが、斧は手放さなかった。揺るぎない凍てついた地面を三歩進んでから、しゃがんで休憩した。さらに三歩進んだ。

しばらくすると、一歩ごとに休まなければならなくなった。

海を覆う薄い氷は、強まる風で粉々に砕けた。鳴りつづける轟音は聞こえたが、もはや海は見えなかった。もうどの方向にもなにも見えなくなっていた。

腹の痛みは和らいでいた。冷たい風の効果だろうか、出血も減っていたが、同時に身体全体の感覚がゆっくりとなくなっていくように感じた。意識が漂いはじめた。意識が身体の隣に浮かんでいるかのように、遠くに離れて感じられることもあった。

カトリンのことを考えた。ウナギ岬で溺れた女。彼女と一緒に床を磨いたり張り替えたりするのは楽しかった。小柄でブロンド――ちょうどカミラのようだった。

カミラ。

ふたりでベッドに横たわったときの彼女の温かさを思いだした。だが、その感覚もすぐに風のなかに消えた。

エンスルンダのボートハウスへ引き返すにはもう手遅れだった。どちらの方角かも、すでにわからない。それにいまいましい灯台はどこにあるんだ？　風のなかで目を凝らし、遠くにうっすらと瞬く光をちらりと認めた。では、正しい方角へむかっているということか。

息を吸って、前に進み、息を吐く。

そのとき、海のほうからひどく身体をあおられて、足を踏みだした途中で立ち止まった。風はまた強さを増している。これ以上強くなることは不可能だと思っていたのに。

膝をついた。同時に斧が雪に落ちたが、かなりの苦労をしてふたたび拾いあげ、ジャケットのなかに持ち手をつっこんだ。斧はセレリウス兄弟に思い知らせるためのものだから、なくすわけにはいかない。

這うように北へ進んだ。とにかく、北だと思う方向へ。ほかにやれることはなかった。嵐のなかで立ち止まれば、あっという間に凍死してしまう。

「泥棒はひどい目にあって当然だよ」祖父の言葉が聞こえるようだった。「奴らは肥料か魚の餌ぐらいにしか使い道がない」

ヘンリクは首を横に振った。

いや、祖父の信頼を裏切ったことはなかった。嘘をついた相手は教師、一部の友人、両親、フローリング会社の上司のヨンだけだ。それに家のオーナーたち。そしてもちろん、カミラ。

同棲していた頃に嘘をつくことがあって、ついにはあきれられてしまったのだ。

腹をドライバーで刺される――たぶんこれが自分にふさわしいことなんだろう。

ふいに誰かに摑まれた。パニックを起こしてから、葦の長い葉が風に揺れているだけだと気づいた。

立ち止まって目を閉じ、冷たい疾風を受けて身体を丸めた。ここで身体の力を抜いてあらがうのをやめれば、とたんに腹だけではなく、全身の感覚が消え失せるだろう。

死は温かいのか冷たいのか？　それとも、その中間？

頭のどこかでセレリウス兄弟がにやにやと笑っていた。それがふたたび彼を動かした。

32

ヨアキムは納屋のなかに立ちつくし、大きな屋根の上で咆哮をあげる風に耳を澄ましていた。梁やアスベストのシートを通して風の威力は感じられたが、少なくとも自分は手の届かないところにいる。

数分前にはしごを登り、干し草置き場の奥の部屋に来た。物音ひとつしない。角張った屋根が高く、本物の教会に入りこんだ気分だった。

懐中電灯の電池はほぼ切れかけていたが、暗闇の古い信徒席はそれでも見わけられた。そこにおいてある古い品々もすべて。

ここはウナギ岬で亡くなった者たちのための祈りの部屋。毎年クリスマスに死者が集まるのはここなのだ。そう確信した。死者たちは今夜来るんだろうか、それとも明日か？ どちらでも構わなかった。ここでじっとカトリンを待てばいい。

ゆっくりと信徒席横の狭い通路を歩いていき、死者の身のまわりの品を見ていった。最前列の席で立ち止まり、そこに置かれた、きれいにたたまれたデニムのジャケットを懐中電灯で照らした。

ヨアキムがここに残したそのままの姿だった。あの夜はほとんどふれることさえできなかった。ミルヤ・ランベが書いた本は寝室にもちこんで読みはじめたが、エテルのジャケットは屋敷に入れたくなかった。リヴィアがまたエテルの夢を見るようになりはしないかと不安だったのだ。

手を伸ばして着古した布を手探りした。ふれればすべての疑問に答えが得られるかのように。片袖をもつと、なにかガサガサと音がして床に落ちた。

小さな紙片だった。

腰をかがめて拾いあげ、インクで書かれた一行きりの文を見た。懐中電灯のかすかな明りのなかで、力を込めて書きつけられた言葉を読んだ。

あのドラッグ中毒の娼婦を確実に消せ

のろのろとあとずさった。メモはもったままだ。

あのドラッグ中毒の娼婦

このメモを数回読み、これはエテルへのメッセージではないと気づいた。これは自分とカトリンあてに書かれたものだ。

あのドラッグ中毒の娼婦を確実に消せ

だが、このメモを見るのは初めてだ。

メモ紙は湿気でやられてもいないし、インクもくっきりとした黒だから、エテルが海に落ちた夜にポケットに入っていたはずがない。あとになってからここに入れられたものだ。おそらくカトリンがヨアキムの母からジャケットを送ってもらってから忍ばせたのだ。

エテルがアップル・ハウスの表の道に立って叫んだ夜のことを思い返した。隣人たちのカーテンが少し開けられるのを見たこともあった。青白く怯えた顔がいくつもエテルを窺っていた。

隣人からの警告のメモ。カトリンはある日、家でひとりのときにドアに差しこまれたこのメモを見つけたにちがいない。そしてこれを読んで放ってはおけないと悟った。隣人たちは夜毎エテルが叫ぶのに耐えきれなくなっている。

誰もがエテルには耐えきれなくなっていた。なにか手を打たねばならなかった。

ヨアキムはひどい疲れを感じてエテルのジャケットの隣の信徒席に沈むように腰を下ろした。手にしたメモから視線を離さなかったが、風にまじってひっかくようなかすかな音が聞こえて顔を上げた。

背後の床の穴から聞こえてくる音だ。

誰かが納屋のなかにいる。

一九六二年、冬

北の灯台に光が灯ると、ウナギ岬で誰かが死ぬ。その話は聞いたことがあったけれど、ボリホルムから帰ってきたあの日の夕方に北の灯台の白い光を見たときは、その話を思いださなかった。ラグナル・ダーヴィッドソンが、わたしの悲鳴をちっとも意に介さずにトルンの絵を海へ運んでいるのを見てあまりにもショックを受けたから。

あの男は丸めたキャンバスをいくつか雪に落としたからわたしは集めようとしたけれど、風に飛ばされてしまった。なんとか二枚だけ抱えて、家へもどったんだよ。

——ミルヤ・ランベ

わたしは背中にあたる風を感じながら離れのポーチへ駆けこんで部屋に入る。そこでどんなものを目にするか覚悟はしていたけれど。

からっぽの白い壁。

トルンの渦雪の絵のほとんどが物置からなくなっている——丸めたものが少し床に転がっているだけで、隣にはいくつか積まれた漁の網。

わたしたちの住まいへ通じるドアは閉まっているけれど、トルンがそこに座っていることはわかる。母の前には行けない。なにがあったか言えるはずがない。それで床に座りこむ。テーブルの上に飲みかけのグラスとボトル。初めて見る。急いで近づいてグラスに鼻を突っこんで透明の液体を嗅ぐ。シュナップスだ。ダーヴィッドソンが身体を温めるための一杯らしい。

離れのあちらこちらに異なる中身の似たようなボトルが置いてあって、じっと考えて、自分がこれからやることを思いつく。

中庭を急いで横切って納屋の扉を開け、そっと暗闇に入っても、ダーヴィッドソンの姿はどこにもない。明かりがなくてもここならば暗いなかでも歩けるから、がらくたや隠れた宝のなかを奥へと進む。片隅に特別な金属の容器がある。誰かが黒い十字架を描いている缶。これをもって離れへもどる。

物置で、タール臭い網の山にダーヴィッドソンのシュナップスをほとんど空けて、同じくらい透明でほとんど匂いのしない缶の液体をかわりに注ぐ。隅のほうに木製の棚がある。わたしは缶をそこに隠す。

それからまた床に座って待つ。

五分か十分してから、ドアがガタガタと鳴る。風の咆哮の音が大きくなってから、バタンという音と一緒に聞こえなくなる。

重いブーツの足音がポーチにやってきて、ドシドシと足踏みして雪を払う。汗とタールの臭いがする。

ラグナル・ダーヴィッドソンが部屋に入ってきて、わたしを見る。「それで、どこへ行ってたんだ？　今朝からずっと帰ってこないで」

わたしは答えない。頭にあるのは、トルンに絵のことをどう話すか、それだけ。絵がどうなったか、絶対に教えるわけにはいかない。

「どこかの男と一緒だったんだよな、もちろん」彼は自分の質問に自分で答える。

セメントの床に座るわたしに彼はゆっくりと近づいてくる。この男に最後のチャンスを与える。手をあげて岸のほうを指さす。「一緒に絵を拾いに行きましょう」

「それは無理だな」

「無理じゃない。手伝って」

彼は首を横に振ってテーブルへ歩く。「絵はもう消えた……ゴットランド島へ流れていく途中さ。風と波が運んでいった」

彼はグラスを満たしてくちびるへ運ぶ。

わたしは警告することもできたけれど、なにも言わない。中身を飲む彼を見ているだけ――大きな三口でグラスはほとんど空《から》になる。

彼はグラスをテーブルに置き、口をぬぐってこう言う。「そういうことさ、べっぴんのミルヤ……さて、どんなことを考えてる？」

33

ヘンリクが目を覚ますと、死んだ祖父が空を舞う粉雪のなかの影のように自分を見おろしていた。アルゴットは身を乗りだしてブーツを履いた足をあげる。

動くんだ！　死にたいのか？

勢いよく脚を蹴られる感触を覚える。何度も何度も。

立ちあがれ！　この泥棒め！

ゆっくりと顔をあげ、目元の雪をぬぐって目を凝らして風を見あげる。祖父の幽霊はいなくなっているが、遠くに夜空を音もなくさっと照らす明かりがあった。そのまっ赤な光が頭上の雪のベールをきらめかせる。

少し先に別の光が見えたように思った。しっかりした白い光。

ウナギ岬の双子灯台の光だ。

頭がくらくらしたまま、なんとか気合いを入れて雪のなかを少しずつ移動し、ついにここまでやってきたのだ。ジーンズはぐっしょり濡れている。目が覚めたのはそのおかげだった。嵐の波がこの頃にはとても高くなっていたため、岸の奥まで寄せてきて、牧草地のずっと奥に寝ていたにもかかわらず、波の泡が脚まで濡らしていったのだ。

ゆっくりと海に背をむけた。手も脚もしびれていたが、動けた。震える脚にはほんの少しの力しか残っていなかったが、ふたたび歩きはじめて、両腕はだらりと垂らした。

長方形の木製のなにかがジャケットのなかで揺れ、氷のように冷たい金属が喉元にあたっていた。

祖父の斧だ——ジャケットに突っこんだことを思いだしたが、これをもちあるいている理由は思いだせなかった。

それから思いだした。セレリウス兄弟。斧を手にもって歩きつづけた。

ふたつの灰色の灯台が嵐のなかに姿を現わした。灯台の下の海は荒れて、ぎらつく氷の塊が灯台の建っている小島へ押しよせている。

ウナギ岬に到着した。立ち止まると、風で身体が左右に揺れた。これからどうしたらいい？

屋敷に行ってみよう。どこか左手にあるはずだ。そちらのほうへ曲がり、灯台から離れた。

風を背にすると、突然なにもかもがたやすくなった。牧草地を覆う固まった雪の上を歩く彼を押してくれるようだった。この頃には突風にもいろいろと種類があることに気づいていた。弱めの疾風に、曲者の突風が続くのだ。

百歩か二百歩ほど進んだところで、前方に大きな影のようなものがいくつかあるような気がした。

木造のフェンスでふいに行く手をふさがれたが、隙間を見つけた。奥のほうでは、ウナギ岬の納屋が夜の大きな船のように立ちあがっている。彼は切妻壁の目につかない場所に移動した。

やり遂げた。

屋敷は暗い抱擁で彼を包んでくれる。もう安全だ。

中庭の風は海辺の強風と比べたら愛撫のようなものだったが、建物と建物のあいだにはかなり雪が積もっていた。粉のように屋根から渦巻きながら落ちてきて顔にふれると解けた。積雪は腰の高さ近くになっていた。

母屋のベランダが雪のカーテン越しにかろうじて見えたので、かきわけながらそちらへむかい、ついに石段にたどり着いた。いちばん下で立ち止まり、呼吸を整えて顔をあげた。

ドアは破られていた。錠が壊されてドア枠が割れているようだった。

セレリウス兄弟がここに来ている。

あまりに寒すぎてもう警戒していられなかった。よろめきながら石段をあがってベランダのドアを開け、頭から倒れるようにして敷居から柔らかいラグマットにへたりこんだ。ドアが勝手に閉まった。

暖かさ。嵐を締めだすと、自分の弱々しい呼吸が聞こえた。

斧を放しておずおずと指を動かしはじめた。最初は氷のように感じられたが、熱と感覚が手先足先へ徐々にもどってくると、痛みもやってきた。腹の傷がふたたびうずきだした。

ずぶ濡れで疲れ切っていたが、ここにじっと寝ているわけにはいかない。のろのろと立ちあがり、身体を引きずって内側のドアへ進んだ。彼のまわりは暗かったが、あちらこちらに小さな黄色いランプやキャンドルの明かりが見えた。壁紙はあたらしくまっ白で、天井も修理されてペンキが塗られていた――最後にここを訪れてから、たくさんの手が入っていた。

左へ曲がると、広いキッチンに出た。今年の夏にここでヘンリクが床の張り替えをやって磨きあげたのだ。灰色に黒の縞の猫が座って窓の外を見ていて、焼いた肉団子の匂いがかすかに漂っている。

ヘンリクは流しに気づくと、よろよろと近づいた。

水道の水はぬるかったが、それでも彼の凍りついた手には焼けるように感じられた。神経が温まるまで歯を食いしばったが、出しっぱなしの水に数分ほど手をあてていると、指を動かせるようになった。

猫は振り返って彼を見てから、また雪嵐へと視線をもどした。

調理台にステンレスの包丁を収めたスタンドがあった。いちばん大きな包丁の柄を摑んで引き抜いた。

この肉切り包丁を手にして、部屋のほうへもどった。

部屋の配置を思いだそうとしたが、細かいことを考えるのはむずかしかった。気づけば長い廊下で小さな部屋の戸口に立っていた。

子ども部屋。

ブロンドで五、六歳の少女がベッドに起きあがっていた。白いぬいぐるみと赤いセーターを抱きしめている。その子の目の前の床に小さなテレビが置いてあるが、消してあった。

ヘンリクは口をひらいたが、頭がまったく働いていなかった。

「よう」それしか言えなかった。

しかも、声はしゃがれていて乱暴な口調だった。

少女は彼を見たが、なにも言わない。

「ほかに誰か見たか？」ヘンリクは尋ねた。「ほかの……優しい男たちを見なかったか？」

少女が首を横に振った。「音しか聞いてない。ドシドシ歩きまわっていたから、目が覚めたんだ。怖くて部屋は出られなかったの」

「それでいいよ。きみはここにいなよ。ママとパパはどこ？」

「パパはママのところへ行った」

「それでママはどこにいるんだい？」

「納屋」

ヘンリクがこの答えについて考える暇もなく、少女は彼を指さして尋ねた。「どうして包丁をもってるの？」

彼は包丁を見おろした。「わからない」

自分が大きな包丁を握りしめているとは、なんともおかしなことだった。かなり危険なものに見えた。

「パンでも切るの？」

「いいや」

ヘンリクは目を閉じた。足元の感覚がもどってきて、痛んだ。

「なにをするつもりなの？」少女が言った。

「さあ……でも、きみはここにいな」

「ガブリエルの部屋に行ってもいい？」

「ガブリエルって誰だ？」

「弟」

ヘンリクは少し苦労してうなずいた。「いいとも」

少女はすばやくベッドを飛びおり、ぬいぐるみとセーターを抱きしめたままで、ヘンリクの横を駆けていった。

ヘンリクは残された体力をかき集め、振り返った。隣の寝室のドアが閉まる音がした。反対方向へ、セレリウス兄弟を探しにいった。自分は前にもここを通っただろうか？　そのはずだった。

廊下を通って家の表へもどった。

風ではない物音がしないかと耳を澄ますと、数秒ほど、二階で繰り返しドンドンと音がしたように思った。おそらく、ゆるんだ鎧戸だ。その後、家はまた静かになった。

黒っぽい、たいらな物体が廊下の隅に転がっている。ヘンリクは近づいた。かなりの力で中央からまっぷたつにされたらしいウィジャボードが、床に投げ捨てられていた。ボードの隣には小さなグラスが割れた卵のように落ちていた。

ベランダへもどった。空気は室内より冷えていた。雪が窓ガラスにこびりついていたが、中庭の動きがなんとか見てとれた。無言で腰をかがめ、祖父の斧を拾いあげた。

ふたつの影がそこで動いている。ゆっくりと雪のなかを近づいてくる。ひとりが黒っぽいものをもっているのが見える。銃だろうか？

それがセレリウス兄弟かどうか確信はなかったが、とにかく斧を構えた。

表のドアがひらいたときには、ヘンリクはすでに斧を振りおろしていた。

34

ティルダはよろめくように前進し、先の見えない横殴りの雪の壁をひたすら押しわけた。マルティンはまだ隣にいたが、ふたりともしゃべってはいなかった。この嵐のなかで会話するのは不可能だ。

平原に出て、何度か顔をあげて自分たちの行き先を確認しようとしたが、燃える火花のようにざらざらした雪の粒が目に飛んでくる。警察の帽子はとっくになくしていた。風にもぎとられて消えた。耳が凍りついてしまったように感じる。

ひとつささやかな元気の出る兆候は、嵐が一瞬、燃える木の匂いを運んできたことだ。たき火かストーブのものだろうと推測して、自分たちが家に近いことに気づいた。おそらくウナギ岬だ。

目の前には長方形の雪だまりが現われ、ティルダはかきわけようとしてぴたりと止まった。それは石壁だった。

雪に覆われた石壁をゆっくり乗り越え、マルティンも彼女にしたがった。向こう側の地面はもっとたいらで、ふたりは細い道を歩いているかのようだった。

ふいに壁の先のほうで軋む音がして、それにキーッとこすれるような音と鈍いドサッという音が続いた。一分ほどすると、大きな白い雪だまりにやってきた。四角い形をしている。車両二台が風に揺れ、雪に埋まりかけていた。

ティルダは背の高い車両の側面から雪を払い、探していたものを見つけた。黒いヴァンで〈カルマル配管&溶接〉と書いてあった。

壁に沿って、ボートを載せたトレイラーが駐めてある。ボートは横倒しになっていた。風がもちあげて倒したようだ。まだしっかりと金属のフレームにロープで結ばれてはいるが、覆いの防水シートが破れていた。奇妙な取り合わせの品々が雪に散らばっている。ステレオ用のスピーカー、チェーンソー、古いパラフィン・ランプに壁掛け時計。盗品のようだ。

マルティンがなにか叫んだが、ティルダには内容が聞きとれなかった。ゆっくりとヴァンの横手を進み、ドアを開けてみた。運転席のドアはロックされていたが、反対側にまわって助手席のドアをためしてみると、ガチャッと音がしてひらいた。

ティルダは乗りこんで呼吸を整えた。

マルティンが背後に顔を突っこんできた。髪にも眉にも雪が積もっている。「大丈夫か?」

彼女は凍りついた耳をさすり、疲れたようにうなずいた。「大丈夫」

ヴァンのなかの空気はまだ暖かく、ようやく普通の呼吸ができるようになった。シートのうしろの荷物置き場を見ると、ここにはさらに品物が重なりあってぎっしり詰まっていた。

宝石箱やタバコのカートンや酒のケースもあった。

マルティンを振り返ってみて、助手席のドアの内側の茶色いパネルが緩んでいることに気づいた。白いものが入ったビニール袋がパネルの下から突き出ている。なにかの包みだ。

「隠し場所だわ」

マルティンがそちらを見た。そしてプラスチックを摑んで引っ張ると、パネル全体がはずれて雪に落ちた。パネル裏は秘密の隠し場所で、さらにたくさんの包みが詰めこんであった。マルティンがいちばん上のものを取りだし、車のキーで小さく裂いて、隙間に指を入れた。指先の粉を舐めて言った。「覚醒剤だ」

ティルダは彼の言うことを信じた。彼女のいた班に、さまざまなドラッグについて教えてくれた男だ。ティルダは包みをいくつかポケットに押しこんだ。「証拠に」

マルティンがなにかまだ言いたそうに見つめているが、ティルダは聞きたくなかった。ホルスターをはずして、シグ・ザウエルを取りだした。「ここには悪い奴らがいる」彼女はそう言った。そしてマルティンの横へと、手も使って車を降り、強風を受けてふたたび道を進みはじめた。

車両とボートを離れると、灯台の光が初めて見えた。雪嵐のなかをかろうじて貫く程度の明かりがさっと動く。

すぐそこがウナギ岬だった。母屋が見える。窓にかすかな明かりがちらついている。キャンドルだと気づいた。そしてヨアキム・ヴェスティンの車が家の前に駐められていて、雪がこんもりと積もっていた。

一家は在宅にちがいない。最悪のシナリオは、泥棒たちによって一家が人質にとられていることだ。だが、その線では考えたくなかった。

大きな納屋が目の前に現われた。最後の数歩はかなり苦労して赤い木の壁にたどり着き、とうとう風から逃れられる場所を見つけた。これでずいぶん楽になった。息を吐きだして、顔の解けた雪をジャケットの袖で拭き取った。

あとは屋敷に誰がいて、どんな状態なのか確認するだけだ。

ティルダはジャケットのジッパーを開けて懐中電灯を取りだした。片手にそれをもち、もう片方に銃をもち、納屋の壁に身体を押しつけてゆっくりと進み、曲がり角で様子を窺った。

雪。どこを見ても雪があるばかり。白いカーテンのように屋根から降りてきて、建物のあいだを雪のつむじ風が舞っている。

マルティンが暗いなかを背後にやってきた。背中を丸めて壁で身を隠している。「ここが目的地か？」彼はそう叫んだ。

ティルダはうなずき、深呼吸をした。「ウナギ岬よ」

母屋は納屋から十メートルほどの距離だ。キッチンに明かりがついているが、人の気配はない。

ふたたび移動を始めて納屋を離れ、中庭へ入っていった。ここは完全に雪に覆われている。場所によっては腰の高さにまで達していて、雪だまりをかきわけなければならなかった。銃を撃てるようにして母屋へ前進を続けた。

このあたりでは雪にあたらしい足跡が残っていた。何者かがそう遠くない時間に足を引きずりながら中庭を進み、石段をあがっていた。

ベランダにやってくると、そこは暗かった。ドアを見やった。

壊されて開けられている。

ティルダはゆっくりと石段をあがった。あがりきると、ドアの取っ手を摑んで警戒しながら開けた。

そのとき、開いた隙間から、ほっそりして金属のような灰色のものが振りおろされてきた。ティルダは目を閉じた。さっとよけたり腕をあげてかばう時間はなかった。

斧だ——そう思ったところで、それが顔を殴りつけた。

自分の頭が割れる音がしてから、燃えるような痛みが鼻骨からずきずきと広がった。

マルティンが遠くで叫んでいる声がする。

だが、その頃にはもうあおむけに、石段の下の雪のなかへと倒れていくところだった。

35

殺人者は木陰から歩みでてエテルに近づき囁いた。「一緒に来てほしい。静かにして一緒に来れば、ポケットに入っているものを見せてあげよう……いや、お金じゃなくて。もっといいもの。一緒に海辺へ降りれば、ヘロインをひと包みあげよう。代金はいらない。針とスプーンとライターはあるだろうから」

エテルはうなずいた。

ヨアキムは震えて頭から夢の光景を追いだした。落雷の地響きが彼を揺らした。

はっきりと目覚めてあたりを見まわした。祈りの部屋の最前列の信徒席に、カトリンへのクリスマス・プレゼントを膝に載せて座っていた。

カトリン？

完全な暗闇に近かった。懐中電灯は電池切れになって、明かりといえば干し草置き場のひとつきりの電球の光が、壁の狭い穴から射すだけだった。

あの地響きのような音はなんだった？　納屋は雷に打たれてはいなかった。あれは嵐だ。

海からの風がごうごうと吹き荒れているのだった。

渦雪が最高潮に達した。

下側の石壁はびくともしていないが、残りの部分は風で揺れていた。壁の隙間から突進してくる風の音が周囲でサイレンのように大きくなったり小さくなったりしている。

頭上の屋根の梁を見あげると、そこも揺れているように見えた。嵐の風が黒い波のようにウナギ岬に注がれて、木の壁がきしんだりドーンと音をたてたりする。

渦雪が納屋をばらばらにしている。そう感じられた。

だが、ほかの音も聞こえるように思った。部屋のなかでガサガサという音。木の床を歩いてくるゆっくりとした足音。暗闇のなかの衣擦れの音。囁く声。

この教会の信徒席はヨアキムの背後で埋まりはじめた。

訪問者が誰かは見えなかったが、部屋に冷気が降りてきたようだ。訪問者は大勢いて、腰を下ろしはじめている。

ヨアキムは身体を緊張させて耳を傾けたが、その場にじっとしていた。

信徒席は静まり返った。

だが、誰かがゆっくりと通路を歩いてくる。暗闇のなかで抑えた物音がする。うしろから信徒席の隣を歩いてきて近づいてくる人影のこすれるような足音。

視界の隅で、青白い顔の人影が自分の座っているベンチの隣で立ち止まり、そこにじっと立っているのが見える。

「カトリン？」ヨアキムは囁いた。そちらを見ることはしなかった。

人影は時間をかけて隣に腰を下ろした。

「カトリン」彼はまた囁いた。

暗闇のなかでおずおずと手探りすると、誰かの手にふれた。握りしめると、こわばって氷のように冷たかった。

「きみのもとに来たよ」彼は囁いた。

返事はない。人影は祈るように、頭を垂れた。

ヨアキムも目を伏せた。隣に置いたデニムのジャケットを見おろし、さらに囁いた。「エテルのジャケットを見つけた。隣人からのメモも。ぼくは……カトリン、ぼくはきみが姉を殺したんだと思う」

それでも返事はなかった。

一九六二年、冬

こうして離れに腰を下ろして、わたしたちは見つめあった。ウナギ漁師のラグナル・ダーヴィッドソンとわたしは。

この頃にはとても疲れていた。渦雪がやってくるのに、回収できたトルンの油絵はほんの数枚、そして隣の床に並べたキャンバスは六枚ほど。残りはダーヴィッドソンが海に流したの。

——ミルヤ・ランベ

ダーヴィッドソンはグラスにシュナップスのおかわりを注いだ。「本当におまえは飲まないのか?」彼が尋ねる。

わたしがくちびるをぎゅっと閉じていると、彼はぐいっと酒をあおる。そしてグラスをテーブルに置くと、舌なめずりをする。

わたしを見ていくつもの正しくない考えを思い浮かべているようだが、どれかひとつを選ぶ前に彼の腹が急にねじれてこぶになる。とにかく、そんなふうに見える。あいつは身体をひきつらせて、腰を曲げると、両手を腹に押しつける。

「くそっ」彼はつぶやく。

ダーヴィッドソンは身体の力を抜こうとする。でも、そこでまた身体をこわばらせる。まるでいきなりなにか思いついたみたいに。

「まさか」あいつは言う。「ひょっとして……」

あいつは黙りこみ、まだ考えこんで横をむくけれど、そこで上半身がひどい痙攣の発作に襲われる。

わたしはじっと動かずにあいつを見つめている。一言も話さない。気分がよくないのと訊いてもよかったけれど、返事はわかってる。毒がとうとう効いてきたんだ。

「あんたが飲んだのはシュナップスじゃなかったの」わたしは言う。

ダーヴィッドソンはこの頃にはひどく痛がっている。壁にもたれている。

「わたしがボトルに別のものを入れておいたわ」

ダーヴィッドソンはなんとか立ちあがり、わたしの前を横切ってふらつきながらドアへむかう。それで突然わたしに新鮮な力が湧きあがってくる。

「ここから出て行け！」わたしは叫ぶ。部屋の隅にあったからっぽの金属のバケツを掴んで、あいつの背を殴る。「出て行け！」

彼はわたしの言うとおりにする。こちらも雪のなかへついていって、柵へむかうのを見つめる。あいつはなんとか出口を見つけて、そのまま海へ行く。

南の灯台が降りつづける雪のなかで血のように赤くちらりと見える。北の灯台はもう光を出してない。

暗闇のなかで、ラグナルのモーターボートが突堤のところで上下に揺れてる。波が轟音をあげて寄せてきて岸を打ち、音はなかなか消えない。本当なら、あいつを止めなくちゃいけないけれど、その場から動かずに、あいつがよたよたと突堤を歩き、係留ロープをほどくのを見ている。そこであいつは手を止めて、身体を二つ折りにして海に吐く。

ロープが手から離れると、波がモーターボートをもてあそんで突堤から離していく。ラグナルは気分が悪すぎてボートの心配はできないみたいだ。海をちらりと見るけれど、内陸へ引き返してくる。

「ラグナル！」わたしは叫ぶ。

助けを請われれば助けたけれど、あいつはわたしの声が聞こえないらしい。突堤から岸辺にもどっても立ち止まらず、北へむかう。あいつの家があるほうだ。すぐにあいつは暗闇と雪のなかに消える。

わたしは離れとトルンのもとへもどる。母はまだ起きていて、いつものように窓辺の定位置の椅子に座ってる。

「ただいま、母さん」

母は振り返らずにこう尋ねる。「ラグナル・ダーヴィッドソンはどこだい？」

わたしは火のそばへ行ってため息をつく。

「もう、いなくなったわ。ここにしばらくいたけれど……もう、いなくなった」

「あいつは絵を捨てたのかい？」

わたしは息を呑んで振り返る。

「絵？」そう言ってはみたけれど、喉に塊がつかえたよう。「あの男がそんなことをするなんて、どうして思うの？」

「ラグナルは、捨てると言ったんだよ」

「捨てたりしてないよ、母さん」わたしは言い聞かせる。「母さんのキャンバスはまだ物置にあるの。なんならもってきても――」

「なんで捨てなかったのかしら」トルンが言う。

「え？　どういうこと？」

「あたしがラグナルに絵を海に捨ててくれと頼んだんだよ」
三、四秒もかかって言われたことがようやく頭に入ると――身体のなかの粘膜が破れて危険な体液が脳にまざってきたみたいになる。気づくとトルンに突進している。
「じゃあ、ずっとここに座っていればいい、このクソババア！」わたしは叫ぶ。「死ぬまでここに座っていればいい！　この目の見えない老いぼれ……」

手のひらで何度もトルンをぶつ。トルンはどうすることもできず、ひたすら殴られるだけ。見えないから避けようがない。

わたしは何発叩いたか数える。六、七、八、九——そして十二で止める。

それからトルンもわたしも音をたてて呼吸をして、まるで息を切らしているようになる。風の悲しそうな叫び声が窓越しに聞こえる。

「なんで、わたしをあの男とふたりにしたの?」わたしは母に尋ねる。「どんなに汚れていたか気づかないとだめだったのよ、母さん。それにあの男は臭いもひどかったのに……わたしをあそこへ行かせちゃだめだったのよ、母さん」

わたしは間を空ける。

「でも、母さんはあの頃から目が見えてなかった」

トルンは身体をこわばらせて前を見つめていた。頬が赤い。わたしがなんの話をしているか、全然わかっていないと思った。

それが、わたしにとってウナギ岬で過ごした日々の最後になった。出ていって二度ともどらなかったんだ。そしてトルンと口をきくのをやめた。高齢者ホームに入れるようにまちがいなく手配はしたけれど、二度としゃべることはなかった。

あの翌日、エーランド島と本土を結ぶ夕方のフェリーが波に捕まったというニュースが届いた。冷たい海で何人もの乗客が死亡した。マルクス・ランドクヴィストもそのひとりだった。

嵐の犠牲者はほかにもいて、それがウナギ漁師のラグナル・ダーヴィッドソンだった。その日だったか、その次の日だったかに、海岸で死体となって発見された。彼の死について、罪悪感はちっとも覚えなかった。わたしはなにも感じなかった。

トルンとわたしの次に、あの離れに暮らした人はいないと思う。それに、母屋を本当の家とした人もいない。ただし、夏の一時期だけは別だけどね。悲しみが壁からにじみでる家さ。

六週間後に、ストックホルムへ引っ越して美術学校に通いはじめた頃、お腹が大きくなっていることに気づいた。

カトリン・モンストロル・ランベは翌年に生まれた。わたしの初めての子。

あんたは父親の瞳をもっている。

36

「あの？」ヘンリクは雪に倒れる人影に叫んだ。「大丈夫ですか？」

ばかな質問だった。そこにのびている身体はぴくりとも動かず、顔は血まみれだったからだ。雪がすでに積もりはじめている。

ヘンリクは混乱してなにも見ていなかった。なにもかもが、あっという間の出来事だった。

彼は外にセレリウス兄弟がいると思った。先頭のほうがベランダのドアを開けたときに、祖父の斧を力いっぱいに振りおろし、侵入者の頭を殴った。峰で。刃のほうではない。それはたしかめてからやった。

ヘンリクはベランダの戸口に留まっていた。外の明かりで照らされて初めて、自分が殴ったのは女だと突然気づいた。

彼女の数メートルうしろには男が立っていた。旋回する雪のなかで固く凍りついたようになっている。それから男は急いでやってきて、膝をついた。

「ティルダ？」男が叫んだ。「起きろ、ティルダ！」

女が弱々しく腕を動かし、頭をあげようとした。

ヘンリクは石段へ降りた。背中に屋敷の暖かさ、顔に冷気と風を感じ、女が黒っぽい色の制服を着ていることに気づいた。

警官だ。石段下の大きく波打つ雪だまりにすでに埋まりかけている。色の濃い血が少しだけ鼻や口元から流れている。

たちどころに、あたりは静まり返る。雪の降る音がするだけだ。

腹の痛みがもどってきた。

「あの？」彼はまた言った。「大丈夫ですか？」

誰も答えない。だが、男が斧を拾いあげ、石段に近づいてきた。「手を放せ！」男がヘンリクにそう叫んだ。

男の背後で、女がふいに咳きこみ、激しく雪にもどしはじめた。

「何だよ？」ヘンリクが言う。

「いますぐに手を放せ！」

男は包丁のことを言っているのだとヘンリクは気づいた。まだ握りしめていた。手放したくなかった。セレリウス兄弟がそのあたりにいるのだから、自分の身を守らなければ。

女がもどすのをやめた。顔に手をあてておずおずと鼻をさわっている。雪が彼女の肩や鼻に降りて、血は黒っぽく固まりかけていた。

「名前は？」石段にやってきた男に尋ねられた。

女が顔をあげて風の咆哮のなかでヘンリクになにか叫んだ。同じことを何度も繰り返している。しばらくして、なんと言われているのか気づいた。彼自身の名前だった。

「ヘンリク!」女が叫んでいる。「ヘンリク・ヤンソン!」

「手から包丁を放せ、ヘンリク」男が言った。「そうしたら、話しあえる」

「話?」

「おまえを強盗の容疑で逮捕する、ヘンリク」女が雪だまりに倒れたまま言った。「それに押し込みも……そして警官に対する暴行でも」

言われたことは聞こえたが、返事はしなかった。あまりにも疲れていた。あとずさって首を横に振った。「あれは全部……トミーとフレディの考えだった」ついに彼はそう言う。

「なんだと?」男が聞き返す。

「あのいまいましい兄弟のやったことだよ」ヘンリクは答えた。「たしかにおれも一緒にやった。でも、モルガンと一緒のほうがずっとマシだった。暴力を振るおうなんて思ったこと……」

突然、カシャンという音がした。右耳からほんの数センチのあたりだ。風に混じる短くしっかりした音。ヘンリクが振り返ると、黒いギザギザの穴がベランダのガラス張りの壁にできていた。

嵐のせいか? たぶん、嵐でガラスが割れたんだ。ヘンリクが次に混乱しながら悟ったのは、銃で撃たれそうになったということだった。女性警察官はもう銃を握っていないというのに。

だが、横から降ってくる雪のむこうの納屋を見ると、ほかの誰かがそこにいた。

黒っぽい人影が納屋の半開きの扉から現われ、足を腰幅に広げて雪のなかに立っている。

外付けの明かりに照らされて、その人影がほっそりした棒を両手でもっているのが見えた。

いや、棒じゃない。もちろん銃だ。正しく見わけることはできないが、古いモーゼル銃だと思われた。

黒い目出し帽をかぶった男。トミーだ。こちらのほうになにか叫び、それから彼の手にした銃が躍った。一度。二度。

今度はガラスは割れなかった。だがヘンリクの前にいる男は顔をふいにゆがませ、倒れた。

37

ティルダはマルティンが撃たれたときに、すべてをはっきりと見ていた。

斧で殴られたあとのことだった。意識をうしなっていればよかったと思わずにいられなかったが、脳は目覚めたままで、すべてを記憶していた。痛み、転倒、自分の手から回転しながら落ちていく銃。

あおむけで倒れこんだとき、雪は柔らかなベッドのように受けとめてくれた。嵐のなかをその場から動けなかった。鼻は折れて温かな血がどくどくと口に流れてきて、はるばる歩いてきてどうしようもないほど疲れていた。

今夜、自分がやるべきことはもうやった。じゅうぶん。そんなふうに思った。

「ティルダ！」

マルティンが名前を呼びかけながら、隣で腰をかがめた。彼のうしろで、ベランダから男が降りてきて、こちらを見おろしていた。大きな包丁を手にしていて、なにか叫んでいるが、一言も聞きとれなかった。

すべてが少しのあいだ止まった。ティルダは温かなまどろみに沈んでいったが、そこで吐き気に襲われた。顔を横にむけて雪にもどした。

咳きこんで顔をあげて落ち着こうとした。マルティンが男に近づいて、手から包丁を放せと叫んでいる。

石段にいるのはヘンリク・ヤンソンだった。押し込みの被疑者、自分が探していた男。

「ヘンリク？」

ティルダは男の名前を何度か呼びかけた。声はしゃがれていた。同時に、男にかかっている容疑をすべて思いだそうとした。

ヘンリクの返事は聞こえなかった。だが、銃声はたしかに聞こえた。

中庭の向こう側にある納屋から撃たれたもので、まったく反響せずにぶつかるような鈍い音だった。弾はベランダにあたり、ヘンリクの隣のガラスが割れた。

ヘンリクが振り返り、とまどった表情で弾の開けた穴を見た。

マルティンが石段をヘンリクのほうへさらに近づいていくところだった。警察学校の教官らしく、落ち着いて歩き、被疑者にしっかりとした声で話しかけていた。ヘンリクがあとずさった。

どちらにも銃声が聞こえてないのだとティルダは気づいた。

警告しようと口を開けたときに、さらに何度かぶつかるような音がした。

マルティンが石段でびくりと身体を動かした。上半身がねじれて、脚が崩れた。転落してティルダから数メートル離れた雪のなかにどさりと転がった。

「マルティン！」

ティルダは頭をさげたままで、こちらに背をむけて横たわるマルティンに這っていった。風に乗ってかすかなうめき声が聞こえた気がする。

「マルティン？」

呼吸、出血、ショック。それはナイフや銃弾による負傷のさいにチェックするよう習ったリストだった。

呼吸？　この嵐のなかでは見極めるのがむずかしかったが、ほとんど呼吸できていないようだった。

上半身を引きずって横向きにして気道を確保すると、急いでジャケットをひらき血の染みたセーターをめくりあげ、ようやく小さな射入口を見つけた。高い位置の背骨のすぐ左だ。傷は深く、血はまだあふれてくる。銃弾が動脈にあたったのだろうか？

こんな場所に放置しておけないが、彼を家に運ぶことなどできなかった。時間がない。自分のジャケットの右ポケットのボタンをはずし、包帯キットを取りだした。

「マルティン？」ふたたび呼びかけながら、同時に包帯をできるだけきつく巻いた。

返事がない。目は開いている。瞬きをしていない。ショック状態にある。

脈も取れない。

もう一度あおむけの姿勢にすると、両手で心臓マッサージを始めた。強く一度押して待つ。そしてまたぐいっと押す。

どうにもならなかった。彼はもはや息をしていないようで、身体を揺さぶってみてもまったく反応がない。雪が彼の目に降る。

「マルティン……」

ティルダはあきらめた。隣で雪のなかにへたりこみ、鼻血をすすりあげた。なにもかもが、すっかり裏目に出てしまった。マルティンは本来ここにいるはずですらなかった。ウナギ岬へ一緒に来てはならなかったのだ。

いきなり、納屋のほうからさらに二度ぶつかるような音がした。頭は伏せたままでいた。

銃声？　ティルダは雪に倒れたときに自分の銃を落としていた。

シグ・ザウエルは黒い鋼鉄でできている。これだけ、どこもかしこもまっ白ならば見つけられるはずだと、両手であたりをまさぐりはじめた。そして警戒しながら雪だまりのむこうを見つめた。

人影が雪のなかを移動している。男は黒い目出し帽をかぶり、両手で銃をもっている。雪だまりによじ登ってから、ティルダに見られていることに気づき、風のなかでなにか叫んだ。ティルダは答えなかった。まだ雪のなかをまさぐっていた。とつぜん、固く重いものを手にした。最初それは滑っていったが、なんとか握りしめることができた。

銃を雪のなかから引っ張りだした。

銃身を何度か叩いて雪を出し、安全装置をはずして納屋のほうを狙った。

「警察だ！」彼女は叫んだ。

目出し帽の男はなにか答えたが、風で彼の言葉は切れ切れになった。

「ああ……ああ」そんなふうに聞こえた。

男は歩調を緩めてわずかに背を丸めたが、雪だまりをこちらへ歩き続けている。

「立ち止まって銃を放せ！」ティルダの声はかぼそくなり、自分でもどれだけ弱々しく聞こえるか気づいたが、それでも声をかけつづけた。「撃つぞ！」

そして本当に撃った。まっすぐ夜空にむけた警告の一発だ。バンという音は彼女の声のように弱々しく聞こえた。

男が立ち止まったが、銃は手から放さなかった。雪だまりと雪だまりのあいだに膝をついた。ティルダから十メートルも離れていない。男が銃を構えてふたたびティルダに狙いをつけたから、ティルダは男にむけて立てつづけに二度発砲した。

それから雪だまりの背後へ腰を落として隠れたのとほぼ同時に、明かりが消えた。窓辺のランプや中庭のランタンが同時に消えたのだ。なにもかもがまっ暗になった。

渦雪がウナギ岬に停電を引き起こした。

38

　こうしてエテルは暗い小径を降りていき、森を通って海辺の遊歩道へ。そして海へ。ストックホルムの家や通りの明かりが暗闇にきらめいている。

　そこでボートハウスの暗がりで大人しく座って褒美をもらう。そしていつものことをやる。黄みがかった茶色の粉をスプーンで溶かし、注射器で吸いあげて腕に打つ。

　安らぎ。

　殺人者が辛抱強く待つと、エテルの頭がうなだれてきてうたた寝を始める……そこで近づいて無抵抗の身体を強くひと突きする。冬の海めがけて。


　ヨアキムは動かずに信徒席にまだ座りこんでいた。祈りの間に明かりはなかったが、完全な暗闇というわけではなかった。板壁も、窓も、イエスのからっぽの墓の絵も見える。周囲にかすかな青白い明かりがある。遠くの月から照らされているような光。

　嵐は屋根の上でいまだに暴れている。

　彼はひとりではなかった。

妻のカトリンが隣に座っていた。目の隅で妻の青白い顔が見える。

そして背後の信徒席は訪問者でいっぱいになっていた。かすかな軋む音が聞こえる。教会の信徒たちが立ちあがって聖餐を受け取るのを辛抱強く待っているときと同じだ。

訪問者たちが立ちあがる。

音を聞きつけてヨアキムも立ちあがった。まちがった夜、まちがった場所に居合わせているという心苦しさを感じていた。すぐに見つかってしまうはずだ――死者ではないとばれてしまうはずだ。

「行こう」彼は囁いた。「信じてくれ」

カトリンの冷たい手を握り、彼女を立ちあがらせようと導き、彼女のほうも結局は従った。

床の軋む音が近づいてくる。背後の人影が続けざまに狭い通路を歩いてくる。集まってみるとかなりの人数だ。次から次へと影がこの部屋を満たしていくようだ。

彼らをかきわけることはできなかった。信徒席の最前列にいるしかない。もうどこへも行き場がなかった。じっと立っていたが、カトリンの手は放さなかった。

空気がどんどん冷たくなって、ヨアキムは震えた。古い服の衣擦れの音やかすかに床が鳴る音がして、祈りの間の訪問者たちが周囲に群がっていく。

彼らはヨアキムには与えることのできない温かさを心から欲していた。聖餐をほしがっていた。この頃には凍えそうに寒くなっていたが、訪問者たちはヨアキムにふれようと前へ押しかけてくる。ぎくしゃくとした動きは狭い部屋でスローダンスを踊っているようで、ヨアキムは一緒に引きずられていく。

「カトリン！」彼は囁いた。

だが、もう彼女は一緒にいなかった。握っていた手はいつのまにかするりと離れてしまい、カトリンもヨアキムも部屋のなかの動きに離ればなれにされていた。

「カトリン？」

彼女は行ってしまった。ヨアキムは振り返り、人混みをかきわけてふたたび彼女を探そうとした。だが、誰も彼を助けてくれず、通り道を塞ぐ。

そこでふいに、納屋の隙間越しに風ではないものの音を聞いた。誰かが叫び、鈍いぶつかるような音が何度かした。何者かがライフルや拳銃を撃ったかのような音だった。干し草置き場の下のどこかで一斉に発射されたような音のようだ。

ヨアキムは身体を固くして耳を澄ました。もうほかの音は聞こえず、室内では声も動きもない。

干し草置き場の電球の光が壁越しに漏れて青白く照らしていたのだが、それが突然消えた。

停電だとヨアキムは気づいた。

暗闇で立ちつくした。いまではひとりきりで取り残され、部屋にいた者たちはみな帰ったように感じられた。

数分ほどして納屋のどこかでちらちらと揺れる明かりが見えるようになった。薄い黄色のその光は急速に強さを増していた。

ティルダは瞬きをして解けた雪を目元から払うと、拳の大きさほどの雪をうずく鼻に用心しながらあてた。それからおぼつかない脚でゆっくりと立ちあがり、右手に銃をもった。鼻と同じように頭も痛かったが、少なくともまっすぐ立てた。

屋敷はいまでは完全な暗闇だった。そして建物と建物のあいだに積もっていた柔らかい雪は輪郭がにじんで見える小山のようになっていた。そのむこうに納屋がそびえたっている。暗がりの大聖堂のようだ。ウナギ岬は停電したようだった。おそらく、エーランド島北部全体が停電しているのだろう。以前にも、重要な電線のひとつに木が倒れてそうなったことがある。

マルティンは動くこともなく数メートル離れた場所に横たわっている。顔は見えなかったが、彼の命のない身体はすでにかなり雪に埋もれかけていた。ティルダは携帯を取りだして緊急番号にかけた。話し中だった。ボリホルムの警察署にかけてみたが、こちらもつながらなかった。

携帯をしまうと中庭を見まわしたが、撃ってきた男の姿は見えなかった。応戦したが、あ

39

の弾はあたっただろうか？

石段のほうを見やった。ヘンリク・ヤンソンの姿もない。銃を納屋にむけたままであとずさり、屋敷の石段のいちばん下へ移動した。目はしだいに暗闇に慣れてきた。石段をすばやくあがって身体を低く構え、ひらいたドアから覗いた。

ベランダ内部で最初に見えたものはブーツだった。アウトドアむけの服を着た黒っぽい人影がドアのすぐ内側のラグマットに寝そべるようにしている。息遣いが荒かった。

「ヘンリク・ヤンソン？」

数秒ほどの沈黙。

「そうだけど？」相手はついに答えた。

「動かないで、ヘンリク」

ティルダは戸口からなかへ這っていった。銃はヘンリクにむけたままだ。ヘンリクはその場にじっとして、うんざりした様子で銃を見つめ、逃げようとはしなかった。片手でラグマットの端を握りしめている。もう片方の手は腹にあてている。

「怪我をしているの、ヘンリク？」

「刺されたんだ……腹を」

ティルダはうなずいた。また暴力行為が。誰かをどなりつけて毒づきたくなったが、かわりにヘンリクの包丁を取りあげて外の雪の上へ放ると、彼のズボンとジャケットをあらためた。もう武器はなかった。

ポケットから滅菌ガーゼとふたつめにして最後の包帯を取りだしてヘンリクに手渡した。

「マルティンが表で倒れている」彼女は静かに言った。「撃たれたの。助からなかった」

「あの男は警察官だったのか?」ヘンリクが尋ねた。

ティルダはため息を漏らした。「むかしね。いまは警察学校の教官よ」

ヘンリクは滅菌ガーゼを開けて首を横に振った。「あいつらは頭がおかしい」

「誰なの、ヘンリク? マルティンを撃ったのは?」

「ふたりいる。トミーとフレディ」ティルダは疑うように彼を見たが、彼は肩をすくめた。

「自分たちでそう名乗ってるんだよ……トミーとフレディと」

ティルダはカルマルの競馬で見かけたふたりの男を思いだしていた。

「一緒に押し込みを働いた? あなたたちはパートナーなのね?」

「過去の話さ」ヘンリクはセーターをめくりあげ、腹の傷をぬぐいはじめた。「こいつをやったのはトミーだ」

「奴らの銃はなんなの、ヘンリク?」

「狩猟ライフルをもっている。それに古いモーゼル。ほかにもあるかもしれないが、おれは知らない」

ティルダはしゃがみ、ヘンリクが包帯を巻くあいだ押さえてやった。

「今度はうつぶせになって」

「なんでだよ?」

「手錠をかけるから」

ヘンリクはティルダを見やった。「もしも奴らがあんたを撃てば、次はおれを狙ってくるだろう。ここで手錠につながれて、奴らを待てと？」

ティルダは少しだけ考えてから、ベルトの手錠をもどした。

「ここで待っていて」

ティルダは振り返り、石段を飛びおりて雪だまりと雪だまりのあいだにしゃがむと、最後にもう一回マルティンの遺体へ視線を走らせてから、雪のなかを納屋へむけて移動しはじめた。瞬きをして視界が効くようにして、進みながら警戒は怠らなかった。ずっと銃撃に備えていた。

長くくねった雪だまりが納屋から数メートルほど延びていた。その奥に銃をもっていた男の形跡があった。ブーツで歩きまわったらしい足跡、そして何者かが雪に腹這いになっていた輪郭も残っている。だが、どちらの男も銃も消えている。そして血痕はどこにも見あたらなかった。

納屋へ引き返したにちがいない。

マルティンの血まみれの背中を思いだし、そのまま中庭に留まった。大きな扉は洞窟の入り口のように口を開けている。あの扉から入りたくなかった。

右手の少し先に別の入り口がある。木製の狭い戸口で、黒に塗ってある。ティルダは石壁にぴたりと身体を押しつけ、じりじりとそちらへ移動を始めた。粉雪が舞い散り、うなじにあたって解けた。入り口までやってくると取っ手を摑み、積もった雪に止められるまで力を込めて引っ張った。

なかを覗いた。

まっ暗だ。照明が消えている。

銃をいつでも撃てるように構え、納屋の土間へ移動した。暗闇と静寂。しばらく壁際で耳を澄ました。鼻がまたうずきはじめていた。暗がりで身を潜めて待ちかまえている者がいるとしても見わけることは不可能だ。

ここでは嵐がずっと遠くの存在に感じられたが、頭のかなり上では大きな屋根が軋んでキーッと音をたてていた。一分ほどしてから、ふたたび移動を始めた。静かに、用心して。もちろんここに雪はなかったが、床がたいらではなかった――ときには土で、ときには石だった。

前方に大きな影がぬっと現われたときには、もう少しで銃で狙うところだった。だが、ついでブーツが巨大なタイヤにぶつかった。タイヤの上のボンネットにはマコーミックのロゴ。古いトラクターだった――錆びついた車輪つき怪物は、ここに何年も駐められているにちがいない。

音をたてずにトラクターの横を通り過ぎた。床に置かれた古いペンキ缶や積まれた木材を見て、ここは納屋の東の端にある倉庫だと気づいた。

納屋のどこかで小さくドサッという音がした。さっと振り返ったが、背後で動くものはない。

ヘンリクの話ではふたりいるということだった。おかしなことに、ティルダはこの納屋にもっとたくさんの人がいると感じていた。周囲の暗がりで自分を見つめている人影がいくつもあるような。ぼんやりとだが不安を覚えて、これを振りはらうことができなかった。

目が暗闇に慣れてきて、突き当たりの石壁が見えるようになった。

ふいに左手からかすかなチリンという音が聞こえた。納屋のなかからだ。

少し後に周囲がわずかに明るくなって、横の板壁に戸口があることに気づいた。倉庫から納屋への入り口にちがいない。光は納屋から射している。ちらちらと躍るような光。ティルダは煙の臭いに気づき、なにがあったのかわかる気がした。入り口へ急ぎ、納屋のなかを見た。

炎が数メートル先で燃えあがっていた。干し草置き場にあがる急勾配の木の階段のすぐ近くだ。煙とパラフィンの混じった刺激臭がした。誰かが古い干し草を山のように集めてパラフィンの燃えるビンを床に投げつけたのだ。炎は大きくなってすでに階段の踏み板を舐めはじめていた。

背の高い男が炎の向こう側、干し草置き場の下に立っている。ヘンリクと同じくらいの年頃で、片手に黒い帽子かなにかをもっている。ティルダに気づいていないようだった。男の視線は大きくなっていく炎に据えられて、顔は明るく照らされていた。興奮しているようだった。

額入りの油絵が男の横の木の柱に立てかけてあるが、銃はどこにもないようだ。

ティルダは最後に一度あたりをたしかめて——誰も物陰に潜んではいなかった——深呼吸をすると納屋のなかへ足を踏みいれた。両手で銃を構えた。

「警察だ!」彼女は叫んだ。「動くな!」

男が顔をあげて彼女を見つめた。とにかく驚いているようだった。

「床に腹這いになれ!」

男はぽかんと口を開けたまま、立ちつくしている。

「兄貴が出口を探しに行ってる」男が言った。「裏手にいる」

ティルダは男にあと二歩というところまで近づいた。男はあとずさり、横手へ、扉のほうへ近づいた。ティルダも続いた。

「床に伏せろ!」

男があきらめなければ、自分は撃つのだろうか? わからなかった。だが、まっすぐに男の頭に狙いをつけた。

「腹這いになれ!」

「わかった、わかったよ」男はうなずいて、いくらか苦労しながら腹這いになった。

「両手を背中にまわせ!」

ティルダは男の隣に立ち、ベルトから手錠をはずした。速やかに手首を摑み、後方に引っ張って手錠をかけた。男は無力になって石床に横たわっている。これで身体を調べられる。男はマウンテン・ナイフをズボンのポケットに入れていたが、武器はそれだけだった。そして錠剤。錠剤をたくさんもっていた。

「名前は？」

どう答えるか考えているようだった。

「フレディ」ようやくそう答えた。

「本名を」

男はためらった。

「スヴェン」

ティルダはそれも本名だか怪しいと思ったが、こう言うに留めた。「いいわ、スヴェン。おとなしくしているように」

立ちあがると、火のはぜる音がした。石床では炎は広がらなかったが、階段に燃え移って干し草置き場の端めざしてあがりはじめた。

防火用の毛布や消火器も、水が運べそうなバケツも見あたらなかった。

脱いだ制服のジャケットで階段を叩いてみたが、炎は横手へ逃げてまた燃えあがるだけだった。炎は屋根の上の嵐にたどり着きたいようだった。いまでは階段の半分以上が燃えている。

階段を蹴って干し草置き場から外すことができるだろうか？　脚をあげて狙いをつけた——

—そのとき、視界の端に近づいてくる影が見えた。くるりと振りむいた。背の高い男で、ジーンズとセーター姿、納屋の暗がりから階段へと急いでくる。男は立ち止まって炎を見た。次にフレディ、最後にティルダを。

その顔を識別するのに少し時間がかかったが、それはヨアキム・ヴェスティンだった。

「消せないの！」ティルダは叫んだ。「やってみたけれど……」

ヴェスティンはうなずくだけだった。この世にはもっと悪いことがあるとでも言うように落ち着いて見えた。「雪だ」彼は言った。「雪で消しましょう」

「了解」

だが、ヴェスティンはどこから現われたのだろう？　青ざめて疲れているようだったが、客人を見てもとくに驚いた様子はなかった。この火事でさえも、たいして苦にしていないようだった。

「シャベルをもってきます」

ヴェスティンが振り返って納屋の扉へむかう。

「ひとりで平気ですか？」ティルダは尋ねた。

ヴェスティンが立ち止まらずに、うなずいた。

ティルダは燃える階段から離れた。暗闇にもどらねばならない。

「そこにいなさい」彼女はフレディに告げた。「おまえの兄を探しにいく」だが、扉の内側でヨアキムがもどるのを待った。おそらくものの三十秒ほどで、彼は大きなシャベルいっぱいの雪をもってもどってきた。

たがいにうなずきあうと、ティルダはトラクターのあった倉庫へむかった。背後でヨアキムが雪をかけて炎がシューッと音をたてている。

ティルダはふたたび銃を構えた。

またもや暗がりと冷気が彼女を取り巻いた。前方でなにか動く音がしたようだったが、なにも見えない。そのまま北側の壁へ近づいた。小さな窓が分厚い石壁に穿《うが》ってあるが、完全に雪に覆われている。それからドアが見えて、そこから外へ出た。

反対側の部屋は広く、一段と寒かった。ティルダは立ち止まった。この暗闇にいるのは自分ひとりではないという感覚がもどってきた。銃を下げて、耳を澄ますと、一歩進んだ。

銃声が鳴り響く。

ティルダは自分が撃たれたのかそうでないのかわからないまま、さっと頭を低くした。銃声で耳鳴りがした。静かに咳をして乾燥した空気を吸った。待った。

何事も起こらない。

ティルダがようやく暗闇のなかを見あげると、四、五メートルむこうに別の閉まったドアがあった。そこが出口だ——だが、そこに何者かが立っている。男だ。

これがフレディの兄のトミーだ。そうにちがいない。彼は目出し帽を額までめくりあげていて、青白い顔はフレディに似たところがあった。古いライフルを肩にかけている。

ティルダはしっかりと銃をもってから、トミーに狙いをつけた。

「銃を放せ」

だが、トミーは夢遊病者のようにそこに立ちつくすだけで、まるで誰かに押さえつけられているようだった。視線を地にむけて、右手はドアの取っ手を摑んでいる。外に出ようとしたのだが、足が動かなくなったかのようだ。

「トミー？」

男は応えない。

麻薬が誘発した精神障害だろうか？　ティルダはマルティンを殺した犯人にゆっくりと近づいた。不安だったが意志は固かった。そしてそっと男の肩に手を伸ばし、警戒しながらライフルを奪った。安全装置がかかっているのを見て、背後の床に放った。

「トミー？」ふたたび呼びかけた。「動ける？」

腕を突くと、いきなり彼はびくりとして、われに返った。

彼は後方へ倒れるような格好になった。鉄製の取っ手が押しこまれてドアが開いたからだ。そして嵐の勢いでドアは引きちぎられるように開いた。トミーは雪だまりによろめき、立ちあがって、ふらふらと去っていく。

ティルダは急いであとを追い、低い石段から突風のなかへ出た。十数メートル先にある木の幹が左右に揺れている。

「トミー！」彼女は叫んだ。「止まれ！」

声は風で切れ切れになり、前にいる男は止まらなかった。雪のなかで逃げ足を速めていく。

肩越しになにか叫び、まっすぐに林のほうへ走っていく。

ティルダは警告として銃を嵐の空へむけて撃ち、それから片膝をついた。銃をあげて構え、引き金に指をかけたままにした。

奴の脚を撃てることはわかっていた。だが、逃げる相手をうしろから撃つ気にはなれなかった。

トミーが林の端の低い木立のあたりにたどり着いた。そこでは積雪も少なく、もっと速く走ることができた。十五歩か二十歩で、彼は林のなかの灰色の影となった。そして消えてしまった。

失敗した。

ティルダは数分ほど外に留まったが、暗闇に見えるのは舞い散る雪だけだった。嵐は海岸沿いにまだ猛威をふるっている。指先の感覚がなくなってきて、ティルダは風に背をむけた。引き返して戸口のモーゼル銃を拾った。

ヨアキムのもとへは、納屋の外をまわってもどることにした。風と冷気でこの頃には身体も思うように動かなくなっていたが、あの暗い納屋でこれ以上誰かに会う危険はおかしたくなかった。

40

　雪で火を鎮めるアイデアはうまくいったが、ヨアキムがようやく火を消しとめた頃には、干し草置き場へ続く階段のほぼ全体が黒こげになり、分厚い煙が天井の梁のあいだに垂れこめていた。

　空気が乾燥していて咳きこむと、煙る階段の下に痛む脚で座りこんだ。家からもってきた雪かきのシャベルを抱えたままだった。

　これ以上は考えることもできない。今夜はあれだけの招待していない客がどこからやってきたのかとふしぎがったり、祈りの間の信徒席でなにが起こったのか振り返ったりする気力もなかった。イェルロフ・ダーヴィッドソンが正しかったと気づいた。忘却のベールが今夜の記憶をすでに曇らせていた。

　あそこで本当にカトリンに会ったんだろうか？　姉を溺死させたと彼女は認めたか？

　いいや。カトリンはそんなことは言わなかった。

　ヨアキムは壁際でうつぶせになっている背の高い男をじっと見た。彼が何者で、どうして手錠をかけられているのかさっぱりわからなかったが、警官のティルダ・ダーヴィッドソンが捕まえたのであれば、ある結論が引きだされそうだ。

そう思うのとほぼ同時に、納屋の外のどこからかまた銃声が聞こえたように思った。ヨアキムは耳を澄ましたが、それ以上はなにも聞こえず、また床の男を見やった。「火をつけたのはきみだったのか？」

数秒後、床から静かな返事があった。

「すまねえ」

ヨアキムはため息をついた。「干し草置き場へのあたらしい階段を造らないと……そのうち」

階段にもたれて、そのとき、リヴィアとガブリエルが子どもたちだけで家にいることを思いだした。

どうして自分はあの子たちを放っておけたんだ？

ふいに、納屋の扉をひっかく音がして、振りむくと、ティルダがよろめきながら嵐の外から納屋に入ってきた。雪まみれだ。片手に自分の銃、もう片方の手には古い狩猟ライフルをもっている。

板壁の横にしゃがみこみ、息を吐きだしている。

「あの男は行ってしまいました」ティルダが言った。

床の男が顔をあげた。

「行ってしまった？」ヨアキムは尋ねた。

「林へ逃げて」ティルダが答えた。「消えたんです。でも、少なくとも、もうライフルはもっていない」

ヨアキムは立ちあがった。「子どもたちの様子を見にいかないと」彼はそう言って扉へ進んだ。「しばらく、あなただけで大丈夫ですか？」

ティルダはうなずいたが、まだ床にへばったままでうなだれていた。「ベランダへ行ったら……人がいます。男がふたり」

「怪我を？」ヨアキムは尋ねた。

ティルダは視線を下げた。「ひとりは怪我で……もうひとりは死亡です」

それ以上質問しなかった。最後にティルダをちらりと見やったとき、彼女は携帯を取りだして番号を打ちこんでいた。

ヨアキムは中庭の波状になった雪の丘を歩き、風の抵抗を弱めようと身体を低く構えた。今夜の屋敷はそれほど大きく見えなかった。建物は渦雪の下で怯える犬の集団のように見える。風の襲来でスレートがはがれ、屋根の上で舞い、暗闇に消えていく。

ベランダに入ってドアを閉めた。ラグマットに男がのびていた。これが死亡者？　いや、ぐっすり眠っているだけだ。

嵐は家の前面の窓をガタガタと揺らしており、窓ガラスを留めている枠もパテも軋んでいたが、割れているのはベランダの一カ所だけだった。

家に入ったが、玄関ホールで立ち止まった。

廊下から軋む音がする。

しゃがれた呼吸。

エテルがいる。

エテルは子ども部屋のドアの前に立っている。娘を奪いかえしにきたのだ。エテルはリヴィアを連れて行く気だ。

ヨアキムはあえて姉のもとへは行かなかった。うつむいて目を閉じただけだった。

ぼくを信じてくれ、そう頭のなかで言った。

目を開けて家へ入った。

子ども部屋の前の廊下には誰もいなかった。

41

その夜遅く、ベランダに続く石段を助けを借りてのぼったことは、ぼんやりとしか覚えていなかった。外はまだ寒かったが、海からの風は収まってきたように感じられた。ティルダの隣を歩いていたのはヨアキム・ヴェスティンで、彼に支えられて、あらたに雪をかいた通り道を進んだ。ふたりの左右にはうずたかく雪の壁ができていた。

「助けは呼んだんですか？」彼が尋ねた。

ティルダはうなずいた。「できるだけ早くここに来るということだったけれど……それがいつになるかは、わかりません」

黒っぽいものが突きでている雪だまりの横を通った。革のジャケットだ。

「これは誰です？」ヨアキムが尋ねた。

「マルティン・オルクイストという人」

彼女は目を閉じた。今夜については質問攻めにされることだろう——なにがいけなかったのか、彼女のやったことでなにが正しく、なにがまちがっていたか——だが、ほかの誰よりも自分自身がたくさんの質問をすることになるはずだ。しかし、いまのところは考える気力がなかった。

屋敷は静かだった。ヨアキムに案内されて着いたのは大きい部屋だった。床にマットレスが置かれてベッドのようにされていた。そばにはタイル張りのストーブ。暖かく、横になって緊張を解いた。鼻は痛んでまだ血がいっぱいに詰まっている。口を閉じると息ができなかった。

風が屋敷の周辺で咆哮をあげている。だが、とうとうティルダは眠りに落ちた。


ティルダの眠りは深かったが、それでも時折目が覚めた。頭がずきずきと痛んだり、雪に横たわるマルティンの死体の記憶が甦ったりした。あの納屋の暗闇で長い指の青白い手が伸びてくるという背筋の凍るような悪夢も見た。一度まどろみが破られると肩の力を抜くのに時間がかかった。

夜明け前の時間帯に影が上から覗きこんだ。ティルダはハッと目覚めた。

「ティルダ？」

ふたたび、ヨアキム・ヴェスティンだった。彼は小さな子どもに話しかけるように、ゆっくりはっきりと話を続けた。

「あなたの仲間から連絡がありましたよ、ティルダ。もうじきやってくるそうです」

「よかった」彼女は答えた。

鼻が折れているせいで声はくぐもって聞こえた。目を閉じて尋ねた。「ヘンリクは？」

「誰です？」

「ヘンリク・ヤンソン」ティルダは言った。「ベランダにいる男です。彼はどうしています？」

「大丈夫」ヨアキムが言った。「あたらしい包帯を巻いておきました」

「トミーは？　もどってきました？」

「彼は逃げたままで……警察がここに到着したら、きっと見つけだすでしょう」

ティルダはうなずいてまた眠りに落ちた。

どのくらい経ったかわからないが、しばらくして低いうなりと静かな話し声を聞いてティルダは目を覚ました。しかし、どうなっているのか考える気力もなかった。

そこで、ヨアキムの声がふたたび聞こえた。

「車が通れないそうですよ、ティルダ。全地形型車両を軍隊から借りるらしい」

それからほどなくして、部屋には声と人の動きがあふれ、ティルダはいささか荒っぽくベッドから引き起こされた。

暖かな空気は突然消えた。彼女はふたたび寒さのなかにいたが、もうほとんど風はなかった。雪かきされた道を歩いた。どこを見ても白く雪が積もっていた。

クリスマス・イヴだ。

ドアが閉じられ、また開けられて、薄暗い電球の下の寝台に横たえられた。そして安らぎのなかひとり残された。

静寂が降りてきた。

軍の車両に寝ていた。横の床にはビニールの袋に包まれた人の身体があった。動いていなかった。

そのとき、隣で誰かが咳をした。頭をあげると、少し離れたところに灰色の毛布を脚にかけた別の人影があった。その身体がわずかに動いた。男だった。あおむけでティルダからは顔をそむけて寝ているが、服から誰なのかわかった。

「ヘンリク」ティルダは言った。

返事はない。

「ヘンリク！」肋骨が痛んだが叫んだ。

「なんだよ？」男がそう聞き返し、こちらに顔をむけた。

ここでようやく彼の顔がはっきりと見えた。ヘンリク・ヤンソン。床職人であり泥棒である人物。どこにでもいる二十五歳の男と同じように見えるが、表情は疲れ切ってまっ青だった。

ティルダは深呼吸をした。「ヘンリク、よくも斧で鼻を折ってくれたわね」

ヘンリクは黙りこんだ。

ティルダは尋ねた。「ほかにあなたのやったことで、わたしの知っておくべきことはない？」

やはり返事はない。

「この岬では秋に死者が出た」ティルダは話を続けた。「女のひとが溺れて」

ヘンリクが身じろぎする音がした。

「その女性が亡くなった日に、岬の近くでボートの音を聞いた人がいるの。あなたのボート？」

そこでヘンリクがふいに目を開けた。

「おれのじゃない」静かに答えた。

「あなたのじゃない？　ほかのボート？」

「でも、そのボートは見た」ヘンリクが言った。

「たしか？」

「あのひとが死んだ日、おれはボートハウスの桟橋に立っていたんだ」

「カトリン・ヴェスティンね」

「誰かがあのひとを訪ねてきた」彼は話を続けた。「大きな白いボートで」

「誰のボートかはわかる？」

「いや、でも、おれのより大きくて、もっと長い旅のために設計されたボートだったよ……小型のヨットだ。灯台のところに係留したんだけど、そこには誰かが立っていた。あの女のひとだったと思う……」

「わかった」

ティルダは急に、それ以上話をする力がないことに気づいた。

「本当に見たんだよ」ヘンリクが言った。

ティルダは視線を合わせた。「あとでこの件について話をしましょう。あなたはたくさん取り調べを受けると思う」

彼は重いため息を漏らしただけだった。

車両はふたたび沈黙に包まれた。ティルダはとにかく目を閉じてまどろみたかった。そうすれば傷の痛みとマルティンについての思いから逃れられる。

「ゆうべ、あの家でなにか聞こえたかい?」ヘンリクが突然、尋ねた。

「どういうこと?」

ドアがばたんと閉まった。そしてエンジンがかけられて、車両が動きだした。

「ノックの音とか」

ティルダには意味がわからなかった。

「なにも聞こえなかったけど」彼女はエンジンの騒音のなかでそう言った。

「おれもだ」ヘンリクが言った。「あの音はしなかった。ランタンか……あの占いの板から聞こえてたんだと思う。でも、もう静かになった」

彼は刺されたうえに刑務所に入ることになるだろうが、ほっとしているような口調だとティルダには思えた。

42

クリスマス・イヴの朝、ウナギ岬はまだ暗かった。電力が復旧しておらず、窓の外には除雪した雪の壁がせりあがっていた。

警官三名と捜索犬が夜に全地形型車両で到着し、すべての建物を捜査したが、マルティン・オルクイストの殺害犯は見つからなかった。ヨアキムは警察の思うままに捜索させた。朝三時頃に、一行がティルダ・ダーヴィッドソンと刺された男を病院へ運ぶために帰っていくと、なんとか数時間ほど眠った。

数週間ぶりに安らかに眠れたが、八時頃に静まり返った家で目覚めると、もうふたたび眠れはしなかった。部屋はどこもまっ暗だったから、ヨアキムは起きだしてパラフィン・ランプにいくつか明かりを灯した。

一時間後に、もっと強い光が雪に覆われた窓越しに射してきた。海の上に昇った太陽だ。ヨアキムは太陽が見たかったが、海のほうを見るには二階へあがって踊り場の窓を開け、鎧戸を一枚は開けなければならなかった。

沿岸はきらめく雪の丘の上で濃い青の空が広がる冬の景色へ様変わりしていた。納屋の赤い壁はまぶしい雪と対比するとほぼ黒に見える。一面に北極なみの静けさがあった。風はまったくない。おそらくヨアキムが引っ越してきて初めてのことだ。渦雪が風そのものも吹き飛ばしてしまったようだ。吹雪は移動する前に、高さ一メートルほどの海氷の壁を岸に集めていた。

ヨアキムは岸辺を見た。激しい嵐で海に崩れ落ちた古い灯台について読んだことがあったが、双子の灯台は渦雪を生き延びた。どちらの灯台も氷の土手の上にそびえていた。

九時頃にタイル張りのストーブに火を入れて、家から冷気を締めだした。それから子どもたちを起こした。

「メリー・クリスマス」彼はそう言った。

子どもたちはガブリエルのベッドで服を着たまま眠っていた。ゆうべ納屋からもどってくると、こうなっていた。ヨアキムは毛布をかけてそのまま寝かせておいた。

こうしてゆうべなにがあったのか、銃声についての質問に答える準備ができたのだが、リヴィアは伸びをしただけだった。

「よく眠れたかい？」

リヴィアがうなずいた。「ママがここにいたんだよ」

「ここに？」

「パパがいないときに、あたしたちに会いにきたの」

ヨアキムは娘を、そして息子を見やった。ガブリエルはゆっくりとうなずいた。姉の言うことはすべて正しいと肯定するかのようだ。

嘘をついちゃだめだよ、リヴィア――ヨアキムはそう言いたかった。ママがここにいたはずはない、と。

だが、そうは言わずにこう問いかけた。「それでママはなんて言ってたんだい？」

「パパはすぐもどってくるって」リヴィアがそう言いながら彼を見た。「でも、もどってこなかったね」

ヨアキムはベッドの横に腰を下ろした。「いまはここにいるよ。もう、いなくならないからね」

リヴィアは疑うような目つきをよこし、なにも言わずにベッドを降りた。

ヨアキムはフレディを起こした。兄がいないと、落ち着いて静かな若者だ。軍の車両には彼を乗せる余裕がなかったので、フレディは玄関ホールのヒーターに手錠でつながれて置いていかれることになったのだ。

「きみのお兄さんはまだ見つからないよ」ヨアキムは言った。

フレディは疲れた様子でうなずいた。

「きみたちはいったい、なにを探していたんだ？」

「いろいろ……貴重な絵とか」

「トルン・ランベの？　うちには一枚しかないよ。納屋にもっとないかと探していたのか？」

「家にはもうなかった。どこかほかにある、占いのボードがそう告げたんだよ。それであそこへ行って、階段に火をつけた」

　ヨアキムは彼を見た。「だが、どうしてそんなことを？」

「わかんねえ」

「またあんなことをするつもりか？」

　フレディは首を横に振った。

　ティルダから手錠の鍵は預かっていたので、今日のこのクリスマス・イヴに善意と信頼を示すことにした。フレディをヒーターから解放したのだ。

　十一時頃に電力が復旧し、フレディはテレビの前に収まって警察の迎えを待ちながらクリスマスのテレビ番組を観た。サンタのアニメやクリスマス・ツリーのまわりで踊る人々を映しだす生中継や、雪に覆われたどこかの山小屋での料理番組を、悲痛な表情で見つめていた。

　リヴィアとガブリエルもフレディの隣に座った。誰も口をひらかなかったが、クリスマスならではの連帯意識があって、みんなくつろいでいるようだった。

　ヨアキムはエテルのジャケットの隣にあったノートをもってキッチンへむかい、腰を下ろした。一時間かけて、ミルヤ・ランベがウナギ岬での激動の人生について記したものを読んだ。彼女に起こったことの物語を。

最後に空白が数ページ続いてから、ミルヤではない人物がなにか書いていた。

じっと見つめてから、ふいにこれはカトリンの筆跡だと気づいた。かなり急いで書いたかのように、メモは走り書きになっていた。妻の言っていることが完全に呑みこめず、何回か読み返した。

十二時に、ヨアキムは全員にクリスマスのライス・プディングを準備した。

復旧して最初の電話は昼食後にかかってきた。ヨアキムが応えると、イェルロフ・ダーヴィッドソンの静かな声が聞こえてきた。

「これで本物の渦雪がどんなもんか、わかりなさっただろう」

「ええ」ヨアキムは答えた。「しっかりと」

窓の外を見て、ゆうべの訪問者について考えた。

「渦雪になることはわかっておったよ」イェルロフが言った。「とにかく、わたしには。だが、もうちょっとあとになると思ってた。上手くやり過ごしなさったかね？」

「上々ですよ。建物はすべてまだ立っています。ただ、屋根が少しはがれましたが」

「道は？」

「埋まってますよ。雪しか見えません」

「むかしは、渦雪にやられると道が通じるようになるまで一週間はかかったもんです。だが、近頃ではもっと早い」

「うちは大丈夫ですよ。あなたに言われたとおり、缶詰をたくさん買っておきましたから」

「それはよかった。いまはあんたと子どもたちだけかね？」

「いえ、ひとり客人がいます。何人か訪ねてきたんですが、帰っていきました……かなり大変なクリスマスですよ」

「そうだろうね。今朝、病院からティルダが連絡してきた。あんたの家で泥棒を捕まえたそうですな」

「ええ、ここへ絵を盗みにきたそうですよ。トルン・ランベの絵を……屋敷のどこかに絵があると思いこんでいたらしくて」

「ほう？」

「でも、ここには一枚しかないんです。ほかの絵はほぼ全部捨てられたんです。でもそれをやったのは、トルンでも娘のミルヤでもありませんでした。漁師が海へ捨てたんですよ」

「いつのことだね？」

「一九六二年の冬です」

「六二年。それは兄のラグナルが海辺で凍死した年だ」

「ラグナル・ダーヴィッドソン——あの人はあなたのお兄さんなんですか？」

「そうさね」

「お兄さんは凍死ではないと思います。毒を盛られたんです」

そこでヨアキムはイェルロフにミルヤ・ランベがウナギ岬での最後の夜について書いたこ

とを、ラグナルが嵐のなかへ出ていったことを伝えた。

イェルロフはいっさい質問を挟まずに耳を傾けた。「ラグナルは木精《メタノール》を飲まされたようですな」彼が言ったのはそれだけだった。「普通のシュナップスと変わらん味がするらしいが、もちろん具合が悪くなる。それどころか、命取りになる」

「ミルヤはそれが正当な罰だと思ったんでしょう」

「だが、兄は本当に絵を捨てたんかね？　それはどうかなと思えてならんのですよ。兄はなにかを手に入れれば、そのまま手元に置いたもんさね。欲が深くて、なにかを捨てるなどということはなかったが」

ヨアキムは無言だった。考えていた。

「ほかにも話があるんですて。忘れる前に話しておきますが」イェルロフが言った。「あんたのために、録音しておきましたからな」

「録音？」

「わたしはここにじっと座って少し考えて。ウナギ岬でなにが起こったのか、考えたことを少しテープに吹きこんだんです。郵便配達が復活したらあんたのところに届くさね」

イェルロフが電話を切って三十分して、カルマルの警察が連絡を寄こし、ウナギ岬に残した被疑者を迎えにいくと言われた。屋敷の近くにたいらでひらけた土地があって、そこにヘリコプターが着地できればの話だったが。

「このあたりにはたいらな土地はいくらでもありますよ」ヨアキムは答えた。

それから外に出て、屋敷の裏手の平原で四角く雪かきをして、凍てついた地面のなかで印となるよう、十字形に黒い地面が見えるようにした。南西からブロロロロという音が聞こえてくると屋敷に入り、テレビを観ていたフレディを連れだした。

「あれはきみたちの車か？」ヨアキムは平原で待ちながら尋ねた。ウナギ岬へ曲がる道にある、雪が積もって曲線を描いた塊ふたつを指さした。雪だまりからいくつか鈍角の金属の角が突きだしている。

フレディがうなずいた。「それにボートだ」

「盗品か？」

「ああ」

そこでヘリコプターが平原の上にやってきて、もう話すのは不可能になった。ヘリコプターは一瞬そこにホバリングして地面から白く雪を舞いあげてから、十字の中央に着地した。

ヘルメットと黒いジャンプスーツを着た警官二名が降りて近づいてきた。フレディはいっさい抵抗することなくふたりについていった。

「ほかはもう大丈夫ですか？」警官に尋ねられた。

ヨアキムはうなずいた。フレディが手を振り、ヨアキムも短く手を振り返した。

ヘリコプターが本土のほうへ消えると、雪をかきわけて、道と、雪に埋まった車二台のほうへと歩いた。大きなほうの車の横手の雪を払うと、それはヴァンだった。それからなかに目を凝らした。

何者かが微動だにせず座っていた。

ヨアキムは取っ手を摑み、ドアを開けた。男だった。なんとか暖を取ろうと必死だったらしく運転席で身体を丸めていた。脈を取るまでもなく、死んでいるとヨアキムにはわかった。

キーはイグニションに挿されてまわされていた。エンジンはかかっていたのだろうが、夜のある時点で止まり、冷気がふたたびヴァンのなかへ忍び寄っていったのだ。

ヨアキムはそっとドアを閉めた。それから屋敷へ引き返し、警察に連絡して泥棒の最後のひとりが見つかったと告げた。

43

それから数日、風は収まったまま、太陽はウナギ岬を照らしつづけた。

雪はまだ解けはじめていなかったが、時折、屋根から垂れさがっている白いつららが緩んで、音もなく地面の雪だまりに落下した。庭の鳥もキッチンの窓の外にもどってきて、二十六日の朝に、前面に巨大な雪かきのシャベルを取りつけたトラックがマルネスからやってきて外の世界との断絶は終わった。トラックは海岸沿いの道をまっすぐに進んだが、白い海のなかを転がるように見えた。

ヨアキムは除雪機を運びだして、幹線道路に通じる道の雪かきを始めた。ヨアキムの見積もりでは除雪の済んだ幹線道路へ行けるようになるまで一時間だった。実際は二時間以上かかったが、それからはまた楽に外の道へ出ることができるようになった。

懐中電灯にあたらしい電池を入れてベランダの石段を降りて納屋へむかった。

干し草置き場へ通じる階段は火事で黒くなり、ばらばらになっていたが、煙はもうどこにも見えなかった。

納屋の突き当たりを見やった。ためらったが、納屋を横切って偽の壁の下へもぐった。隠し部屋のなかで懐中電灯をつけて、上階の物音に耳を澄ましたが、なにも聞こえなかった。それからはしごを登った。

壁の隙間からうっすらと日光が漏れる、祈りの間へと身体を押しあげた。手紙や思い出の品はまだ古い信徒席に置かれていたが、誰もそこには座っていなかった。

ヨアキムは信徒席に沿って歩きはじめた。最前列までやってくると、カトリンへのクリスマス・プレゼントとエテルのジャケットがあった。だが、小包はひらいた跡があった。リボンがほどかれて、包装紙が折りかえされていた。

ヨアキムは包みをそのまま置いておいた。グリーンのチュニックがなくなっているかどうか、あえて見ようとはしなかった。かわりにエテルのデニムのジャケットを取りあげた。突然、布地の内側で小さくたいらな品が滑ったのが指先の感覚でわかった。

ヨアキムはデニムのジャケットをビニール袋に入れた。イェーテ・ホルムブラッド本部長がクリスマスの二日後に自分の車でやってきたときのことだ。

この頃には救急車とレッカー車がすでにウナギ岬へやってきて、最後の被疑者の遺体を回収していた。犯罪現場チームもやってきて、雪のなかの弾丸を掘りだしていた。地元のラジオニュースによると、トミーは渦雪で亡くなった二名のひとりに数えられていたが、名前は出ていなかった。エーランド島北部を襲った嵐にはもう〝クリスマス・ブリザード〟という名前がつき、第二次世界大戦以来のひどい渦雪のひとつに数えられるとされていた。

本部長が車を降りて、ヨアキムに時候の挨拶をした。

「ありがとうございます。そちらにも、よいお年を」ヨアキムは答えた。「それから来てくださってありがとうございます」

「本当は新年まで休暇なんですがね。あなたがこちらで元気にされているか確認しておきたくて」

「いまではもう、すべて落ち着いていますよ」

「そのようですな。嵐も去りましたし」

ヨアキムはうなずいて尋ねた。「ティルダ・ダーヴィッドソンですが……容態はいかがでしょうか」

「順調のようですよ。昨日電話で話しました。退院していまでは母親のもとにいますよ」

「でも、島ではひとり暮らしだったんですよね？　あれは同僚のかたではなくて……」

「ちがいますな。あれは警察学校で彼女の教官だった男でしてね。二児の父親で、実に悲劇ですよ。本当はここにいるべきではなかったのです」本部長は考えこんだ様子でこうつけ足した。「もちろん、ダーヴィッドソンも、もっとひどいことになった可能性があったわけですが、彼女は立派に対処しました」

「たしかに」ヨアキムはそう言い、屋敷のドアを開けた。「どうしてもお見せしたいものがあるんです――しばらく、お時間をよろしいでしょうか」

「もちろんですよ」

ヨアキムは本部長をキッチンに案内した。テーブルの上は片づけておいた。

「これです」

テーブルの上にはエテルのデニムのジャケットと、ジャケットから見つかった品を入れた袋があった。手書きのメモ――そしてジャケットの裏地の内側に入りこんでいた小さなゴールドのケース。

「これはなんですかな？」本部長が尋ねた。

「よくわからないんです」ヨアキムは言った。「ですが、証拠であればと願っています」


本部長が帰ってから、ヨアキムはリュックをもって雪のなかを北の灯台へむかった。

その途中で北の林を見やった。ほとんどの木は嵐を生き延びたようだが、岸にいちばん近い古い松のなかには地面に倒れている木も何本かあった。

白い灯台は濃い青の空を背に輝いていた。石の突堤にたどり着く前から、なかへ入るのはむずかしそうだとわかった。ブリザードのあいだに波が小島に押しよせて、どちらの灯台もまっ白な氷に覆われていた。まるで漆喰を塗りこめて灯台の下半分が北極に抱かれたように見えた。

リュックを灯台のドアの外に置いて、口を開けた。灯台の鍵、大きなハンマー、錠にかける錆とりスプレー缶、熱湯を満杯にした携帯用の保温フラスク三つを取りだした。

ドア周辺の氷を除去して錠を開けるだけで三十分近くかかった。それでもドアは少ししか開かなかったが、隙間からなかに入ることはできた。なかに入ると、持参した懐中電灯の明かりをつけた。

靴底がセメントの床にこすれるどんな小さな音も灯台の上へとこだましていったが、階段では音はしなかった。むかしの灯台守がまだ上にいるならじゃまをしたくなかったので、階段はのぼらなかった。

「ただの可能性にすぎんが」イェルロフ・ダーヴィッドソンはこう語っていたのだ。「兄のラグナルは灯台の鍵をもっておったから、そこに置かれてる可能性はあります」

階段の下の小部屋に通じる小さな木のドアがあった。一階の倉庫だ。ドアをひらいて、腰をかがめてなかへ入った。

一九六二年のカレンダーが石壁にかけられていた。灯油缶、からっぽの酒瓶、古いランタンが床に置いてある。干し草置き場に積みあげられた古いものを思いださせた。だが、ここはもう少し規則立って片づけられ、外壁の曲線に沿って木箱がいくつか並べてある。

蓋は固定されていなかった。手近の木箱を開けて、箱のなかを懐中電灯で照らした。金属のパイプが見えた。長さ一メートルほどの古い排水管の一部だ。箱底に重なるように入れてある。ラグナル・ダーヴィッドソンが盗んで灯台に隠すことがなければ、数十年前にウナギ岬の屋敷の配管の一部になっていたはずのものだ。

ヨアキムは箱に手を入れて、排水管を一本そっと取りだした。

44

「どこ行くの？」大晦日の前日にウナギ岬から荷物を満杯にした車で出かけると、リヴィアに尋ねられた。

まだ機嫌が悪いのだとヨアキムは気づいた。

「カルマルのおばあちゃんに会いにいくんだよ。それから、ストックホルムのもうひとりのおばあちゃんのところへ行こう」彼は答えた。「でも、まずはママを訪ねていこう」

リヴィアはそれ以上なにも言わなかった。ラスプーチンのバスケットに手を置いて、白い風景を見つめていた。

十五分後にマルネスの教会に車を寄せた。駐車するとヨアキムは袋を手にして、木の門を開けた。

「行こう」彼は子どもたちに呼びかけた。

ヨアキムは秋のあいだ、ここへあまり足を運ぶこともなかった。だが、いまは気持ちも上向きだった。少しだけ。

海岸沿いのいたるところと同じように墓地にも雪がたくさん残っていたが、おもな通り道は雪かきされていた。

「遠くまで行くの？」リヴィアは教会の横を歩きながら尋ねてきた。

「いいや。もうそこだよ」

ついにカトリンの墓の前に立った。

墓地のほかの墓石のようにカトリンの墓も雪に覆われていた。片隅だけが見えていて、ヨアキムは腰を曲げて手でさっと雪を払い、碑文が見えるようにした。

〈カトリン・モンストロル・ヴェスティン〉、そして生年と没年が彫られていた。

ヨアキムはあとずさって、リヴィアとガブリエルのあいだに立った。

「ここにママがいるんだよ」

彼の言葉は時を止められなどしないが、子どもたちは隣でじっとしたままだった。

「ここは……いい場所だと思うかい？」ヨアキムは沈黙のなかで尋ねた。

リヴィアは返事をしなかった。ガブリエルがまず反応した。

「ママはさむいとおもう」

それから用心しながら父親が墓石まで残した足跡をたどっていき、黙って全部の雪を払いはじめた。最初はカトリンの墓石を、つぎに墓石の下の地面を。ひからびたバラの花束が現われた。雪が降る前、最後にヨアキムが墓参りに来た際に置いたものだった。

ガブリエルは結果に満足したようだ。手袋をはめた手で鼻をこすり、父親を見ている。

「がんばったね」ヨアキムは言った。

そして墓に置くランタンをビニール袋から取りだした。地面は凍っていたが、しっかりとランタンを置くことはできた。ランタンのなかには太いキャンドルを入れた。年を越えて五日のあいだ燃えつづけるだろう。

「車へもどろうか？」ヨアキムは子どもたちを見て尋ねた。

ガブリエルはうなずいたが、しゃがんでカトリンの墓石の隣の雪からなにかを引っ張りはじめた。薄い緑の布地で、雪で固く凍っている。セーターか？　ガブリエルが握っているのは袖のようだった。

ふいにヨアキムの背筋に寒気が走った。一歩前に出た。

「そのままにしておきなさい、ガブリエル」

ガブリエルは父を見てから、その品を放した。ヨアキムは急いでしゃがみ、それに雪をかけた。

「行こうか？」

「あたしはもう少しここにいたい」リヴィアが墓石を食い入るように見つめて言った。

ヨアキムはガブリエルと手をつないで広い歩道へ引き返した。そこで娘を待った。まだ墓石を見つめている。数分ほどしてリヴィアももどってきて、一家は無言で車へ引き返した。

ガブリエルはほんの数分後にシートで眠りこんだ。

リヴィアは幹線道路にもどってからようやくヨアキムに話しかけたが、カトリンの話はしなかった。休暇はあと何日残っているか尋ねて、幼稚園がまた始まったらなにをするかしゃべっていた。どうということもないおしゃべりだったが、ヨアキムはリヴィアの話が聞けて嬉しかった。

十二時頃にカルマルに到着し、ミルヤ・ランベのチャイムを鳴らした。クリスマスだからとアパートメントを特別に片づけることはしなかったようだ。逆に、埃をかぶった寄せ木の床に積みあげた本の山はさらに高くなっているほどだ。客間にはクリスマス・ツリーがあったが、飾りつけはいっさいなく、葉がすでに落ちはじめていた。

「クリスマスにはあんたたちに会いにいくつもりだったけれど」ミルヤが玄関ホールで出迎えて言った。「わたしはヘリコプターをもってなくてね」

ミルヤの若い恋人のウルフが家にいて、一家に、とくに子どもたちに会えて本当に喜んでいるようだった。リヴィアとガブリエルをキッチンへ連れて行き、ストーブの上で作っている途中のタフィーを見せていた。

ヨアキムは『渦雪の書』をかばんから取りだして著者に返した。「貸してくださって、ありがとうございました」

「おもしろかったかい?」

「ええ」ヨアキムは言った。「それにいままでは、いくつかのことがもっと理解できるようになりました」

ミルヤ・ランベは手書きのページを黙ってめくった。「真実の本さ。カトリンから、あんたたちがウナギ岬を買うつもりだと聞いて、書きはじめたんだ」

「カトリンは最後に何ページか書いていますす」

「どんなことを？」

「その……一種の説明ですね」

ミルヤがふたりのあいだのテーブルに本を置いた。「あんたたちが帰ったら読むよ」

「ひとつ、よくわからないことがあるんです。ウナギ岬に暮らしていた人たちのことが、どうしてこれほど詳しくわかったんですか？」

ミルヤは近づきがたい表情になった。

「わたしがウナギ岬で暮らしたときに、この人たちがわたしに話をしてくれたから」そう答えた。「あんたは死者と話したことがないの？」

この質問には答えられなかった。

「じゃあ、全部本当のことなんですね？」かわりにそう切り返した。

「絶対に本当なんて言えないよ。幽霊に関しては」

「でも、あなたの関わったことはすべて……あれは現実に起こったことなんですか？」

ミルヤは視線を下げた。「だいたいね」彼女はそう答えた。「マルクスにはボリホルムのカフェで最後に一度会ったよ。話をして……それから彼の家へ行った。両親は出かけていたんだ。アパートメントにあがったら、彼に床へ押し倒された。夢のある誘惑というわけじゃなかったけれど、したいようにさせたのさ。それで……わたしたちはつき合っているという証明になると思ったから。でもあのあとで、マルクスが立ちあがって、わたしがしわくちゃのスカートを直したときに、彼は目を合わせようとしなかった。こう言われただけだったよ。本土でつき合っている女がいるって。婚約するつもりだって。部屋でわたしとやったことは、別れの挨拶だと言ったんだよ」

部屋に沈黙が流れた。

「でも、恋人のマルクスがカトリンの父親であることは本当なんですね？」

ミルヤはうなずいた。「彼は世界に出ていく途中の若者だった。わたしが関わる章をふさわしいやりかたで閉じたのさ。そして彼は先へ進んだ」

「では、フェリーの事故で死にはしなかったんですね？」

「ああ」ミルヤが答えた。「でも、死ぬべきだったね」

ふたりはまた黙りこんだ。キッチンでリヴィアが笑う声が聞こえてきた。母親の笑いかたを軽くしたらこうなるように聞こえた。

「カトリンに父親が誰か言うべきでしたよ」ヨアキムは言った。「知る権利があった」

ミルヤは鼻を鳴らしただけだった。「それでいいんだよ……わたしだって、父親が誰か知らなかった」

ヨアキムはあきらめた。うなずいて立ちあがった。「クリスマス・プレゼントをもってきましたよ。運ぶのを手伝ってほしいんですが」

「ウルフが手伝ってくれるよ。わたしへのプレゼント？」

ヨアキムはまばゆい夏の絵が並ぶ彼女のアトリエを見やった。

「ええ、そうです。たくさんありますよ」

ミルヤのアパートメントをあとにして、五時間後にヨアキムと子どもたちはストックホルムに到着した。エーランド島と変わらないほど寒かった。イングリッド・ヴェスティンの暮らす地区は閑静なところだった。ヨアキムの母はミルヤ・ランベとは正反対だった。新年に備えて隅から隅まで家を掃除していた。

「仕事が見つかったよ」ヨアキムは夕食をとりながら母に伝えた。

「エーランド島で？」

彼はうなずいた。「昨日電話があってね。二月からボリホルムで工芸の教師になる。家の改装は夜と週末に続けられるよ。離れと二階をきれいにして、人が泊まれるようにしたいんだ」

「夏の観光客を泊めるつもりかい？」

「たぶんね。ウナギ岬にはもっと人がいたほうがいい」

それから小さな居間でクリスマス・プレゼントを交換した。

ヨアキムは大きくて長い包みを母に手渡した。「メリー・クリスマス、母さん。ミルヤ・ランベからこれを母さんにって」

包みは長さ一メートルほどあり、茶色の包装紙でくるんであった。イングリッドは包みを開けて、探るようにヨアキムを見た。それはラグナル・ダーヴィッドソンが灯台に隠していた排水管の一本だった。

「なかを見て」ヨアキムは言った。

イングリッドが排水管の端を顔にむけた。なかを覗いて手を入れて、丸まったキャンバスを引きだした。丁寧に広げると前に掲げた。油彩画は大きく、暗い色調で霧のかかった雪景色を描いたものだ。

「これはなんだい？」

「吹雪の絵だよ。トルン・ランベの」

「でも……これをわたしに？」

ヨアキムはうなずいた。

「まだたくさんあるんだ――五十枚ほどね。漁師がキャンバスを盗んでウナギ岬の灯台に隠したんだよ。そこに三十年以上も放置されていた」

イングリッドは大きな油彩画を無言で見つめた。

「どのくらいの価値があるんだろう？」

「それは気にしないで」ヨアキムは言った。

夜になってリヴィアとガブリエルは雪のランタンを作りに祖母と外へ行った。

ヨアキムは二階へあがった。エテルが何年も前に使っていた部屋の閉じられたドアを通り過ぎ、十代の頃に使っていた部屋へ入った。

ポスターはすべて、家具もほとんどなくなって、ベッドとベッドサイド・テーブルと古いカセット・デッキだけがあった。黒いプラスチックのケースはなにかのパーティの最中に床に落としてヒビが入っていたが、まだ動いた。カセットの取り出し口もひらいた。

カセットを差しこんだ。数日前にウナギ岬の郵便受けに届いたものだ。イェルロフ・ダーヴィッドソンからだ。

むかしのベッドに座って再生ボタンを押し、イェルロフが言わねばならなかったことを聞けるようにした。

45

大晦日の三時頃にヨアキムは地下鉄に乗ってブロンマ地区へむかい、死んだ姉に新年のお祝いを言って、姉を殺した人物と話そうとした。

駅の近くの花屋に立ち寄って、バラの小さな花束を買った。それから水際に木造の家が並ぶ道を進んだ。どの家も要塞のようだと彼は思った。日が沈んだところで、多くの窓で照明が輝いていた。

数百メートルほど歩くと、アップル・ハウスのある道にたどり着き、閉じられた門に近づいた。むかしの家を見つめた。人はいないようだったが、玄関ホールの明かりが灯っていた。たぶん防犯用の感知器だ。

腰をかがめてフェンス横の配電盤に花束を立てかけた。しばらくそこに立ちつくして、エテルとカトリンのことを考え、立ち去った。

隣の家では、ほとんどの部屋に明かりが灯っていた。そこはヘスリン夫妻の大きな家だった。この界隈の誇りだ。

ミカエル・ヘスリンが電話で新年は家にいると話していたことを覚えていた。ヨアキムは門に近づき、庭のアプローチを通ってチャイムを鳴らした。

リサ・ヘスリンがドアを開けた。相手が誰かわかると喜びの表情になった。「入って、ヨアキム。それに新年おめでとう！」

「きみにもおめでとうを」

彼は室内に入り、玄関ホールの厚いカーペットの上に立った。

「コーヒーはどう？　それとも、シャンパンのほうがいいかしら？」

「どうぞお構いなく。ミカエルはいるかい？」

「いまは留守なの……でも子どもたちを連れて花火をもっと買いにガソリンスタンドへ行っただけだから」リサがほほえんだ。「クリスマス休暇のあいだに、うちにあったたぶんは全部使ってしまったの。日付が変わるときに花火がないとね。待ってもらえるなら、きっとすぐにもどるわよ」

「もちろん待つよ」

ヨアキムは客間へ移動した。ここからは裸の木と湾に張った氷が見おろせた。

「これを読んでみないかい？」彼はリサに尋ねた。

「なにを？」

「このメモだよ」

ヨアキムはジャケットの内ポケットに手を入れて、干し草置き場でエテルのデニムのジャケットから見つけたメモのコピーを取りだし、リサにわたした。

リサは受け取って読んだ。「ドラッグ中毒の……」

ふいに読むのをやめて、問いかけるようにヨアキムを見た。

「続けて」彼は言った。「これを書いてカトリンにわたしたのは、きみじゃなかったんだね？」

彼女は首を横に振った。

「じゃあ、ミカエルだったにちがいない」

「わ……わたし、そうだとは思えないけれど」

リサはメモを返してきた。ヨアキムは受け取って立ちあがった。

「ステレオを使ってもいいかい？　聞かせたいものがあるんだ」

「もちろんよ。音楽なの？」

ヨアキムはステレオに近づいてカセットを入れた。「いいや」彼は答えた。「ただの話さ」

再生が始まると、ヨアキムは数歩さがってリサの真向かいのソファに腰を下ろした。スピーカーからガタガタという音がして、イェルロフ・ダーヴィッドソンのエコーのかかった、実直な声が聞こえてきた。

「さて、そうさな……ティルダからテープ・レコーダーを借りたんだが、これで動いていると思う。あんたの奥さんの死について、かなり考えてみましたよ、ヨアキム。あのことを思いだしたくなければ、いまここで聞くのをやめたほうがいい。だが、話をしたとおり、わたしは考えずにいられなかった」

リサが怪しむようにヨアキムを見やったが、イェルロフの声は続く。「誰かが奥さんを殺したと思う。砂浜にまったく跡を残しとらんから、つまり、海からやってきたにちがいない。奥さんを殺した者の名前はわたしには言えんが、屈強な体格の男だ。ゴットランド島南部に住んでるか、家をもっていて、船内モーターを搭載した大きな船の持ち主。船はゴットランド島とエーランド島のあいだを日帰りで行けるほど大きくて速く、ウナギ岬の突堤に着けられるくらいには小さなはずだ。あそこは水深が一メートルちょっとしかないからな。この男は――」

「ヨアキム、しゃべっているのは誰なの？」リサが口を挟んだ。

「いいから聞いて」

「――双子灯台を目指してやってきた。エーランド島に近づくのはとくにむずかしいことじゃない」イェルロフが話を続けた。「だが、この人殺しに、あんたの奥さんがあの日、家にひとりの予定だとわかってたのはなんでだろう？　奥さんの知り合いだと思う。海から近づいてくるエンジンの音が聞こえて、奥さんは岸辺へ行ったんさ。突堤にやってきたときに、人殺しは舳先に立って人殺しの道具をもってた。だが、奥さんは疑うことをせんかった。船を係留するときにたいてい誰もがもってるもんを手にしてたからな」

イェルロフが静かに咳きこんで話を続けた。「人殺しの道具は木製のボートフックさ。先っぽに大きな鉄製のフックがついた長くて重いもんだ。そいつを使って海で喧嘩しているのを見たことがある。フックで相手の服を引っかけるのは簡単だ。それから引っ張れば、相手はバランスを崩して海に落ちる。誰かを溺れさせたかったら、もちろん、そのままフックで海上から押さえつけていたらいい。指紋も目立った傷も残らん。あとから目に見える跡は、服にできた小さい変な裂け目だけさ。あんたの奥さんの服に残っておったような穴さね」

イェルロフはまた口をつぐんだ。それから録音の最後の部分を話した。「さて、いまのが、なにが起こったのかについてわたしが考えたことさね、ヨアキム。これであんたの悲しみが少しでも和らぐなどとは思っとりませんよ。だが、疑問に答えが出ると、人間というもんは気分が上向きになるもんだ。またそのうち、コーヒーを飲みに寄りなさるといい。じゃあ、スイッチを切るよ……」

ガサガサという音がして録音は途切れた。そしてスピーカーから聞こえてくるのはかすかなシューッという音だけになった。

ヨアキムはステレオに近づいてテープを取りだした。「これで終わりだよ」

リサが立ちあがっていた。「いまのは誰なの?」彼女はまた尋ねた。「誰が話しているの?」

「友だちだ。お年寄りの」ヨアキムはそう言い、カセットテープをポケットに入れた。「きみの知らない人だ……でも、いまのは本当のことかい?」

リサは口をひらいたが、言葉を見つけられないようだった。「いいえ。もちろん、こんな話を信じてなんかいないわよね?」

「カトリンが死んだとき、ミカエルはゴットランド島の別荘にいたのかい？」

「そんなこと、わたしにわかる？　あれは秋の話なのよ……覚えてないわ」

「じゃあ、いつ行ったんだ？　冬に備えて、ゴットランド島へ行って海から船を引き揚げなければならなかったはずだ。そうだろう？」

リサは答えずに顔を見つめるだけだ。

「カトリンが溺れた日、ぼくはストックホルムにいた。そして思いだしたんだ。この家の私道には車が一台もなかった。誰も家にはいなかった」

返事はない。

「ミカエルはカレンダーに印をつけていないか？　それとも日記がないか？」

リサが背をむけた。「いまはもうたくさんよ、ヨアキム……夕食の支度を始めないと」

そして玄関へ歩き、ドアを開けて彼を見た。

ヨアキムはなにも言わなかった。この家を去る前に、壁の写真の前で立ち止まり、じっくりとながめた。白いモーター・クルーザーに乗るミカエル・ヘスリンの写真。舳先できらめく舷縁に立ち、カメラに手を振っている。ボートフックは見あたらない。

「いい船だ」そこで静かに言った。

彼が出ていくと、リサはすぐにドアを閉めた。鍵がかかるカチリという音もした。

ため息をついて通りに出たが、風に乗ってかすかな騒音を聞きつけて立ち止まった。車のエンジンのうなりだ。

車が通りに現われると、それがミカエルの車だとわかった。

彼はガレージに車を入れるとエンジンを切り、長い花火を四本抱えて降りてきた。息子たちふたりがバックシートから飛びおりて、家へ駆けていった。ふたりともそれぞれ爆竹の入った袋を握りしめている。

「ヨアキム、もどってきたのか！」ミカエルがそう言い、通りにやってきた。「新年おめでとう！」

彼は手を差しだしたが、ヨアキムはその手を取らなかった。かわりにこう尋ねた。「ウナギ岬に泊まった夜はどんな夢を見たんだ、ミカエル？　悲鳴をあげて起きたな……幽霊を見たのか？」

「なんだって？」

「きみが妻を殺した」

まるでちゃんと聞きとれなかったかのように、ミカエルはまだほほえんでいた。

「そして去年は、エテルを海辺へ誘いだした」ヨアキムは話を続けた。「彼女にヘロインを手渡し、海へ突き落とした」

ミカエルはほほえむのをやめて、差しだした手を下ろした。

「姉は閑静な住宅街を台なしにしていた」ヨアキムは言った。「それに、麻薬依存症がいてはこの近所の評判も落ちただろう。でも、殺人容疑はもっと悪いだろうね」

ミカエルはただかすかに首を横に振るだけで、もとの隣人は手に負えないとでも言いたげだ。「じゃあ、きみはわたしに殺人の濡れ衣を着せようとしているのか？」

「濡れ衣じゃないと働きかけるよ」

ミカエルは自宅を見て、ふたたびほほえみはじめた。「無駄骨だ」

ヨアキムがそこにいないかのように素通りして歩いていく。

「証拠がある」

ミカエルは門にむかって歩きつづける。「どこに保管してる？」

「きみの名刺」ヨアキムは言った。

ミカエルが立ち止まった。振りむかないが、そこで聞いている。

ヨアキムは近づいて声を張りあげた。「麻薬を使う者には盗み癖がつきものだ。いつでも盗めるものがないか探してる。だから、姉は海へきみと降りたとき、隙をついてきみからあるものを盗んだ……ジャケットのポケットから価値あるものを」

ヨアキムはポケットからポラロイド写真を取りだした。それは透明のビニール袋に入った小さなものの写真だった。ゴールドのたいらなケースで、表に〈ヘスリン投資サービス〉という文字が彫ってあった。

「きみの名刺入れはエテルのジャケットの内側に隠してあったよ。純金製かい？　姉はきっとそう思ったんだ」

ミカエルは答えない。最後にヨアキムと写真をちらっと見てから、門を通った。

「これはもう警察にわたしてあるからな、ミカエル。連絡が来るはずだ」

エテルになったような気分だった。通りに立って叫んでいた姉に。だが、いまとなってはどうでもよかった。

そこに立ちつくしてミカエルがアプローチを進んで小さくなる姿を見守った。

すばやい足音がミカエルの内心を暴露していた。ヨアキムは新年がミカエルにとってどうなるか想像がつくような気がした。絶えず窓の外を見やり、いきなり警察が訪ねてこないかと脂汗をかきながら待つのだ。ふたりの警官が車を降りて、門をひらき、堂々とした玄関ドアのチャイムを鳴らす。

この通りの家でも、詮索好きな隣人たちがカーテンの隅をそっとひらくだろう。なにが起こっているのかと。

「新年おめでとう、ミカエル」ヨアキムが叫んだときに、彼は玄関を開けて室内に入った。ドアは荒っぽく閉まった。

ヨアキムはまた通りにひとりになった。息を吐きだして目を伏せた。それから地下鉄の駅へ引き返したが、最後に一度アップル・ハウスの門で立ち止まった。配電盤に立てかけたバラの花束は風で倒れていた。もとどおりにした。

長いことそこに立って姉のことを考えていた。

もっとしてやれることがあったはずです——彼はイェルロフにそう話したことがあった。

ため息をついて最後にこの通りをながめた。

「姉さんも来るかい？」そう尋ねた。

数秒ほど待ってから、愛しい家族と新年を祝うためにまた歩きはじめた。

東の遠くのほうで、ストックホルム上空に今日初めての打ち上げ花火が見えた。細く白い線を夜空に描いてから、ぱっと光をまき散らして消える。幽霊が守る灯台のように。

『渦雪の書』についてのコメント

――カトリン・ヴェスティン

あなたの本を読み終わったわ、母さん。最後に空白のページが残っていたから、本を返す前にコメントを書きこむわね。

この本でたくさんの物語を語っているのね。わたしの父親は若い兵士のマルクス・ランドクヴィストで、一九六二年冬の渦雪のために本土行きのフェリーで死んだと書いている。でも、そんなフェリー事故はなかった。少なくとも、わたしが話をした島の人たちは、誰ひとりとしてそんな事故のことは知らなかった。

もちろん、慣れてる。これまでも、父親についてはほかにもいろんな話を聞いてきたもの。美術学校の同級生だの、アメリカの外交官の息子だの、ノルウェーの冒険家でわたしが生まれる前に銀行強盗で刑務所に入っただの。母さんはいつだって、奇抜な物語が好きだった。

それから、ウナギ岬に暮らしていた頃だけど、本当に年老いた漁師に毒を盛ったの？　本当に失明寸前の母親のトルンを殴って、嵐の冬の夜に置いてきぼりにしたの？

そうかもしれないわね——でも、あなたはいつも物事を並べ替えて作りあげてきた。いつだって日常の生活の現実や責任や義務に拒絶反応を起こした。そんな親に育てられるのは楽じゃない——あなたと話すときはいつも、本当にあったことはなにか推理しなければならなかった。

わたし、自分に約束したことがひとつあるの。わたしの子どもたちはわたしよりもっと穏やかに、もっと安全な環境で育てると。

ヨアキムの姉さんはわたしを嫌ってた。わたしが姉さんの娘の世話をしていたから。でも、自分では世話ができないの。ドラッグが人にどんな影響を与えるか理解すべきよ、母さん。その手のことに関する甘い考えは捨てるのね。

エテルの憎しみはどんどん大きくなっていった。でも、あの人に家の前で十年間叫ばれても、またあの人にリヴィアの世話はさせなかったと思う。

近所に住む人たちはエテルにもあの人が起こす問題にも飽き飽きしてうんざりした。なにか起こりそうな感じがしたの、肌で感じられるようだった。でも、門のところにいるエテルに近所の人が近づくのを見た夜、わたしはなにもしなかった。あの人が海で遺体となって発見されたときも、ちっとも悲しくなかった。でもヨアキムにとっては、そうじゃなかったことはわかっているの。彼はお姉さんがいなくて寂しがっていた。誰かがお姉さんを傷つけたのならば、誰がやったか知りたがるわ。

わたしはまだ全部の答えは手に入れていないけれど、エテルを海辺へ連れだした男が、今日島にやってきて、わたしに答えてくれると約束したの。岬まで彼に会いに行く。母さんの本はこの信徒席にエテルのジャケットと一緒にしばらく置いておくね。

あなたと同じように、わたしも暗い納屋でここに座っているのが好きなのよ、母さん。ここは安らぐ。

これまでこの隠し部屋はわたしだけの秘密にしてきた。ヨアキムが引っ越してきたいま、彼にも教えるつもりよ。ふたりでいてもまだ余裕はたくさんあるもの。

ここはすばらしい部屋よ。ウナギ岬で暮らした人たちの思い出がたくさん。この人たちはもういなくなった。屋敷と土地を守る責任をわたしたちに託して消えた。ここに残されたのは名前と日付と絵葉書の短い言葉だけ。

わたしたちもみんな、いつの日かそうなるのね。

思い出と幽霊に。

謝辞

エーランド島の沿岸には美しい灯台がいくつもあり、動物や人間がかつて生け贄にされた儀式の場もある。だが、ウナギ岬とその周辺は、この小説のすべての登場人物と同じように自由に創作されたものだ。

本書を執筆中にとくに重要だったエーランド島にまつわる書籍はクルト・ルンドグレンの*Fåk: öländsk ovädersbok*（『渦雪——エーランド島の悪天候に関する本』）だ。

ペシュネースの美しい家を見せてくれたアニタ・ティングスクル、ボリホルムの立派な王家の私有地を見せてくれたホーカン・アンデション、灯台守の娘であるケーシュティン・ユーリンとクリスティナ・エステルベリに感謝を。ストックホルムに暮らす次の三人、マーク・アーシー（わたしの母方の祖父であるエレルトの荷下ろし波止場を見つけてくれた）、アネッテ・C・アンデション、アンデシュ・ヴェネルステンにも礼を述べたい。

それからエーランド島のイェルロフソン一族に感謝を。とりわけ、母のマルゴットとそのいとこのグニラ、ハンス、オーレ、ベルティィル、ラッセ、そして彼らの家族に。

本書で仕事をしたプロのなかでも、ロッタ・アキロニウス、スザンヌ・ワイデン、ヤンヌ・トール、クリスティアン・マンフレッドにとくに感謝したい。

ヘレナとクララ、父のモルガン、それから姉のエリサベトとその家族にハグを。

ヨハン・テオリン

渦雪

以下にヨハン・テオリンがエーランド島でよく見られる嵐、渦雪について書き、島の冬景色の雰囲気を紹介している。この小説の原題――Nattfåk は夜の渦雪の意味だ。

＊＊＊

エーランド島の方言でブリザードを意味する fåk は古いスウェーデン語の動詞、fyka から来ている。風によって雪や砂が激しく舞いあげられる様子を表現する言葉だ。渦雪がエーランド島にやってくるとき、おもな風は北か北東から吹いてくることが多く、風が運んでくる冷気はシベリアから直接やってきたもののように感じられる。

渦雪は長年にわたって大勢の命を奪ってきた。過去には、家もない、木立もない風景のなかで風から逃れられる避難所を見つけることは困難だった。それに海や石灰岩平原にいる者は、風が運ぶ舞いあがる雪や砂ですぐに目が見えなくなった。迷ったあげく凍った海に出てしまい溺れることもあり、動けなくなって雪だまりで凍死することもあった。

雪がなにか障害物にぶつかると、すぐにそこにまとわりついて雪だまりができる。それは高さ数メートルに達することもある。むかしは渦雪が来ると、エーランド島は本土ともゴットランド島とも、数日間は連絡が途絶えたものだった。すべての道は雪で交通止めになった。田舎のほうではなんとかやりくりしなければならず、食料や薪が尽きることも多かった。

渦雪は甚大な被害ももたらした。波や氷の塊が岸に押しよせてボートハウスや石壁を壊した。港に係留していた貨物船が、ロープがちぎれてバルト海へ漂っていったり、多くの船が手だてもなく嵐の波にさらわれたり、沿岸に打ちつけられてバラバラになったりした。嵐がいったん収まると、多くの島民は海岸沿いを歩いて漂着物を探した。これはとても人気のあるアクティビティだった。

エーランド島の風車は嵐に対して完全に無防備だった。一九〇五年の元旦に、ひどい渦雪が島を縦断し、ほかのさまざまなものとならび、ドーデヴィの村の風車の羽根を固定していたロープを引きちぎり、風車は回転を始めた。そのような強風では羽根を止めることは不可能で、やがてひき臼の摩擦で風車小屋全体が火事になって燃え落ちた。

百年が過ぎても渦雪への配慮は受けつがれている。二〇〇九年二月に、エーランド島のレスキュー隊は積雪二メートルの島に嵐が襲ってきた場合を想定して訓練を実施したが、そうした道路では全地形型車両だけが走ることができた。

思い出と幽霊と
——謎解きミステリとゴースト・ストーリーとゴシック・ロマンスの渾然たる融合

書評家
川出正樹

「彼女はその晩もあらわれ……
それからそのあくる夜も、またつぎの夜も、毎晩もどってきた」
小泉八雲「葬られた秘密」

「まったく何が起きたのやら……。奇跡のような話です」
マージェリー・アリンガム「クリスマスの朝に」

四季折々に異なる顔を見せる、美しくも鄙《ひな》びた島、エーランド。スウェーデン南東部の海岸に沿って横たわるこの島を舞台にヨハン・テオリンは、季節を変えて緩やかにつながる四つの長篇ミステリを生み出しました。
《エーランド島四部作》と呼ばれるこれらの作品は、かの地に縁《ゆかり》の深い人々の来し方行く末を、彼らを襲った悲劇を核に社会問題にも目をやりつつ、厳しい自然環境の中で語り継がれてきた民間伝承や幽霊奇譚を絡めて、詩情溢れる筆致でゆったりと紡いだ趣深いシリーズです。それぞれの作品の関連は緩く、ネタばらしにも配慮されているのでどれから読んでもまったく問題はありません。

第一作『黄昏に眠る秋』は、一九九四年十月のとある日、齢八十になろうとする元貨物船船長イェルロフのもとに、二十二年前の霧深い日に失踪した幼い孫が履いていたサンダルが送られてくるシーンで幕を開けます。これは、息子を失った悲しみから立ち直れずにいるイェルロフの娘ユリアが、老いた父とともに真相を追い求める中で疎遠になっていた関係を修復していく家族の再生譚です。と同時に、故郷喪失者となった犯罪者の数奇な半生を綴った物語でもあります。

この二つの筋が交錯した時、それまで全編を覆っていた霧がさっと引いたかのように全貌が明らかになる。年月を経るうちに錯綜し堅く縺《もつ》れてしまった事件の謎を、ときに論理を飛躍させながらもじっくりと丁寧に解きほぐすことで何が起きたのかをつまびらかにするイェルロフ。その長い人生経験に裏打ちされた手際は、悲劇に見舞われた人々に対する控えめなれど誠実な心遣いに満ちていて、読後じんわりと胸を温かくしてくれます。

デビュー長篇でもあるこのシリーズ第一作でヨハン・テオリンは、二〇〇七年のスウェーデン推理作家アカデミー賞最優秀新人賞を受賞。翌年刊行された英訳版は、二〇〇九年の英国推理作家協会（CWA）賞ニュー・ブラッド・ダガー賞（最優秀新人賞）に選ばれました。

同賞史上初――そして二〇一六年時点で唯一――の翻訳作品による受賞という快挙を成し遂げたテオリンが、二つ目に紡ぎ出したのが本書『冬の灯台が語るとき』です。

季節は冬。エーランド島北東部のウナギ岬と呼ばれる人里離れた海岸の小島に立つ双子の灯台と、難破した船が積んでいた木材で建てられた灯台守のための古く広大な屋敷が物語の主な舞台となります。

二〇一六年四月に来日し、第七回翻訳ミステリー大賞の授賞式&コンベンションにて特別講演を行った際に作者のヨハン・テオリン自身が、「民間伝承では、その年に亡くなった人は、クリスマスにもどってくると言われています。あるお屋敷で殺人事件が起きるのですが、ここに住んでいる人たちは、クリスマスにもどってくる亡くなった人たちに謎解きをしてもらおうと期待をします」（「ヨハン・テオリン特別講演誌上再現」聞き手・杉江松恋、「ミステリマガジン」二〇一六年七月号所収）と述べたように、今回のお話は、謎解きミステリとゴースト・ストーリー、さらにゴシック・ロマンスの要素が渾然一体となったクリスマス・ストーリーの逸品です。

物語は、ストックホルムからウナギ岬の屋敷に引っ越してきて間もなく悲劇に見舞われた工芸教師ヨアキムとその家族が、毎夜不可思議な出来事を体験する話を本筋に、三人組の若者がスウェーデン本土在住者の夏の別荘を中心に空き巣を繰り返す様と、新たに赴任してきた新人警官ティルダが大叔父であるイェルロフにお願いして、彼女が生まれる前に亡くなった祖父の思い出を語ってもらう話が交互に綴られていきます。

この現代の三つのストーリーに織り込むようにして、ウナギ岬に双子灯台と屋敷が建てられた十九世紀半ばからの百年余りに、この地で起きたいくつもの痛ましい事件が順を追って語られます。ここでの語り手は、画家として歌手として自由奔放に生きるミルヤ。ヨアキムの妻カトリンの母親である彼女は、一九五〇年代の末に、同じく画家であった母トルンとともに、この屋敷の離れで暮らしていました。当時、屋敷の納屋で死者の囁きを聴くという不思議な体験をした彼女は、疎遠にしていた娘が三十五年後に同じ家に住むことを選んだ際に、本という形式で語りかけます。

並行して語られる三本のストーリーは、どこで交錯するのか？　ミルヤが綴った屋敷と灯台にまつわる悲劇の歴史は、どういう形で現在の物語と絡んでくるのか？　スウェーデン語で夜のブリザードを意味するNattfåkという原題が示す通り、当初悲しみと静寂につつまれながらゆったりと進んでいた物語は、不穏な空気を漂わせつつ徐々にペースを上げて、猛烈な吹雪が吹き荒れるクリスマス・イヴを迎えます。

作中でヨアキムの脳裏に浮かぶ、「人が古い家を引き継ぐときはその家もまたその人を引き継ぐのです」というフレーズが暗示するように、屋敷が登場人物と対等の存在として描かれる本書は、ともすればゴースト・ストーリーとしての面白さに目が行きがちですが、ミステリとして緻密に構成されている点も見逃せません。

特に悲劇の誘因を読者に対して大胆かつフェアに提示しつつも、殺人の動機を悟らせない手際が巧妙で、読後、遡って確認し思わず膝を打ってしまいました。超自然現象が、謎解きミステリの邪魔をするどころか、重要な布石として利いているところも見事です。

また、ほとんどの登場人物が、それぞれの思惑から大なり小なり隠しごとをしているのですが、テオリンは絶妙のタイミングでそれらを明かすことで、読者のみならず関係者の意表を突き、物語の様相を変化させて、最後の最後までサスペンスを持続させたまま話を締めくくります。前作から二年の時が経ち、今や八十一歳となったイェルロフは、身体的な衰えは進んでいるものの、謎解きに対する欲求は衰えることなく、些細な手がかりから悲劇の真相を解き明かしていきます。

二〇〇八年にスウェーデン推理作家アカデミー賞最優秀長篇賞を、二〇〇九年に北欧五ヵ国の作家が書いた最も優れた推理小説に贈られる「ガラスの鍵」賞を受賞した本書は、前作同様英訳されて、二〇一〇年にインターナショナル・ダガー賞（最優秀翻訳ミステリ賞）に選出され、テオリンは二年連続英国推理作家協会（ＣＷＡ）賞に輝きます。

こうして、現代北欧ミステリの二大勢力、即ちヘニング・マンケルとそのフォロワーが得意とする、高度に発達した福祉国家の内面を照射して社会システムの欠陥を剔出し、批判的な検討を試みる警察小説と、カミラ・レックバリに代表される等身大の女性主人公が抱える仕事や日常生活での悩みや楽しみを描くことに重きを置いた所謂フェミクリミと言われる一群のいずれにも属さない、複数のジャンルを融合させた独自のスタイルを持つ作家として、ヨハン・テオリンの名前は、スウェーデンのみならず広く世界中で認識されるようになりました。

そんなテオリンが《エーランド島四部作》を通じて問い続けたのが〈故郷への帰還〉というテーマです。とりわけ〈死者の帰還〉という題材は心引かれるもののようで、本書の他に「還り路」(「GRANTA JAPAN with 早稲田文学03」掲載)という同テーマの短篇を書いています。ストレートな怪談であるこの作品は、小泉八雲の「むじな」の影響のもとに書かれました。なぜ八雲なのか? その経緯についてテオリンは、先述した特別講演の中で、幼少時に小泉八雲の作品に触れ、恐怖が善とか悪とかを象徴するアメリカのホラー小説とはまったく異なる、どこか未知から来たものを書く日本のものの見方に大いに感銘を受けたためと語っています。

さらに、アメリカやイギリス以外の国の文化がほとんど得られなかったにもかかわらず、九歳になるまでに強い印象を受けた日本のものとしてあと二点あげています。一つは江戸川乱歩の「芋虫」。もう一つがエーランド島滞在中にテレビで観た「モスラ」。大きな蝶が東京をつつみこむシーンがとても印象的だったと述べたテオリンは、南北に細長いエーランド島の地図を広げて、「エーランド島ともある共通点があったんです。エーランド島は翅のない蝶が石になってできたという伝説があるんです」と教えてくれました。極東の国で生まれた文学や映画が、遠く北欧の作家に影響を与え、独創的な作品を生み出す一因となる。なんだか嬉しくなってしまうではありませんか。

二〇一七年二月

ヨハン・テオリン長篇・短篇集作品リスト

（＊エーランド島四部作）

Skumtimmen（2007）『黄昏に眠る秋』三角和代訳、ハヤカワ・ミステリ文庫＊

Nattfåk（2008）『冬の灯台が語るとき』本書＊

Blodläge（2010）『赤く微笑む春』三角和代訳、ハヤカワ・ミステリ＊

Sankta Psyko（2011）ノン・シリーズ長篇

På stort alvar（2012）短篇集

Rörgast（2013）『夏に凍える舟』三角和代訳、ハヤカワ・ミステリ＊

本書は、二〇一二年二月にハヤカワ・ミステリとして刊行された作品を文庫化したものです。

訳者略歴　1965年福岡県生，西南学院大学文学部卒，英米文学翻訳家　訳書『聖なる暗号』ネイピア，『黄昏に眠る秋』テオリン（以上早川書房刊）他多数

HM=Hayakawa Mystery
SF=Science Fiction
JA=Japanese Author
NV=Novel
NF=Nonfiction
FT=Fantasy

冬《ふゆ》の灯台《とうだい》が語《かた》るとき

〈HM㊴-2〉

二〇一七年三月二十日　印刷
二〇一七年三月二十五日　発行
（定価はカバーに表示してあります）

著者　ヨハン・テオリン
訳者　三《み》角《すみ》和《かず》代《よ》
発行者　早川浩
発行所　株式会社　早川書房
郵便番号　一〇一 - 〇〇四六
東京都千代田区神田多町二ノ二
電話　〇三 - 三二五二 - 三一一一（大代表）
振替　〇〇一六〇 - 三 - 四七七九九
http://www.hayakawa-online.co.jp
乱丁・落丁本は小社制作部宛お送り下さい。
送料小社負担にてお取りかえいたします。

印刷・星野精版印刷株式会社　製本・株式会社明光社
Printed and bound in Japan
ISBN978-4-15-179702-6 C0197

本書は活字が大きく読みやすい〈トールサイズ〉です。